PALABRAS MALDITAS

LA TRAMA

Palabras malditas

Miguel Conde-Lobato

Papel certificado por el Forest Stewardship Council®

Penguin
Random House
Grupo Editorial

Primera edición: octubre de 2023

Printed in Spain – Impreso en España

ISBN: 978-84-666-7647-2
Depósito legal: B-14.797-2023

Compuesto en Llibresimes, S. L.

Impreso en Rodesa
Villatuerta (Navarra)

BS 7 6 4 7 2

A Isabel

Quiero dejar escrita una confesión, que a un tiempo
será íntima y general, ya que las cosas que le ocurren a un hombre les ocurren a todos. Estoy hablando de algo ya remoto y perdido, los días de mi
santo, los más antiguos. Yo recibía regalos y yo
pensaba que no era más que un chico y que no había hecho nada, absolutamente nada, para merecer-
los. Por supuesto, nunca lo dije; la niñez es tímida.
Desde entonces me has dado tantas cosas y son tantos los años y los recuerdos.

... Aquí estamos hablando los dos, *et tout le
reste est littérature*...

JORGE LUIS BORGES,
Obras Completas

En nombre de la libertad, la virtud, la belleza, el disfrute, la verdad, la felicidad y el amor se han cometido las mayores atrocidades de la humanidad.

Son palabras condenadas a ser la antesala de los sinsabores, el desprecio, la codicia, los excesos, el desconsuelo, el dolor… y, en ocasiones, del crimen.

Prólogo

Ninguno de los habitantes de Estela habíamos reparado lo suficiente en la belleza de nuestra ciudad hasta que apareció ensombrecida por la tragedia. Nadie habría sospechado que acabaría mostrándonos a todos un nuevo rostro, la belleza terrible que escondía, en la que podía haber días más oscuros que los apagados por la bruma y noches más inquietantes que las agitadas por el fuerte viento.

«En Estela si no hay viento, hay niebla». Ese viejo refrán era toda nuestra preocupación hasta el día que dejamos de ser la típica ciudad provinciana, aburguesada y aburrida, para convertirnos en el centro de las miradas de medio mundo.

De algún modo, todos echamos de menos aquellos tiempos.

Mi nombre es Edén González.

Soy sargento de la Policía Judicial de la Guarda Civil y fui la jefe de brigada encargada de investigar aquel caso.

Por aquel entonces yo era una mujer atenazada por los mismos complejos e inseguridades que la inmensa mayoría de nosotros. Quizá siga estándolo. Pero no de la misma manera. Después de aquellos acontecimientos, que removieron el alma de nuestra sociedad, mi vida no pudo ser ya la de antes. Mi visión del mundo había cambiado.

Relatar aquellos sucesos es la forma que he elegido para acabar mi etapa policial.

No soy el primer agente de policía que abandona.

Ni el primero que escribe.

Me despediré contando cómo una ciudad puede volverse loca en unas cuantas semanas. Contando que, por mucho que nos empeñemos en ignorarlo, el mal existe y vive permanentemente a nuestro alrededor.

PALABRA PRIMERA:
LIBERTAD

Somos así, soñamos el vuelo, pero tememos a las alturas. Para volar hay que amar el vacío. Porque el vuelo solo ocurre si hay vacío. El vacío es el espacio de la libertad, la ausencia de certezas. Los hombres quieren volar, pero temen al vacío. No pueden vivir sin certezas. Por eso cambian el vuelo por jaulas. Las jaulas son el lugar donde viven las certezas.

RUBEM ALVES

1

Secuestrado

No espera nada. Sabe que va a morir. Las ganas de vomitar se han subido a un tren silencioso que se aleja poco a poco llevándoselas lejos, junto con su tristeza y su rabia. Ya no tiene la necesidad de apretarse las manos hasta que le duelan. Ya no se muerde el labio hasta notar el sabor de la sangre. Es la primera vez en mucho tiempo que tiene un momento de lucidez. Un instante en el que no piensa en él ni en su dolor. Al menos dejará de sentir la humillación de tener esa mierda grabada en su frente.

Lleva un buen rato mirando lo que supone que debe de ser el techo. La oscuridad es total. La humedad también. Se oye música. «Ombra mai fu». Admira esa pieza de Händel, pero no es capaz de disfrutarla. De pronto un rayo de claridad se cuela por el marco de la puerta. Alguien ha encendido una luz cercana.

No dice nada. No se atreve.

Tiene miedo de lo que pueda ocurrir. Aprovecha para mirar sus blancas manos, desnudas, iluminadas por esa tenue luz. Son de hombre. Joven. Las observa con impotencia y se las lleva a la cara. Nota la humedad de sus lágrimas entre los dedos. «Esto se acaba... No me queda mucho».

El silencio se rompe por el suave sonido de un sollozo que poco a poco va a más. Se aprieta una de las manos contra la boca para ahogar el llanto. No quiere que se sepa que llora. No lo hizo antes, no va a hacerlo ahora. «¿Cómo puede ser que nadie me eche de menos? ¿Que nadie venga en mi ayuda?». Siente que ya no tiene fuerzas. No le queda ni un atisbo de energía para luchar contra la oscuridad que aprisiona sus últimos momentos. «Seguiré aquí, atrapado, hasta morir».

En ese instante vuelve a pensar en la vida que nunca tendrá. «Me la habría merecido... Tener mujer, hijos... Acabar mis días como un anciano, ver a mis nietos...».

Oye un ruido.

Sabe que cuando esa puerta se abra será el final.

2

Vanesa

Álvaro detiene su todoterreno frente a la muralla. Lo apaga y se recuesta en el asiento, dispuesto a aguardar pacientemente. Examina el muro. «Es alto, nadie podría saltarlo». Mira los helechos que crecen entre las grietas de sus piedras. Le agrada. La cámara de seguridad se mueve hasta enfocarlo. Intenta ignorarla, pero no es capaz. Por mucho que eso sea una óptica con un amasijo de circuitos, sabe que siempre hay alguien detrás observando.

Ya ha pasado media hora.

«Da igual», se dice. Había esperado tanto tiempo ese momento que media hora de más no le importa. Según sus previsiones, esa fecha quedaría marcada en el calendario como el día en que su felicidad despegó definitivamente. No es que pensase justo en ese sábado, 24 de noviembre de 2018. Más bien se refería al momento de llevar a cabo esa escapada. Durante los seis meses que fue colaborador docente en la Universidad de California en Santa Bárbara no pensó en otra cosa. Todavía no era profesor universitario, pero eso no le representaba un obstáculo. «Aquí valoran más el talento que los cargos», se decía, consciente de que tenía un expediente académico que le abriría las puertas de cualquier universidad del mundo. A sus veinticinco años ya era graduado en Ciencias físicas y tenía un posgrado en Química y un máster en Programación cuántica.

Durante cada día de esos seis meses soñó con ese fin de semana. Con su chica. Con Vanesa. Su único amor. Siempre le había sido fiel (los seis meses que estuvo en Estados Unidos no fueron una excepción), hasta con el pensamiento. Solo tenía en mente esa cita. Lo había planificado todo para que saliese perfecta. Incluso consiguió que su padre le prestase su coche más preciado. Sabía que lo quería tanto como a él, que en su taller de pintura ese Nissan Patrol era un dios. Lo había sido todo: furgoneta, transporte de empleados, remolque de vehículos en apuros..., también, muchas veces, banco de pruebas para nuevos diseños. Estuvo pintado de todos los colores hasta llegar a un negro mate que logró que la gente joven volviese a interesarse por él. Y Álvaro no fue una excepción. Su éxito en la Universidad de California había obrado el milagro. Y allí estaba, aparcándolo justo delante de la puerta de Vanesa.

Nunca había ido a recogerla a casa. En los últimos tiempos habían quedado en varias ocasiones. En bares y eso. Se veían más cuando vivían en el mismo barrio. «No cabe duda de que venir a buscarla a su casa es un paso adelante». Saca su bloc y sus lápices. Siempre va con ellos; le gusta hacer dibujos, especialmente de la naturaleza, animales, plantas... Boceta primero los enormes árboles que asoman por encima del cierre y hace los primeros trazos de la mansión. «Parece un caserón inglés de película».

El portalón cruje. Deja de dibujar. Quiere disfrutar de la visión. La verja negra que separa los muros de piedra se abre lentamente y sale una chica guapa y menuda con la tez blanca algo enrojecida. Álvaro piensa que tiene cara de haberse levantado hace poco, pero, aun así, sigue pareciéndole preciosa. La larga melena rubia le cae sobre una mochila atiborrada hasta los topes. Por su aspecto hippy, nadie diría que vive en esa casona, y menos que es la hija de la dueña.

Cuando la chica llega a su altura Álvaro intenta abrazarla. Al hacerlo le descuelga una de las cintas de la mochila, y Vanesa resopla al tiempo que maniobra para volver a colocársela.

—Cuidado, que se me cae todo.

Álvaro le acerca los labios. Vanesa lo besa, pero en la mejilla.

—¿Seguro que no te has olvidado de algo?

—Creo que no.

Vanesa no ha captado el sarcasmo. Entra en el coche antes que Álvaro.

—Llevo esperando este fin de semana desde hace mucho tiempo. La casa rural es una pasada, ya lo verás. La reservé desde California.

—Sí, tiene buena pinta. Me apetece estar tranquila.

Hay mucha tensión en ese rostro. En cada mirada se revela su ansiosa búsqueda por la siguiente pantalla del juego en el que se ha convertido su vida.

—Me gusta que volvamos a estar juntos.

Vanesa abusa de la confianza y no responde. Llevan saliendo desde niños, aunque de forma intermitente. Ella ha tenido otras parejas, demasiadas incluso para la propia Vanesa. Álvaro, sin embargo, siempre la ha esperado.

—Estoy ayudando a entrenar a un perro nuevo —dice él mientras le tiende el iPhone.

—Mira la carretera.

Por fin decide cogerle el teléfono y ojear las fotos del perro.

—Es precioso.

—No es mío, pero como si lo fuese. Tienen mucha, mucha cabeza.

Los incómodos silencios hacen más largo el trayecto. La vegetación del camino es tan cerrada que el vehículo parece una quitanieves, pero de nieve verde. Tras varios minutos atravesando un túnel de ramas aparece una casita de piedra. Está situada en el claro de un bosque de robles, junto a un antiguo molino abandonado. Cuando llegan, se sumergen en el sonido del agua que cae bruscamente desde el desnivel del río.

—Me apetece que hubiese venido.

—¿Quién?

En la mente de Álvaro se agolpan los rostros de los últimos tíos con los que Vanesa se ha liado.

—¡Tranquilo! Me refiero al perro. Al perro de la foto.

—Sí. Aquí no habría molestado a nadie. El sitio es precioso.

Vanesa asiente sin pronunciar palabra. Nunca dudó que aquel retiro iba a ser una medicina para sus excesos. Ni copas, ni drogas ni juergas hasta las tantas... Tan solo aire puro y paz. Mucha paz. Llevaba tiempo necesitándola.

—Te vendrá bien, ya lo verás —dice él mientras descarga los bultos.

—Es chula —contesta ella bajando del coche y besando a Álvaro apasionadamente.

Esos arrebatos lo volvían loco.

Antes de que se dé cuenta, está desnuda entre sus brazos. Álvaro intenta seguirle el ritmo. «Pero la camisa... Y el cinturón, joder, ¿por qué tiene que atascarse ahora? Las botas... ¡Olvídate de las botas!», se dice.

Hacen el amor en el suelo de la entrada de la casa. Sin preocuparse por que la puerta haya quedado abierta. Al fin y al cabo, allí no hay nadie.

Al acabar, mientras todavía están sin ropa, Vanesa saca de su mochila un canuto de marihuana.

—Dijimos que nada de fumar. Y nada de drogas.

—Esto no se puede considerar droga. Y no es tabaco.

—Es peor.

—Me relaja.

«Pero ¡si acabamos de hacer el amor!», se queja Álvaro para sí.

Sale desnuda al porche de la casa. Junto a la puerta hay un banco de madera. Está un poco sucio. Lo limpia con la mano y se sienta en el borde, evitando los líquenes. Presta atención al sonido del agua. Al canto de los pájaros. Se fija en la hierba y se anima a caminar. «No la fumes, písala», piensa. Y sonríe.

—No andes por ahí sin ropa. ¡Hace frío!

—Gracias, mamá. ¡Ven! Vamos a bañarnos.

—El agua estará helada.

—¡Soy una chica dura de Estela!

Vanesa avanza con pequeños pasos, tratando de evitar el daño que le hacen las piedras del camino. Cuando llega al río mete un pie y comprueba la temperatura del agua.

Álvaro todavía no ha salido. Sigue buscando su *slip* blanco. Vanesa grita.

Ha visto a alguien junto al molino. A pesar de que está entre las ramas, Vanesa descubre que se trata de un tipo grueso, no muy alto, con un gorro calado hasta las cejas que mira con descaro su cuerpo desnudo. Se detiene en sus pechos. Recorre con la mirada los tatuajes que cubren gran parte de su piel. La observa con calma. El primer impulso de Vanesa es taparse con las manos. Una arriba y otra abajo. Pero al instante se revela y las usa para gesticular mientras lo increpa.

—¿Qué miras, tarado?

Álvaro sale de la casa sin acabar de vestirse. Al llegar la abraza.

—¿Has visto qué huevos tiene, el muy tarado?

—Vámonos —responde al tiempo que sus ojos buscan al intruso. No consigue verlo.

—Joder, el muy cabrón estaba ahí en silencio. Seguro que estuvo fisgando mientras follábamos.

—Este es un sitio público. Olvídalo.

Entran en la casa. Álvaro coge leña y unas pastillas de encendido rápido. Al poco rato hay en la chimenea una llama que comienza a calentar el cuerpo de Vanesa, que sigue desnudo. El abrazo de Álvaro activa de nuevo su deseo. Vuelven a besarse y acaban rodando por el suelo.

—¿Sabes que hay una cama arriba? —le dice.

Pero ella lo ignora y lo arrastra hacia la entrada. Con el pie abre la puerta de la casa.

—Si quiere mirar, que mire... Y que se joda.

La tarde invita a dar un paseo. Deciden ir por el sendero que discurre paralelo al río. Disfrutar de la belleza de los robles y los helechos perfilando la ribera. Álvaro respira feliz. Es su mejor día desde hace mucho tiempo. Vanesa trata de acostumbrarse a esa sobredosis de naturaleza. Durante más de una hora los dos caminan en silencio.

Empieza a decaer la luz.

—Tengo hambre —dice Vanesa.

—Pues yo tengo una sorpresa.

Cuando regresan a la casa, Álvaro saca un recipiente con un asado de carne hecho por su madre. Sabe que a ella le entusiasma.

—¿Te has traído un túper?

Una botella de vodka que se ha unido al sexo refleja sus cuerpos desnudos. Está casi vacía, tirada en el suelo, junto a la cama. Llevan horas durmiendo profundamente. Amanece. Vanesa entreabre los ojos y le parece ver algo oscuro revoloteando por la habitación. «Será un pájaro... o una de esas polillas enormes que parecen helicópteros». Ve la ventana abierta y decide levantarse para cerrarla. Tropieza con la botella, que gira haciendo ruido, pero la para a tiempo de no despertar a Álvaro. «Es un buen tío, no me lo merezco». Se acerca al lavamanos en busca de un poco de agua. Coge un ibuprofeno y se lo lanza contra su garganta. Luego bebe directamente del grifo. Cuando sube la cabeza se encuentra con su mirada en el espejo. El frío que sentía en la planta de los pies se extiende de golpe por todo su cuerpo.

—¿Qué me has hecho, hijo de puta?

El grito hace que Álvaro salte de la cama como impulsado por un resorte. Vanesa le cierra la puerta en las narices y sigue gritando. Se echa agua en la cara y se frota desesperadamente la frente.

—Eres un cabrón, ¿me oyes? ¡Un cabrón...!

—¿Qué pasa? ¿Por qué gritas?

Vanesa calla. Se mira fijamente en el espejo. Está ahí. En su frente. Una palabra tatuada en rojo sobre su piel: PUTA.

Cuando por fin logra que le abra la puerta, Álvaro la encuentra sentada en el suelo, hecha un ovillo, llorando abrazada a sus rodillas. Se agacha y le acaricia el pelo. Le tiembla la mano. Ella lo aparta con brusquedad.

—Tranquilízate. Habla conmigo. ¿Qué ha pasado?

—Esto es lo que ha pasado.

Alza el rostro y le muestra el tatuaje de la frente.

—Dios mío... ¿Eso qué es?

—Dímelo tú.

—¿No pensarás...?

Álvaro le presiona el tatuaje con el pulgar para intentar borrarlo.

—Yo nunca te haría daño. Lo sabes. Nunca. Eres lo que más quiero... Lo único que he querido en toda mi vida. Dime cómo pasó.

—¿Cómo pasó?

—Sí, cómo te has hecho eso.

—¿Me he hecho?

—Me refiero a cómo te has dado cuenta... ¿No pensarás...? —repite.

¿Por qué iba a dudar de él si nunca le había hecho daño? Ni siquiera se le ocurría cuando lo dejaba plantado o se liaba con tíos en sus propias narices.

Álvaro se pone de pie. Escruta el cuarto de baño buscando el maquillaje y los utensilios con los que ha podido hacerse eso. Coge un vaso, lo llena de agua y se lo ofrece. Ella lo acepta y vuelve a su posición fetal.

—¿Cómo lo has descubierto?

Le acaricia la frente intentando encontrar la piel bajo el tinte de las palabras.

—Me levanté para cerrar la ventana. Me pareció que un pájaro se había colado en la habitación. Luego vine a hacer pis y me topé con esto.

—¿Segura? Yo mismo la cerré.

—Pues estaba abierta. La cerrarías mal.

—Es una ventana de guillotina. O está arriba o está abajo. No hay fallo.

—Pues estaba abierta, ¡joder! ¿A qué viene tanta historia con la ventana?

Álvaro va a comprobar si existe algún tipo de mecanismo que pueda abrirla y que se le haya pasado por alto.

—¿Has probado a limpiarte eso con agua y jabón?

—Claro.

—¿Lo intento yo?

Repite la operación. La piel que rodea el tatuaje de la frente de Vanesa está enrojecida de tanto frotar. No hay resultados.

—Esto no sale.

—Álvaro, es un tatuaje. No va a salir.

—Pero... es imposible. No puede haberte aparecido en la frente como por arte de magia.

—Alguien me lo ha hecho. Si no has sido tú...

Álvaro vuelve a la ventana. Valora si puede abrirse desde fuera. «Es difícil, pero posible. Bebimos mucho. No recuerda nada más allá del quinto vodka. Alguien pudo haber entrado y hacerle eso», piensa.

—¡El tipo del molino!

Grita tanto que la asusta. Baja corriendo por la escalera. Coge un palo que hay junto a la puerta, uno de esos bastones de senderismo, y se dirige hacia el molino.

El vaho que sale de su boca se une a la bruma, dificultándole la visión.

El sonido del río sigue siendo ensordecedor.

Avanza hacia el lugar donde Vanesa vio a ese individuo. Echa un vistazo. No hay nadie. Decide volver con ella.

—No he encontrado a nadie. Pero allí ha estado un pescador. Hay trozos de truchas en una roca de la orilla. Llenos de moscas. No puede andar muy lejos. No he visto huellas de vehículo, así que ha tenido que huir a pie. ¡Vamos! Vístete.

—¿Adónde quieres ir?

—A la policía. Debemos denunciar...

—¿Que vayamos a la policía, dices? ¿A qué? Esos hijos de puta no hicieron nada la otra vez y no harán nada ahora. Ve tú.

—Pero yo no vi nada.

Álvaro sabe que la desconfianza de Vanesa en la policía está más que justificada. Aun así, insiste.

—Debemos pedir ayuda. Ese cabrón no andará muy lejos. Seguro que lo cogen.

—¿Y que vuelvan a mirarme como si fuese una putita? ¡Ni de broma! Hablaré con mi madre. Ella me sacará esto de la cara y asunto resuelto. Si ha sido ese pescador, que lo jodan. Si has sido tú, que te jodan a ti.

3

Abeba

«Ser guapa será tu perdición, Abeba». *Sí, vale, ya lo sé, mamá.*
Siempre tienes razón.

Lleva tres horas viajando en aquel coche y todavía oye la voz
de su madre. El vehículo es cómodo. No sabe de qué marca,
pero es de las buenas. Tampoco conoce a ninguno de los dos
chicos que viajan delante de ella.

«Ya nadie hace autostop». *Pero ¿por qué mamá? Es gratis y*
divertido.

Había puesto el pulgar hacia arriba y a los cinco minutos
estaba viajando en el coche de aquellos tíos simpatiquísimos. El
copiloto era el más pesado. No paraba de alardear todo el tiempo de sus conquistas. *Seguro que no se come una rosca*, piensa,
sin dejar de sonreírles. Le cae bien. Le ha dicho que tiene una
boca muy bonita. A ella también le gusta su boca. Lo que más.
Sabe que es atractiva. Esas cosas se saben. Le gusta su cara en
general. Pero sus labios, son sus preferidos. Y luego los ojos.
Los tiene grandes, negros, con enormes pestañas. ¿Lo que menos? Su pelo. Aunque no era un problema. Ahora se llevaba el
pelo afro. Largo. Suelto. Parecía una aureola negra alrededor de
sus delicadas facciones.

No saber cuánto tiempo tardará en llegar a su destino es parte de la aventura. No tiene prisa. No ha quedado a ninguna hora

específica. Tan pronto como le confirmaron la oferta de trabajo se le abrieron las puertas del cielo. Podía volar libre. La ciudad de Estela la atraía. Es un lugar precioso. «Cuando llegue lo llamo», dijo, y se puso a hacer su pequeño equipaje. Era normal que la hubiesen contratado. Pocas chicas de diecinueve años tienen experiencia limpiando. «Las chicas negras maduramos antes. Parecemos mayores». Hasta cinco casas llegó a atender a la vez. Todo lo que cobraba por limpiar una de ellas se lo comía aquel condenado teléfono chino. Pero era lo más preciado que tenía. Eso y la chaqueta de cuero que lleva puesta. Aunque esa no le costó nada. La consiguió en el mercadillo gratuito que organizaban en su barrio.

«Tu belleza es una maldición del diablo. En la cara se te ve lo que eres». *Sigue, sigue, mamá. Habla de cosas como diablo y maldición y creerán que somos unos africanos ignorantes y atrasados.*

Su madre creía que una chica de color no podía hacer lo que quería en un país de blancos. Y menos sin papeles. *¿Crees que van pidiendo los papeles por ahí, mamá? Si una no se mete en líos no pasa nada.* Su madre era incapaz de entender algo que fuese divertido. Abeba la quería, pero odiaba sus reproches.

4

Un mes más tarde

Es jueves. Día de caza. Vestido con unas botas de goma y un forro polar verde oscuro, un veterano cazador se asegura de que su escopeta apunta al cielo, en la posición de seguridad, mientras se abre paso entre la maleza. Va pensando en la suerte que tiene de disfrutar de un sitio así. «El bosque de Costa Solpor es un lugar idílico», se dice. Está gozando tanto como su perro. Es una especie de braco, un mestizo sin raza definida nacido para cazar. De pronto se pone a trabajar. No ladra. Ha olido un rastro. Se queda clavado en el sitio con una de las patas delanteras levantada y el rabo horizontal, en tensión. Está mostrando una pieza. «La primera del día», celebra para sí su dueño.

Se acerca a un árbol caído junto a una cabaña de cazadores. Tiene gran parte de sus raíces al aire. Son una maraña oscura y grisácea que rodea un socavón formando lo que parece un pequeño templo, o quizá una puerta para entrar a las entrañas de la tierra.

La visión lo deja paralizado. De inmediato coge su teléfono y marca el número de emergencias.

—Tienen que venir.

5

Edén

Todo comenzó para mí el 3 de enero de 2019. Acababa de empezar el año y ya tenía la sensación de que debería haber terminado.

Aquella mañana había hecho lo de todos los días. Lo que haría cualquiera, al menos cualquiera que viviese solo: acudí a la cafetera como si fuese una adicta y me engañé a mí misma diciéndome que no había mayor placer que una buena ducha. Me vestí con unos vaqueros, una camiseta y un jersey (desde hacía años solo usaba el uniforme de guardia civil para los actos oficiales). Luego bajé a por el coche. Me enfadé. Podría decir que como siempre ya que, por una cosa o por otra, aquel vehículo se las arreglaba para hacerme empezar el día protestando. Unas veces porque me lo habían abollado. Otras porque alguien había aparcado demasiado cerca, casi sin dejarme espacio para maniobrar. Otras porque las palomas le habían cagado el parabrisas (la mía era una de esas zonas del planeta que sirve de laxante para los pájaros).

No pude arrancar el coche hasta pasados unos minutos. Estaba mareada. Seguía sintiendo aquella especie de vértigo constante que desde hacía meses me estaba jodiendo la vida. En los dos últimos años todo lo que creía sólido se había derrumbado: una suspensión de empleo y sueldo, el ingreso de mi padre en una residencia de ancianos, el distanciamiento con mi hermana y la ruptura con la única pareja a la que podría llamar así, tras cinco años de relación (no, no volveré a pronunciar nunca más su nombre). Después del divorcio —lo llamo así aunque, en realidad, no llegamos a casarnos—, mi mundo se había reducido a trabajar, entrenar, visitar a mi padre, salir con Fernanda y beber tequila. El tiempo que estaba en casa lo ocupaba limpiando, escuchando música, leyendo —cómics, sobre todo— y viendo películas de actores y actrices famosos. No entiendo demasiado de cine y esa era una forma de tratar de garantizarme la calidad de lo que iba a ver, aunque comprobé en tantas ocasiones que no funcionaba que, finalmente, opté por tragarme todo lo que tuviese un título más o menos sugerente. No solía repetir, salvo con Tarantino y la saga de *Rocky*. Sí, lo confieso, me emocionaba con Balboa, ese bonachón pobre que se abre paso a puñetazos en un mundo que lo golpea.

Giré la llave y al arrancar el motor se encendió en mí una especie de arrebato de sinceridad. «Te engañas a ti misma», me dije. Era cierto. Mi resentimiento no se debía en exclusiva a esa mala racha. En realidad llevaba años gestándose. Mi carrera como policía no tenía nada que ver con lo que un día imaginé. Me parecía que había dedicado los mejores años de mi vida a mediar en unas cuantas broncas de vecinos, arreglar líos entre putas y chulos o a detener una y otra vez al mismo ratero que robaba del tirón el bolso a una vieja. Echaba una carrera, le ponía las esposas, lo detenía y luego esperaba a que su señoría lo soltase y todo volviese a empezar. Recordaba los buenos tiempos... Había entrado en la academia cargada de ilusión y deseando que cayera en nuestra patrulla el caso soñado, ese que nos permitiese atrapar a un delincuente que mereciera pudrirse en la cárcel durante toda su vida. Pero ese caso nunca llegó.

Tampoco es que mi ciudad ayudara mucho a que mi carrera fuese intensa y estimulante. En Estela pasaban pocas cosas interesantes para un policía, a pesar de que cada año se celebraban los Premios Condado, reconocidos en todo el mundo como una especie de Premios Nobel españoles (lo que nos daba prestigio y notoriedad internacional). Aquel evento solía atraer a un buen número de carteristas y delincuentes de poca monta dispuestos a hacerse con unos cuantos euros desplumando a algún vecino mientras todos se agolpaban en las aceras para ver pasar la comitiva de premiados.

Estela es una pequeña ciudad próspera y desesperantemente tranquila. Bueno, no tan pequeña: contamos con un aeropuerto importante, una fábrica de automóviles puntera, un puerto pujante y una de las mayores multinacionales de la moda. Podría decirse que en nuestra población hay de todo en abundancia menos días de sol, casos policiales interesantes y gimnasios de boxeo (y cuando digo «boxeo» me refiero a boxeo de verdad, no a esos lugares que se han puesto de moda con sacas para bailar delante de ellas mientras haces una especie de aeróbic).

Ese bullicio económico nutría a una sociedad en la que parecía tener cabida todo el mundo, con una condición: que no se mezclasen. Estela no integraba, toleraba. Podría haber sido la capital mundial de los prejuicios y el cotilleo si no fuese porque, cuando viajabas un poco, te dabas cuenta de que en todas las ciudades del mundo ocurrían cosas parecidas. Aun así, éramos ese tipo de sitio en el que, para que se me entienda, cuando alguien entraba en una cafetería era analizado por los demás y acababa siendo criticado por todos sin excepción, independientemente de su ideología o su posición social.

Pisé el acelerador de mi jeep como si tuviese prisa.

Sentía que no era yo, que estaba en una especie de videojuego y solo tenía que afanarme por pasar de pantalla y dejar mis pesadillas atrás. Esquivaba los coches como si ardieran, como si sobrasen, como si quisiera que todos desapareciesen de golpe.

Al llegar a la comisaría de Landós —el cuchitril al que me habían enviado después de la sanción—, me senté en la primera silla libre que encontré y me puse a mirar por la ventana hasta que me noté los ojos resecos. No, no es que tenga ningún problema ocular. Tan solo la costumbre de no parpadear cuando mi vista se pierde buscando en el horizonte algo que no encuentra. Mi padre decía que era porque me pensaba mucho todo, que daba muchas vueltas a las cosas. Sus explicaciones, siempre generosas conmigo, me encantaban. Además, creo que en este caso acertaba.

Cuando estaba a la altura de la E7, la autovía que circunda la ciudad, habían vuelto a mi mente las conversaciones que mantuve con Beatriz Freeman, la psicóloga que me asignaron en el cuerpo para la terapia de recuperación. Vamos, la loquera que me obligaron a visitar tras el indulto para poder reincorporarme a mi puesto en la Policía Judicial de la Guardia Civil. Se trataba de una mujer competente, con una gran reputación, colaboradora habitual de las fuerzas de seguridad del Estado. Toda una institución como psicoanalista. Confieso que sentí algo parecido a una conexión especial entre nosotras. Pero esa sensación se desvaneció cuando conocí el destino al que me enviaban. Estaba segura de que su informe fue determinante para que acabase en esa comisaría pequeña en todo: en el tamaño del edificio, en la plantilla, en los casos que llevaba... El lugar perfecto si hubiese querido no trabajar mucho. *¿Conexión especial? Edén, pareces un gatito callejero en busca de cariño.*

¿Por qué empecé a cantar delante de esa terapeuta como si fuese una soprano en el teatro Real? Nunca lo sabré. Lo cierto es que terminé contando a una desconocida lo que jamás le había dicho a nadie. Lo que llevaba toda mi vida enterrado y oculto: desde mis problemas de adaptación en el colegio y el *bullying* constante al que fui sometida, hasta mis ansias de venganza.

«Decidí ser policía a los quince años, para evitar que una parte de mi acabase convirtiéndose en un problema», le dije. *¡Edén, una cosa es ser sincera y otra tonta!*

Es evidente que no lo interpretó bien. Yo tan solo quería explicarle que, después de tantos años soportando vejaciones y humillaciones de aquel grupo de niñas, se planteó ante mí una disyuntiva: o me volvía una hija de puta como ellas y las ayudaba a hacer la vida imposible a otra víctima, o me las cargaba y acababa con esa pesadilla de una vez por todas. Me temo que la psicóloga no valoró esa información como yo habría querido. Me jodía. Sí, me jodía. Estaba a punto de cumplir los cuarenta y creía que ya no cometería ese tipo de errores inocentes abriéndome a los demás.

Una anciana de unos setenta años que esperaba para renovar su carnet de identidad no dejaba de mirarme con extrañeza. Como si mi corpulencia no encajase en esas oficinas. Supongo que para ella verme allí debía de ser como encontrarse a Arnold Schwarzenegger haciendo partidas de nacimiento. Supe que mi vida había tocado fondo cuando se me pasó por la cabeza acercarme a ella, cogerla por la pechera y decirle: «¿Tiene algún problema?».

Afortunadamente, opté por hacer algo más útil.

—¿Os apetece un café? —ofrecí a mis compañeros.

Ni siquiera tuve que caminar mucho. Había una cafetería enfrente, junto a la cabina fotográfica de monedas para hacer carnets de identidad.

«Mido uno ochenta y soy más ancha y fuerte que la mayoría de los hombres que conozco. Y eso se paga», confesé a la terapeuta. *Esa boca mía. Estaría menos fea calladita.*

Mis complejos físicos... La loquera se cebó con ellos. Beatriz Freeman y yo hablamos durante semanas enteras de todos los problemas de aceptación de mi cuerpo y de mi rostro.

—Pero... ¿quién no los tiene? —me insistía, confiando en que el mal de muchos fuese consuelo de tontos.

—Estoy pensado en dejar la policía. En probar otras cosas.

¿Y se lo dices a ella? ¿Acaso crees que con esa motivación recomendaría que me enviasen a un destino interesante?

Caminaba hacia la cafetería oyendo el sonido de mis zapatos arrastrándose por la acera. Pensando en lo triste que es dudar del sistema cuando eres parte del sistema.

Regresé con los cafés. Nada más entregarlos a mis compañeros sentí que todo volvía a ser tan aburrido como siempre... Hasta que mi teléfono personal sonó. Era Fernanda Seivane, mi amiga y excompañera.

—¿Te has enterado, Edén?

—¿De qué?

—Acaban de llamar ahora mismo denunciando la aparición de un cadáver en Costa Solpor.

6

Abeba

El cazador espera pacientemente junto al cadáver. Ha pasado más de media hora. De pronto ve que los robles empiezan a teñirse de azul de forma intermitente. Son los fogonazos de la señal luminosa del coche de la policía que se cuela entre las franjas de niebla de la mañana. Los ve bajar y dirigirse hacia él. Está cada vez más sobrepasado por las circunstancias. Mira al suelo mientras habla.

—Vine a cazar. Conejos. Por aquí hay muchos —parece disculparse—. La encontré así. No toqué nada. Supongo que es de una mujer. Por el tamaño.

De cadáveres algo sabe, pero de animales. Es fácil distinguir un conejo hembra de uno macho. Está nervioso.

La policía se acerca con cautela al lugar donde reposa una cabeza calcinada.

—¿Puedo irme? —pregunta con voz amable el cazador.

—Preferimos que espere un poco más —responde un agente municipal—. Están a punto de llegar la comisión judicial y la Policía Judicial.

—Todo es judicial —comenta el cazador, y de inmediato se percata de que no es oportuno hacer un comentario así—. Intentaba sacar un poco de tristeza al momento —se justifica.

Los agentes ni se inmutan. Se apoyan con cuidado en los

muros blancos de la cabaña de caza. Están sucios y descuidados, pero les sirve de soporte para seguir observando los restos desde lejos. Como si los temiesen. Irónicamente la cabeza está colocada como si fuera el rostro de un nadador que sale del agua para poder respirar. Está carbonizada. Tiene la cuenca de un ojo y parte de lo que fue la boca fuera de la tierra. La piel es una pátina negra, rugosa. Cuero quemado.

El coche de la Policía Judicial frena en seco junto al resto de los vehículos. Al bajar parece que todos saben lo que tienen que hacer. Unos se ponen de inmediato a hacer fotografías desde todos los ángulos imaginables. Otros inspeccionan la escena del crimen buscando algún indicio.

—Vamos a esperar a la jueza —dice uno de los policías de paisano.

Los restos del cadáver se encuentran junto a la cabaña. Parece abandonada. Pero no lo está. Tiene un hogar donde hacer fuego, y eso es algo muy valorado en las mañanas de caza especialmente inhóspitas. De vez en cuando los cazadores la surten de leña suficiente para usarla en caso de necesidad.

Llega la jueza. No parece llevar la ropa apropiada para ese lugar. Menos aún el calzado. Uno de los tacones se le queda clavado en el barro. Pero eso no la va a detener. No se ha preparado toda la vida para preocuparse ahora de uno de sus «manolos». Lo arranca con decisión y se dirige hacia los restos del cadáver. Al ver la cabeza calcinada intenta tragar saliva. No lo consigue. Repara en sus facciones. A pesar de su estado, los labios de esa chica siguen siendo hermosos.

«Este bosque no es un sitio para encontrar un muerto», piensa el cazador.

7

Nacho

Nacho Fenoy trata de mantener los pies sobre sus muslos intentando recrear con algo de dignidad la posición de loto, la única asana de yoga de la que se cree capaz. Procura meditar media hora cada mañana con pensamientos prefabricados como «miles de millones de organismos vivos luchan por mantenerme con vida» y cosas así. Por fin logra olvidar su falta de flexibilidad y se concentra en su respiración. Lleva haciendo ejercicios similares casi tres años, el tiempo transcurrido desde que su chica, la becaria más guapa que había pasado por la redacción de Radio Ciudad, lo dejó por un jugador de baloncesto bielorruso que vivía en el apartamento de abajo. Lo que más le jodía no era que lo hubiese hecho justo el día de su treinta cumpleaños. Ni que solo hubiese bajado un puto piso para ponerle los cuernos. Lo que más le jodía es que sabía que aquel tipo era un cerdo. ¡Veía porno como un descosido! En una ocasión Nacho abrió un paquete remitido desde Minsk que por error llegó a su casa y, dentro, se encontró un montón de cintas con tías en pelotas y títulos indescifrables escritos en cirílico en los que se repetía muchas veces la palabra SUKA, o algo así.

«Tengo que recuperar mi positividad», se conjuró.

Llevaba una racha en que solo pensaba en negativo. Sobre su carrera, sobre su empresa, sobre la profesión periodística... Hasta el mundo en su conjunto le parecía que estaba realmente jodido.

Llegar a Radio Ciudad era para él como introducirse un *jack* en la nuca y conectarse a *Matrix*. Como si todo ocurriera sin que él pudiese variar el rumbo de nada. Y eran tiempos duros para la profesión.

Primero había sido el vídeo el que intentó matar a las estrellas de la radio.

Luego internet quiso hacer lo mismo.

Ninguno de los dos lo habían conseguido... del todo. Allí estaban el equipo de Radio Ciudad resistiendo y sintiéndose invencibles, aunque con cada crisis perdiesen empleados y metros cuadrados de oficina.

El nuevo director de la emisora tenía un lema: *The closest & the fastest*. Podría haber dicho «Ser los más próximos y ser los más rápidos», pero Nacho estaba convencido de que su jefe era de los que creían que decirlo en inglés lo hacía más importante. Fuera como fuese, la inmediatez era una obsesión que consiguió contagiarles a todos. Preferían asumir el riesgo de cometer un error a perder la carrera de la información. Esa era su receta mágica para intentar dar la vuelta a aquel deterioro progresivo de la cuenta de resultados.

—Buenos días, Nacho —le dice una de las periodistas más jóvenes al entrar—. ¿Te has enterado de lo de la chica asesinada de Costa Solpor?

—Sí, qué fuerte —responde sin saber de lo que está hablando. ¡Era lo que faltaba! Ser periodista y reconocer que no se está al tanto de un suceso.

—Anabel está viniendo hacia aquí —insiste ella—. Parece que tiene algo.

«¿Anabel? Quién es Anabel». Nacho coge un poco de agua caliente, una bolsita de té verde y se mete en una de las salas de reuniones con los miembros de su equipo. Empiezan a chequear los contenidos del programa del día. Pero su mente está mirando de reojo hacia la puerta. Quiere saber lo que la tal Anabel ha encontrado.

Nacho lleva trece años en la emisora. Entró como becario, nada más acabar sus estudios, en *El programa de Mayte*. Se trataba de un magacín de variedades donde el entretenimiento era más importante que la información. ¡El programa estrella de Radio Ciudad! El que más ingresaba por publicidad de toda la emisora, pero... el que menos interés periodístico tenía.

Cuando Mayte se retiró, le ofrecieron la oportunidad de ocupar su lugar. Dudó. Dudó durante dos semanas. Tenía la convicción de que ese no era su estilo, o al menos no era el que quería tener en el futuro. Finalmente aceptó. *El programa de Mayte* pasó a llamarse *El programa de Nacho*. Acababa de hacerse un nombre en el mundo... del entretenimiento. Al principio todo fue viento en popa. Pero desde hacía un par de años las cosas no marchaban bien. La audiencia bajaba. El nuevo director le decía una y otra vez que el programa no había evolucionado lo suficiente. Y Nacho sabía que era cierto. Que se había encasillado. Estancado. Paralizado. «No quiero ser presentador, quiero ser periodista».

La joven redactora entra en las oficinas de forma apresurada. Está empapada. Ha llegado andando desde la comisaría y durante todo el trayecto no ha parado de llover. En su cara se nota que no le ha importado calarse hasta los huesos. Tiene una información importante, y lo sabe. Hay que darla de inmediato. Ser los primeros. Faltan tres minutos para las noticias de la una. El tiempo justo para contársela a la directora de Informativos, redactarla y lanzarla a las ondas.

Nacho la mira a través del cristal de la sala de juntas como si fuese un niño delante del escaparate de una juguetería. «Eso es periodismo de verdad», piensa. Se levanta a por otro té que no piensa beberse.

—Esclavas sexuales —dice la becaria—, mafias de la prostitución que tienen su epicentro en Estela.

El silencio de toda la redacción aplaude el hallazgo.

—¿Estás segura? —pregunta cautelosa la directora de Informativos.

Nacho no puede evitar verse a sí mismo reflejado en el hambre de esa becaria.

—¿Qué va a ser si no? —responde Anabel—. Mujer joven, negra, nadie la ha reclamado... Una víctima sin papeles, una esclava de la trata de blancas. Además su cuerpo...

Nacho ya no atiende. Será porque hoy toca humor, pero le ha hecho gracia el juego de palabras: «Trata de blancas..., una chica negra». La sintonía de su programa lo devuelve al estudio de grabación. Trata de concentrarse. Están junto a él Tipo y Colo, los colaboradores de la sección de humor. Son dos tíos simpáticos, de esos que parece que siempre que están juntos hacen comedia. Tienen ingenio. Pero les falta conectar con el público. «Si tuviesen más gracia no estarían conmigo en este programa de tercera», se dice. Da paso a la sección «Reír un huevo». Nada más pronunciarlo se da cuenta de que no va a funcionar. Que ni siquiera el juego de palabras entre freír y reír tiene tanta gracia.

En la pausa de los informativos, siente de golpe como si un puño le apretara el estómago cuando la directora empieza a dar la noticia:

«Novedades en el caso del macabro hallazgo de Costa Solpor. De momento sigue sin poder identificarse a la víctima. Pero, según fuentes bien informadas, tras las primeras pesquisas se sabe que se trata de una mujer joven de raza negra y que su cuerpo fue decapitado y quemado. Se sospecha de bandas relacionadas con la prostitución. La policía ha activado un fuerte dispositivo de búsqueda...».

Nacho vuelve a hablar a su micrófono e irremediablemente piensa en su audiencia. «Si esto sigue así me van a echar». Hace la primera mención publicitaria del día. Una empresa de cocinas con cincuenta años de garantía. «¿Cincuenta años? ¿Quién puede querer cincuenta años de garantía en una cocina?», se pregunta.

8

Don Tomás

Tomás Varela espera el cadáver en una de las salas del Instituto Anatómico Forense. Casi dos metros, delgado, está enfundado en una bata azul y sus pocas arrugas están tapadas con una enorme mascarilla. Su mirada no tiene más de cuarenta años, veintisiete menos que él.

Detrás se encuentra su nuevo ayudante, que mantiene las manos ligeramente elevadas como si temiese que se le fueran a caer los guantes. Tiene las gafas empañadas. La mascarilla dispara el aliento de su boca contra las gafas y eso lo pone aún más nervioso. Es la primera vez que va a realizar una autopsia y no podrá hacerla si no ve bien. Trata de expulsar el aire apuntando los labios hacia abajo.

—Tranquilo, que el paciente no se te morirá, muchacho.

Don Tomás —se ha ganado que todo el mundo forense le llame así— comienza el análisis de los restos mientras habla a una vieja grabadora con la que lleva trabajando más de veinte años.

—Veamos... Ninguna pieza dental sigue en su sitio. Será difícil identificar a la víctima.

—¿Se las arrancaron?

—Probablemente...

La respiración del joven ayudante delata su agitación. El forense hace una pausa. Un cruce de miradas es suficiente para reanudar la tarea.

—Por el tamaño parece...

—Una chica.

—Sí, pero no te confíes —dice don Tomás a modo de lección—. Después de arder, los restos pueden acortarse varios centímetros... Protuberancia frontal única y centrada, borde orbitario afilado... ¿Por lo tanto...?

—Se trata de una mujer.

—En efecto —asiente don Tomás—. No hay fluidos corporales... Cuando la quemaron ya estaba muerta.

El ayudante mira los restos con repugnancia y curiosidad.

—Debemos proceder con mucho cuidado para preservar la piel desprendida del hueso —continúa don Tomás—. ¿Lo ves? Eso es por el efecto del calor extremo. Se separa como si fuese un guante... Vamos a ver si queda algo sin carbonizar.

Rasca durante unos segundos haciendo desaparecer, una tras otra, las capas más superficiales. Al encontrar unos restos rojizos se detiene.

—Fíjate, conforme eliminamos los restos de epidermis encontramos el pigmento de un tatuaje situado en la dermis...

Una Z queda a la vista.

Luego aparece una O.

Y luego una R.

Limpia el escalpelo y reanuda la operación, descubriendo otra R y un trozo de lo que parece ser una A.

Las cejas del ayudante están cada vez más cerca del gorro que le cubre la cabeza.

—Curioso descubrimiento, ¿verdad? Con toda seguridad se trata de la palabra ZORRA.

—Sí, eso parece —dice el novato, impresionado.

—Pobre chica... Vamos a tomar muestras para detectar si había ingerido sustancias nocivas antes de morir..., drogas, venenos... Tenemos unos espectrómetros de masas muy precisos. Y unos equipos de cromatografía extraordinarios. Si la drogaron o la envenenaron, lo sabremos enseguida.

El ayudante no deja de mirar la minuciosidad con la que el forense mueve la lanceta para separar los restos.

—La causa de la muerte no ha sido la decapitación. Por el estado de la sangre debería llevar tiempo muerta cuando le cortaron el cuello... Los restos de tierra parecen ser del mismo tipo, así que únicamente ha estado en un sitio... Estimo que debe de llevar enterrada cerca de un mes.

Hace una pausa. Apaga la grabadora y se dirige a su viejo reproductor de CD. Al pulsar el *play* comienza a sonar «Casta diva» de Bellini. Mueve la mano acariciando el aire, siguiendo con su balanceo la melodía.

—Para identificar el cadáver haremos radiografías de lo que queda del cráneo... Si es posible, se cotejará con alguna que le hayan hecho anteriormente a la víctima. Cuando estaba viva. Puede ser clave para su identificación... Por fortuna el proceso de calcinación no ha destruido el ADN. Tomaremos muestras y solicitaremos su análisis.

Don Tomás se aleja y empieza a quitarse los guantes.

—Identificar un cadáver es muy importante. La humanidad siempre ha luchado por conocer los avatares del destino de las víctimas de la violencia. Es algo más que hacerles justicia. Nos permite seguir siendo humanos. Hala, ahora te toca a ti hacer el papeleo.

9

Comisaría central de Estela

En los años setenta habría sido un despacho moderno y lujoso. Pero ya entrado 2019 era la evidencia de que los presupuestos del cuerpo no se destinaban a decoración. Ver sobre esa mesa de castaño un teléfono móvil parecía un anacronismo. Y más si la vibración lo hacía rebotar sobre ella como si quisiese salir cuanto antes de ese entorno.

El general de brigada jefe de la zona de Galicia no reconoce el número de la llamada entrante. Por unos instantes recela, pero finalmente descuelga.

—¿Llevamos una semana y no hemos sido capaces de identificarla? —dice una voz que lo increpa sin rodeos.

No es la directora general de la Guardia Civil, ni el director adjunto operativo ni el teniente general. Es el ministro del Interior en persona, un hombre con fama de temperamental y de saltarse todos los protocolos cuando tiene algo entre ceja y ceja.

El jefe se pone en pie por instinto y estira su enjuta anatomía antes de empezar a hablar.

—Supongo que estará informado... Hemos hecho todos los controles habituales: comprobamos las cámaras de seguridad de la ciudad, hicimos el seguimiento de matrículas, comprobamos los teléfonos móviles de la zona. No encontramos nada concluyente... El hecho de que la víctima no haya sido identificada por ahora lo complica todo. Seguramente ya sabe que el ADN *post mortem* indica que se trata de una chica africana... Sí, de raza negra... Joven. Quizá fuese una inmigrante ilegal... No, no ha aparecido ningún testigo. No... Sospechamos... Sí, de momento no podemos hacer nada más que sospechar... Creemos que puede ser un ajuste de cuentas..., de las redes de prostitución... No, todavía no hemos conseguido identificarla, como le he dicho. No... Nadie la ha reclamado... Tenemos dos patrullas batiendo la zona... No, no son pocas... Sí, hemos pedido la colaboración de la Unidad Central Operativa... ¡Por supuesto que la UCO está al tanto de todo!

La paciencia del jefe empieza a agotarse. Es su superior máximo, pero cree que se está tomando demasiadas licencias. Acaricia una caja metálica que parece contener algo de gran valor.

—Hemos investigado los siete estudios de tatuaje de la ciudad. Hemos interrogado a todos sus operarios... Bueno, sí, artistas... Sé que se llaman así. Todos tienen coartada... Sí, sólidas...

El volumen de voz del ministro se eleva por momentos.

—Lo sé, pero... algunos... algunos restos no llegan a identificarse nunca, ministro —dice, y al político le resulta ofensiva la forma en la que ha pronunciado su cargo—. Recuerde que existe el día de las Personas Desaparecidas por ese motivo... El Congreso de los Diputados lo aprobó con el respaldo unánime de toda la cámara, supongo que estará al tanto.

Al ministro del Interior le cuesta dejar correr la insolencia. Sin embargo, el jefe vuelve a la carga y parece decidido a evitar que se desprecie el trabajo de su equipo.

—Según el Centro Nacional de Desaparecidos hay más de tres mil cadáveres pendientes de identificación en este momento en España. —Se da cuenta de que ha elevado la voz más de lo adecuado—. ¡No me cargue con más presión, por favor! —Cada vez abre y cierra con más velocidad la caja metálica que hay sobre la mesa de su despacho, sin que se llegue a ver bien lo que guarda dentro.

—Yo decidiré la presión con la que hay que llevar este asunto —responde el ministro.

—Estamos poniendo todo de nuestra parte. Sabemos que un asesinato es algo muy grave.

—Una mujer negra ha sido tatuada en la frente y torturada hasta la muerte... Socialmente no es un asesinato más.

—¿Y si hubiese sido un hombre?

Ese argumento exaspera al ministro. «Típico», piensa. Es de los que cree que a determinados mandos todavía se les atraganta que haya dirigentes políticos progresistas.

—Le agradezco que no me interrumpa. Es más, le voy a pedir un favor. En lo que me queda de mandato, no se atreva a volver a interrumpirme nunca más, ¿me oye?

El jefe acata la orden disciplinadamente y se sienta en silencio.

—Este caso está generando mucha alarma social —advierte el ministro—. La prensa está muy encima. Cuando descubran que le grabaron la palabra ZORRA en la frente no podremos controlar la reacción. Necesitamos resultados. ¡Tiene que poner más medios!

El jefe superior está mordiéndose la punta del dedo pulgar e incrementa la presión cada vez que siente ganas de protestar.

—Manténgame informado.

—Lo haré, señor ministro. Pero entenderá que tengo que respetar la cadena de mando. Es irregular que...

—Directamente a mí —ordena el político. Y añade en un tono más suave—: Por favor.

El jefe deja de acariciar la caja metálica y la abre. Observa decenas de cigarrillos tan bien ordenados que parecen estar en formación para tentarlo. Coge uno. Lo enciende. Intenta pensar. Quiere encontrar la manera de sacárselo de encima. Llama a Germán Luna, el comandante con el que tiene más confianza.

—Germán, ¿puedes venir un momento?

—Voy ahora mismo.

A los cinco minutos la esbelta figura del comandante entra

en su despacho saludando, más como un amigo que como un subordinado.

—¡Jefe! —dice saltándose el saludo protocolario. Así conocía todo el mundo al general.

—Acabo de tener una llamada surrealista ¡del ministro del Interior! Se ha saltado toda la cadena de mando para meterme presión por el caso de la chica del tatuaje en la frente. ¡Cómo si nos estuviésemos rascando los cojones!

La sorpresa no hace que Germán cambie su gesto ni un ápice. Se diría que se parece a la figura que Clint Eastwood tiene en el museo de cera de Estela. Igual de seco. Igual de inexpresivo.

—No tenemos nada nuevo.

—¿Los rumanos?

—Llevan un mes en prisión preventiva..., precisamente por tráfico de mujeres. Los cinco. No pudieron ser ellos. Además, esto es algo diferente. ¿Tatuarle la cara? ¿Para qué? Estos no perderían ni un minuto en eso. Si quieren enviar un mensaje a las demás chicas le desfiguran el rostro y punto.

—Pudieron ordenarlo desde dentro.

—En todo caso, no tenemos pruebas. Si salen y los detenemos entrarán por una puerta y saldrán por otra.

—Hay que hacer algo. Algún gesto... Las redes sociales están amplificándolo todo. Lo están enfocando como si fuese un caso de negligencia. Los extremos políticos se han apropiado del asunto. Unos acusan a la sociedad...

—... y otros hablan de las consecuencias de la posible vida disoluta de la chica —añade el comandante.

Al jefe le sorprende que Germán use expresiones como «vida disoluta».

—¡Una pobre chica muerta y la gente se pone a opinar! —grita—. Me cago en las redes sociales, en las tertulias y en los putos medios de comunicación. Tenemos que hacer algo.

Ambos guardan silencio hasta que los ojos de Germán se abren levantando ambas cejas a la vez.

—¿Y un nombramiento?

El jefe hace un gesto con la mano invitándolo a seguir.

—¿Una nueva sargento para encargarse del caso? —sugiere el comandante.

—¿En quién estás pensando?

—Edén González.

—¿Estás de broma?

El jefe se levanta y empieza a caminar alrededor de la mesa con grandes zancadas mientras niega con la cabeza. Germán espera a que se detenga para continuar.

—Fue un tema personal... Al final los dos han salido perdiendo.

—Uno más que otro.

Germán insiste.

—No podemos seguir toda la vida divididos en dos bandos. Edén es una buena profesional, yo creo que de lo mejor que tenemos. Es deductiva, disciplinada...

—¿Disciplinada? —responde el jefe tras levantar la palma de la mano como si dijera: «Basta».

—Después de todo el follón de su inhabilitación y de su indulto es una especie de heroína para las redes sociales. ¡Es perfecta para la opinión pública! Distraerá a la prensa mientras no llegan los resultados. Además, sé que el sargento de la brigada que lleva el caso está deseando tener una plaza en Pontevedra. Espera un niño. Podría ser un puesto de libre designación...

El jefe sabe que el comandante tiene poco estómago, pero suele tener razón. «Sería una propuesta que agradaría al ministro —piensa—. Pero tragarme ese sapo...».

—Germán, tantéala.

10

Edén

Habían pasado dos semanas desde que conocí la noticia de la chica muerta en Costa Solpor. Llevaba dos horas tumbada en mi cama sin atisbo alguno de poder dormir, tratando de representar en mi mente la forma en la que el cadáver pudo llegar allí.

Mi habitación semivacía aumentaba mi desazón. Dos columnas de libros y cómics apilados a ambos lados de la cama junto a un altavoz con forma elipsoide que me permitía cargar el móvil mientras escuchaba música era todo lo que me rodeaba. «¿*Para qué quiero más?*», me dije. ¿*Quizá para que parezca el piso de una mujer madura?*

Me preguntaba por qué nadie había reclamado el cadáver y por qué estaba resultando tan complicada su identificación. Aunque fuese una sin papeles, siempre habría alguna amiga que hubiera podido dar la voz de alarma.

Mis especulaciones sobre el crimen se vieron interrumpidas por el recuerdo de mis conversaciones con la loquera.

«Cuando era niña, el miedo me hacía callar. Abrir la boca era el inicio de mis problemas». *Pues ahora igual, Edén. Abriste la boca, te fiaste de esa psicóloga con aire de ser tu mejor amiga y te ha fallado. Punto.*

La había cagado, cierto, pero había dicho la verdad. Solía esperar a llegar a casa para ajustar cuentas. Me tumbaba en la cama y todo volvía a mi mente con nitidez. En esa segunda oportunidad era yo la que respondía con agudeza a los insultos, la que reaccionaba a las trampas o la que se defendía y vencía... Aquellos momentos se convirtieron en una droga: deseables y a su vez perturbadores y dañinos. Me hacían sentir como un pájaro que escapaba de las redes que le ponía la realidad para atraparlo. Como si pudiese hacerme más pequeña o más grande a mi voluntad. ¿No lo hacemos todos? ¿No se nos ocurre la frase que querríamos haber dicho, la palabra exacta, la reacción perfecta cuando todo ha pasado?

Volví al cadáver.

¿Era un crimen sexual? ¿Un crimen pasional?

¿Fue un hombre quien hizo aquello?

¿Varios?

¿Por qué apareció allí?

¿Ningún testigo?

¿A nadie le alertó el humo?

¿Habría más restos esparcidos por la zona?

¿Quiénes solían ir a esa cabaña?

¿Por qué no eran capaces de identificar a la chica?

¿El tatuaje estaba bien hecho?

Era evidente que quien quemó el cuerpo quería deshacerse de él. Pero ¿por qué trocearlo?

Por lo que sabía, no se había encontrado ni un solo hueso ni cenizas alrededor de donde fue hallada la víctima. ¿La quemarían en sitios diferentes? Resultaba evidente que si alguien decidía quemar un cuerpo era para que desapareciera. Estaba segura de que algo asustó a quien o quienes lo hicieran en mitad de la operación y decidieron abortarla. Tenía la sensación de que había cierta precipitación y torpeza en todo aquello.

«¿Mafias de la trata de blancas? No lo creo. Si maltratan a una chica quieren que el resto de las prostitutas la vean. Y si alguien quema un cadáver es para que nadie lo encuentre, de eso no hay duda».

Decidí levantarme.

Llegaría temprano a trabajar.

En una comisaría siempre hay alguien de guardia, por lo que no sería extraño ver a una policía judicial ojerosa y mal dormida llegando a las seis de la mañana.

Me duché. Tomé café. Rescaté mi coche de los elementos adversos y casi sin darme cuenta estaba en mi puesto de trabajo observando la niebla, que parecía querer entrar en la comisaría para sentarse entre nosotros como si fuese un agente más.

Había empezado otro de esos días de mirada perdida y ojos resecos. El caso con el que llevaba tanto tiempo soñando estaba pasando por delante de mis narices y yo no podría ni olerlo. La envidia me corroía.

Esas malas vibraciones hicieron que las escenas extrañas volvieran a mi mente. En ese caso, era la imagen de un policía con las dos piernas amputadas que se arrastraba por la hierba de Costa Solpor mientras se desangraba.

«Desde niña tengo visiones macabras —confesé una vez a Beatriz Freeman, la loquera—. Mutilaciones, heridas... Me asusta tenerlas. No por ver sangre, que nunca me impresionó. Es que son tan nítidas y reales que me hacen dudar de mí misma». *¡Otro complejo más! Niña rellenita... sin amigas... y con sus facultades mentales alteradas... Sin comentarios, Edén. Estás donde te mereces.*

Todavía podía ver a la doctora Freeman removiendo el té con su cucharilla de plata antes de intentar tranquilizarme con sus palabras: «Suelen ser expresiones de nuestros temores, visualizamos lo que no querríamos ver, lo que nos aterroriza. Es frecuente en gente con estrés postraumático. Una especie de percepción distorsionada, a menudo consecuencia de que el individuo se acusa a sí mismo de los sucesos que lo han impresionado».

Podría ser mi caso, no digo que no. En más de una ocasión me pregunté por qué no pegué unas buenas hostias a aquellas hijas de puta. ¿Por qué no reaccioné? Nunca lo sabré. Supongo que lo veía como algo natural. Que sabía que no era la niña flaquita y graciosa que siempre quise ser y veía normal que se metiesen con alguien feo y despreciable como yo.

A las nueve en punto sonó el teléfono. Era Germán Luna. Descolgué, intrigada.

—Comandante, qué alegría —dije con la voz más cínica de la que fui capaz.

—Buenos oídos te oigan.

Durante años había confiado en él. Lo admiraba. Valoraba su amabilidad y su mano izquierda. En ese momento ya no era así. Pensaba que cada uno de sus circunloquios era el preludio de un puñal clavado en alguna espalda.

—Edén, tengo buenas noticias para ti.

Al oírlo sentí como si me estuviese bajando un cubito de hielo a lo largo de la columna vertebral.

—Queremos que vuelvas. Que te ocupes de la brigada de Delitos contra las Personas y que nos ayudes a resolver el caso del cadáver tatuado.

«¿Tatuado?». El cubito de hielo empezó a subir por mi espalda. El comandante aportó más detalles del caso, confiando en que me estimularían: una solitaria cabeza quemada y tatuada con la palabra ZORRA en la frente... Era el caso que soñaba desde la academia.

—¿Dónde está la bolita, Germán?

—¿Qué quieres decir?

—Que ¿dónde está el truco? El «pero».

—¿Por qué tiene que haber un pero?

—Porque, si no, no me habrías llamado tú.

11

Comisaría central de Estela

Un enigmático texto aparece escrito en unas de las pizarras de la sala de reuniones principal: E-1. C-0.

Al verlo, nadie queda indiferente. Todos los que pasan por delante se detienen y hacen algún comentario. Parecen entender lo que quiere decir: Edén 1, Camilo 0.

—¿Has visto eso? —pregunta un compañero al cabo Ricardo Delgado.

Delgado no contesta. Camina hacia la pizarra y borra con la mano las letras y los números. Hacía días que se había extendido un rumor sobre la vuelta de Edén González, pero no le daba crédito. Es más, se sentía decepcionado con sus compañeros por cuchichear. Para su carácter recto, los uniformes deberían ser una barrera para los cotilleos. «Pero resulta que era verdad», se dice, aunque incapaz de asumirlo.

E-C. Así se referían al asunto. Por las iniciales de Edén y Camilo. Quizá porque mencionarlo de esa forma se hacía más sencillo para todos. Al fin y al cabo, ambos eran compañeros. Los dos de la misma edad. Los dos sargentos. Los dos tenían buenas relaciones con los demás agentes. Y aunque Camilo era muy popular por su simpatía, a ella se la respetaba por su talento.

—El comandante va a rescatar a Edén. La premiarán dándole el caso estrella —le dice otro con toda la mala intención, sabiendo que da donde duele.

Ricardo nunca dudó de qué lado estaba. Camilo Parapar era más que su jefe. Era su amigo. Al oír la palabra «premiar» se hunde en su vieja silla. Se agarra a los reposabrazos y los aprieta con fuerza. «No es justo. No pueden despreciar así a Camilo y premiar a su cuñada», piensa. Mantiene la mirada perdida hasta que toma una decisión. Quizá... quizá pueda hacer que la vuelta de Edén González no sea un camino de rosas. Quizá si hace que se encuentre con algún obstáculo en su camino...

Se dirige hacia la máquina de café. Antes de meter las monedas lo invade una sonrisa. Ha tenido una idea. Bordea la línea de lo lícito, lo sabe. «Si me lo hicieran a mí, me gustaría que un amigo actuase». Busca en su lista de teléfonos y se detiene en el contacto «Nacho Periodista». Así llamaban todos los compañeros de instituto a Nacho Fenoy.

12

Nacho

Entra en el estudio con los brazos caídos. Oye el mismo silencio que en su casa. El mismo zumbido incómodo acompañándolo durante todo el rato. La única diferencia es que en el estudio no puede beber cervezas ni comer cualquier cosa que atrape en el frigorífico.

Mira a su alrededor y recuerda lo feliz que, en otros tiempos, le hacían esos doce metros cuadrados forrados con aislante acústico.

—Nacho, empezamos en diez minutos —lo avisa el técnico de sonido.

—Gracias, Marcos.

Queda minuto y medio para comenzar. Lo suficiente para que Nacho siga pensando en cómo se desvaneció su éxito fulgurante.

Un miembro de su equipo entra en el estudio y le da un papel. Lee la nota en voz baja. Tiene una llamada urgente. De Ricardo Delgado. «¿Ricardo Delgado? ¿Pelaso?». Hace un gesto a los de sonido señalando la puerta y sale, intrigado. «¿Pelaso?». Hace al menos quince años que no sabe nada de él.

—¿Ricardo? —Evita pronunciar el apodo por el que lo conocían todos en el instituto.

—Hola, Nacho.

Ricardo no pierde el tiempo. Dedica unos segundos a la cortesía y va al grano.

—Querría verte. Podría tener alguna información... digamos que... exclusiva. ¿Te interesaría?

—No sé lo que es, pero así, a bote pronto, ¡claro! Soy periodista.

—Martes, a las diez, en la cafetería Chicago. Sé discreto.

Nacho nota la incomodidad de su excompañero y eso lo intriga más aún.

—Allí estaré.

Antes de levantarse de la silla se queda pensativo unos segundos. Una llamada misteriosa. Una exclusiva... Reconoce en su interior el gusanillo que todo periodista lleva dentro y empieza a sentir algo cercano a la alegría.

13

Fernanda

«¿Por qué lo llamarán barrio Chino si aquí no vive ningún chino?», piensa Fernanda mientras cruza la zona que concentra la mayor cantidad de delincuentes de la ciudad. Mantiene el humor, pero camina alerta, mirando hacia todos los lados. La niebla le dificulta la visión y solo puede ver a las personas cuando están a pocos metros de ella, como apariciones súbitas entre las nubes.

Es sábado de madrugada. La zona es un hervidero de personajes peculiares. Se cruza con dos chicas que le ofrecen algo más que diversión. No les contesta. Sigue caminando y se encuentra con un chico apoyado en cuclillas en la pared. Tiene una cuchara requemada en la mano y sus ojos cerrados parecen obtener extraños recuerdos de oscuros viajes. Al poco llega a la altura de un anciano que se tambalea mientras orina alcohol en una esquina, cerca de dos jóvenes que cuentan billetes en la puerta de un local iluminado de rojo.

Está nerviosa. Va cubierta con una visera y un fular que no casa muy bien con su chaqueta vaquera. Lleva unas gafas de sol que le dificultan más la visión, pero es que no está segura de querer que la vean por allí ni que la reconozcan. Y menos yendo a hacerse un tatuaje. Hasta hace poco, los policías y los guardias civiles tenían prohibido hacérselos. No tiene claro si una ciudad tan carca como Estela lo entendería. Y menos en un local como aquel. «Nunca te librarás del miedo al qué dirán», se reprocha.

A las tres de la mañana se detiene frente a un portal de piedra de la calle Frontera. Pulsa un botón. Oye el sonido de dos campanillas que suenan como las campanadas de los entierros. Es el timbre del local.

Fredo, el dueño, hace una pausa en su trabajo y acude a abrir. Suele haber una ayudante en la puerta, pero se ha cogido la noche libre. Conoció a un chico y se lo estuvieron montando durante todo el día, y Fredo es tolerante con esas cosas. «Prefiero que falten al trabajo por echar un polvo que por estar enfermos».

Más que trabajar, se diría que Fredo reina en Ootatoo. Es bajito, con abundante pelo largo y una enorme barba blanca. Tiene la frente deformada, como si uno de sus huesos estuviese abollado, lo que le da un aspecto sombrío que solo disimulan sus sempiternas gafas de sol. Siempre ríe. Parece un miembro de ZZ Top en versión risueña. A su lado trabaja un gigante maorí que nunca lo hace. Se llama Tiki Amatu, pero Fredo lo llama Tangata, que quiere decir algo así como «persona» en maorí. «Dos metros y ciento cincuenta kilos», calcula Fernanda mientras lo ve moverse alrededor de su cliente como un oso que va a devorar un salmón. Tiene la cara tatuada y, por lo que Fernanda puede ver, también gran parte del cuerpo.

Si a esa extraña pareja se le suma la decoración gótica, es comprensible que Fernanda crea que se está metiendo en la boca del lobo.

—¿Es aquí Ootatoo?

—Sí, es aquí —responde Fredo, y comprueba con la mirada que el rótulo no ha desaparecido. Están justo debajo de un cartel donde puede leerse el nombre del local.

Al entrar, Fernanda se encuentra con decenas de pósters, esculturas y cuadros que se agolpan por todo el estudio. Cosas recibidas como pago por los tatuajes. Fredo ha trabajado para aristócratas, asesinos, gente respetuosa con la ley y delincuentes de todo tipo. Después de tantos años, sabe que en realidad solo hay dos clases de clientes: los que pagan y los que no.

Fernanda sonríe al entrar. Siente un alivio que le dura solo unos segundos, hasta que se fija en que el mostrador de recepción le enseña los dientes. Está hecho con hierros retorcidos que logran parecer una boca abierta con unos colmillos vampíricos. La sala de trabajo está separada de la recepción por una de esas cortinillas de tiras metálicas que se usan para dejar pasar el aire y evitar que se cuelen las moscas. El local tiene poca luz.

—Venía a informarme sobre un tatuaje.

—¡Pues estás en el mejor sitio posible! —dice Fredo con una pompa exagerada—. Hoy no ha venido Laura, nuestra ayudante. Tendré que informarte yo... O mi compañero. Pero ahora estamos en plena faena. El primero que acabe se pondrá contigo, ¿de acuerdo? Lee, bebe y fuma lo que quieras mientras esperas.

Fredo se retira señalando una sospechosa bolsita en la que parece haber hierba seca. Y no del prado, precisamente. Aunque sigue presa de un ataque de timidez poco habitual en ella, Fernanda siente un regusto especial al comprobar que no han adivinado que es policía. Cree que eso la hace más joven.

El tatuador vuelve al trabajo atravesando la cortinilla de cuerdas metálicas, que se quedan chocando entre sí. El sonido se funde con la música. Suena *Kiss and say goodbye* de The Manhattans. Está tatuando algo que parece una serpiente en el cuerpo de una mujer muy joven. O quizá sea una niña muy madura y el motivo sea un dragón. En cualquier caso, es muy guapa. A pesar de estar semidesnuda (una pequeña bata negra le cubre ligeramente las caderas), la chica no muestra el menor síntoma de rubor. Fernanda recorre con la mirada el tatuaje que le están haciendo. Ve que le serpentea desde la cadera, le pasa entre los pechos y le sube por el cuello hasta la parte trasera de una oreja. Una amiga le coge la mano durante todo el proceso. Tiene un aspecto siniestro que hace que resulte difícil calcularle la edad: su cara está completamente teñida de rojo, el blanco de sus ojos tampoco es blanco, sino de un rojo acuoso. Los párpados tienen marcadas unas líneas oscuras que acaban apuntando hacia arriba juntándose con unas hileras de puntos negros que sustituyen a sus cejas. Dos formas curvas se abren paso entre las mejillas y la mandíbula. Completan la decoración del rostro unas cuantas estrellas y el número 666 repetido varias veces junto a la palabra HIPOCRESÍA tachada con una línea fina. «Esta pasa de los cuarenta», concluye Fernanda.

—Liliana, lo estás haciendo muy bien —dice la chica de la cara roja.

—Gracias, Líder.

«¿Líder? ¿Por qué la ha llamado "líder"? —se pregunta la policía, que no puede dejar de observarlas—. ¿Serán de una banda? ¿De un grupo organizado?».

Fredo ve que Fernanda las mira y se le acerca de nuevo.

—No te dejes impresionar. Es buena chica. Lleva una década haciéndose modificaciones en todo el cuerpo. Una intervención quirúrgica al año. ¡Una pasta! En la última se puso esas bolas bajo la piel de la frente que parecen cuernos. —Suelta una carcajada—. Le da un aspecto demoniaco, ¿verdad? Pero cuando sonríe se ve que es buena tía... ¡Parece una superheroína!

Regresa a la cabecera de la camilla, junto a la enorme cola de pavo real abierta que decora la pared. Hay dos y están hechas con papel maché. Otro pago en especie de otro cliente con talento que no pudo hacer frente a la factura de otra forma.

La joven besa a Líder en los labios lentamente. Fernanda se ruboriza. Fredo se pone a hablar. Siempre habla mientras trabaja.

—Todavía no han identificado a esa pobre chica muerta. La de la palabra tatuada en la frente.

Fernanda se esfuerza por escuchar, a pesar del elevado volumen de la música.

—Nada la devolverá. Está en el paraíso. *Pararaiha, pararaiha...* —responde el maorí.

—¿Eso os lo enseñan así en vuestra tribu?

—Ya te dije que nací en una ciudad más grande que la tuya —protesta Tangata. Y con razón. Wellington, la capital neozelandesa, supera en número de habitantes a la ciudad de Estela.

—O sea, que en vuestra cultura no os asusta la muerte.

—*Kahore* —niega el maorí.

—A mí la muerte no me importa. Lo que me preocupa es no saber cuándo va a ser.

Liliana, la cliente adolescente, exhala un leve quejido cuando la aguja toca el hueso de una de sus costillas.

—¿Qué harías si lo supieses? —pregunta Tangata con su voz grave y su peculiar acento.

—Tomar el sol treinta días antes.

—¿Bromeas? Nunca te he visto tomar el sol. Te pasas meses sin verlo.

—Y seguiré haciéndolo.

—¿Entonces...?

—A lo largo de toda mi vida he visto dos cadáveres. Y estaban demasiado pálidos, Tangata, estaban blancos como la porcelana. Parecían de cera, o de jabón... o de cualquier papilla blanquecina de mierda. Esa blancura era insana, tío.

—No puede haber salud en un muerto. Cuando la sangre deja de circular nuestro color se apaga.

—No me parece digno. No me veo así. Con esta barba, todos estos tatuajes y sin color... Me gustaría tener un tono a la altura de las circunstancias. La dignidad es muy importante Tangata, tanto en la vida como en la muerte.

Fredo se quita las gafas de sol. Solo lo hace cuando va a ocuparse de alguna zona del tatuaje que requiere mucho detalle. Se rasca con delicadeza la zona hundida de su hueso frontal.

—¿Y no prefieres pensar que cambias la forma de estar en el universo? —pregunta el maorí.

—Para mí ese es el final. Y ahí está el problema. Es como si a un tatuaje le echas un borrón justo cuando lo estás acabando. Sería una mierda permanente. Me jode no saber cuándo voy a morir, amigo. Me jode.

Siete. Esas son las veces que Fernanda ha pensado en marcharse. Quizá ese sitio sea demasiado «alternativo» para ella.

Tangata acompaña a su cliente a la salida y se queda en el mostrador poniendo agua en el hervidor.

—¿En qué podemos ayudarte?

Fernanda balbucea de nuevo.

—Me gustaría hacerme un tatuaje. No tengo muy claro cómo lo quiero. Había pensado en que fuesen Bía y Nike, las diosas griegas. Pero no sé si ponerme las palabras, o un dibujo de ellas con mucho detalle... o quizá algo alegórico.

Tangata coge dos voluminosos libros y se los entrega.

—A lo mejor aquí encuentras algo. Un tatuaje es importante. Es para siempre. Tiene que ser algo que te represente. Que te dé fuerza.

—¡Qué buen vendedor eres, Tangata! —grita Fredo desde dentro.

El maorí no sonríe.

—Te parecerá que este es un sitio de locos. A veces a mí también me lo parece. Pero Fredo es uno de los mejores tatuadores del mundo.

—¿Lo ves, Tangata? ¡Eres nuestro director comercial!

—Llévate los libros, busca algo y luego vuelve.

—¿Cuánto tiempo soléis tardar?

—Según el diseño, el tamaño, el detalle... Pueden ser unas horas o unos días, incluso varias semanas. Los precios van en función del tiempo. Trescientos. Quinientos. Mil... Cuando elijas te haremos un presupuesto.

—Gracias. Echaré un vistazo.

14

Edén

Una bombilla desnuda flotaba en la calle Ítaca, uno de los callejones más oscuros y menos transitados de la ciudad, iluminando el rótulo del gimnasio Pantera de Arosa. Me gustaba esa tipografía y esa luz. Era un verdadero viaje en el tiempo. Sin embargo, aquel día me resultó inquietante y fuera de lugar.

—¿Por qué te paras? —me preguntó Fernanda.

—Leía.

—Pone lo de siempre. Gimnasio Pantera de Arosa.

—Lo sé.

Fernanda Seivane era mi compañera desde la academia. Estudiamos y trabajamos juntas hasta que me suspendieron de empleo y sueldo. Solíamos entrenar con frecuencia. Como compañeras de boxeo éramos un diez. Fernanda era el uno, delgado y menudo. Pesaba veinte kilos menos que yo. Bajita (dio la talla mínima para poder entrar en la policía), rubia, guapa y lista, con unos ojos azules chispeantes. Muchos nos preguntábamos qué hacía una belleza así en un trabajo como este..., pero lo cierto es que era una policía excelente. Si ella era el uno, yo era el cero, robusto y musculoso, que sabía moderar la fuerza para hacer guantes con mi amiga.

El gimnasio estaba abierto desde las ocho de la mañana hasta medianoche para dar servicio a muchos de sus clientes que trabajaban a turnos. Ese horario compensaba la humildad de sus instalaciones y la falta de comodidades.

Dieron las once de la noche y seguíamos entrenando. Lo hacíamos en el viejo ring. Según el dueño, era donde Pantera Rodríguez había ganado el Campeonato de Europa de los pesos pesados en 1978. Aunque, a juzgar por el estado en el que se encontraba, nadie lo diría.

Llevábamos casi una hora haciendo guantes cuando decidí compartir mis pensamientos con Fernanda.

—Voy a dejarlo.

—¿El boxeo?

Era comprensible que no me entendiese. Me acusaban de mostrar poca emoción al hablar. Fernanda decía que, con los años, mi rostro había ido adoptando un aire melancólico y descreído que le resultaba imposible de descifrar. Aunque solía exagerar, supongo que algo de verdad habría en esas palabras.

—Dejar de ser policía.

—Esa historia con Camilo te sigue jodiendo la vida. ¡Olvídala! —me dijo—. Ya la has pasado. Has vuelto. Aguanta un poco más.

Nuestros cuerpos echaban humo. De nuestras bocas salía abundante vaho, consecuencia del esfuerzo y de la baja temperatura del local. Su propietario (que mantenía abierto el gimnasio más como tributo al antiguo campeón que como negocio) tenía una particular filosofía: «Aquí la calefacción son las hostias». Y lo comprobé cuando un directo de Fernanda estalló en mi cara y me calentó lo suficiente para que, instintivamente, lanzase un gancho de izquierda que hizo que Fernanda se fuese a la lona.

—¡Perdona! ¡Perdona! ¿Estás bien?

—Ha sido un bonito viaje. Corto pero intenso —me dijo aturdida.

Nos retiramos a los vestuarios en silencio. Originariamente eran solo masculinos (en la época en la que el gimnasio se construyó apenas había mujeres que entrenasen). Ahora eran mixtos. Como sabíamos que ya no había nadie, no nos preocupó ir desnudas hasta las duchas.

—¿Sabes qué? Me voy a hacer un tatuaje —anunció Fernanda.

—¿Tú? —le respondí.

—Sí, ¿algún problema?

—¿Qué te vas a tatuar? —pregunté incrédula—. ¿Dónde te lo vas a poner?

—¡Pareces policía!

Yo no era amiga de los tatuajes. De adolescente quise hacerme uno. Pero mi padre me lo prohibió tan tajantemente que acabé tirando la toalla y pensando que eran malos. Y desde que supe lo de la chica muerta tatuada mis prejuicios hacia los *tattoos* se habían multiplicado.

—Lo estuve pensando un tiempo —continuó—, y he decidido hacérmelo en las nalgas.

Durante dos segundos solo se oyeron los chorros de las duchas.

—¿En el culo?

—Sí, claro, ¡no tengo nalgas en otro sitio!

Fernanda salió de la cabina y se asomó enseñándome el trasero, para señalarme el lugar donde pensaba hacérselo.

—¡Así solo se verá mientras esté follando!

Nos reímos con tanta fuerza que debimos de alertar a alguien que nos acompañaba en los vestuarios. Al parecer, sí había más gente.

—En una irá Bía y en otra Nike. Las diosas griegas. Como homenaje a nuestra amistad.

—¡Pero qué cursi eres! —le dije, aunque agradecí el gesto.

—Me lo voy a hacer en Ootatoo. Es un sitio alucinante de la calle Frontera. El estudio más *underground* de la ciudad. ¡Solo trabajan de noche!

Mientras nos vestíamos la matraca de mis dudas volvió a abrirse paso.

—Sé que hay vida más allá de la Policía Judicial.

—Haz lo que tengas que hacer —me dijo Fernanda con voz tajante, como queriendo cortar la conversación—. Por mí no cambies ni una coma tu decisión. Pero me jode que ese cabrón acabe saliéndose con la suya.

Fernanda sabía que la mejor forma de motivarme era hacerme ver la cara de Camilo sonriendo triunfante.

Salimos del gimnasio y la bruma nos absorbió.

—Niebla... ¡Qué raro! —dijo Fernanda con ironía.

Nos abrimos paso entre ella hasta llegar al coche.

—Aunque por otro lado..., me han ofrecido trabajar en el asesinato de la chica tatuada —confesé.

—¿Y estás dudando?

—Sé por qué lo hacen. Puto postureo.

—Estamos investigando las mafias que manejan la trata de blancas en la ciudad. Son las esclavas del siglo veintiuno. Puede ser un gran caso. ¡Acepta!

Me limité a negar con la cabeza.

—¡Acepta! —insistió—. ¿Te imaginas volver a trabajar las dos juntas?

¿No era algo un poco complicado para las mafias de la prostitución? ¿Por qué tatuarla? ¿Era un mensaje? Y si era un mensaje, ¿por qué hacerla desaparecer?

—No sé. Quizá llega demasiado tarde —dije.

—Edén y Fernanda cabalgan de nuevo.

—¡Siempre has sido una payasa!

15

Fernanda

Habían pasado tan solo dos días y ahora era ella la que estaba semidesnuda en una de las camillas con cola de pavo real de Ootatoo. Tenía su culo desnudo al aire. Fredo se apoyaba una y otra vez en él mientras le dibujaba a Bía y a Nike, una en cada nalga.

—Lo que pasa en Ootatoo se queda en Ootatoo —dijo entre carcajadas.

A pesar del ambiente relajado y libertino que se respiraba en el local, Fernanda estaba tensa. Tenía la impresión de que alguien la estaba mirando. De que observaban detenidamente su culo desnudo.

PALABRA SEGUNDA: VIRTUD

Cuando mis hijos sean mayores, atenienses, castigadlos causándoles las mismas molestias que yo a vosotros, si os parece que se preocupan del dinero o de otra cosa cualquiera antes que de la virtud, y que creen que son algo sin serlo, reprochadles, como yo a vosotros, que no se preocupan de lo que es necesario y que creen ser algo sin ser dignos de nada. Si hacéis esto, mis hijos y yo habremos recibido un justo pago de vosotros. Pero es ya hora de marcharnos, yo a morir y vosotros a vivir. Quién de nosotros se dirige a una situación mejor es algo oculto para todos, excepto para el dios.

PLATÓN,
Apología de Sócrates

Una virtud simulada es un defecto duplicado: a la malicia se le une la falsedad.

SAN AGUSTÍN,
Escritos homiléticos

16

Edén

Era 26 de enero de 2019. Como todos los sábados, me tocaba pasar por el mal trago de visitar a mi padre en la residencia de ancianos. Sí, era un momento horrible, a pesar de que no dejaría de hacerlo por nada del mundo. Me encantaba estar con él, pero esos sitios... poseen una atmósfera trágica a lo que uno no acaba de acostumbrarse nunca. Al menos yo no lo conseguí. A la tristeza de verlo enfermo se sumaba el impacto de observar una colección de miradas perdidas, de rostros ocultos entre arrugas que quizá algún día creyeron que iban a ser jóvenes para siempre. Supongo que será difícil pasar así tus últimos días, sumergido en la enfermedad, la rutina y una soledad forzada que se hacía evidente cuando alguien los va a ver y sus miradas se iluminan de golpe.

Salía de allí hundida. Por eso aquel día decidí pasarme antes por Costa Solpor, darme un buen paseo, respirar aire puro, sentir la energía del bosque chocando contra el mar y, no lo voy a negar, echar un vistazo al lugar de los hechos. Por lo que había oído, la brigada que investigaba el caso estaba seca: no había ningún rastro que llevase a localizar al posible autor del crimen. Quizá yo...

Me encontré con el paraje idílico de siempre, pero noté que bajo aquella apariencia tranquila latía la tensión de la tragedia.

Estaba sola.

Estaban aquellos acantilados.

Estaban los árboles, colocados ordenadamente cediendo la costa a los matorrales.

Estaban los ruidos de los pájaros y el rumor de las olas batiendo contra la costa.

No había nada más. Nadie. Ni un alma. El miedo había expulsado a la gente. Aquel lugar, que en ocasiones aparecía en mi mente como el decorado de un drama, ese día lo era.

Caminé durante un par de horas antes de acercarme al refugio de caza donde había aparecido el cadáver. Si no fuese porque las cintas que prohibían el paso se habían roto y el aire las hacía bailar junto a la casita, se diría que era un lugar tranquilo, ajeno a todo lo que había pasado.

Observé durante unos minutos la pequeña edificación, el árbol caído... «¿Por qué este lugar y no otro?», me pregunté. Intuía que había algo allí que llevó al criminal a elegir ese sitio. Busqué durante más de media hora algún indicio. Lo dejé al ver que las cintas plásticas que volaban al aire se burlaban de mi fracaso. «Lo que está claro es que quien lo hizo no quería que se encontrase el cadáver», insistí para mí.

El bosque parecía arder a medida que la niebla se iba adentrando colina arriba. Mi espalda sufrió un movimiento brusco de golpe, una sacudida producida por una mezcla entre frío y temor. Decidí irme. Bajo la niebla, la soledad se convertía en vulnerabilidad.

Mi padre estaba sentado en su silla de ruedas, en el centro del salón principal de la residencia. Me esperaba a las cinco en punto, como cada sábado. Retrasarse suponía que todo fuese mal; cara enfurruñada, carácter más irritable, ansiedad. Tampoco debía llegar antes. Papá era puntual como un reloj atómico. Al verme sonrió y levantó ligeramente el brazo. Ya casi no podía moverse. Esa puta enfermedad de Parkinson los rapta, los enjaula en una isla en la que se van perdiendo poco a poco mientras los consume. Ya no quedaba casi nada de aquel militar heroico al que le estalló una granada cuando intentaba salvar a un compañero, haciendo que perdiese un brazo y su carrera. Nada de aquel hombre que con la paga del retiro y un humilde sueldo de conserje de colegio nos sacó adelante con alegría, siempre dándonos cariño, siempre procurando que fuésemos felices. Ni rastro del padre voluntarioso que trataba de contagiarnos su afición a la literatura, al teatro, a la filosofía..., ¡a todo lo que a nosotras nos parecía un rollo! Sin embargo, con el tiempo aprendimos a valorar su don para explicar las cosas complejas de forma sencilla y fascinante. Crecimos escuchando ópera mientras nos recitaba párrafos de Séneca, de san Agustín, de Descartes, de Nietzsche... En su boca sonaban como si fuesen poesía. Sé que le habría hecho ilusión que yo hubiese estudiado Humanidades; (creía que era la que más sensibilidad y talento tenía de las dos hermanas). No tardó mucho en superar su decepción. «Al menos, en la Policía Judicial no hay granadas», me dijo un día demostrándome, con su sonrisa, que había asumido de buen grado que quisiese ser policía.

Llevábamos un rato sentados, disfrutando de un bol de fruta cortada que había comprado en el súper, cuando decidí compartir con él mis dudas.

—Papá, me han llamado para ofrecerme una especie de ascenso. Tiene que ver con el caso de la chica del tatuaje. ¿Recuerdas que te comenté algo sobre eso el otro día?

Su mirada me dijo que no se acordaba. Seguí hablando. Sentía que mi cabeza hervía como si fuese una tetera atiborrada de agua. Quería aceptar ese caso. Llamar al comandante Luna y decirle: «¡Claro que acepto!». Sin embargo, no estaba dispuesta a que me utilizasen y sabía que lo estaban intentando.

—Deben de estar bien jodidos para que me ofrezcan algo así, ¿no crees? Alguien quiere quedar bien y poner a la chica feminista e indultada al frente de un crimen contra una mujer. ¡Postureo, papá! Les diré que no.

No me atendía. Miraba a una anciana que tropezaba una y otra vez con la puerta que daba al jardín exterior. Su cabeza chocaba contra el cristal espejado de la puerta (era de esos que reflejan lo de fuera por el día y lo de dentro cuando empieza a caer la noche). La mujer quedaba aturdida por un instante y cuando veía su imagen reflejada se disculpaba con ella y le pedía perdón por haber tropezado.

—Pobrecita —me compadecí.

—¡Es una pesada! Hace lo mismo todos los días. Es como esas mariposas que se dan una y otra vez contra las bombillas. La llamamos La Polilla.

Mi padre ya no era aquel ser justo y equilibrado que nos había criado a mi hermana y a mí. Cada día que pasaba se convertía más en un niño pequeño, egoísta y cruel.

Me levanté para girar delicadamente por los hombros a la anciana. Antes de volver a sentarme, La Polilla había vuelto a impactar contra el cristal.

—Hija, estoy muy orgulloso de ti.

—¿Por qué?

—Por ese ascenso.

¡Lo había oído! Sentí una sensación especial de victoria. No solo por saberme escuchada. Sino también porque mi viejo le había ganado otra batalla al monstruo que lo estaba devorando ante mis narices, destrozando nuestras conversaciones y nuestros buenos momentos.

—Papá, ya te he dicho que no lo voy a aceptar.

—Pero ¿por qué? ¿Qué te pasa? ¿Por qué lo rechazas? Bía, eres la mejor policía de todo el cuerpo.

Me había vuelto a llamar Bía, como cuando era pequeña. Hacía tiempo que no lo hacía. Bía era la personificación femenina de la fuerza en la antigua Grecia, y para mi padre yo era la encargada de luchar contra los gigantes y guardar el fuego de los dioses.

—Gracias por tus halagos, papá. Me gustan hasta cuando exageras.

—Acepta la propuesta.

—Sé por qué me lo quieren dar.

—¿Porque eres la mejor policía que han visto en su vida?

—Me traicionaron, papá. Me vendieron, dejando que la investigación se volviese contra mí.

—Bía, acepta ese ascenso y coge al cabrón que le hizo eso a esa chica.

Sus palabras sonaron como una orden disparando las conjeturas en mi cabeza: «¿Quién pierde el tiempo tatuando un cadáver para luego quemarlo? ¿Alguien a quien se le fue de las manos? ¿O alguien que ejecuta un ritual? ¿Tatuaje, muerte y hoguera forman parte del mismo rito? ¿Es un fanático? ¿Hay alguna secta en Estela que haya perdido el juicio definitivamente?». Fuera quien fuese, tenía un plan. Eso no se improvisaba.

Acaricié su cara. Sonreímos. Añorábamos los viejos tiempos. Por un momento me pareció que mi padre era el de antes. Hasta que llegó una de aquellas crisis.

—¿Me llevas al servicio?

—Papá, acabas de ir.

—Llévame, por favor. No aguanto las ganas.

En unos segundos la conversación se convirtió en una tormenta de nervios. Se agitaba exigiendo ser atendido y me miraba desde la isla en la que estaba preso. Descorazonador. Me río de los que afirman que las mujeres estamos programadas genéticamente para cuidar. Porque en esas situaciones yo solo sentía unas ganas urgentes de huir.

—Me voy —le dije mientras avisaba a una de las auxiliares—. Hasta la semana que viene, papá.

Le di un beso y me marché con la sensación, una vez más, de no haber estado a la altura. En ocasiones, cuando pensaba en ello, no podía dejar de preguntarme si habría sentido lo mismo de haber sido un chico...

La prisa me hizo tropezar con otro visitante. Su madre era otra de las residentes. Hemipléjica.

—No es fácil aceptarlo —me dijo.

—¿Nos mirabas? —respondí sin sorprenderme demasiado. Al fin y al cabo, todos nos mirábamos a todos, semana tras semana.

—Sí, lo confieso. Mi madre apenas puede hablar. A veces se duerme.

Charlamos en el vestíbulo de la residencia durante varios minutos. Se llamaba Javier. Estaba bastante calvo, pero mantenía una expresión juvenil. Era de mi estatura y no paraba de hablar. Me hizo reír. Varias veces. Nos despedimos.

—Hasta el sábado —me dijo.

De camino hacia el coche, mi cara iba diciéndome: «¿En serio? ¿Estás ligando en una residencia de ancianos?».

17

Manu Dans

Domingo, cinco y media de la mañana. Manu se levanta apartando con cuidado su edredón nórdico blanco. Se acerca al ventanal de su dormitorio, mira al mar y ve el destello de la luz de posición de algún barco que faena por la zona.

Atraviesa su habitación de muebles blancos y al llegar al salón tantea la pared blanca hasta encontrar el interruptor. Está completamente oscuro. En cuanto lo pulsa, comienzan a subir cuatro grandes estores que van dejando entrever el ventanal que continuaba el de su cuarto. Al acabar, las cristaleras tan solo muestran el horizonte marino abarcando toda la vista.

En una de las paredes laterales, se puede ver una pantalla de tres por dos metros y, en la de enfrente, un proyector que vuela sobre un gran sillón blanco. A cada lado reposan, deseando entrar en acción, dos máquinas para hacer deporte: en uno, una bicicleta y una cinta de correr; en el otro, una elíptica y una máquina de remo. De alguna manera se las había arreglado para que esos artilugios también fuesen blancos.

Todo es simétrico salvo los muebles con las mancuernas que, a pesar de ser ambos blancos y las pesas estar acabadas en el mismo color, rompen el equilibrio al ser un juego completo con distintos tamaños y pesos.

Todo está en su sitio. Hasta las cintas que pueblan un estante blanco parecen estar en su lugar, todas y cada una. Sus lomos son el único toque de color de la sala. A un lado del sofá, una mesita alberga una PlayStation. Al otro, otra mesita gemela soporta un reproductor de Blu-ray. A ambos lados de la puerta hay dos grandes murales pintados en blanco y negro. Son imágenes suyas con un estilo de puntos Ben-Day que asemeja las ilustraciones de Lichtenstein. Ni un solo libro.

Se dirige a la cocina y, entre los muebles completamente blancos, localiza la nevera. Saca un buen trozo de pan de plátano que él mismo había preparado el día anterior. Empieza a comerlo mientras se hace un batido en el que vuelca un sobre plateado con una etiqueta llena de ingredientes.

—Ummm, grasas saludables y minerales en abundancia... Nos vamos a poner como una bestia de fuertes.

La persona del planeta con la que más hablaba Manu Dans era con Manu Dans. Lo hacía en primera persona del plural, con la misma complicidad que si lo hiciese con su mejor amigo. Se decía cosas como «Somos la hostia», «Lo vamos a petar» y todo tipo de frases para insuflarse ánimo. Él era el mejor motivador de sí mismo.

A la media hora de terminar el desayuno baja desde su ático por la escalera (diez pisos en poco más de un minuto) y sale de su portal dispuesto a correr. Se detiene a hacer el primer vídeo del día. Muestra las luces de la ciudad y el resplandor de las farolas sobre la arena de la playa y dice:

—*Run!*

Lo cuelga en las stories de sus redes. Cuando regrese hará otro diciendo:

—*End!*

Por inexplicable que parezca, cada uno de ellos no bajará de los cincuenta mil likes. Luego subirá un post con alguna de sus fotos de entrenamiento favoritas. Siempre con la misma frase: «La forma física y la suerte hay que buscarlas».

Vive al final del paseo Marítimo de Estela, en un décimo piso con vistas al mar. Desde allí suele correr hasta Portoantigo, en la zona más deshabitada del paseo, un pequeño puerto abandonado al que la gente suele acudir por las tardes a ver sus épicas puestas de sol. Seis kilómetros de ida y otros seis de vuelta sin dejar de ver el mar. Una hora corriendo a un ritmo que pocos pueden permitirse. Lo hace cuatro veces por semana, a lo que hay que añadir sus rutinas de levantamiento de pesas. Los otros dos días entrena en su gimnasio particular. Y el séptimo... hasta Dios necesitó descansar.

Cara angulosa, nariz marcada, siempre con barba de tres días. El pelo negro echado hacia atrás para que se vean mejor sus grandes ojos verdes. Es un guapo medible en cifras. Ciento noventa centímetros de altura. Ochenta kilos de puro músculo. Un millón y medio de seguidores en Instagram. Medio millón en TikTok. Cinco tatuajes en el brazo. Un amor cada semana y más de un millón de euros de ingresos anuales por ser un influencer *it boy*, un chico fashion al que se rifan todas las marcas de moda y cosmética del país.

Todo eso no sale gratis. Comparte vídeos y fotos en sus redes sin cesar. Una especie de *Show de Truman* voluntario. Mostrar tres o cuatro looks al día supone un trabajo a tiempo completo porque, además de lucirlos, Manu Dans es su propio estilista. No le importa. Le gusta su vida. Es perfecta.

Hace frío. El cielo está despejado y todavía cae helada. Estrena camiseta térmica. «No es tan cortavientos como dicen. Ni tan térmica». Piensa en cómo hacer esa crítica sin que se enfaden los de la marca y le retiren el contrato de cinco mil euros al mes que acaba de firmar. Abre la grabadora de su móvil y dice:

—¿Alguien se imagina montañas de diamantes? ¿Tallados, pulidos, agolpados unos sobre otros como si fuesen colinas de sal a la espera de que alguien llegue y se sirva? ¿Qué valor tendrían? Todo lo bueno es escaso.

Le gusta poner textos pretenciosos y enigmáticos en los copys de sus posts. Está convencido de que lo hacen parecer más interesante.

Mientras intenta nombrar el fichero de audio nota que le tapan la boca con brusquedad. Antes de que pueda reaccionar siente un desvanecimiento. No puede defenderse. Solo puede dormir.

Despierta. Está mareado. No sabe ni dónde está ni qué ha pasado. El suelo está húmedo. Es irregular. Como de hormigón. No consigue distinguir nada. Huele mal. A mierda. Es un olor intenso. A tientas, trata de explorar el lugar. Hay una reja. Saca la mano y oye un bramido profundo y lento. Es un animal. Parece muy grande ¿Un oso? ¿Son dos? ¿Gruñen a la vez? Retira la mano por un instante. Sus ojos se acostumbran a la oscuridad y logra intuir algo que parece una mesa. Está justo pegada a la reja que le impide salir de dondequiera que esté. Ve algo sobre ella. ¿Un ordenador portátil? Está desbloqueado. Debe de estar usándolo alguien. Sabe que si es capaz de enviar un mensaje podrán localizar desde dónde se ha lanzado. Y podrían rescatarlo. Logra acercarlo. Al abrirlo, la pantalla ilumina los barrotes de una puerta. Está encerrado en una especie de jaula. Hay restos de excrementos en el suelo. Abre el navegador. Se mete en Instagram. Oye un ruido. Alguien se acerca. Trata de apurarse, pero sigue mareado. Muy mareado. Los osos han dejado de bramar. A duras penas introduce su contraseña y logra abrir su cuenta. Va a dejar un mensaje. Oye pasos. Cada vez más cerca. Entrecierra la tapa para que la luz de la pantalla no lo delate. Logra escribir sin ver el teclado. Pulsa el *intro* para publicarlo. Cierra el ordenador. Todo vuelve a la oscuridad más absoluta.

Ve dos puntos rojos acercándose. Parecen dos ojos que lo observan. Una mano lo agarra por la cabeza y lo aprieta contra las rejas tapándole la boca con un paño. «Ese olor. Ese puto olor de nuevo...». Sus ojos se cierran y vuelve a caer por un agujero infinito.

18

Secuestrado

Ese pozo de oscuridad sigue siendo su hogar. Sabe que su vida depende solo de él. «Nadie me va a rescatar. Siempre he estado solo».

Oye los latidos de su corazón cobrando protagonismo en medio del silencio. «Toda mi vida ha sido una mierda. ¿Y ahora voy a acabar así? ¿Solo y perdido en este agujero?».

Piensa en su padre. Confía en que llegue y le diga: «Tranquilo, todo va a ir bien».

La luz vuelve a colarse entre la puerta y el marco. La han encendido otra vez. Estira la mano intentando pedir ayuda. Como si estuviese ahogándose. Teme el momento en que esa puerta acabe abriéndose y tenga que enfrentarse a lo peor.

19

Manu Dans

Con un cuadro negro y un texto: Sicoñop. Así amanecía la cuenta de Instagram de Manu.

Poco a poco, más de treinta mil personas van pulsado un corazoncito para decir «me gusta». Qué más da el contenido. Mucha gente da like a todo lo que publican los famosos de forma automática, como temiendo ser expulsados del paraíso de sus seguidores si no lo hacen. Entre los menos incondicionales surge una acalorada discusión:

> @espíritulibre: No sé qué quiere decir. Pero está claro que trata de bromear con la palabra coño. Y eso es una falta de respeto hacia las mujeres. Trescientos «me gusta»

> @hastalos: Ya estáis las feminazis viendo machismo en todo. Cuatrocientos «me gusta»

> @espíritulibre: El único nazi aquí eres tú, @hastalos. Un poco más de respeto y tolerancia con las mujeres. Tres mil «me gusta»

@chiflachifla: @espíritulibre, no sabéis disfrutar de la vida. Todo os parece mal! Cinco mil «me gusta»

@almitamía: @espíritulibre, no pierdas el tiempo. Son una manada de machistas que siguen a este infeliz que va de campeón. Dos mil «me gusta»

@hastalos: Qué hacéis aquí, entonces? Dejadnos en paz

La efervescencia de internet hace que lo que parece un tsunami se convierta en silencio en menos de diez horas.

20

Nacho

Su mano izquierda juguetea con la base del micrófono Neumann del estudio. En la derecha mantiene su iPhone, incapaz de dejar de mirar la cuenta de Instagram de Manu Dans. «¿Sicoñop?», se extraña.

Apoya el teléfono, corrige ligeramente la ubicación del micro y se dispone a hablar. La pieza musical del día está a punto de concluir. Se trata de un viejo tema de Salvatore Adamo interpretado por Raphael: *Mi gran noche*. Sonríe y piensa: «Mi gran día».

—Parece que los sobresaltos vuelven a Estela. Muchos de los seguidores de Manu Dans, nuestro famoso *it boy*, muestran su desconcierto ante el enigmático mensaje que dejó en sus redes sociales, una imagen totalmente negra y una palabra: Sicoñop. Si es una broma, Manu, cuéntanos dónde está la gracia.

Está aprovechado la ocasión para dejar de entretener y empezar a informar. Espera, ansioso, la acogida de la audiencia. Sobre todo la de un oyente muy especial: su jefe.

21

Edén

Martes, 29 de enero. Llevaba días aguantándome la curiosidad por la evolución del caso de la chica muerta y las ganas de ceder ante la propuesta de Germán. *¿Aceptar? ¡Le suplicaría de rodillas ese puesto!* Pero no, no estaba dispuesta a venderme tan barata.

Los nervios me llevaron al cuarto de la lavadora, donde guardaba los productos de limpieza. Le iba a dar un buen repaso al piso, a pesar de que no habían pasado ni cuatro días desde el último zafarrancho.

Es la primera vez que confieso públicamente mi pequeña obsesión por limpiar. «Un trastorno obsesivo-compulsivo que todavía no es patológico», me dijo la loquera. No es que me avergüence. Tampoco es que me enorgullezca. Lo mantengo en secreto por aquello de que no lo asocien a mi condición femenina. Ni siguiera Fernanda, que sin duda era mi mejor amiga (y quizá la única) lo sabía. Ser una maruja no molaba nada, y verme en ese rol me daba alergia. Lo vivía como una enfermedad: la de limpiar una y otra vez ese piso en el que no había casi nada que limpiar... Por lo demás, me gustaba hacerlo. Y que mi apartamento semivacío fuese el más limpio del hemisferio norte.

Solía escuchar la radio mientras trabajaba en casa. Me gustaba. Era el único medio que podía atender sin dejar de trabajar o de leer. Me llamó la atención que un programa como el de Nacho Fenoy fuese tan beligerante con el guaperas desaparecido. Le afeaba su broma con una acritud inusual en él. «Ser guapo también tiene sus problemas», pensé tratando de recordar la cara de Manu.

—¿El piropo más bonito que me han echado? Un pesado me dijo que en el fondo de mi mirada se podía ver una caja fuerte. *A quién le gusta que le digan algo así, Edén. Es normal que la psicóloga pensase que estás como una puta cabra.*

Me consideraba fea, aunque con el tiempo llegué a aceptarme como alguien del montón. *Riquiña*, como diría mi padre. Solía decir que mis ojos negros chispeaban cada vez que veían una injusticia. Me gustaba que soltase cosas así en público. Durante muchos años fue la única persona del mundo que me echaba piropos. ¿Mi madre? No pudo hacerlo. Murió cuando yo era muy pequeña, al poco de nacer mi hermana. Y mi hermana... nunca consideró que debiera decirme nada agradable.

Cambié de emisora y puse música. Adoraba mi casa cuando ponía música. Supongo que sería mi forma de luchar contra la ausencia de decoración. Una mesa de comedor con tres sillas (originariamente eran cuatro, pero rompí una cuando supe que me habían sancionado) y una estantería con cajones flotando en un salón que, para colmo, era de los grandes. ¡Ni siquiera tenía alfombra! Habría sido el lugar perfecto para que el robot aspirador no se hubiese atascado nunca. Pero esa mierda de aparato no me iba a quitar el placer de dejar mi piso pulido de vez en cuando.

Canelones de espinacas congelados para comer. Microondas.

Recordé una frase de *El programa de Nacho*: «Parece que los sobresaltos vuelven a Estela». Era la primera vez que oía a alguien relacionar la desaparición del chico guapo con la muerte de la chica tatuada. Aunque lo hizo de forma fortuita, uniéndolos por el hecho de ser acontecimientos nada frecuentes en nuestra ciudad, desde ese momento quedaron unidos para siempre en mi mente.

Aquel mensaje... «Sicoñop».

Siempre que comía en casa intentaba echarme una pequeña siesta. Solía dormir poco por la noche, así que media hora de descanso después de comer era una merecida recompensa.

Puse una lista de reproducción en el teléfono. La había creado yo. Mezclaba Nirvana y Foo Fighters... Supongo que era como una prueba de fuego. Si era capaz de dormirme con eso significaba que estaba verdaderamente cansada. Funcionó. A pesar del ritmo enérgico y de la fuerza de la batería, mis párpados empezaron a hacerse cada vez más pesados. Estaba claro: a los canelones les ponían algún tipo de somnífero.

Con mis ojos cerrados, en ese momento en que no se puede decir que estuviese despierta pero tampoco que estuviese dormida, la imagen del mensaje de Manu Dans ocupó toda mi mente. ¿Cómo lo habría escrito? ¿Desde el móvil? ¿Desde una tablet? ¿Desde un ordenador? En mi imaginación se desplegó un teclado enorme en el que las letras iban iluminándose a medida que unas inexistentes manos las pulsaban... La ese, la i, la ce, la o, la eñe, la o, la pe... «Hay pocas palabras con eñe», pensé. La mayor parte de las veces que pulso esa tecla es por accidente escribiendo mal mi apellido: Gonzáñez... ¡Siempre he escrito mal a máquina!

Podría decirse que ya estaba dormida cuando una idea hizo que saltase de la cama y fuera corriendo al salón. Saqué mi portátil de la mochila, abrí un programa de tratamiento de textos y escribí la palabra Sicoñop. En efecto. Era lo que había imaginado.

Pensé en llamar a la brigada que se encargaba del caso. Pero fui egoísta y no lo hice. Además, probablemente ya se habían dado cuenta de su significado, y si llegaba yo de lista, de «la artista de la pista», quedaría en ridículo. Y si no lo habían descubierto, quizá sería bueno tener algo con lo que impresionar a mis posibles nuevos compañeros.

22

Comisaría central de Estela

—Quería denunciar la desaparición de mi hijo —dice la madre de Manu Dans—. Hace cuarenta y ocho horas que no me llama. Y él es muy metódico en todo. Y muy cumplidor. —Su voz tiembla aún más que sus manos—. Todos los días hablamos por la noche. Estoy preocupada. Le ha pasado algo.

El monitor del funcionario tiene la pantalla dividida. En una de las partes tramita la denuncia pulsando con desgana un teclado amarillento. En la otra ojea la prensa deportiva en internet.

23

Edén

Aquella mañana, sentada en mi silla de la comisaría, sentí una soledad inexplicable. He estado sola y me he sentido sola en muchas ocasiones. Pero nunca estando ocupada y acompañada. La obsesión por aquel crimen y aquella niebla constante (demasiada, incluso para Estela) estaban acabando conmigo. Juntas parecían abrir ante mí un vacío al que no me atrevía a asomarme.

Las imágenes macabras volvieron a mi mente. Manu Dans, ensangrentado, con su cuerpo desnudo lleno de cortes, gritaba pidiéndome ayuda. Recordé las sesiones de terapia con la psicóloga. «También pueden ser fruto del miedo y el estrés que producen la violencia y la muerte».

Por fortuna, un hombre de más de dos metros me sacó del trance al sentarse frente a mí encajándose en una de las sillas. Se le veían las rodillas por encima del borde de la mesa. Era realmente enorme. Se trataba de Kansas, el informático más eficiente del cuerpo. En el pasado le había hecho un par de favores y pensé que había llegado el momento de cobrármelos. Había que encontrar un dato sobre el influencer desaparecido. (Aquel caso empezaba a obsesionarme. Aunque no era asunto mío, pensaba que, en el fondo, sí lo era).

—Kansas, siento no poder ofrecerte un asiento más cómodo.

—Estoy acostumbrado.

—Es sobre la desaparición de Manu Dans. No quiero entrometerme en la investigación de otros compañeros, pero me gustaría contestarme a mí misma unas cuantas preguntas.

Su mirada me dijo: «¿La desaparición de quién?». A pesar de que aquel suceso acaparaba toda la atención de los medios, y por supuesto también la mía, el bueno de Kansas ni siquiera conocía su existencia.

—Querría que localizases discretamente desde dónde se conectó un usuario para enviar un mensaje.

Kansas es el nombre por el que todos lo conocen en el cuerpo. Como es delgado y con cara seca, muchos piensan que lo llaman así por su aspecto de vaquero. Una especie de Scott Glenn con bigote y más de dos metros. Pero Germán me había contado que la historia de aquel sobrenombre era mucho más prosaica. En la academia era tan perfeccionista, preguntaba tanto, que uno de los profesores no paraba de decirle: «Ya cansas». Cada vez que volvía a preguntar, todos sabían cómo iba a empezar la respuesta: «Cansas...». Con el tiempo, tuvo el acierto de añadir la letra K a su mote. Siendo Kansas el informático, llovía, pero menos.

—No es tan sencillo —contestó (era su respuesta favorita).

—Tienes que ayudarme. Es un influencer muy famoso y no sé si está relacionado con el caso de... Bueno, escribió un mensaje desde su cuenta de Instagram. Sé que no fue desde su ordenador porque no estaba en casa. Y por lo que tengo entendido su teléfono móvil lleva apagado desde el día de su desaparición.

—Para saber desde dónde subió ese mensaje tenemos que detectar los accesos a su cuenta de Instagram y desde qué dirección IP lo hizo...

Lo miré invitándolo a que se pusiese manos a la obra.

—... y para eso es obligatorio tener una orden judicial.

—Entiendo. Pero seguro que podrían darnos una aproximación.

—Además, todo esto está gestionado por bots.

—¿Qué quieres decir?

—Que no hay personas. Son procesos automáticos en los

que el ser humano no interviene. Por lo tanto, tenemos que encontrar a alguien que nos pueda ayudar. Y a la empresa Google no le tiemblan las piernas ni por la policía estadounidense ni por la española... Están por encima del bien y del mal.

—¿Tienen empleados en España?

—Pocos.

—Pues dime nombres. Quizá podría buscar la forma en la que colaboren.

Kansas sacó su portátil como si fuese un francotirador que desenfunda su Springfield Armory.

—Sé que puede parecer una patata antigua, pero es un Eurocom Sky X4C, con la configuración más potente del mundo. Únicamente para profesionales. Casi veinte mil pavos.

Solo le faltó levantar una pierna y hacer pis en una esquina.

—Wenceslao Aldares —lee—. Ese es el *general manager* en España.

—Intentaré acceder a él. Gracias, Kansas. Te llamaré pronto.

No era mi caso y estaba a punto de pedir otro favor para esclarecerlo. Era ridículo. ¿Por qué no llamaba a Germán, aceptaba el puesto que me ofrecía y me dejaba de misterios? Mi respuesta tenía forma de pregunta: «¿Alguien sabe el valor que puede llegar a tener para una mujer no dar su brazo a torcer ante un hombre que va de listo?».

24

Nacho

Camina hacia la cita sin dejar de preguntarse por las intenciones de su excompañero. La intriga le aviva cada vez más el paso. Aunque Ricardo nunca fue un parlanchín, había sido muy escueto. ¿Y aquel tono? Demasiado grave. Algo pasaba.

Al entrar en la cafetería Chicago se da cuenta de que la elección del punto de encuentro no es casual. Es una de las más concurridas de la ciudad y está acristalada casi en su totalidad. «No podía haber elegido un lugar más transparente y menos sospechoso. Sería el último sitio donde alguien pensaría en esconderse». Echa un vistazo a la sala. Busca a Ricardo con la mirada y tan solo ve grupos de ancianas que toman café recién salidas de la peluquería. Ni rastro de nadie que pueda ser Pelaso. Por fin descubre un brazo levantado haciéndole señas junto a la ventana más alejada. Aliviado, camina hacia él. La luz hace resaltar las prematuras canas en el pelo de Ricardo. «Todavía no tenemos edad para tenerlas», valora Nacho, que ve reflejada en los cristales su calva incipiente.

—¡Fenoy!

—¡Delgado!

Se dan un abrazo. No es que fuesen grandes amigos, pero la nostalgia es un potente amplificador emocional.

—Qué buena esa costumbre del instituto de llamarnos por el apellido.

—Yo a veces, para bromear, la sigo usando en la emisora. Como en la mili.

—¿Hiciste la mili? —pregunta Ricardo, sorprendido.

—No. Fui objetor. Pero son cosas que se saben...

—Todos los que erais «progres» —dice el policía marcando las comillas en el aire con sus dedos— os pasasteis el servicio militar por el forro.

Nacho encaja la acritud del reproche y decide cambiar rápido de tema. No quiere que ningún roce ridículo estropee su exclusiva. Quiere saber qué lo ha llevado hasta allí.

—Fue una alegría oírte después de tanto tiempo.

—Y supongo que más alegría aún es que te vaya a dar información...

—Bueno, eso...

—No disimules, ¡eres periodista! ¿Sabes las dos profesiones que menos valoramos en la policía? Abogado y periodista.

Nacho juguetea con el papel del azucarillo del café. Hace una bolita. Empieza a arrepentirse del abrazo que se han dado hace unos segundos.

—Eso es ser crueles con los abogados...

El policía se ríe. Nacho apoya los codos en la mesa echándose hacia delante y acerca su cara a la de Pelaso.

—Me tienes intrigado.

—A mí también me gusta ir al grano. ¿Conoces el caso del cadáver tatuado en la frente?

—¿La chica que apareció en Costa Solpor?

—Sí. Digamos que puedo darte información sobre ella. Solo tendrás que publicarla y hacer todo el ruido que puedas.

—¿Ruido?

—Sí, que no sea una noticia más en un noticiario.

—¿Te interesa hacer ruido con ese asunto?

Ricardo asiente lentamente. Nacho lo encuentra cambiado. Antes parpadeaba.

—¿Por qué lo haces?

—Digamos que para ayudar a un amigo.

La sonrisa de agradecimiento del periodista se diluye cuando Pelaso vuelve a hablar.

—No me refiero a ti. Tan solo dime si te interesa o no. Porque si no tendría que buscar a otro.

«Que hijo de puta, el Pelaso. Me está presionando».

—Pero filtrar información ¿no es peligroso?

—Digamos que es habitual. Tenemos buenas relaciones con la prensa. Mientras no saques papeles no hay problema.

—¿Y cómo funcionaría?

—Yo te llamaré cuando tenga alguna noticia. Tú serás el primero en saber las novedades de la investigación. Solo tendrás que hacer...

—Sí, mucho ruido.

—Así es.

—¿Puedo pensármelo?

—Te doy hasta mañana a las nueve. Pero te avanzaré algo: los restos del cadáver... Solo se encontró una cabeza. Estaba calcinada.

—Lo sé.

—Descubrieron la palabra ZORRA tatuada en su frente.

El periodista no responde. Acaba de visualizar la dimensión del caso. Decapitada, quemada... y tatuada con la palabra ZORRA en la frente. Aquello era algo aún más grande de lo que creía. Saca unas monedas para pagar los cafés y Ricardo intercepta su brazo.

—Invito yo —dice con sequedad.

Saca un billete de la cartera en la que lleva su identificación policial.

—Siempre que nos veamos pagaré yo. Así nunca se podrá decir que he obtenido nada de esto. Solo somos dos amigos que charlan, comentan... Y en el calor de la amistad uno, a veces, es más imprudente.

Nacho se levanta y le da la mano. Ricardo sigue sentado. Piensa quedarse allí un rato. No quiere que lo vean caminando juntos. En la cafetería sí. En la calle mejor que no.

25

Edén

Era el primer día de febrero. Un viernes no era el mejor día para dar una charla a universitarios porque o bien estaban con resaca, o bien directamente no estaban. Sin embargo, me presenté a la hora en punto y la vicedecana de la facultad de Ciencias de la Comunicación del campus de Estela me recibió como si mi presencia fuese importante de verdad.

Entré en el aula magna. Cargué mi fichero de la charla formativa (sí, parte de mi «condena» consistía en hacer trabajos moñas que a ningún policía de verdad le llenarían) y cuando el proyector disparaba la primera diapositiva un grupo de cinco estudiantes desplegó una pancarta blanca con la frase FUERA FASCISTAS DE LA UNIVERSIDAD escrita con espray negro.

Mucha gente cree que un policía es un cabrón. Y si el policía va a hablar, es un cabrón que habla. Esa fue una de las primeras decepciones de mi carrera. Aceptar que, básicamente, muchos piensan en los polis como potenciales hijos de puta. Que la placa nos convertía de manera automática en sospechosos de ser unos torturadores, unos fascistas o en unos corruptos en potencia. Todo lo que yo aborrezco. Si además de callada eras fuerte, presuponían que serías despectiva o prepotente, dos de los rasgos que más detesto en una persona. Creí que luchar contra el delito me colocaría necesariamente en el bando de los buenos, pero, a esas alturas de mi vida, ya no me sorprendía que no fuese así.

«¡Tranquilos, chicos, tan solo vengo a dar una charla!», chillé para mis adentros. Iba a facilitarles un montón de consejos cojonudos sobre seguridad en internet, precauciones para evitar abusos y violaciones. Sabía que en la mayoría de las ocasiones no servirían para nada, pero era por lo que me pagaban ahora, así que insistí. Nada más hacerlo, se pusieron a gritar sus consignas más y más alto, haciendo gestos para que el resto de la concurrencia se les uniese.

—¡Por favor, un poco de orden! —gritaba la vicedecana intentando hacerse valer—. Respetemos el derecho a la libertad de expresión de la oradora. ¡Por favor!

Hablaba como si se dirigiese a un grupo de preescolares más que a un grupo de universitarios. Estaba sobrepasada. Aquellos chicos estaban realmente decididos a no dejarme hablar y ella no conseguiría controlarlos.

«¿Existe algo más fascista que no dejar hablar?», me pregunté antes de observarlos con detenimiento. Reparé en su aspecto endeble y no pude evitar que a mi mente acudiesen un montón de preguntas salpicadas de imágenes macabras. ¿Cómo se sentirían si los agredieran y nadie intercediese por ellos? ¿Serían capaces de sobrevivir solos? Imaginé el espectáculo dantesco de aquellos chicos gritando al verse sin brazos, sangrando unos sobre otros mientras pedían ayuda. ¿La gente sabe lo que arriesgamos para que ellos puedan vivir tranquilos? ¿La cantidad de cosas peligrosas que suceden a diario en una ciudad? ¿Cómo se sentirían si fuesen policías por unos días? Ninguno de ellos imaginaba lo que sucedería en la ciudad los días siguientes. Nadie esperaba algo así. Ante un verdadero problema, todo por lo que solemos discutir se convierte en irrelevante y absurdo.

Apoyé una mano sobre la otra y me quedé en silencio repasando la colección de prejuicios que flotaban en el ambiente: radicales, burgueses, religiosos, laicos... Prejuzgar estaba siempre de moda en Estela.

Se hizo el silencio.

—Buenos días —dije animada—. Vengo a hablaros de seguridad.

—¡Fascista! —volvió a gritar uno de los activistas. La pancarta se abrió de nuevo y sus gritos inundaron una vez más el auditorio.

La organizadora me susurró al oído una disculpa y dimos por finalizado el acto.

—No se preocupe. Son cosas que pasan —comenté resignada. Aunque me hubiese gustado recordarle que para que esos chicos respeten, hay que enseñarles a respetar. Y con aquella vocecita suya y aquellos ademanes de profesora de párvulos lo iba a tener muy crudo...

Salí de la encerrona y decidí pasar por casa. Entré en mi jeep y encendí la radio. ¡Lo que faltaba! ¡*El Programa de Nacho* queriendo ganar el Pulitzer!

«... No dudamos que la policía está trabajando para esclarecer los hechos, pero... ¿están haciendo todo lo posible? Es normal que la población tenga miedo tras conocer el caso de la muerta tatuada y del influencer desaparecido ¿Quién no lo tiene si se para a pensar que en algún sitio puede haber algún tarado observando a su próxima víctima?».

La frase de mi padre no salía de mi mente: «Bía, acepta ese ascenso y coge al cabrón que le hizo eso a esa chica».

Aceleré. Sentía rabia. Doblemente. Por un lado, alguien había agredido a una pobre mujer y la había humillado con un insulto en su frente. Por otro lado, aquel periodista estaba permitiéndose dudar de nuestro trabajo públicamente.

Metí la mano en mi mochila y cogí mi teléfono.

—Hola, Germán. ¿La oferta sigue en pie? Porque si es que sí, la acepto.

26

Edén

Me había tumbado en el suelo del pasillo. Estiraba la espalda sobre las baldosas frías y escuchaba el sonido de las cañerías subir a mis oídos desde el suelo. Me ayudaban a concentrarme intentado visualizar el momento. A las ocho de la mañana del 11 de febrero empezaría mi «primer día» en comisaría y quería estar a la altura. Me había propuesto ser la nueva Edén, más dialogante y capaz de trabajar en equipo.

«¿Qué tipo de ritual puede ser tatuar a una persona, decapitarla y quemarla? ¿Habrá antecedentes?».

Me fui a la habitación. Estaba en penumbra, iluminada por la tenue luz que se colaba por las persianas. Me centré en los sonidos que entraban en mi cuarto: coches lejanos que parecían el rumor de un bosque, pisadas a lo lejos... Encontraba interesante hasta el ruido mecánico del camión de la basura. Costaba creer que la pacífica y tranquila Estela estuviese perdiendo el sosiego por la sacudida de aquellos acontecimientos. Me enfadé conmigo misma. Allí fuera había alguien que estaba haciendo daño y yo estaba tumbada en mi cama...

Encendí mi tablet. Abrí una aplicación de televisión de pago (uno de los pocos lujos a los que puedes aspirar con el salario de un policía) y, tras descartar varios canales de documentales, acabé en uno que emitía un campeonato de billar con todas las bolas del mismo color. Buscaba algo intrascendente para atraer el sueño y aquello me lo pareció. Pero no fue así. Me tragué todas las partidas hasta la gran final. Al acabar, el canal cambió de deporte y empezó otra competición en la que un tipo tiraba una tetera de piedra y otros dos barrían delante de ella como si no hubiese un mañana. También la vi hasta que terminó, así que decidí apagar.

«¿Sicoñop? ¿La brigada habrá dado con la tecla?».

Cuatro de la madrugada

Descubrí en una esquina del techo una araña que tejía su tela. Me compadecí de las dos. De mí misma y de ella. Así que decidí no matarla. La observé como quien ve un programa de National Geographic.

Seis de la mañana

Asumí que no sería capaz de dormir, por lo que decidí levantarme y ponerme en marcha. Salí a trotar. Al regresar, me prepararé un buen desayuno. Estaba contenta. Todo iba a empezar de nuevo.

Ocho de la mañana

Estaba cruzando el umbral de la puerta de la comisaría cuando noté que el pulso se me aceleraba bruscamente. Me tranquilizó un poco comprobar que en el edificio todo seguía igual: mesas antiguas atiborradas de papeles; pantallas de ordenador obsoletas; lámparas de tubos fluorescentes colgando del techo iluminando, con su luz mortecina, a los agentes que iban de un lado a otro... Era el paisaje de siempre. Pero tuve una sensación especial. Algo parecido a la ilusión. No quería estropearlo.

Volví a ver a muchos de mis antiguos compañeros. Sabía que entre ellos había división de opiniones por todo lo que había pasado, pero no me importaba. Tenía la conciencia limpia. A pesar de ello, sentía los nervios concentrados en el estómago. Ahora era la encargada del caso más importante que había entrado en esa comisaría en toda su historia. Si eso no me reforzaba, nada lo haría.

Avancé entre las mesas con ganas de darme la vuelta y escapar. Vi algunos dedos pulgares hacia arriba y algunas sonrisas, lo que me empezó a dar confianza. Llegué a mi puesto de trabajo, dejé mi mochila y me metí en la intranet del cuerpo para ponerme al día de los casos abiertos y buscar similitudes con el de los tatuajes. Mi pulso empezó a descender. Sobre mi mesa había algunos expedientes. Les eche un vistazo. Obviamente, había una investigación que reclamaba toda mi atención. Descubrí algo que me extrañó: mi antecesor había decidido no dar información sobre la palabra tatuada en la frente de ninguna de las dos víctimas. «Si hay un criminal en serie, no le hagamos el juego. Y mucho menos sembremos el pánico», ponía. Si fue así, ¿cómo pudo saberlo la prensa tan rápido?

—Sargento Fernanda Seivane a su servicio —dijo mi primera visita.

—¿Quieres dejar de hacer la payasa? —le recriminé—. ¿Sería posible tener una reunión con todos los que están bajo mi responsabilidad?

—Claro. Estás al mando, ya puedes hacerte a la idea. Les digo que vayan a la sala de juntas para que los conozcas, ¿te parece?

Asentí.

Los miembros del equipo fueron entrando en la sala caminando como si tuviesen grilletes. Se sentaron desordenadamente tras los pupitres con la mirada puesta en la pizarra.

—Tan solo quiero deciros que es un honor para mí dirigiros en esta nueva etapa. Me gustaría lograr que el equipo sea el único protagonista. Estaré siempre abierta a vuestras aportaciones. Nada más. Muchas gracias.

—¡E-mo-cio-nan-te! —dijo Fernanda moviendo los labios para pronunciar la palabra sin emitir ningún sonido. Aunque en este caso me tocaba a mí padecerlo, adoraba su sentido del humor.

—Ahora querría enseñaros una cosa... —Saqué mi as de la manga en forma de letras del abecedario impresas cada una en un folio—. ¿Alguien me puede echar una mano? Se trata de pegarlas en la pizarra como si fuese el teclado de un ordenador.

Martín y Fernanda se levantaron y empezaron a adherir las letras. Al concluir, lancé una pregunta al equipo:

—¿Sabéis qué es esto? Imagino que sí... Se trata de un teclado QWERTY. Se llama así por las primeras seis letras de la primera fila —añadí—. Es el teclado que lleva más de siglo y medio utilizándose en máquinas de escribir y ordenadores. No creáis que yo lo sabía, lo miré ayer en Google.

Logré arrancar alguna sonrisa que otra, lo que me envalentonó y continué:

—Alguien que quisiese escribir este texto pulsaría estas teclas.

Saqué un subrayador y empecé a marcar las letras de la palabra «Sicoñop» punteándolas, por orden, una a una.

El grupo atendía con cierta desidia. Conocían perfectamente la palabra.

—Pero ¿no os ha pasado nunca que empezáis a escribir y colocáis mal las manos?

La mayoría del equipo asintió.

—Imaginemos que quien escribió este texto colocó las manos una tecla a su derecha. Por lo tanto, si escribimos lo mismo pero con las manos bien colocadas...

Fui reordenando la letra A, luego la U, luego la X...

—A-u-x-i-l-i-o —deletreó Fernanda.

—Exacto. Es una petición de auxilio. Seguramente la situación en la que se encontraba le hizo cometer un error y escribirla de manera equivocada. ¡Nos está pidiendo auxilio!

Los policías intercambiaron miradas, mezclando la sorpresa y el deseo de ponerse en marcha.

—Informemos a la brigada que investiga el caso. Ofrezcámosles ayuda. Tienen que darse prisa. El chico puede estar en peligro.

Al salir de la sala, me quedé rezagada conversando con Fernanda y Tomás.

—*Nuevajefa*, me has impresionado —dijo Fernanda.

—Enhorabuena —se sumó Martín—. Pero si lo sabías ¿por qué no has alertado a la brigada que lo investiga?

—Supuse que se darían cuenta. Además, temo que guarde relación con el caso de la chica tatuada.

—¿De qué tipo? —preguntó Martín.

Martín era el cabo primera con más experiencia de la brigada y el chico alto, guapo y fuerte del grupo. Tenía un pelo trigueño de los que costaba domar con el peine, lo que le daba un aire rebelde, y eso unido a su actitud de estar siempre como posando para una fotografía de catálogo lo hacían parecer un tanto estirado y arrogante.

—No lo sé —respondí—. Por ahora es tan solo una intuición. Escuchando la radio oí al locutor decir algo así como que continuaban los sobresaltos en Estela. No pasan cosas tan extrañas en nuestra ciudad. Y de pronto, nuestro influencer más famoso pide auxilio de forma enigmática en las redes sociales a tan solo unos días de que encontremos a una chica decapitada y tatuada...

No me sentí cómoda dándole tantas explicaciones. Antes de que se fuese me vi obligada a darle una orden. Era el momento de recordarle cuál era su sitio en el escalafón.

—Martín, me gustaría que hablases con ese periodista de la radio —le dije con voz ligeramente autoritaria—. El de *El programa de Nacho*. Habrá que pedirle que no meta presión innecesaria sobre la policía. Que nos deje trabajar.

27

Manu Dans

El tráfico nocturno de Estela es siempre escaso excepto los viernes y los sábados, cuando las ganas de fiesta animan más la cosa. Por la avenida principal circulan de forma intermitente camiones y furgonetas, todos ellos respetando el límite de velocidad. Es normal. Los radares de control hacen su trabajo. Lo que no es tan normal es ver un enorme Scania S circulando a una velocidad más propia de un peatón que de un vehículo a motor. Su conductor se frota los ojos mientras aminora aún más la marcha. Coge una bayeta, limpia el parabrisas y logra mejorar la visión. No da crédito a lo que ve. Entre el humo de la niebla se cuela una imagen insólita. Se trata de un hombre joven que va corriendo entre la bruma.

El vehículo se detiene.

El claxon del camión de atrás empieza a emitir, a modo de protesta, un mensaje que parece en código morse.

El Scania pone las luces de emergencia y con los intermitentes ilumina ligeramente la figura del chico, que corre hacia el camión. Va haciendo gestos con las manos. Parece que necesita ayuda.

El camionero duda. No sabe qué pensar.

El joven se mueve como si estuviese embriagado. Y está desnudo por completo.

28

Edén

El teléfono sonó a las cinco de la mañana. La araña con la que compartía habitación todavía estaba despierta. Era el decimotercer día de febrero y, como todo el mundo sabe, a los arácnidos les encanta los días trece. Sin embargo, cuando pulsé el interruptor de la luz la muy cobarde se escondió.

—El tatuador ha vuelto —dijo Fernanda con gravedad—. Manu ha aparecido hace media hora. Estaba muy conmocionado. Corría por la calle desnudo con un tatuaje en la frente. Por las heridas de los pies, debía de llevar corriendo casi una hora. Estamos chequeando todas las naves y los negocios de los dos polígonos industriales de la zona. Solicitamos las grabaciones de las cámaras de seguridad, comprobamos las matrículas y los móviles que han circulado por la zona estos días para ver si coinciden con algún registro de los que tenemos...

Tardé en responder.

—¿Avisasteis a Criminalística?

—Afirmativo.

—Prefiero que sea don Tomás quien analice la tinta.

—También lo he solicitado. Ambos han tomado muestras de la tinta y de la suciedad encontrada en sus pies. La primera impresión es que estaba bajo los efectos del GHB. Van a confirmar que no haya sido violado.

—En media hora estaré en comisaría —respondí.

Sí hay placeres mayores que una ducha caliente. Nada supera al hecho de intuir algo y tener razón.

29

Nacho

La prisa lo hace tropezar con una administrativa de la emisora y ambos están a punto de caer al suelo. Tras disculparse, entra rápidamente en el estudio.

Ricardo acababa de llamarlo y, aunque sabe que ya está en todos los periódicos, dará la noticia de la aparición de Manu Dans.

Porque sabe algo más.

Por primera vez se plantea con firmeza lanzar la información procedente de los soplos en su programa. El magacín era lo que era, puro entretenimiento. No veía fácil introducir en él un espacio de crónica negra. Pero ese asunto de Manu era algo muy local, y eso sí está en el foco de sus contenidos. La ciudad entera se había sobrecogido con la noticia de la aparición del chico.

—Desgraciadamente, volvemos a tener una víctima tatuada en la ciudad. —Había tomado la decisión—. Se trata de un joven muy conocido que hace tres años ganó el certamen Míster España. Por fortuna, está vivo...

El director de la emisora se asoma a través del cristal. Nacho le sostiene la mirada como queriendo decirle: «¿Creías que solo sabía presentar a Tipo y Colo?».

—La policía sospecha que Manu podría haber sido violado. ¿Se trata del mismo criminal del anterior tatuaje?

Hace una pausa. Lee sus notas. Piensa. Duda. Finalmente continúa:

—Ha aparecido de noche, corriendo desnudo por la avenida principal de Estela. Una imagen insólita que si la unimos a la de la mujer quemada nos lleva a preguntarnos: ¿qué está pasando aquí?

Los técnicos de sonido siguen expectantes a la locución de Nacho. En esos momentos podría decirse que son unos oyentes más.

—¿Saben qué palabra tatuaron en la frente de Manu? MARICA. Sí, como lo oyen. MARICA. Otro insulto. ¿Se trata de una agresión homófoba? Por lo que se comenta en las redes sociales, la víctima frecuentaba distintos lugares de alterne gay de esta y de otras ciudades del país.

«¿Lo estás haciendo, Nacho? ¿Estás usando como fuente fiable un comentario de internet sin verificar?».

Al acabar el programa, sale satisfecho de la emisora. Podía oír los crujidos del enfrentamiento entre los defensores de Manu y sus detractores. Entre los que reclamaban respeto para el influencer y los que pensaban que por el mero hecho de entrar en un bar gay ya merecía arder en el infierno. «La gente tiene derecho a saber», se justifica.

Pisa la calle. Mira el tendido eléctrico de la ciudad. «Está lleno de cuervos», observa sobresaltado. Incómodo, mira con más atención y se da cuenta de que lo que ha visto son tan solo estorninos.

30

Comisaría central de Estela

El jefe camina deprisa alrededor de la mesa. Germán entra en el despacho y se lo queda mirando sin atreverse a interrumpirlo. Todavía huele a humo. «Qué pena, llevaba casi tres años sin fumar», se lamenta para sí. Puede medir la intensidad de la acidez de estómago de su superior por el número de arrugas en la comisura de sus párpados. Al percibir su presencia, el jefe se sienta a la mesa y coge uno de los periódicos.

—Muestras de dolor... Indignación —lee. Suelta el diario y sigue hablando—: En la ciudad no se comenta otra cosa. ¿Cómo se enteraron de lo del tatuaje de ese chico?

German está desconcertado. No sabe qué hacer. Tan solo puede sumarse a la preocupación.

—Una filtración... Se dieron órdenes expresas de no informar ni del tatuaje ni sobre su contenido —responde—. La comisaría está llena de periodistas... Supongo que en algún momento...

—¡Les prohibiré la entrada!

—No creo que sea buena idea. Lo último que necesitamos es enfrentarnos a la prensa por este asunto. Es posible que, tarde o temprano, tengas que llamar al ministro...

—Agredir a un influencer famoso es como miel para las moscas.

—Tengo una buena noticia —dice Germán tratando de alejar al jefe de esa rueda de hámster en la que lo ha encerrado su obcecación—. Edén ha dicho que sí.

—¿Eso es una buena noticia?

—Lo es.

—Siempre has estado de su parte, ¿verdad?

—No debemos seguir hablando de partes. Y respondiendo a tu pregunta, no. Yo siempre estoy de la tuya.

Germán suele estar del lado de los que ganan. Y si está con Edén ahora, es que va a ganar.

—Admiro tu frialdad. Sé que llegarás lejos. Quién sabe, a lo mejor a director adjunto operativo... ¿Quieres un café?

Germán acepta. El jefe se levanta de su silla y pone a funcionar una de esas máquinas de cápsulas que cada vez que le das al botón tiembla el planeta.

—¿Sabes? Llevo más de treinta y cinco años en el cuerpo y he visto de todo. Pero nada como esto. ¿Qué explicación puede tener?

—Estamos pendientes de los resultados del análisis forense. Eso nos puede confirmar si se trata del mismo *modus operandi*...

—Germán, ambos sabemos que fue el mismo hijo de puta.

—Lo sé, pero no se trata de que lo sepamos nosotros. Se trata de que lo sepa un juez.

—¿Por qué tantas molestias? Tatuar es un proceso largo y lento... Arriesgarse a que lo cojan...

—¿Porque es un sádico y obtiene placer al hacerlo?

—El muy cabrón creerá que se va a salir con la suya.

—Encontrar el primer cadáver ha sido un golpe de suerte. Si no llega a ser por las pertinaces lluvias torrenciales y el viento, jamás lo habríamos encontrado —dice Germán—. Ese árbol seguiría en su sitio. Sus raíces no habrían salido a la luz y esos restos seguirían haciéndoles compañía bajo la tierra.

«¿"Pertinaces lluvias torrenciales"? ¿"Salido a la luz"? ¿Más giros poéticos en el lenguaje de Germán?», se pregunta el jefe mientras abre la caja metálica en la que están los cigarrillos.

—O sea, que tendré que acostumbrarme a ver por aquí a esa

chiflada... No estaría de más que conociésemos mejor sus puntos débiles. Por si acaso.

—¿Intimidarla? ¿A Edén? Difícil. Sabes cómo es. Sobria como un espartano.

—¿Pareja?

—No tiene pareja. Vive sola en un modesto apartamento con una decoración que parece un piso de estudiantes... Es austera. Tiene pocos gastos.

—¿Familia?

—Su padre está en una residencia pública de ancianos. Su hermana se trasladó a Madrid y se gana la vida perfectamente.

—¿Vicios?

—No bebe. No fuma. No se droga como otros miembros del cuerpo.

—¿Hay miembros del cuerpo que se drogan?

—Alguno hay.

—¿Y cómo no...?

—Hacemos la vista gorda. Un poco de perico. Nada grave. Son buenos chicos y unos cracks en sus trabajos. Pero pasan demasiadas horas conviviendo con esos estratos sociales.

«¿"Estratos sociales"?». El jefe vuelve a sorprenderse del vocabulario que utiliza Germán.

—Prefiero no tener más información sobre este asunto.

—Olvida que lo he dicho —le pide Germán. Le irrita que el jefe se haga de nuevas. Como si en su época esas cosas no pasasen.

El general empieza a marcar un número en su teléfono mientras se despide. Para muchos, tener el teléfono móvil de un miembro del Gobierno sería un privilegio. Para él es un grillete en el tobillo.

—Germán, ¿has empezado a leer? —le dice antes de que salga.

El comandante, desconcertado, se marcha sin responder.

—¿Señor ministro? Buenos días. Le informo de que vamos a reforzar la brigada de Delitos contra las Personas designando a una nueva y brillante incorporación. —Siente un fuerte pinchazo en el estómago—. Se trata de Edén González... Sí... Es ella, la indultada..., la que adoran las redes sociales... Sí, es una gran policía judicial. —Vuelve a sentir otro pinchazo, este aún más fuerte—. Me alegra que le satisfaga, ministro... No, por supuesto que no pararemos... Necesitaremos apoyo.

Se mantiene a la escucha apretando con fuerza el auricular del teléfono.

—Gracias, ministro.

31

Edén

Ya había cuatro vasos de café vacíos sobre mi mesa de trabajo y todavía no habían dado las nueve de la mañana.

—¡Han publicado la foto en portada! —protesté al ver llegar a Fernanda.

Un hombre desnudo salía en la primera página de todos los periódicos locales. En la foto se apreciaba un ligero desenfoque en sus genitales y en su frente. Era las únicas muestras de pudor y respeto que habían mostrado los diarios por la víctima.

—Está por todos los lados —me respondió Fernanda mientras me enseñaba en su teléfono las portadas de varios medios digitales.

Martín entró perdonándonos la vida por primera vez en el día.

—Tengo un avance del informe forense. Los análisis hematológicos. Manu tenía abundante GHB en la sangre. Pero lo más llamativo estaba en su piel.

—¿Qué encontraron?

—Mierda.

Me sorprendieron esos modales en el guaperas, pero ni me inmuté.

—Mierda de perro —aclaró—. Supongo que sería del lugar donde estuvo.

—¿Pudo haberla pisada por el camino? —se preguntó Fernanda.

—Estaba en sus pantorrillas, en sus nalgas... No fue algo accidental. Estuvo rebozándose en ella.

—Ya tenemos algo —celebró Fernanda—, caca de perro en abundancia.

—En sus piernas también tenía una mezcla de sosa, potasa, fosfatos y silicatos —añadió Martín.

—¿Eso qué puede ser?

—Según don Tomás, productos de limpieza.

—Después de la mierda, limpieza —bromeó Fernanda—. Obvio.

Dos policías municipales custodiaban la puerta de una pequeña sala de atención a pacientes del hospital Clínico de Estela. Al llegar, mostramos nuestras acreditaciones y nos franquearon el paso. Manu Dans permanecía tumbado en una camilla. Todavía estaba mareado. Junto a él se hallaba sentada su madre, que no paraba de desgranar un rosario con las manos.

—Venimos a ayudar —les dije, y me identifiqué.

Manu empezó a hablar moviendo la cabeza en pequeños círculos sin apenas poder subir los párpados.

—Los osos... los osos gruñían...

Yo no podía dejar de pensar en la mierda de perro. Quizá esos osos no eran más que ejemplares de raza grande.

La madre empezó a sollozar. Estaba aliviada por ver a su hijo vivo, pero muy preocupada por su estado.

—Está como drogado. No para de decir cosas incongruentes. ¡¿Quién le hizo esto a mi niño?!

A pesar del llanto de su madre, Manu seguía hablando.

—... La suerte... hay que buscarla... Aquella cara...

Pasé la mano por encima del hombro de la anciana sin dejar de mirar la frente de Manu. Letras rojas componiendo la palabra MARICA ocupaban toda su frente.

—¿Qué cara? Manu, ¿qué es lo que viste? —le pregunté con el tono de voz más amable que pude.

—Tenía... tenía unos extraños ojos rojos... Era... un demonio. Venía a por mí.

32

Manu

Una cortina. Esa es la única división que hay entre él y el enfermo de al lado. El hospital Clínico no tiene habitaciones individuales, y Manu comparte la suya con un hombre mayor que no paraba de quejarse, su mujer, su hija, su cuñado, su cuñada, dos vecinos y otros cuatro primos.

La madre de Manu entra abriéndose paso sutilmente con los codos. Con tanta gente, es casi imposible acceder a ese cuarto. Lleva una bandeja de cruasanes en una mano y en la otra, colgada, una bandolera con el ordenador portátil de su hijo. Fue lo primero que le pidió nada más recuperar la consciencia.

—Tiene la palabra MARICA en la frente —dice cuchicheando una mujer.

Se oyen risas. Tanto Manu como su madre las escuchan.

—Tranquilo, todo se va a arreglar —dice la madre acariciando el gesto abatido de su hijo.

Manu abre el ordenador y accede a sus redes sociales. Lo que ve le hace tanto daño como el tatuaje en su frente. ¡Ha perdido más de cien mil seguidores! Empieza a leer obsesivamente a sus detractores. «Frecuenta bares de alterne gay»; «Una pena que sea de la otra acera»; «El típico cachas homosexual»; «Lugar tóxico = seguidores maricones»; «¡Un puto fraude!»; «Qué decepción, ¡era maricón!»; «Mucho modelito... y era una nenaza».

Cientos y cientos de comentarios de gente que parecía haber estado esperando el momento para hacer leña del árbol caído. Su correo electrónico tampoco traía buenas noticias: varias marcas comerciales para las que trabajaba solicitaban la suspensión de las colaboraciones hasta que se aclarase «todo este asunto».

—Mamá, dime que es una pesadilla.

Los vecinos de habitación oyen la frase y se ríen sin tapujos. Por los gestos que hacen, parece que han encontrado demasiado femenina la expresión.

Manu teclea: «No soy gay. Soy un hombre de verdad. Me han hecho esto para hacerme daño».

Lo sube a sus redes y el incendio se multiplica.

«¿Qué pasa, que los gays no son hombres de verdad?», «¿Traicionas a los tuyos?», «No hay nada peor que un gay homófobo...». El contador de seguidores disminuye de mil en mil cada vez que refresca la página. Una debacle. Napoleón en Waterloo. «¿Por qué no habré muerto?», se pregunta Manu. En unos días, había pasado de ser el hombre más deseado de la ciudad al más vapuleado. De ser un líder al que todos seguían a ser tratado como una basura.

Siente un violento movimiento en el estómago. En un gesto apresurado, pide a su madre el recipiente para hacer sus necesidades que está junto a la cama. La mujer le acerca la cuña de plástico, y Manu vomita en ella toda la bilis que le han hecho tragar los comentarios de sus seguidores.

Recibe el alta médica. Lo primero que hace al llegar a casa de su madre es llamar a la clínica de cirugía estética de Fany del Río. Trata de darse ánimos. «¡Ponerse a buscar una solución es buen síntoma! —se dice con una euforia poco entendible—. ¡Estoy volviendo! Fany es la mejor». Es cara, pero él tiene pasta. Para eso se lo curra todos los días. Por eso retransmite su vida y está subido a un escenario permanentemente. Para tener pasta. Para hacer lo que quiera. Y lo que quiere es sacarse eso. Tiene que conseguir que los buenos tiempos vuelvan. Todo se va a arreglar. «La forma física y la suerte hay que buscarlas», se repite una y otra vez.

—Buenos días, quería hablar con Fany del Río.

—La doctora Del Río está en el quirófano. ¿En qué puedo ayudarle?

Una cita. «¡Tengo una cita para mañana! Esto está cerca de solucionarse. ¡Vamos, Manu! ¡Vamos, Manu! Nada te va a vencer».

Se sienta en su vieja máquina de remo. Por primera vez desde hace mucho tiempo. Cuando se fue a vivir solo, compró otra más moderna. La madre dejó todas sus cosas tal como estaban, con esa esperanza que tienen muchas madres de que el polluelo algún día vuelva al nido.

«Necesito sudar».

Empieza a bogar entre las oscuras aguas del salón materno. Nota que sus brazos comienzan a llenarse de sangre. Imagina que va por un lago y que la brisa acaricia su cara. El sudor brota de su frente y siente un ligero picor. Una comezón que le recuerda la palabra que tiene clavada en la cara. La que le está jodiendo la vida. Su vida perfecta. La vida con la que cualquiera soñaría.

El teléfono vibra. Sin dejar de remar, mira la pantalla. Es un número desconocido, con muchas cifras, como si fuese extranjero. No se atreve a cogerlo. El móvil se detiene y le muestra un aviso: tiene un mensaje nuevo en su buzón de voz. «¿Quién deja mensajes en un buzón de voz a estas alturas?». Intrigado, se detiene y pulsa el número que indica el texto. Una voz robótica le da la bienvenida al servicio. No se puede saltar. No se puede acelerar. Está claro que es un vestigio de otro siglo. Después de un pitido, oye una voz grave y mecánica, claramente distorsionada.

—Marica, veo que alguien ya sabe lo que eres —le dice. A Manu el corazón le da un vuelco—. Una maricona que se niega a salir del armario. ¿Quieres que sepan también lo del pub Barny? ¿Que estuviste divirtiéndote con todos esos chicos menores de edad? Prepara un millón de euros y abre una cuenta en un banco de Andorra. Te llamaré y te daré instrucciones sobre los siguientes pasos. Si hablas con alguien sobre esto, ya sabes lo que pasará. ¡Hasta tengo fotos tuyas bailando con ellos!

El mensaje concluye. Manu no tiene fuerzas ni para colgar el teléfono. ¿Un millón de euros? Sí, claro que tiene un millón de euros. Pero son para pagar su operación. Son para que le saquen eso de la cara. Si se queda sin dinero, si cede a esa extorsión..., ¿quién dice que no habrá más veces, quién dice que será el único y que no vendrán más...? ¿Llamar a la policía? ¿Y si se entera? Esas fotos... «Fue un día. Solo un día. Bueno, quizá dos. ¡Qué más da!». Él era un mito masculino. Eso sería como gritar que lo del tatuaje era cierto. No habría compasión. Después de haber dicho lo que dijo de los gays...

Eso no podía estar pasándole.

«La forma física y la suerte hay que buscarlas», se repite una vez más. Hace unos minutos creía que la pesadilla estaba a punto de terminar. Ahora sabe que no ha hecho más que empezar.

33

Fernanda

Entra en Ootatoo a las diez y media de la noche. Intenta hacerlo con la normalidad de quien va al gimnasio. Pero no puede. Sigue sintiéndose ajena a ese sitio y un tanto incómoda.

Hoy está Laura en la recepción, con su dulce mirada y su larga melena pelirroja. Eso la condiciona positivamente. Con ella en la entrada, el local le parece menos siniestro y lisérgico. Aun así, le huele a sitio recién abierto, a antro que acaba de arrancar el día y sus moradores, como si fuesen actores, todavía no han conseguido sumergirse del todo en su papel.

Fredo coloca cada herramienta en su sitio. Los frascos de tinta por tamaño y colores. Repasa que contengan producto. Ordena todo con precisión. Por el contrario, la camilla en la que trabaja Tangata es un barco que navega entre frascos desordenados. Son el día y la noche. El orden y el caos. Un enorme cuerpo moreno y un diminuto cuerpo blanquecino.

—¡Buenas noches! —grita Fernanda para hacerse oír, y ambos le devuelven un saludo mecánico.

Se dirige hacia el rincón donde están ubicados los vestuarios. Son un montón de cañas verticales tapadas por una tela cuidadosamente destrozada. Se quita la ropa y la va dejando colocada en su cabina. Su cuerpo desnudo se refleja en un espejo de dos metros y medio de alto que parece hecho a la medida del gigante maorí. «¡Qué bajita soy!», piensa antes de comprobar que los dibujos inacabados de Bía y Nike siguen ahí.

Siente temor. Se lo achaca al dolor. «Dicen que la segunda sesión es la que más duele». El tatuaje que ha elegido le cubrirá la totalidad de ambas nalgas y eso le exigirá sufrir durante varios días.

Intenta tranquilizarse, pero no lo consigue. Piensa en su pistola. No la ha traído y la echa de menos. Fredo le da confianza, pero Tangata, a pesar de parecerle un bonachón, a veces la inquieta. «Demasiado diferente».

Sale ataviada con un albornoz negro bordado en la parte trasera con las letras de Ootatoo en dorado y se tumba en la camilla. A los pocos minutos vuelve a notar a Fredo apretándole las nalgas con una aguja y pasándole un paño por la piel una y otra vez. Le empieza a resultar natural. Sin embargo, sigue teniendo esa extraña impresión de sentirse observada.

«Es como ir al dentista, pero esto mola», se dice para sacudirse las malas vibraciones.

Fredo no para de hablar. El otro día ella le daba la réplica. Hoy prefiere limitarse a responder con monosílabos, ha bebido un par de copas antes de llegar y no quiere que se le note.

—Vaya, se me ha acabado mi tinta roja. Tangata, ¿me haces un favor?

El maorí alza la cabeza con aire de aceptar. Está sentado en su silla de trabajo, frente a su camilla vacía. Ojea un antiguo cómic de *Vampirella*, de una colección que su compañero conserva con orgullo.

—¿Puedes ir al almacén y traerme un bote de mi tinta roja especial? —solicita Fredo.

—¿En cuál de los dos está?

—En el de arriba.

—No. Sabes que yo no subo ahí —dice Tangata con contundencia.

El comienzo de la disputa capta la atención de Fernanda. Fredo vuelve a la carga.

—No seas maniático...

Ante la insistencia de su compañero, Tangata, que de por sí siempre parece serio, se pone serio de verdad.

—No subo... *Rewera pouri...*

Coge la almohada de la camilla, se abraza a ella y empieza a decir que no con la cabeza, repitiendo *rewera pouri* con su grave voz mientras se mueve hacia delante y hacia atrás.

Fredo reclama la atención de Fernanda.

—¿Lo ves? ¡Después dicen que están civilizados! Le ha cogido manía a un almacén que tenemos bajo la buhardilla... Creencias extrañas. ¡Qué le vamos a hacer! Discúlpame, pero tendré que ir yo a por la tinta.

El tatuador tapa discretamente el trasero de la policía con su albornoz negro y desaparece tras las cortinillas. Abre una puerta y se adentra por un pasillo oscuro.

Tangata sigue negando y balanceándose abrazado a la almohada, que cada vez parece más pequeña. Fernanda se incorpora en la camilla para hablar con el gigantón.

—¿Por qué tienes miedo?

—Ese es lugar *pouri. Pouri!* —dice poniéndose en pie. Si hubiera un sol dentro del local, estaría a punto de producirse un eclipse.

—Ahí arriba no hay nada..., si no ves la oscuridad como yo.

—¿Qué quieres decir con eso de que ves la oscuridad? —pregunta Fernanda, cada vez más perpleja.

—Nací con esa maldición. Mi madre me dijo que vería la oscuridad del mundo. No todos me comprenden...

Fernanda mira a su alrededor. Objetos extraños..., un gigante de ciento cincuenta kilos contándole que tiene el poder de ver la oscuridad... A su mente le viene la imagen de su arma colgada en su taquilla de la comisaría y siente la tentación de ir a por ella.

—Aquí lo tengo —dice Fredo mientras frota el bote de tinta en el hombro de Tangata—. ¡Supersticiones, amigo! Eres un puto supersticioso. Fernanda, ¿no te habrá contado lo de ver la oscuridad y todas esas historias maoríes? Mira que es buen tío y buen tatuador..., pero cuando se pone en plan «¡qué miedo, ahí hay un monstruo!», no lo aguanto. —Se vuelve hacia el maorí—. ¡Tendrías que haber estado en la cárcel! ¡Ahí sí que hay demonios, amigo! Ahí sí que *pouri, pouri* que te cagas.

Fredo se sienta y regresa al trabajo.

—¿Qué tal va la investigación de las chicas muertas?

—¿Sabes que soy policía?

—Cariño, hueles a madero desde un kilómetro.

Decepcionada, Fernanda se ve obligada a hablar del caso.

—Todavía no tenemos ninguna certeza.

—¿Buscáis un tatuador? Porque no creo que quien lo hizo sea del oficio. Ninguno de nosotros profanaría así el mundo del tatuaje. Somos gente pacifista y respetuosa con la vida.

—Sin embargo, sabe tatuar —replica Fernanda.

—No he visto los tatuajes. Pero cualquier persona que dibuje bien tarda muy poco en acostumbrarse a manejar la máquina —sugiere Fredo.

—¿No crees que haga falta saber tatuar?

—A ver, insisto en que no he visto los tatuajes. Aun así, hay cosas que tan solo con tener un poco de pulso...

Fernanda reprime un gemido todo lo que puede, pero al final se le acaba escapando una breve queja.

—¿Te he hecho daño?

—Un poquito.

—Ha sido a propósito. —Ríe—. Por no haber encontrado todavía a ese cabrón.

—Me gustaría que conocieses a mi jefa. ¿Tendrías algún problema?

—¡Por supuesto que no! En absoluto. Es más, estaría encantado de colaborar con esta investigación. No me gusta que se manche la imagen de mi profesión. Hay gente por ahí que habla del «tatuador asesino», y eso nos hace daño.

—¿Podemos quedar para tomar un café?

—¡Eso nunca! Solo iré si tomamos vino —exige Fredo, haciendo que Fernanda vuelva a sonreír.

34

Secuestrado

Se despierta por sus propios ronquidos. Ha dormido profundamente. «Isaac no ronca así», piensa. Se huele. Lleva casi un mes
sin asearse. Tiene una palangana cercana. Para hacer sus necesidades. La cambian una vez a la semana.

El hedor es feo.

Todo en su vida es feo.

Hasta ese final horrendo sería feo.

¿Qué haría si lograse salir de ese tormento? Responder a esa
pregunta es lo único que le da fuerza para seguir viviendo. Piensa en positivo. Se ve a sí mismo con un chaqué en un altar, junto
a una chica guapa y un montón de amigos.

¿Cómo puede lograr que su situación dé un giro y conseguir
que la vida le dé otra oportunidad?

35

Manu Dans

La clínica de Fany del Río no es un centro médico al uso. Está ubicada en uno de los majestuosos caserones modernistas que se construyeron en Estela a principios del siglo xx.

Sentado en la sala de espera, Manu intenta admirar las obras de arte y el exquisito gusto que rezumaba la mansión por todos los rincones. No lo consigue. Ni siquiera es capaz de levantar la mirada con confianza. Aunque lleva un pañuelo que le envuelve la cabeza como si fuese un pirata, la palabra que tiene en la frente lo lastra de tal forma que parece que lo acabará hundiendo.

Entra Fany, y Manu se pone de pie.

—¿Viene por lo del tatuaje en la frente? —le pregunta sin rodeos antes de llegar a su altura.

—Sí, me gustaría...

—En esta clínica no nos dedicamos a quitar tatuajes.

—Pero yo vi en internet...

—Eso fue hace tiempo. Lo que pasa es que no somos capaces de borrar de los buscadores esa noticia. Es un área de trabajo que abandonamos. Iba en contra de nuestra filosofía: si no queda perfecto, no es propio de Fany del Río.

La suficiencia de la cirujana no amilana al influencer.

—Pero estuve leyendo... Quizá podrían ayudarme.

Manu decide mostrarle el objeto de su preocupación y lentamente se retira de la frente el pañuelo.

—Mire, nosotros no creemos en métodos mágicos. Además, su tatuaje está en una zona muy comprometida. Y es con tinta roja... Muy complicado. No podemos ayudarle... y dudo que alguien lo consiga.

—¿Y un trasplante de piel?

—Es una solución más compleja aún. Es imposible garantizar que la expresión facial sea la misma. Las marcas, la textura, la expresividad... Podríamos pasarnos años haciendo operaciones para, al final, obtener un resultado calamitoso. Lo más sencillo es que se tatué algo encima.

—Dejarlo ahí para siempre... sería reconocer...

—Lo siento, señor Dans. No está en nuestras manos ayudarle con esto. Le agradecemos que haya pensado en nuestra clínica para...

—¿Cree que puede dejarme tirado? ¿Ignorarme como si fuese una mierda? Voy a acabar con su reputación. ¡Se enterará todo el mundo de que es un puto fraude!

—Por favor, váyase.

—¡La voy a hundir!

Waldo entra con la determinación de un antidisturbios, pasa sus brazos bajo las axilas de Manu y, en un instante, lo inmoviliza poniéndole la cabeza mirando al suelo. El mayordomo, sin alterar su voz, lo invita a salir:

—Por favor, señor, acompáñeme... —le dice con amabilidad.

Manu no oye nada. Solo el eco de aquella voz metálica que le reclamaba un millón de euros en un banco de Andorra.

36

Irene Santiso

El despertador suena a las cuatro de la madrugada. No es la hora a la que Irene Santiso suele levantarse. Antes lo hacía a menudo. Para coger aviones. Pero desde que vendió la empresa por aquel dineral no ha vuelto a madrugar.

Las luces de la noche se cuelan por el frente acristalado de su habitación. Desde el ático ve toda la ciudad. A veces incluso puede verla por encima de la niebla, como si fuese una sopa de edificios, o uno de esos cocteles a los que se añade hielo seco.

«Nadie que se plantee en serio ir a pescar puede levantarse a otra hora», se dice recordando las palabras de Francisco, su exmarido. Sigue obsesionada con lograr su aprobación. Por eso quiere salir a pescar. Para demostrarle que puede. Para estrenar el barco que le compró por su aniversario. Para decirle con sus actos: «Me importa una mierda que te hayas liado con una de tus estudiantes».

Días atrás organizó las cosas para que todo saliese a la perfección. Hasta fue personalmente a comprar cebo vivo en el mismo lugar en el que lo hacía su ex. No le resultó fácil. El dueño era ese tipo de comerciante que abría cuando le daba la gana. Eso, tratándose de cebo vivo, significaba que los gusanos de mar invadirían su nevera durante toda la noche, observando sus patés, sus quesos caros y sus yogures desnatados.

Todo estaba listo.

Se siente pletórica. Va hacia la nevera para comprobar que siguen vivos los poliquetos, como los llamaba Francisco, aunque para ella solo son larvas asquerosas. No parece que se muevan. Coge el tarro y se lo acerca para observarlos bien. No lleva puestas las gafas. El envase se topa con su cara, se le escurre entre los dedos y cae al suelo, estallando como una bomba llena de gusanos. Le repugna. Tocar eso con los pies. Estaría dispuesta a hacerlo con las manos, pero con los pies... Aunque sabe que está sola, mira a su alrededor por si su exmarido la observa.

Sobre el barco hay cientos de gotitas de rocío que brillan como perlas bajo la luz de los pantalanes. Arranca antes de que empiece a amanecer. El motor está tan nuevo que apenas si emite un rumor. A medida que avanza, la neblina se va haciendo cada vez más densa. Conoce bien esa zona, aunque no tanto como para seguir navegando sin visibilidad. No quiere dar la vuelta. Eso sería punto y partido para su ex.

Percibe un sonido a lo lejos. Un crujido cadencioso que suena al fondo de la ría. A medida que avanza lo oye mejor. «Viene y va», se dice. No lo distingue bien. Le parece ver algo en el puente, una mancha negra que se mueve lentamente, como una sombra que se pierde entre la niebla. Da un poco de gas para acercarse al sonido.

Su tensión baja de golpe. Acaba de ver unas piernas que se balancean, inertes, al ritmo del crujido. Tiene los pantalones a la altura de los tobillos.

Los ojos de Irene se dirigen a una gruesa soga atada a la barandilla del puente. Una chica joven cuelga de ella. Tiene el pelo caído sobre la cara, lo que le impide confirmar si todavía tiene los ojos abiertos. Su lengua sobresale, oscura y obscena. El color amoratado de su rostro contrasta con su pelo rubio y las formas tatuadas de una especie de serpiente que sube por su cuello.

Se aproxima. Parece que la soga que le rodea el cuello se afloja. Quiere socorrerla. Quizá haya llegado a tiempo. Acerca la embarcación para intentar descolgarla. Con una mano aterida de frío agarra el pasamanos del barco. Sube al candelero. Está a punto de tocar los pies de la chica cuando nota que el barco se balancea bruscamente. Se desequilibra y cae al agua. El frío y el recuerdo de la cara de su exmarido apuñalan su piel. Logra salir a la superficie expulsando por la boca el poco aire que le queda. Da dos brazadas y se agarra al barco. Sube. Se abalanza sobre una de las toallas del aseo. Coge el teléfono. Duda. No le gusta verse mezclada en un asunto de muertes. Y menos en ese momento de su vida. «Dará que hablar. Me machacarán...».

—¡Policía! —grita por su móvil—. Hay una chica ahorcada en el puente de la ría. ¡Vengan con urgencia!

Mientras da sus datos, no deja de mirar ese rostro. Ya no tiene los ojos abiertos. Se le han cerrado para siempre.

37

Edén

Dormía plácidamente por primera vez en meses. Cuando sonó el teléfono sentí como si el dentista hubiese entrado de golpe en mi habitación para sacarme una muela.

—¿Qué pasa?

—Tienes que venir al puente de la ría.

—¿Es grave?

—Un cadáver.

Dejé mi coche en la barrera que la Policía Municipal había habilitado junto al puente para prohibir el paso, a pesar de que a esas horas casi no había nadie por la calle. Eran poco más de las seis de la mañana, y la niebla era tan espesa que a duras penas atisbé el pequeño cuerpo de Fernanda moviéndose a lo lejos. Hablaba con dos agentes, y los tres miraban hacia la ría. Avancé unos metros e hice lo mismo.

Sentí como si mis pies se atornillasen al suelo cuando vi unas piernas balanceándose, inertes, al ritmo de un crujido. Me acerqué unos metros y volví a asomarme. Tenía los pantalones bajados, a la altura de los tobillos. Había una gruesa soga atada a la barandilla del puente con una chica joven colgando de ella. Su pelo me impedía distinguir sus rasgos. Solo podía ver su lengua.

Parecía querer escupirla. Me aproximé más hasta llegar a donde estaban Fernanda y Manuel, que se habían acercado con algunos agentes de la UCO. A estos últimos ni los saludé.

—Esperamos a que llegue la jueza —me comunicó Fernanda.

Desanduve parte del camino para tener un punto de visión que me permitiese observar mejor su cara. Me parecía haber visto algo y quería cerciorarme antes de sacar ninguna conclusión. Estaba claro. No podía leer bien lo que ponía, pero era evidente que esa chica tenía letras rojas tatuadas en la frente.

Fernanda vino a mi encuentro.

—Mira —me dijo enseñándome una foto.

Se trataba de una hoja de papel enganchada al cabo del que colgaba la chica. Escrito en azul con trazos desiguales, un enigmático texto decía: «Todas somos putas y zorras. Gracias por nada. Adiós».

—Fue nuestro hombre —afirmó—, aprovecha la niebla cerrada para actuar.

—Eso parece —contesté, y pedí al cielo que me diese la oportunidad de pillar a ese cabrón y devolverle todo el dolor que estaba infringiendo—, solo que ha cambiado.

—¿A qué te refieres?

—Ya no quiere pasar desapercibido.

38

Don Tomás

El forense no deja de mirar el tatuaje que la chica tiene en la frente mientras la camilla se va acercando con el cadáver. Su joven compañero, sin embargo, ha reparado en que el cuerpo viene con los pantalones bajados y se apresura a preguntar:

—¿Una violación?

—Lo veremos. Pero es normal que en una ahorcadura la deceleración súbita del cuerpo al caer pueda provocar que se le baje la ropa.

Don Tomás pone música. Ópera, Saint-Säens, *Sansón y Dalila*, «Mi corazón se abre a tu voz».

—A nuestros clientes no les molesta el volumen —dice al ver la cara seria del novato, que no acaba de entender las bromas ante un cadáver.

«Habrá que preguntarte dentro de cuarenta años», piensa don Tomás, y comienza a trabajar.

—Bueno, en esta ocasión no hay que rebuscar para encontrar el tatuaje... Fíjate, la frente presenta laceraciones y pérdidas de piel en un par de sitios. El lateral de la cara tiene unas marcas que parecen quemaduras, heridas en el rostro que probablemente sean...

—... de la rozadura con la cuerda —responde el joven ayudante.

El forense asiente con gesto complacido.

—La lengua, de color marrón oscuro, protruye de la boca de la víctima —dice mientras intenta devolverla a su sitio después de observarla—. Livideces en manos y antebrazos... Desgarros por fricción en la íntima de las arterias carótidas... Disección subintimal... Hemorragia. ¿Por lo tanto...?

—La víctima estaba con vida en el momento de la ahorcadura.

—No parece que haya restos en las uñas. Ni signos de lucha.

—Ahorcadura suicida —responde el novato antes de que don Tomás le pregunte.

—A no ser que estuviese drogada. Toma muestras de sangre para analizarla.

PALABRA TERCERA:
BELLEZA

La belleza es un haz de luz que te señala. Todo son ventajas mientras nadie de los que mira sea una hiena.

TYSON TABARES,
investigador privado

39

Nacho

Desde que tomó café con Ricardo Delgado, mira con recelo al resto de sus compañeros de trabajo. Hacen que se sienta presionado, como si lo censurasen. Incluso hoy, que es un día especial para él. O debería serlo. Su treinta y cinco cumpleaños. No sabe si le apetece celebrarlo. En realidad, sí lo sabe. Le gustaría que ni se tratase el asunto. No necesita nada que le recuerde que cada vez está más alejado de ser una joven promesa. No quiere seguir estancado recibiendo todos los días al diablo cabrón que habita en su mente y tener que oírlo diciéndole: «¿Te acuerdas, Nacho, de cuando eras un valor en alza?».

El técnico de sonido entra por sorpresa en el estudio con una pequeña tarta en la mano. Sus compañeros se han acordado. Nacho se anima. Va a encender la vela (solo han puesto una), pero el técnico le dice que mejor no lo haga. Por el sistema antiincendios. Le empiezan a cantar *Cumpleaños feliz*. Se han sumado ocho compañeros de los veintidós que están en la emisora. «Hace unos años habrían venido todos», piensa Nacho. Aprieta sus mofletes, dispuesto a soplar una vela sin encender, y piensa en la cara de gilipollas que debe de tener en ese momento. «¡Soplar velas apagadas! Puede ser un resumen alegórico de mi vida».

Pasado el trámite de la celebración, intenta concentrarse en su trabajo y sacar adelante un programa más. Todavía emiten el corte publicitario. Un administrativo entra con una nota de papel en la mano. Una situación que ya le resulta familiar. La lee y ve el nombre de Ricardo en ella. ¿Urgente? ¿Qué debe hacer? ¿Llamarlo? ¿Seguir metiéndose en la charca? ¿Quiere ser o no quiere ser un periodista de verdad? Su instinto lo lleva hacia el teléfono. Su prudencia, sin embargo, lo ata a la silla.

Se decide. Coge el teléfono y hace esa llamada. A los pocos segundos su rostro cambia. Entra de nuevo en el estudio. Serio. Se rasca la cabeza. «¿Por qué no voy a aprovechar yo también este filón?». Están emitiendo un tema musical. Nacho hace un gesto pasándose la mano extendida de lado a lado del cuello. Los técnicos cortan la música todo lo rápido que pueden. Intuyen malas noticias. Pinchan su micrófono sin dejar de escrutarlo con la mirada.

—Tengo que interrumpir la programación para darles una triste noticia. Todos los oyentes saben que en este programa tratamos de alegrarles la vida. Que somos entretenimiento. Pero la información que me acaban de pasar no me deja más remedio...

Hace una pausa. Intercambia una mirada con los técnicos. Por los cristales que rodean el estudio ve a dos colaboradoras que se acercan con expresión sorprendida.

—Esta mañana, en el puente de la ría, ha aparecido ahorcada una mujer. Una vecina de nuestra ciudad. Se la ha trasladado al hospital Universitario de Estela, donde ha ingresado ya cadáver. Se trata de Vanesa Álvarez del Río, hija de la célebre cirujana coruñesa Fany del Río. La policía baraja todas las posibilidades, desde el suicidio hasta el asesinato.

Se queda en silencio. Más tiempo de lo habitual. Más tiempo del necesario. Sabe que esa pausa añadirá dramatismo a lo que va a decir. Sigue pensado. Tomando la decisión final.

—Las pruebas que se le han practicado evidencian abundante GHB en su sangre, que para los que no lo sepan es la llamada «droga de la violación», aunque también se utiliza para el autoconsumo, por lo que no se descarta que la fallecida, con un gran historial en consumo de drogas, pudiese usarla para fines... digamos que recreativos.

Nueva pausa.

—Pero lo más importante es lo que apareció en su frente. Un tatuaje.

Pausa de varios segundos.

—Una palabra.

Nueva pausa.

—PUTA.

Se oye el ruido de Nacho tomando aire y luego que lo exhala a modo de suspiro.

—Resulta imposible no pensar que este suceso esté relacionado con el crimen de la chica tatuada de Costa Solpor que, como saben, aún sigue sin identificar, y también con el tatuaje en la cara de Manu Dans.

Hace otra pausa, esta más larga y profunda.

—Reconozco que estoy en estado de shock. Siento una mezcla de indignación y terror. Por extraño y sorprendente que nos parezca, no nos queda otro remedio que hacernos a la idea, pensar que en esta ciudad, sí, en nuestra hermosa y pacífica ciudad, hay alguien que está planeando hacer daño de una forma hasta ahora desconocida para todos.

Ricardo Delgado debería estar satisfecho. Sin duda eso le demostraría que había entendido perfectamente lo que quería decir «hacer mucho ruido».

—Y siento la misma impotencia que deben de sentir todos ustedes. Por no poder hacer nada. Porque creo que a cualquiera de nosotros puede pasarle lo mismo.

40

Álvaro

Vive en el barrio de Montouto, el más extenso y mestizo de la ciudad. En él conviven vecinos de clases altas, que habitan en sus espléndidas viviendas con vistas al mar, con los de clase baja, que lo hacen en los edificios interiores, más antiguos y humildes.

Al señor Ponte lo conocen como Ponte. O como el padre de Alvarito. O como «el pintor». Algunos, equivocadamente, lo llaman «el chapista», pero él tan solo pinta los coches. Y lo hace bien. Su éxito le permitió mudarse a cincuenta metros de donde vivían. Ya era de los que tenían vistas al mar, y lo había conseguido a base de esfuerzo.

El tesón de Ponte tiene ahora un nuevo desafío. Sacar a su hijo Álvaro del agujero en el que ha caído. Se derrumbó cuando supo lo de la muerte de Vanesa. Aunque acababan de dejarlo —lo hacían con frecuencia, al menos dos veces al año—, el chico seguía queriéndola.

—Tienes que reaccionar —le dice el padre.

Lo había llevado al trabajo para intentar arroparlo. Lo había dejado sentado en su minúscula oficina y allí seguía, con la cabeza inclinada y los brazos caídos.

—No puedes estar así.

Álvaro no contesta. Sigue inmóvil respirando entrecortadamente.

—Sé que estás hecho polvo. Pero tienes que reaccionar...
¿Por qué no ayudas a uno de los chicos? A mí trabajar me funciona. Cuando tengo problemas, me pongo a pintar y no paro hasta que no puedo con el alma.

Uno de los pintores del taller abre la puerta y asoma la cabeza.

—Ponte, hay unos señores que preguntan por tu hijo.

Se levanta escamado. Al salir ve que dos policías se disponen a invadir su taller.

—¿Es usted el padre de Álvaro Ponte? —dice Martín.

—Sí. ¿Qué querían?

—Nos han dicho que su hijo ha venido con usted.

—Sí. Está aquí. Acompáñenme.

Para poder entrar en el despacho tienen que pasar entre la pared y el enorme Nissan Patrol negro que ocupa la totalidad del frente acristalado.

—Aquí está todo el espacio aprovechado —dice Ponte justificando la estrechez.

Al entrar encuentran a Álvaro en el mismo estado de postración en el que su padre lo ha dejado. Ni siquiera levanta la mirada para ver a los agentes.

—Álvaro Ponte, queda usted detenido como sospechoso del asesinato de Vanesa Álvarez del Río.

41

Edén

Los de la Unidad Central Operativa habían ordenado la detención de Álvaro. Se suponía que esa decisión deberíamos haberla tomado conjuntamente, pero ellos eran así, chicos a los que les entraba un estreñimiento súbito si no te miraban por encima del hombro y te daban una lección cada quince minutos.

Una administrativa de la clínica de Fany del Río había llamado para denunciar que Manu Dans había intentado agredir a la cirujana. Por lo visto, Del Río rechazó tratarlo y el influencer montó un buen pollo. Consideré oportuno investigarlo. Ese chico parecía ser lo bastante obsesivo para volverse loco y querer hacer daño a quien lo rechazó. ¿Se vengó de Fany del Río matando a su hija? No creía que hubiese sido él, al menos no él solo, pero sí me daba el perfil de tipo fanático capaz de entrar en una secta o algo así. «¿Por qué lo tatuaron también a él?», me pregunté. A lo mejor pretendía bajarse del carro, abandonar ese grupo de chiflados... Debía procurar meterme en una lógica de pensamiento que me parecía ilógica, por lo que cualquier hipótesis que en condiciones normales me resultaría inaceptable ahora podría tener sentido. De lo que no había duda era que el rechazo de Fany constituía un buen móvil para actuar. También tenía claro que Manu estaba lo suficientemente desesperado para hacer cualquier locura. (Y yo lo suficientemente necesitada de resultados para que todo me resultase sospechoso).

La mujer que había encontrado el cadáver ahorcado nos rogó que el interrogatorio no fuese en la comisaría y accedimos a hacerlo en su casa. Se trataba de Irene Santiso, la propietaria de una conocida compañía de telefonía móvil que había hecho una enorme fortuna vendiendo, por dos veces, la misma empresa.

Su casa estaba situada en la planta catorce de una torre a la entrada de la ciudad. Al estar sobre una colina y sin ningún otro edificio cerca, parecía un rascacielos de cien pisos. La vivienda lucía como un pastel de cristal de mil metros cuadrados, con otros mil quinientos divididos en dos terrazas ajardinadas. Lo había diseñado uno de los mejores arquitectos de jardines del mundo. Y se notaba.

Yo esperaba junto a Fernanda en uno de los saloncitos exteriores, incrustados entre los centenares de plantas que poseía el jardín. Ambas estábamos impresionadas por aquella exuberancia: árboles de distintos tamaños, flores, macetas de barro de todo tipo, bonsáis enormes apoyados en bases escultóricas que parecían hechas especialmente para ellos.

Irene Santiso se acercó. Iba vestida con un lujoso chándal blanco aterciopelado y unas zapatillas de deporte doradas.

—Unos seis mil pavos —valoró Fernanda a mi oído.

—Gracias por acceder a que nos viésemos en privado y disculpen por haberlas hecho esperar.

—No se preocupe. En realidad, venimos a ver si nos adopta... —respondió Fernanda mientras miraba hacia cada rincón del ático.

Me sorprendió la fragilidad de su aspecto. Era millonaria. No era una niña, pero seguía siendo atractiva. Era esbelta, tenía estilo... ¿Por qué parecía tan infeliz?

—Encontrar a esa chica fue lo peor que me ha pasado nunca —nos dijo—, y eso que llevo una racha muy mala.

—No será en los negocios —ironizó Fernanda.

—Es lo único en mi vida que va bien. Acabo de separarme. El cerdo de mi ex se lio con una de sus alumnas de la universidad. Me lo dijo el mismo día de su cumpleaños, justo antes de que le diese las llaves del barco que acababa de comprarle.

—¡Un barco! —exclamó Fernanda con los ojos chispeando sarcasmo—. Bonito detalle...

—Sé qué pensarán que no puedo quejarme de nada... Y ese es el problema. Que necesito hacerlo.

Lo necesitaba de verdad. Pude ver su sufrimiento en el tono azulado que tenía debajo de los ojos.

—Yo la entiendo —dije—, todo tipo de vida tiene problemas.

Mi comentario provocó una corriente positiva entre ambas que mi compañera y yo quisimos aprovechar.

—He sido siempre una curranta —siguió justificándose Irene.

—Mi padre tenía un consejo para cuando una pareja se va a la mierda —comenté—. ¡Tira de la cisterna!

Irene sonrió moviendo su pierna derecha convulsamente. Al ver que Fernanda no dejaba de mirarla se vio obligada a disculparse:

—Síndrome de las piernas inquietas. Dicen que es por la anemia. Cosas de médicos. El caso es que se me dispara sola. Lo hago de manera inconsciente. Si le molesta, puedo ponerme de pie. Es la única forma de que se me pase.

—No se preocupe. No nos molesta —dije—. Cuéntenos lo que hizo ese día hasta encontrar el cadáver.

En los siguientes diez minutos Irene nos habló de su exmarido, su ruptura, la estudiante por la que la dejó, de cómo se sentía por no haber hecho separación de bienes y acabar siendo la patrocinadora de los amoríos de «ese cerdo». Nos contó las desventuras de cómo había empezado el día y cómo un montón de gusanos de mar acabaron retorciéndose sobre sus pies.

—Espaguetis a la pedicura —dijo Fernanda, que no dejaba de mirar sus pies.

Irene sonrió y añadió:

—Tal cual, ¡llevaba las uñas pintadas de rojo!

Una asistenta entró con una bandeja en la que había una enorme jarra de agua y tres vasos. Me adelanté y fui yo la que sirvió.

—Cuando estaba a punto de tirar la toalla —prosiguió Irene—, oí aquel sonido al fondo de la ría. Luego fue cuando vi aquello...

—¿Qué vio? —preguntó Fernanda, impaciente.

—Verán, ayer vinieron a hablar conmigo dos miembros de la policía. Una unidad central de Madrid o algo así...

—Sí, los de la UCO —confirmé.

Los muy cabrones no nos habían dicho nada. Mejor. Así estaríamos en paz, porque yo tampoco tenía intención de informarles de los resultados de nuestras indagaciones.

—No les hablé de algo que vi en el puente..., una mancha negra que se movía lentamente, como una sombra que se perdía entre la niebla.

—¿Pudo distinguir lo que era?

—No. Ni siquiera podría afirmar que hubiese algo. ¿No les pasa que cuando miran hacia la niebla ven cosas que no existen?

Sí, sabía a qué se refería porque, en efecto, me había pasado más de una vez.

—¿Podría ser un coche? —apunté.

—Si era un coche, era muy grande.

—¿Tenía luces? —añadió Fernanda.

—No. Yo no vi ninguna luz.

—¿Hacia dónde desapareció aquella mancha negra? —pregunté.

—Se movió hacia mi izquierda, en dirección al río.

Recordé ese lugar. Era una zona poco concurrida: dos hileras de viviendas divididas por la carretera del puente.

—¿Por qué no dijo nada sobre esto? —inquirió Fernanda.

—Al principio me agobiaba la idea de que la gente me relacionase con este asunto. Respondí a esos policías de Madrid lo que creí que era fundamental, y lo de la posible mancha negra no me lo pareció. Ya les he dicho que no estoy completamente segura de haberla visto. En esta ciudad hay más cotillas que habitantes. Si hubiese compartido mis dudas..., si en la prensa hubiera salido titubeando, contando algo así como que no sabía bien lo que había visto..., me habrían machacado.

—¿Por qué a nosotras si nos lo cuenta?

—Remordimiento. Cuando esos policías se fueron, me quedé fastidiada por sentirme egoísta. Estaba a punto de llamarlos para completar la información y entonces recibí la llamada de ustedes. Cuando he visto que eran dos chicas he sentido cierto alivio, la confianza de que podrían entenderme. A veces es verdad que entre mujeres existe eso que llaman «sororidad».

¿Sororidad? No sabría qué decir. No quería contradecirla, pero yo no tenía tan claro que eso existiese. Durante toda mi vida las mujeres me habían hecho, como mínimo, tantas putadas como los hombres.

—Una chica guapa ahorcada —continuó Irene—, una millonaria despechada por el abandono de su marido, navegando a unas horas incomprensibles... No sé, no hace falta ser un genio de la fabulación para sacar de ahí un culebrón. Yo... yo solo quise salvar a aquella chica.

—¿Por qué dice «salvarla»? —pregunté.

—Porque estaba viva cuando llegué.

—¿Seguro? —insistí—. ¿Sabe que dejó una nota de suicidio?

—Si quiso matarse, se arrepintió. Yo vi cómo intentaba aflojarse la cuerda del cuello. Y me pareció ver sus ojos cerrándose.

Fernanda siguió hablando con Irene mientras yo permanecí en silencio. Desde que había visto la escena del crimen apostaba por que no había sido un suicidio, a pesar de la nota enganchada en la cuerda que habían atado al puente. Fuera lo que fuese aquella sombra, era posible que hubiese alguien allí en el momento de su muerte.

42

Secuestrado

Se ha quedado dormido. El suelo parece moverse cada vez que respira. Se gira sobre un costado. Despierta. Recuerda la película *Qué bello es vivir*. Es una de sus favoritas. La había visto, al menos, una vez al año durante años. Siempre acababa llorando y su padre se reía de él. Pero no le importaba. «¿Cómo puedes llorar si ya sabes cómo va a acabar?», le decía. Y él respondía: «Por eso, papá, por eso lloro. Porque me emocionan las historias que acaban bien».

Piensa en la vida. ¿Tenía sentido sufrir unos cuantos años en una bola enorme que flotaba a la deriva en el espacio?

Ahora recuerda una serie que también veía de niño. «¿Se llamaba *Marcado* o la llamábamos así?». Duda del título, pero no de su argumento: un militar al que marcan con un cuchillo en la cara para afrentarlo ante todo el mundo y que, de ese modo, sufra su deshonor.

Así se siente él.

Marcado y sin honor.

Quiere escapar.

Quiere luchar.

Pero ¿contra quién?

Se muerde la mano.

«¿Por qué no puede ser bello vivir?».

43

Edén

La aparición de Vanesa había colapsado nuestras agendas con burocracia y más burocracia: reuniones con los jefes, con los de la Unidad Central Operativa (que estaban tan perdidos como nosotros pero nos echaban la culpa del desconcierto) y papeleo para informar a medio planeta. Ninguna de las pesquisas protocolarias había arrojado luz al asunto: las cámaras de seguridad de la zona solo mostraban una pantalla grisácea debido a la intensa niebla. El rastreo de móviles no ofreció ni una coincidencia con los de Costa Solpor ni los de la zona de Manu Dans. Nadie había visto nada, excepto Irene Santiso.

No tenía ganas de hacerlo, pero acudíamos a aquella cita. Estaba pactada con mucha antelación, y Fernanda había insistido tanto que no me dejó otra opción. Fredo ya había sido interrogado como el resto de los tatuadores de la ciudad. Su coartada era sólida y esa reunión no parecía tener más interés para nosotros que compartir su sabiduría en el mundo del tatuaje. Yo estaba convencida de que nuestro hombre no era un tatuador. Por mucho que el último crimen fuese llamativo y confirmase un giro en el comportamiento de nuestro asesino, hasta ahora había actuado con cautela, sin dejar rastro alguno. Por eso no podía dejar el más evidente de todos: su profesión. Sería como colocar una tarjeta de visita en el lugar del crimen. Al entrar en aquel bar y pisar el suelo pensé que El Pegajoso habría sido un buen nombre para el local. Al ver la luz quizá habría preferido El Agujero. Pero para mi sorpresa se llamaba El Palacio. Ese era el nombre que su dueño, Arturas (un exactor de teatro que no pudo cumplir su sueño de vivir tan solo de su arte), había dado al local más sucio de cuantos había visitado en mi vida.

—Hemos quedado con Fredo —dijo Fernanda.

El propietario paró de limpiar la barra (dejarla bien limpia le habría llevado varios días) y nos acompañó al fondo, donde Fredo esperaba con las piernas colgando de su taburete.

—Se echa aquí todas las horas que no está tatuando —nos dijo el camarero a modo de presentación—, tiene desgastada esa parte de la barra con la huella de su codo.

—*Be water, my friend!* Soy como el agua —respondió Fredo entre la tos que le provocó el ataque de risa—. Una cosa es cierta —dijo a su amigo—, ninguno de los dos habríamos imaginado que íbamos a recibir de tan buen grado la visita de dos policías.

Ambos rieron al unísono y tosieron con esa sonoridad ronca que solo puede dar el tabaco. Fernanda hizo un tímido intento de sumarse a la broma. Yo no lo conseguí.

—Bienvenidas a palacio, princesas —nos dijo Fredo con un histrionismo que me resultó antipático.

—Gracias por atendernos —le contesté en el tono más profesional y aséptico del que fui capaz—. Fernanda se ha referido a ti como «el decano de los tatuadores de la ciudad».

—Para eso solo hace falta ser viejo —respondió, y celebró la ocurrencia con otra sonora carcajada.

—También le dije que eres el mejor —matizó Fernanda.

—Esto sí que es estar en la gloria. Tomándome un buen vino en compañía de dos chicas... ¡y encima me echan piropos! ¡Señor, gracias por esta bendición!

Definitivamente, era demasiado histriónico para mí.

—Debéis de saber que la policía y yo no siempre nos hemos llevado bien —nos advirtió.

—Conocemos tus antecedentes. Atracos a sucursales bancarias, intento de robo de obras de arte...

—¡Pecados de juventud! De eso hace ya más de treinta años. Pero es cierto que hubo un tiempo en que quise ser ladrón de guante blanco, el John Robie de *a costa da Morte*. —Al ver que no dábamos muestras de conocer al personaje, Fredo decidió darnos más pistas—: ¡El Gato! ¡El de *Atrapa a un ladrón*! ¡La película de Hitchcock! ¿No la recordáis?

Al citármela logré recordarla. La había visto con mi padre. Pero para Fernanda era como si le estuviesen hablando de la polinización de los helechos en Bulgaria.

—La cárcel me reinsertó. Allí aprendí a tatuar y me hice un hombre de bien.

—Fernanda me ha contado que crees que no hace falta ser tatuador para tatuar.

—Bueno..., ya le dije que así, sin ver los trabajos... ¿Podría verlos?

Me limité a negar con la cabeza. Sin embargo, Fernanda le mostró en su móvil una foto de la frente de Vanesa.

—¿Queréis tomar algo? —ofreció el tatuador.

Rechacé la invitación. Mi compañera pidió cerveza sin alcohol y Fredo se sintió en la obligación de contarnos sus peculiares teorías acerca de lo malas que son las bebidas que tienen gas.

—Por el tipo de tatuaje, no sería imposible de ejecutar por alguien no profesional con un poco de habilidad en sus manos. De todos modos, debe de conocer algo el mundo del tatuaje. Sus tradiciones —dijo pensativo—. Por ejemplo, para un tatuador la frente no es tan solo el lugar más visible. En la tradición tahitiana todo el cuerpo estaba dividido para poder tatuarse y cada zona tenía un significado. La cara mostraba el rango de la persona.

—¿«El rango de la persona»?

—Su posición social.

—¿Zorras, putas y maricas? —preguntó Fernanda revelando cierto desconcierto.

—Eso parece, ¿no? Vanesa tenía mala fama. O buena, según se mire —añadió intentando corregirse.

No me sorprendió que estuviese tan bien informado de la

vida privada de Vanesa. A esas alturas, toda la ciudad conocía a la perfección la forma en que aquella chica había vivido su sexualidad.

—¿Insinúas que quien lo hizo conocía bien su vida?

—No tengo ni idea. Vosotras sois las investigadoras. Tan solo os hablo de cosas que sé. Parece que ese hombre tenía claro lo que quería hacer.

—Explícate —solicité.

—Aunque ahora convive con nosotros como lo hace un jersey o unos pantalones, el tatuaje es una cultura. Una actividad que tiene siglos. La mayoría de las veces es algo puramente estético. Pero hay colectivos que conocen los significados que un símbolo tatuado puede tener. Y en muchas ocasiones consideran un insulto que los occidentales elijan sus motivos sagrados. Una especie de apropiación cultural. En Tailandia, por ejemplo, los han prohibido. Y si llevas un tatuaje que represente a Buda en países como Sri Lanka te puedes ver en un aprieto. Mi socio, Tangata, sin ir más lejos, considera un insulto que alguien que no es maorí pretenda tatuarse un símbolo *tā moko*. Nosotros procuramos no hacerlos o proponer variantes similares que no ofendan a nadie.

—Nos gustaría hablar con él —solicité.

—Cuando queráis. Trabaja de noche y duerme todo el día. Aunque avisad antes. Últimamente ha salido algunas noches. ¡Supongo que por fin se ha decidido a conocer el ambiente de la ciudad!

Fredo se echó a reír tan fuerte que acabó tosiendo de nuevo. Luego dio un sorbo a la copa de vino que le llevó más tiempo del que se esperaba en alguien tan aficionado al alcohol.

—¿Sabíais que en Japón se prohíbe el acceso a la sauna a gente con tatuajes? —continuó, pero se percató de que la conversación no daba para más y se apresuró a despedirse ofreciéndonos de nuevo su ayuda—. En serio. Estoy a vuestra disposición con todo lo que necesitéis. Me jode que se utilice el tatuaje para algo maligno. Me jode. Y me jode que hagan daño a los jóvenes. Yo únicamente tengo un chaval, pero solo imaginar que le hiciesen daño... —Se queda pensativo—. Tendría que volver a la cárcel, y juré que nunca lo haría, pero... me lo cargaría sin dudarlo. Por mi hijo..., sí, haría cualquier cosa por mi hijo.

Ninguna de las dos pronunciamos una palabra hasta que llegamos al coche.

—¿Conoces a ese maorí ofendido?

—Sí.

—Parece que anda saliendo de noche por ahí...

—Al principio me resultaba un tipo extraño. Pero ahora me parece un grandote adorable, de esos a los que te dan ganas de achuchar. Aunque ya sabes... —dijo, y puso una voz que no era la suya al añadir—: «Era un buen vecino..., me ayudaba a cargar la compra..., siempre saludaba... Y resultó ser un asesino».

—Deberíamos comprobar qué tipo de diseños tenían las víctimas en el cuerpo. Puede que nos aporten información valiosa.

Una verja negra de gran tamaño comenzó a abrirse lentamente entre la muralla, franqueándonos el paso a la mansión de Fany del Río.

—Ya no se hacen muros así —dijo Fernanda.

—No empieces con tus bromas —le reproché.

Íbamos a ver a la madre de una víctima de ahorcamiento, no me parecía oportuno entrar con una sonrisa de oreja a oreja.

Dejamos mi jeep aparcado a la entrada, lo que nos obligó a caminar casi diez minutos entre los jardines. Lo agradecimos. Eran de una gran belleza. Los mirábamos tan fascinadas que solo nos faltó sacar los teléfonos y ponernos a hacer selfis. Debíamos de parecer dos paletas. Y más cuando se nos acercó un hombre elegantemente vestido con un traje de franela gris y una llamativa corbata granate con uno de esos nudos tan gruesos que hacía difícil imaginar cómo podía llegarle hasta la cintura.

—Soy Waldo, el mayordomo de la señora Del Río.

Nos acreditamos, y nos guio ceremoniosamente hasta el caserón. Parecía ese tipo de persona que es capaz de decirte la frase más educada mientras te mira como si fueses una puta mierda. Así lo hizo, y, con la misma elegancia con la que vestía, nos dejó claro desde el principio que no éramos bien recibidas allí.

Imaginé a Vanesa correteando entre aquellos jardines y leyendo bajo los majestuosos sauces. Visiones idílicas que se esfumaron en cuanto se representó en mi mente la aterradora imagen de una niña colgada de alguno de aquellos cedros. «Si hubiese querido suicidarse —pensé— desde luego aquí no le habrían faltado árboles para colgarse». El mayordomo nos acompañó hasta una sala de espera (por llamarla de algún modo) en la que había una deslumbrante amalgama de cuadros de todas las épocas, una especie de mezcla entre el Museo del Prado y el MoMA de Nueva York. Parecía como si Picasso y Chillida hubiesen invadido una iglesia, hubieran colgado sus obras en ella... y acabasen plantándole en el centro tres enormes sillones chéster blancos.

—Enseguida viene la señora Del Río —nos anunció Waldo protocolariamente. Su ligero acento sudamericano dio cierto aire de amabilidad a su comentario.

Nos quedamos solas. Fernanda señaló con los labios una de las paredes y las más de veinte obras de arte colgadas en ella.

—¡Todas parecen de grandes firmas!

—Supongo que sacar arrugas da para mucho.

—¿Por qué querría alguien dejar una vida así? —se preguntó Fernanda recordando la cara de la presunta suicida.

La entrada de Fany del Río no fue la de una madre destrozada. Era menuda, caminaba con paso lento y gesto grave. Llevaba la melena rubia sujeta en una cola, lo que le daba un aspecto un tanto descuidado. Su cara estaba tensa, manteniendo un rictus inexpresivo que podría tapar su desgarro interior o demostrar que realmente le había importado poco la trágica muerte de su hija. Me habría gustado conocerla mientras se lo comunicaba personalmente, cumpliendo con mi deber. Pero aquel periodista se nos había adelantado. Por mucho. Y eso olía mal.

—Buenos días. Por favor, siéntense —nos dijo. Su voz sonaba frágil.

—Antes de nada, quiero que sepa que sentimos mucho lo de su hija —respondí—. Desde el equipo que dirijo haremos todo lo posible por averiguar qué ha pasado.

—Se lo agradezco. —Por un instante, me pareció que Fany reprimía algún tipo de emoción—. ¿Saben que tanto su padre como yo tenemos la certeza de que fue ella la que decidió dejar este mundo?

—Si es así, lo confirmaremos —dije intentando evitar la confrontación.

No era el momento de oponerme abiertamente a sus opiniones. Desde que entró en la sala había cierta tensión entre nosotras. Energías contrapuestas. Elementos que chocaban en el cosmos. Fernanda intentó relajar el ambiente.

—Una casa impresionante.

El lento parpadeo de sus ojos parecía agradecer a Fernanda el comentario.

—Perdone, pero le tenemos que hacer unas preguntas.

—No me den explicaciones —me cortó Fany—. No se las he pedido. Asumo que tendré que hablar de esta pesadilla una y otra vez.

—Entonces iremos al grano. ¿Por qué piensa que se suicidó?

—Porque era una yonqui. Porque llevaba amenazando con hacerlo años. Porque se habría metido en algún lío y acabó con ese tatuaje en la frente...

—Usted sabía que lo tenía.

—Sí. Llevaba tiempo con él.

—¿Desde cuándo?

—Me enteré los primeros días de diciembre del año pasado.

—¿Tanto hace? —exclamé—. ¿Dónde estuvo ella todo este tiempo?

—Estuvo unos días en casa. Luego desapareció. Solía hacerlo. A veces durante meses. Pero a las dos semanas me llamó una hermana...

—¿Tenía una hermana?

—Me refiero a una de las monjas de la Congregación de Nuestra Señora de la Misericordia.

—¿Sabían lo del tatuaje?

—Lo ignoro. Supongo que se lo taparía con la toca con la que se cubren la cabeza las novicias. Lo que sí sabían las monjas es que Vanesa era yonqui. Había estado en otras ocasiones. Yo la ingresé la primera vez. Cuando todavía me hacía algo de caso. La hermana Fitzimons tenía un ángel especial con las ovejas descarriadas.

No debe de ser fácil ser padre o madre de un drogadicto. Aun así, me sorprendió que Fany hablase de su hija en esos términos.

—Como ven, tenía una relación muy difícil con mi hija —continuó—, casi inexistente. Era igual que su padre, y todo acabó con ella igual que acabó con él. Distanciados y sin hablarnos.

—Acaba de decirnos que ambos tienen la certeza de que su hija se suicidó...

—Hoy es el primer día en los últimos diez años que Julio y yo charlamos. Al parecer, Vanesa le iba contando a él todo su sufrimiento y las ganas que tenía de acabar con su vida. La nota que dejó... Decía: «Gracias por nada». Era una frase muy suya. La repetía en todo momento.

—¿Dónde está ahora su padre?

—En Nepal, creo.

—¿Y no vino a ayudar a su hija?

—¿Julio? ¿Hacer algo por los demás? Nunca lo hizo.

Fany se recostó en su sillón y dirigió la mirada al pasado.

—Julio siempre tuvo la cabeza llena de pájaros. Solo pensaba en la montaña, en escalar, en esquiar..., aunque no se lo pudiese permitir.

Se levantó y se acercó a las puertas de cristal que daban al jardín.

—Como supondrán, no siempre tuvimos esta posición económica —dijo señalando su entorno con las manos abiertas—. Ambos veníamos de familias humildes. Pero ni siquiera cuando no teníamos ni para llegar a fin de mes, Julio dejó de hacer sus escapadas. Se echaba meses fuera intentando subir laderas. Acudía al monte que pretendía escalar y esperaba a poder sumarse a una cordada que necesitara gente. Era su forma *low cost* de hacerlo. No llevaba ni la equipación completa... Así era su vida. Todo de prestado.

No queríamos interrumpirla. Cuando un testimonio es largo, siempre puedes descubrir en él alguna pepita de oro.

—¿Les apetece un poco de agua? —nos ofreció acercándose a una pequeña barra de caoba que ocultaba una nevera.

—No, gracias —respondimos Fernanda y yo de forma sincronizada.

Me sorprendió que Fany cogiese una especie de máscara dorada. Podría ser una escultura. O un frasco de perfume. Todo menos un envase de agua mineral. Lo único que indicaba que se trataba de una botella era la rosca que tenía en la parte superior.

—Acqua di Cristallo —nos dijo—. La compré porque el envase es un homenaje a Modigliani, uno de mis pintores preferidos —explicó, y señaló con la botella una de sus obras colgada en la pared—. Tiene precio de escultura, lo sé, pero la relleno con aguas locales.

—¡Qué apañada! —soltó Fernanda a mí oído sin demasiado disimulo.

Permanecí seria. No solo me parecía obsceno pagar tanta pasta por una botellita de agua. También me resultaba incómodo que Fany mirase con más cariño sus cuadros que la foto de su hija recién muerta.

—No era forma de criar a una niña —continuó reprochando la cirujana. A esas alturas, ya me había dado cuenta de que era de esas mujeres que quieren que todo esté siempre en su sitio, que todo salga como tiene que salir—. Vanesa consiguió que todo lo que salía de mi boca sonase a norma o a obligación. Que fuese siembre la poli mala. Cuanto más adoraba a su padre, más me odiaba a mí. Qué triste, ¿verdad? Un aventurero irresponsable boicoteando con su sola presencia la educación de una niña. Seguro que no soy la primera madre a la que dejan sola en la tarea de educar.

¿Nos estaba intentado convencer de algo?

—Veo que eran muy diferentes, usted y su marido. ¿Por qué se casaron? —preguntó Fernanda.

—¿Conoce un sentimiento más irracional que el amor? Estar loco era parte del atractivo de Julio. Guapo. Fuerte. Aventurero. Estaba enamoradísima de él. Nos casamos porque me quedé embarazada. No dudó ni un segundo en pedirme matrimonio. ¡Otra de sus locuras! ¿Se imaginan? ¡Estudiar Medicina cuidando de dos niños...!

Estaba intrigada. Quería saber por qué Fany nos abría su biografía de aquella manera.

—Pero lo consiguió —afirmé para que continuase hablando.

—Así es. Acabé. Hice el MIR...

Fany acariciaba constantemente el vaso con la yema de sus dedos. Fernanda no quitaba ojo a sus uñas. Las llevaba pintadas de blanco. O crema. O algo que parecía nácar. Por su gesto supe que estaba calculando cuánto costaría una manicura así.

—En aquella época, Julio trabajaba en un pub por las noches. Fue nuestra etapa más pacífica. No discutíamos, porque a penas nos veíamos. Cuando yo podía descansar, él se iba a la montaña. Ese era su gran amor. Julio era con las montañas como otros tíos con las tetas. Cuanto más grandes, mejor.

«Eso ha tenido gracia», concedí.

—Nuestra ruptura era cuestión de tiempo. Me empezó a ir bien cuando me dediqué a la cirugía estética. Él ni siquiera pasaba por aquí. Decía que este lugar lo agobiaba. Lo dejamos cuando Vanesa cumplió diez años.

—¿Sufrió mucho? Me refiero a su hija.

—Las dos sufrimos. Pero ella me responsabilizó a mí de todo. Nunca más volvimos a tener una relación normal. Su conducta era cada vez más indisciplinada. Siempre desobedecía. Creo que esperaba a que le diese una orden para hacer justo lo contrario. Me odiaba, estoy convencida.

«¿Adónde quieres llegar, Fany?».

—Su adolescencia acabó de rematarlo todo. Salía con cuantos malos chicos podía. Tomaba todo tipo de drogas. Menos heroína. O al menos eso me juraba.

Waldo entró abriendo la doble puerta con discreción. Llevaba una nota de papel en la mano. La cirujana lo despachó con cortesía:

—Que empiece el tratamiento de láser con Ana. En media hora paso a verlo.

«¡No ha cancelado sus compromisos profesionales!».

Estaba claro que su niña le importaba menos que su cuenta corriente.

—Por favor, háblenos de la relación de su hija con su novio —le solicité.

—Alvarito fue lo único bueno de su vida. Es tan pedazo de pan como dice su cara.

—No lo hemos visto todavía. He querido venir primero a hablar con usted, por educación.

—Es el hijo del pintor. Eran vecinos nuestros, de Montouto. Un niño encantador y un cerebrito. Fui la primera que detecté en él sus altas capacidades.

«Alvarito, cerebrito...». Se me empezaban a atragantar los diminutivos.

—Fueron amigos desde que eran bebés. Cuando Vanesa creció se convirtió en una chica guapa. Alvarito quedó atrás. No es que fuese feo, pero quedó marcado por unas gafas de pasta que se dirían elegidas por su peor enemigo.

Me revolví en el asiento. Me resultaba inaceptable que aquella mujer se mostrase más cariñosa con el sospechoso que con su hija.

—Yo decía a sus padres —continuó— que quería regalarle unas, pero nunca lo aceptaron. Al final se convirtieron en algo característico de ese chico. Sus gafotas. Él adoraba a Vanesa, aunque ella no parase de hacerle perrerías. Aun así, siempre se consideraron novios.

—¿Cree que pudo haber sido él?

—¿Alvarito? Francamente, creo que sería la última persona del mundo que querría hacer daño a Vanesa.

—¿Qué hizo cuando supo lo del tatuaje en la frente?

—Como les he dicho, me enteré al día siguiente de que se lo

hiciesen. Mi hija me pidió que se lo sacase. Así, a lo bestia. Como hacía todo conmigo. Como si fuese algo sencillo.

Hizo una pausa y con un meneo de cabeza mostró lo desagradable que le resultaban aquellos recuerdos.

—¿Saben? Quitar un tatuaje del todo... en una zona tan comprometida y visible como la frente... y de tinta roja... Era muy difícil que eso quedase perfecto. En un principio me negué a hacerlo.

—¿Se negó? —pregunté en tono de censura.

—No tengo la pericia suficiente para hacer algo así y que quede perfecto. Es más, no creo que nadie en el mundo la tenga.

—De camino a su casa hemos encontrado en internet unas declaraciones suyas en las que hablaba de un nuevo servicio de su clínica, la eliminación de tatuajes —dijo Fernanda.

—Razón de más para negarme. Esa experiencia fue un fracaso. Por fortuna paramos a tiempo. Después de aquello no podía arriesgarme. Tenía todas las papeletas para que saliese mal. O incluso muy mal. ¿Se imaginan? ¡Fany del Río, la gran cirujana que no es capaz de arreglar la cara de su hija! Para mí no era uno más de los disgustos que me daba Vanesa. Habría supuesto mi muerte profesional. Les he contado parte de mi vida para que entiendan cuánto he tenido que luchar para llegar hasta aquí. No podía arriesgarlo todo.

Fany hizo una pausa y volvió a beber. Tardó en acertar con el vaso. Su mano y sus labios empezaron a temblar ligeramente.

—Cambió. La vi sufrir. No salía de casa. Supe que estaba viviendo un tormento y cuando decidí ayudarla ya era demasiado tarde. Había desaparecido. Luego me informaron de que se había internado en el convento.

Se emocionó. «Por fin un gesto de humanidad», pensé. Ahora sí parecía una madre que acababa de perder a su hija. Era un buen momento para dar por concluida la charla.

Fernanda daba patraditas a los robustos neumáticos de mi jeep.

—¡Hemos escapado! —dijo después de soltar un ¡uf! Cuando vio mi cara de sorpresa continuó—: ¡De Waldo! ¿No te parece un asesino? Es más, ¿no te parecen todos sospechosos? Esa frialdad...

Sí, había algo inquietante en aquel sitio. Es cierto que a veces resulta difícil ver ese tipo de vida sin sospechar que haya gato encerrado. Pero no me quitaba de la cabeza que estábamos prejuzgando a alguien, y no había nadie que despreciase más los prejuicios que yo.

—Supongo que cuando los disgustos se hacen tan habituales acaban siendo una rutina —señalé—. Ponte en su lugar. Llega la niña yonqui y te desestabiliza metiéndote en un lío de la leche. Si la operas y queda mal, tu reputación se va a la mierda. Y Fany estaba segura de que iba a quedar mal. Y si no la operas y se sabe, quedas como una desalmada. En el fondo, que Vanesa se suicidase ha sido para Fany la mejor opción. En vez de ser la madre severa que dio la espalda a su hija se convierte en la víctima que ha perdido a su pequeña. No hay duda, ahora respira aliviada.

44

Nacho

Cae la noche. Los coches parecen circular con desgana. El alumbrado público emerge llenando de soles el paseo Marítimo aunque todavía es posible ver sin luz artificial. Los neones alcanzan una belleza espectral entre la bruma. La gente camina por la calle apurando el paso, evitando cruzar la mirada con la de los otros peatones. No quieren estar fuera de casa cuando anochezca. Y menos si, como parece, se avecina una niebla tan cerrada como la de los últimos tiempos.

Nacho camina con su gorra de béisbol y unas gafas de sol que, a estas horas, ya le son inútiles. No tiene ganas de que lo reconozcan. Se dirige a coger el autobús urbano. Suele hacerlo. No tiene coche y, aunque es usuario de las bicis municipales, le gusta observar a la gente para mantenerse en contacto con el pulso de la ciudad.

Su autobús llega a la parada. Va completamente lleno, pero consigue entrar. Ningún pasajero muestra un atisbo de alegría. Sus gestos son tensos. Están ansiosos por llegar a casa. Al poco de arrancar, el conductor da una curva demasiado cerrada y se produce un pequeño incidente. Un anciano apoya su mano en el pecho de una chica para evitar caerse al suelo.

—Disculpe —dice azorado.

—No se preocupe —responde la joven, comprensiva.

—¡El autobús lleno y ese va como un loco! —protesta el anciano en voz alta mientras mira hacia el conductor reprochándole el giro brusco.

—Los clientes le pidieron que apurase —dice la chica a modo de disculpa—. Está entrando la niebla.

Muchos de los pasajeros han oído la respuesta. Su silencio es un asentimiento que se prolonga por unos instantes. Solo el anciano parece no haber entendido de qué le están hablando.

—Es por el criminal de los tatuajes —añade la joven—. La gente piensa que aprovecha la noche y la niebla para actuar.

El anciano tuerce el gesto.

—Aquí nunca tuvimos asesinos...

Nacho, que lleva escuchando la conversación desde su inicio, no deja de mirar esos rostros. Siente que parte de la responsabilidad de esas expresiones, de esa psicosis colectiva, es suya. Y no tiene claro si eso le hace sentirse orgulloso o decepcionado consigo mismo.

El autobús se detiene. Nacho se apea y camina en dirección al paseo del Puerto. Sus ojos continúan buscando información en las caras de los transeúntes. Se detiene frente a un bar donde el camarero apremia a un cliente ebrio que insiste en tomar la última.

—Es la quinta vez que se lo digo... Váyase, por favor. Vamos a cerrar.

—¡Pero si son las siete! —protesta el borracho.

—Es el nuevo horario.

—Estáis todos acojonados. ¡Tenéis más miedo que otra cosa!

Nacho sigue su camino hasta detenerse en un semáforo. Dentro de un enorme BMW verde un padre discute con su hija.

—¡No vas a salir!

—He quedado con mis amigas.

—Hasta que se resuelva todo esto, solo podréis veros en casa.

El semáforo se pone en verde para los peatones. Nacho no cruza. Quiere saber más de la historia padre-hija.

—¡Pero qué tontería! Papá, me voy a ir.

La chica hace el ademán de abrir la puerta del coche.

—Hija, no me obligues a darte una bofetada.

Continúa andando. Junto a la emisora hay una cafetería con terraza en la que ve a cuatro adolescentes hablando sin dejar de mirar cada cual su pantalla.

—Joder, al final el Manu Dans ese era gay —dice el que parece más joven.

Los otros se suman a la conversación captando la atención de Nacho.

—Todos los de nuestra clase le hemos hecho un unfollow a la vez.

—Pobre tío.

—¿Pobre? Es un bujarrón que te cagas —replica el más fuerte de todos.

Nacho se introduce en el portal de la emisora. No puede dejar de sorprenderse por la naturalidad con la que esos jóvenes linchaban a Manu. «¡Hace un par de días lo adoraban!». Está seguro de que si hubiese seguido caminando habría oído más alusiones a toda aquella mierda de la que él estaba sacando partido.

Sube a las oficinas. Antes de abrir la puerta se queda unos segundos pensativo mientras se limpia los pies en el felpudo de la entrada. La luz de la escalera se apaga. Mete su llave en la cerradura.

—¡Qué susto! —oye.

Es una de las becarias, que acaba de abrir la puerta y se lo ha encontrado en la oscuridad.

—Siento haberte asustado. Me entretuve y se apagó la luz —se disculpa Nacho.

La chica ríe y se deshace en disculpas. Todo queda en una simpática anécdota.

Tan pronto pone un pie en la emisora, el técnico de sonido lo reclama. Quiere acabar con puntualidad. Van a grabar parte del programa del día siguiente. Será uno de esos falsos directos que suelen hacer cuando tienen algún tipo de inconveniente o algo personal los reclama por la mañana.

Entra en el estudio. Está distraído. Le solicitan que se acerque más al micro. No les hace caso. Comienza a hablar sin pasión. Tiene la mente en otro sitio.

Un administrativo se acerca con una nota urgente. De Ricardo Delgado. «¿Cómo sabe Pelaso que estoy a estas horas en la emisora? —piensa Nacho—. ¿Me vigila?».

Opta por levantarse cuanto antes y escuchar lo que Ricardo tiene que decirle, pero no puede evitar quejarse.

—¿Por qué me llamas a la emisora y no al móvil? —dice incómodo, a pesar de que no está en condiciones de protestar.

—Por el mismo motivo por el que te llamo desde una cabina, Nacho. Para no dejar rastro.

Nota la voz de Pelaso más susurrante que nunca.

—Cada vez me resulta más difícil pasarte información —le dice—. Creo que sospechan algo. Así que ten cuidado. La novedad es que ha aparecido un muerto...

Nacho no quiere esperar al programa de mañana. Lo que acaba de oír no puede esperar. Sería enlatar una novedad. Aprovecha la pausa para la publicidad y se acerca a la directora de Informativos dispuesto a pedirle entrar en directo. Quiere que lo entreviste.

—¿Estás loco? —le dice ella.

—Tengo una noticia de algo que acaba de ocurrir.

—Pues dámela y la doy yo.

—Déjame entrar en directo.

—Ni lo sueñes.

—Llamaré al director. Y ya sabes..., *the closest & the fastest.*

La periodista da su brazo a torcer. Nacho entra en el estudio y se coloca los auriculares. Ahora sí que está dispuesto a hablar con energía. Ella lo presenta anunciándolo como «portador de novedades sobre el caso de los tatuajes».

—Por desgracia, tengo que volver a darles tristes noticias —dice Nacho hablando como si el programa fuese suyo—. Los bomberos y la Policía Municipal de Estela han encontrado hace apenas unos minutos el cuerpo sin vida de Manu Dans tirado en la calle. Al parecer, se precipitó al vacío desde su casa. La primera hipótesis que baraja la policía es la del suicidio, aunque no se descarta ninguna posibilidad...

—¿Otro? —pregunta la directora de Informativos con espontaneidad.

—Eso parece.

45

Edén

La muerte de Manu dejó a toda la brigada como un gato deslumbrado por las luces en mitad de la autopista. Habíamos fallado. Como una escopeta de feria. Y lo peor es que no teníamos ninguna pista fiable. La dactiloscopia solo encontraba rastros del propio Manu. Ni una sola huella sospechosa en su vivienda. No había signos de violencia. No había nota de despedida. Tan solo su ventanal abierto de par en par. ¿Un nuevo suicidio? Todos estaban asombrados. Nadie podía entender que un chico así se hubiese quitado la vida. Nadie, menos yo.

Me paré a pensar en los motivos que podría haber llevado a suicidarse a aquella estrella que había vivido su particular y precipitado ocaso. Recordé las veces que de niña quise acabar con mi vida; las veces que el pánico hizo que solo me sintiese bien encerrada en una habitación oscura o escondida bajo la cama; las veces que tuve miedo hasta de llorar, por si me oían. Sí, era posible. ¡Claro que era posible! Que Manu Dans quisiese poner fin a todo su sufrimiento era una cuestión de tiempo. Se había convertido en el hazmerreír de la ciudad. Todos cuchicheaban a su paso. ¿La gente sabe lo que eso duele? ¿El daño que pueden llegar a hacer la burla y la incomprensión permanentes? Dudo que los que lo hacen lo sepan. Pero si lo saben, les deseo que ardan en el infierno.

Aunque hubiese sido un suicidio, había un culpable, alguien que le había jodido la vida tatuándole aquello en la frente. Y yo tenía que atraparlo. Por él. Por la chica africana. Por Vanesa. Y por mí.

Nuestro paso por el convento fue como la visita a una de esas salas de los espejos de los parques de atracciones. Cada monja parecía la repetición de la anterior. Una colección de hábitos de tallas similares portados por personas que, más que respondernos, mostraban su desgarro por todo lo ocurrido y se persignaban y santiguaban a cada pregunta que les hacíamos. Dimos un paseo por los pequeños jardines que rodeaban el edificio donde vivían las monjas. Encontramos una rama rota de una enorme magnolia que ensombrecía el lateral en el que estaba la habitación donde se hospedaba Vanesa y una pila redonda tirada en la hierba.

—¿Las monjas usan muchos aparatos electrónicos?

—Habrá que preguntarles. ¿Cuánto tiempo puede llevar aquí esa pila?

—No está muy sucia.

—Tampoco muy limpia. Y huele mal.

—Sí, a mierda.

Volvimos a entrar. Volvimos a preguntarles. Y volvimos a ver un zoo de pingüinos haciéndose en la cara la señal de la cruz. Ni rastro de una respuesta coherente. Aunque a esas alturas la rama y la pila no eran un enigma para mí. No creo en las casualidades.

Me dirigí con mis tres colaboradores más cercanos a interrogar al novio de Vanesa y solicité a otra parte del equipo que volviese a buscar indicios en la casa de Dans.

Nada más llegar a comisaría vimos a Álvaro Ponte en el calabozo, rodeado de otros cinco personajes que habían cruzado la línea de la ley: un yonqui al que mientras trapicheaba se le había ido la mano con la navaja; dos rateros robabolsos; un chulo de putas; y la única mujer presa, una prostituta vieja que consideraba que pasar droga era su particular plan de pensiones y que, después de una vida aguantando a babosos, creía que la policía debía mostrar algo de comprensión con su nueva ocupación.

Reconozco que al entrar en la sala de interrogatorios tuve una sensación placentera. Ese lugar era para cualquier policía como el quirófano para un cirujano. Se trataba del momento de la verdad. El punto crítico para decir «Lo tengo» o «Sigamos buscando».

Un policía uniformado entró llevando mansamente a Álvaro hasta sentarlo frente a nosotros. El detenido llegó con la vista clavada en sus muñecas esposadas, mirándolas con pánico. Pensé que tenía más aire de alumno castigado que de delincuente. Nos observó con detenimiento y desconfianza antes de sentarse.

Cogí una silla y me puse a su costado, decidida a ser la poli buena. Fernanda, Martín y Manuel permanecieron de pie, frente al detenido.

—Álvaro Ponte Freire —dije en tono amistoso.

De cerca me sorprendió aún más lo poca cosa que era. No llegaba al metro setenta. Debía de pesar sesenta kilos. Tenía el pelo castaño, la piel blanca, la cara larga y una boca, grande y carnosa, llena de dientes. En efecto, aquellas gafas no lo iban a ayudar a ser un *sex symbol*...

—Me acojo a mi derecho a no declarar —respondió.

Aquello lo cambió todo. Cuando un detenido te dice eso, inmediatamente le ves cara de culpable.

—Aunque no lo creas, estamos aquí para ayudarte —le recordé—. Supongo que aceptarás ayuda.

—Quiero hablar con mi abogado...

—¿Prefieres ir directo al fiscal? —le pregunté.

—Quiero mi abogado.

—Está bien. Dejémoslo. Llamad a su abogado —ordené al equipo mientras me levantaba de la silla—. El detenido rechaza nuestra ayuda.

—No creo que deseen ayudarme —contestó.

Al detectar sus dudas, supe que la que había ganado esa partida era yo.

—Vamos a ver, ¿eres inocente? —le dije.

—¡Por supuesto! Yo nunca habría hecho daño a Vanesa. Ella era lo más importante de mi vida.

—Entonces ¿por qué le tatuaste aquello?

—Yo no le tatué nada.

—¿Quién lo hizo?

—No lo sé. El pescador...

—¿Qué pescador?

—El que vio Vanesa.

—¿Tú no lo viste?

—Yo... salí a por ella cuando oí su grito.

—¿Por qué gritaba? ¿Le estabas pegando?

—Nooo. Estaba paseando desnuda. Estábamos solos... No crean que Vanesa... A ella le encantaba estar sin ropa en la naturaleza. Era un espíritu libre.

—Me han dicho que demasiado libre —intervino Martín.

Le lancé una mirada de reproche que podría haber bajado la temperatura de la habitación unos cuantos grados.

—Quiero un abogado —volvió a decir Álvaro antes de callarse.

—Martín, por favor, sal de la sala.

—Pero...

—Que salgas, por favor. Es más, dejadme a solas con él. Y apagad esa...

Iba a decir «puta cámara», pero no lo hice. Las sesiones con la loquera estaban dando sus frutos.

Fernanda pulsó el botón de off al salir y cuando cerró la puerta me acerqué al detenido hablándole en voz baja y sosegada.

—Si te comportas como si fueses culpable acabarás pareciéndolo. Y luego es difícil salir de ese mar de sospechas...

Vi que su gesto se serenaba.

—Cuéntamelo todo. Desde el principio.

Álvaro respiró hondo.

—Llevaba mucho tiempo preparando aquel fin de semana. Venía de una de mis colaboraciones en la Universidad de California en Santa Bárbara.

—Lo sabemos.

—Colaboro con ellos desde que era estudiante, hace cinco años. A veces como alumno, a veces como profesor invitado, otras como ponente en mesas redondas. Hemos construido una relación que es positiva para ambas partes.

¿«Profesor invitado»? ¡Pero si parecía un alumno de primero de bachillerato! Otro buen motivo para no juzgar nunca a nadie por las apariencias.

—Le había propuesto pasar un fin de semana juntos en una casa rural. Insistí durante semanas hasta que dijo que sí.

—¿Solías insistir así en tu relación?

—Sí. Sé que suena chocante, pero Vanesa y yo teníamos un noviazgo diferente.

—He oído que andaba con otros chicos.

—Sí. Pero a mí eso nunca me importó. Somos de otra época, ustedes no lo entienden —dijo, y confieso que me sentí ofendida por aquel desprecio generacional—. La quería tal como era. Un espíritu libre. Para ella el poliamor era importante.

—¿Te parecía una puta?

—Nooo. Yo la amaba con toda mi alma. Todavía la amo… No puedo hacerme a la idea de no volver a verla.

Rompió a llorar. Lo miré fijamente intentando averiguar si se trataba de un llanto sincero.

—Tranquilo. Cuéntamelo todo. Paso a paso.

—Nada más llegar hicimos el amor. En la propia puerta. Me refiero a que no la cerramos. Estábamos en medio del monte. Solos. Y ella era impredecible. Igual no quería verme en meses que cuando nos veíamos no parábamos de hacerlo una y otra vez.

—¿Qué pasó después?

—Vanesa se sentó desnuda en el banco del porche de la casa. Le gustaba. Ella era…

—… un espíritu libre, sí —dije, y al momento me censuré la impaciencia.

—Perdone si me enrollo. Como me ha pedido que se lo cuente todo...

—Y eso es lo que quiero. Discúlpame tú a mí.

—Ella se lio un porro. Le gustaban las drogas.

—¿Tú qué hiciste?

—Le ofrecí comer de un guiso que llevaba en un túper.

—¿Te llevaste un túper?

Se rio.

—Vanesa me dijo lo mismo. No debe de ser muy sexy.

—Disculpa. Se me ha escapado el comentario.

—A ella los porros le daban hambre. Comía muchísimo... Y no engordaba. Yo, sin embargo, tengo tendencia a engordar. Por eso no como casi nada. Y cuando bebo, solo bebo vodka, por el índice glucémico.

—¿Se supone que engorda menos?

—Sí. Así es. A ella no le gustaba que cogiese peso.

Por un instante me paré a pensar lo curioso que resultaba que, en este mundo de la tolerancia, de la diversidad, el poliamor y lo políticamente correcto, se pueda ser de todo menos gordo.

—¿Era muy dura contigo?

—Era muy dura con todos, incluso consigo misma.

—¿Luego qué pasó?

—Quiso que nos bañásemos desnudos.

—¿Lo hicisteis?

—Vanesa se fue hacia el río mientras yo fui a ponerme el bañador. No me gusta el nudismo. Soy tímido.

Un intenso tono rojizo se apoderó de sus mejillas.

—Salí corriendo cuando oí su grito. Ni siquiera me dio tiempo a ponerme nada. Cuando llegué, Vanesa estaba tapándose los pechos y el pubis con las manos. Me llamó la atención porque no era vergonzosa.

—¿Por qué gritaba?

—Porque había alguien. Dijo que era un pescador. Un chico gordo con un gorro calado hasta las cejas que le miraba descaradamente las tetas.

—¿Tú no lo viste?

—No. Al principio traté de calmarla. A veces con la hierba se emparanoiaba. Tenía alguna alucinación, ya sabe...

Asentí, aunque en mi vida había probado la marihuana.

—¿No te acercaste a comprobar si todavía estaba allí?

—No.

—¿Qué pasó después?

—Nos vestimos. Dimos un paseo. Luego regresamos a casa y volvimos a hacer el amor.

—¿Y no os preocupó el pescador?

—Ella dijo: «Si quiere mirar, que mire... Y que se joda».

—¿En serio?

—Era muy suyo. Lo del «que se jodan». Tendría que haberla conocido.

—¿Y después del amor?

Se le ponían los ojos melifluos cada vez que la recordaba.

—Luego bebimos y nos dormimos. Me desperté con sus gritos. Fui hacia el cuarto de baño y la vi sentada en el suelo con las manos en la cara. Al tratar de ayudarla a levantarse me apartó y empezó a gritarme «Cabrón, cabrón, ¡cómo me has hecho esto!». Yo no sabía de qué me estaba hablando, hasta que levantó la mirada y descubrí aquello en su frente.

—¿Y qué hicisteis?

—Al principio creí que era una broma. Pensé que se había maquillado. Pero luego vi que aquello no salía. Me dijo que por la noche algo la había despertado. Un pájaro o una polilla grande... No sabía exactamente lo que era. Yo estoy seguro de que bajé bien la ventana. Soy muy meticuloso. Con todo. Eso a veces la desesperaba. Le ofrecí ir a la policía a denunciarlo.

—¿Y por qué no lo hicisteis?

—Se negó. Vanesa odiaba a la policía. Hacía tres años sufrió una violación. Se había ido con dos chicos al bosque, a fumar maría. Los muy cabrones la forzaron. Yo la acompañé a denunciar el caso. Al no ver signos de violencia, empezaron a preguntarle cosas... como si se lo estuviese inventando todo. Le reprocharon que no se hubiese resistido más. Vamos, que le echaron en cara que no se hubiera peleado con ellos. La trataron como a una putilla.

—Álvaro, tienes que saber que yo no pienso así —le dije con sinceridad.

En ese momento solo buscaba ganarme su confianza y le habría dicho todo lo que el detenido hubiese querido oír. Pero en realidad estaba a miles de kilómetros de exigir cualquier muestra de heroicidad a una chica agredida sexualmente. Aunque nunca me atrevería a decirlo en público, me gustaría aplicar a los violadores el método inventado por Fernanda Seivane para este tipo de delincuentes: hacer zumo con sus genitales y obligarlos a que se lo beban.

—¿Los agentes no hicieron nada? —pregunté.

—¿Usted ha leído algo sobre ese asunto? ¡Compruébelo! Verá que no hay nada de nada. Para aquellos policías, Vanesa era una golfilla mentirosa y punto. Acabó marchándose y retirando la denuncia.

—¿Y no visteis nada raro el resto del fin de semana?

—Nada, ni a nadie... Aparte de ese pescador, nadie pasó por allí.

—¿Solía practicar nudismo? Eso a veces atrae a los mirones...

—Ya le he dicho que solía caminar desnuda. Le gustaba. A pesar de que era menuda, debía de tener una especie de calefacción interior. Yo soy más friolero. Enseguida me resfrío.

—¿Y por qué creíste que había un pescador? —insistí.

—Más tarde me acerqué a inspeccionar la zona y vi los restos que había dejado. Parecían truchas. Había una entera. El resto eran tripas y espinas. Como si se las hubiese comido un animal. Estaban llenas de moscas.

Describía la imagen con todo detalle, como si algo le hubiese impresionado. Había algo que no me encajaba.

—¿Hiciste alguna foto a esas truchas?

—No. ¿Por qué iba a hacerla?

—No sé, si te parecieron tan extrañas... ¿Tienes alguna foto de esas minivacaciones?

—No.

—¿Ninguna? ¿Ni en el móvil?

—Yo no uso móvil. A veces llevo un viejo Nokia que no tiene cámara ni datos. Pero la mayor parte de las ocasiones solo lo enciendo cuando voy a hacer una llamada... O si esperaba una llamada de Vanesa. Esas ondas son malas para el cerebro. Además, creo que esos aparatos solo sirven para tenernos controlados.

Me aparté ligeramente de mi móvil. «Si un potencial genio de la tecnología la odiaba, por algo sería», pensé.

—Volvamos al pescador—le propuse—. ¿Tú crees que es posible que no hubiese nadie allí?

—Vamos a ver, Vanesa lo vio, no tengo por qué dudar. Y estaban las truchas...

—Pero dudaste.

Álvaro miró hacia el suelo y se calló.

—Te das cuenta de que si no había nadie allí, solo quedas tú cerca de la víctima, ¿verdad?

—Ya le he dicho que yo no he sido. Me habría cortado las manos antes que hacerle daño.

—Dime qué hicisteis después.

—Nos fuimos. El fin de semana se había estropeado. Vanesa se tapó aquello con una cinta del pelo. Estaba guapa igualmente. Todo le quedaba bien.

Ahora la que miraba hacia el suelo era yo. Aquel chico a veces era realmente cursi.

—¿Dónde estabas la noche que Vanesa desapareció?

—En mi casa. Con mis padres y mis tíos. Desde hace unos meses viven en casa. Ya lo he dicho un millón de veces.

—¿A qué hora se fueron a la cama?

—Cenamos y hablamos hasta tarde. Mi tío es muy alegre. Siempre que bebe nos acostamos tarde. Y ese día celebrábamos su cumpleaños.

Hice una pausa. Observé sus ojos. Sus manos. Se mostraba sosegado. No parecía que estuviese mintiendo. Si lo hacía era realmente un maestro.

—Vanesa confiaba en que su madre le quitara el tatuaje. Es Fany del Río, la cirujana. Supongo que ya lo saben.

—Sí.

—Es muy buena. Contaba con que la madre le sacaría aquello. Pero algo debió de torcerse. Pasaban las semanas y no había novedades...

—Al final, parece que no se lo sacó.

Negó con tristeza.

—¿Os seguisteis viendo?

—No. No quiso. Hablamos por teléfono. Intercambiamos mensajes. Pero me dejó. No quiso verme más.

—¿Rompisteis?

—Sí. Se metió en ese convento. Supongo que por influencia de su madre. Es muy religiosa. No volví a verla hasta que murió.

Estaba claro que aquel chico no tenía el resabio del delincuente. Primero se había ubicado él solo en la escena del crimen haciéndome dudar de la presencia del pescador. Y ahora me estaba hablando de su ruptura con Vanesa, lo que era un claro motivo para estar a malas con ella.

—¿Y qué te decía en los mensajes?

—Me contó que su madre le estaba dando largas. Vanesa se sentía muy humillada cada vez que se veía aquello en la frente. ¿Sabe? A veces seguía dudando si no habría sido yo. Entonces me gritaba. A mí me gustaba incluso cuando me gritaba.

Desde luego no parecía un delincuente intentando borrar rastros.

—Estaba cada vez más agobiada. A pesar de que iba con gorros y cintas en la frente, le parecía que todo el mundo podía ver aquello. Que todo el mundo la miraba.

—Sin embargo, nadie supo nada de ese tatuaje. Ni siquiera cuando apareció la chica quemada en Costa Solpor.

—Decidimos no hablar del asunto, y no lo hicimos. Ella se lo tapaba e intentaba llevar una vida normal. Pero decía que no podía. Dejó de ir a trabajar. Dejó de salir.

Un llanto que parecía sincero volvió a interrumpir el interrogatorio. Le puse mi mano en el hombro y sentí que su clavícula podría ser la de una pequeña mascota. Al instante se repuso.

—También me han contado que no has tenido ninguna novia más. Entenderás que me parezca extraño. Cuando no salías con ella, ¿qué hacías?

—Es mi decisión. Me gusta leer. La física. La química. Las matemáticas. No tengo problemas con estar solo. Yo nunca habría podido aspirar a una chica como Vanesa. El destino hizo que fuésemos vecinos y que tuviésemos esa relación desde niños.

—Solo unas preguntas más... ¿Has estado alguna vez en Costa Solpor?

—Alguna vez, sí. Como todos los habitantes de Estela. Pero hace tiempo que no paso por allí.

—¿Tienes perro?

—¡No! Los odio. Me dan alergia, aunque a ella le encantaban.

—¿Frecuentas las redes sociales?

—Ya le he dicho que no tengo ni smartphone. No me interesan esos mundos de bobos opinando. Además las ondas...

—¿Has fabricado droga alguna vez?

—Odio la droga. Fue la culpable de que lo nuestro no saliese bien.

Nos despedimos. Sentí cierta compasión por aquel chico débil. Supuse que tampoco lo habría pasado bien en el colegio. Al salir de la sala de interrogatorios me reencontré con mi equipo. Discutían de fútbol mientras fumaban.

—¿Y Fernanda?

—Desaparecida, como siempre —respondió Martín.

—Fernanda es la única persona que conozco que crees que estás hablando con ella y cuando te das la vuelta ya no está —dije.

Martín y Manuel rieron. Era cierto. Fernanda era así. Incapaz de esperar si no era con una buena conversación. La persona más inquieta e impredecible que conocí nunca.

Mis compañeros me miraban como si fuese una jueza a punto de dar un veredicto.

—Es el Romeo más enamorado que he visto en mi vida. Tenían una relación tóxica, eso está claro. Pero él tiene coartada. Para la primera chica porque estaba en California. Y la noche en que apareció Vanesa tuvo reunión familiar. El cumpleaños de su tío. El rey de las fiestas. En todo caso, comprobadlo.

—Creo que debemos recomendar que permanezca en prisión preventiva —opinó Martín en un tono que parecía una orden. Su afán de protagonismo estaba empezando a mosquearme, pero me controlé y accedí a sugerir la idea a su señoría.

Antes de llegar a mi coche, tuve otra de mis visiones macabras. Álvaro portaba una máquina de tatuar y sus manos estaban ensangrentadas. Luego veía un montón de truchas comidas por las alimañas y atacadas por un enjambre de moscas.

46

Javier

Acude a su cita con Edén. La conoció en la residencia de ancianos haciendo una carrera de sillas de ruedas. Él llevaba a su madre; ella, a su padre. Cosas que se hacen cuando coincides un fin de semana tras otro en un sitio así. Un día Javier se decidió a entablar conversación con Edén y, poco a poco, empezaron a quedarse a charlar durante largo rato después de las visitas. «Claro que de eso a tomar una copa hay un abismo». Él se lo propuso; ella dudó. Pero Javier supo mantener la sonrisa, a pesar de que la situación se volvió un tanto tensa. Era un maduro bien conservado, tirando a alto y fuerte. Parecía tener algunos años más que ella, pero no muchos más. Ninguno de los dos se preguntó la edad. «Nadie hace ese tipo de preguntas cuando pasas de los treinta».

Finalmente ella dijo: «¿Por qué no?». Javier propuso un bar cercano. Un sitio elegante, a diez minutos de la residencia de ancianos.

—No suelo beber... —le advierte Edén antes de entrar al bar Madera. Es un local con una larga lista de combinados y, como era de esperar, su interior está totalmente forrado de madera—. No suelo beber porque no sé parar —añade, completando la frase.

Javier se ríe. Tiene una carcajada alegre, de las que sale de la garganta sin esfuerzo. «Quizá un poco exagerada —piensa

Edén, que ve como su desconfianza se activa—. ¿Estará actuando? Lo que he dicho tampoco es que tenga tanta gracia». Se fija en sus manos. «Quizá demasiado cuidadas para ser un hombre. Quizá no. ¡Edén, ¿vas a estar así toda la noche?!».

Beben. Edén escucha cautelosa mientras Javier va sacando un tema tras otro tratando de que la reunión no decaiga.

—Tengo la sensación de que hace años que te conozco —le dice.

«No es la primera vez que oigo esto», piensa la inspectora.

—Me pareces una mujer maravillosa. Dedicar tanto tiempo a tu padre...

«¿Cuánto hará que no echa un polvo?», se pregunta Edén.

—El día de la carrera de las sillas de ruedas... llevaba tiempo queriendo hablar contigo. Me parecías tan sincera y cariñosa con tu padre...

En la mente de Javier, las luces del local bajan de intensidad. Le coge la mano. Antes de que aquello empiece a ponerse íntimo, Edén decide echar un poco de agua fría a la situación:

—Javier, todos tenemos defectos... Me gustaría conocer los tuyos.

—Así, ¿sin acabar el primer margarita?

Edén apura el suyo de un gran sorbo y espera en silencio la respuesta.

—Todos tenemos una parte chunga —insiste—, quizá un poco más de tequila allane el camino.

La sargento pide otra ronda.

—¿Debo tener una? Vale, empieza tú —dice Javier.

—Está bien. Soy desconfiada. En ocasiones tengo visiones macabras y hace dos años descubrí que soy capaz de hacer cosas de las que no me siento especialmente orgullosa.

—Vaya...

Durante una hora y casi una botella de tequila, Edén va contando a un desconocido lo que nunca había contado a nadie. «En realidad —piensa—, hay cosas que solo contarías a un desconocido». Llegar a esa conclusión da rienda suelta a su impulso de soltarlo todo, como si no pudiese pasar ni un minuto más sin hacerlo.

47

Un *flashback*

El Ford Mondeo se hace cada vez más pequeño. Después de cinco horas vigilando una casa de putas, les parece un ataúd.

Suena el teléfono de Edén.

—Soy Lucía, la vecina de su hermana Julia.

Sabe que pasa algo grave.

—¿Recuerda que me pidió que la llamase si había algo extraño? —le dice la vecina—. ¡La va a matar! Lo estoy viendo desde la ventana de mi patio de luces... No para de pegarle. Está como loco.

Edén siente una mezcla de rabia y vergüenza y ya no puede escuchar nada más.

Un zumbido la aísla de la conversación.

Cuelga.

Se desabrocha la funda de su HK automática y la deposita, junto con su placa, en las manos de Fernanda.

—Aguántame esto.

—¿Qué haces...? ¿Adónde vas?

Edén abre la puerta del coche y sale disparada en busca de un taxi.

—Es un tema personal. No quiero mezclarte.

—Pero ¿qué pasa? Conozco esa mirada. ¡No hagas locuras!

«No. No la conoces. Este no es uno de aquellos cabreos con

los compañeros de la academia que tanto te gustaban. Esto no es ponerme macarra con unos cuantos niñatos que siguen creyendo que la mujer es el sexo débil. Están haciéndole daño a mi hermanita. A Julita, la niña a la que cuidaba cuando íbamos a jugar al parque. A la única persona del mundo a la que consentí que destrozase mis juguetes. La que juré a mi padre que siempre cuidaría».

Entra en el taxi.

Logra dar la dirección al conductor sin que le tiemble la voz.

Arrancan.

Quiere bajar y empujar el vehículo.

—Por favor, ¿puede apurar? Es una emergencia...

—Es una zona de velocidad limitada y controlada por radares.

—¿Y si le pago yo la multa?

—Lo siento, no puedo. El taxi no es mío...

—Están agrediendo a mi hermana.

—¿De verdad? —El taxista la mira a través del retrovisor—. En ese caso...

Pega un acelerón.

Su cuerpo se hunde en el respaldo del asiento.

En poco menos de quince minutos está metiendo la mano en el bolsillo para buscar un billete. Se desespera.

—No se preocupe. Ya me pagará...

—¡Gracias! Lo encontraré.

Corre hacia la casa.

Saca la copia de la llave que Julia le dio para las emergencias. Cuando la recibió, pensó que solo la usaría para regar las plantas o cosas así. Nunca imaginó que incluyese tener que rescatarla de un agresor.

Se acerca.

En su mente se le aparece su hermana boqueando sangre como si fuese un pez asfixiándose.

Trata de borrar esa imagen de su cabeza.

Abre la puerta.

Ve a Camilo pegándole.

Se abalanza sobre él.

Intenta apartarlo.

Camilo se revuelve.

Le hace una llave y la tira contra el suelo.

Edén queda aturdida.

Se recupera y va hacia él.

Camilo la golpea con la parte exterior de la mano como si fuese un dios engreído que aparta a un ser inferior de su lado.

Edén cae y empieza a recibir patadas en el abdomen.

Camilo golpea sus costillas una y otra vez.

Julia llora en el suelo.

Camilo saca su arma y la apunta durante unos segundos.

Edén no puede respirar.

Uno de sus ojos se inflama.

El muy fanfarrón cree que ha vencido.

Se gira y coge a su hermana por el pelo mientras vuelve a apuntar a la inspectora con su arma.

Julia grita «¡Para! ¡Para!» sin dejar de llorar.

Él le tapa la boca con brusquedad.

«¡Que te calles, puta!», grita a un centímetro del rostro de Julia.

Edén aprovecha ese instante, esos dos segundos, para recuperar el resuello.

Se levanta.

Va hacia Camilo y cuando este se vuelve conecta un golpe directo a su mandíbula.

Camilo cae como una fruta madura.

Edén le quita el arma.

Se apresura a atender a su hermana, que no para de llorar con uno de esos llantos que recuerdan una sirena de faro, con notas largas y constantes.

Camilo se recupera.

Se levanta y la coge por el pelo mientras Julia grita con más fuerza.

Parece que todo vuelve a empezar.

Edén se da la vuelta.

Lanza puñetazos y todos alcanzan la cara de Camilo.

Él intenta devolver los golpes, pero Edén continúa soltando sus manos, que impactan una y otra vez en la cara de su rival.

Ahora Camilo intenta protegerse.

Pero los puños de Edén siguen alcanzando su rostro sin darle un respiro.

Empieza a sentirse aturdido.

Edén no para de golpear.

Una y otra vez.

Una y otra vez.

El último golpe impacta con tanta violencia en la cara de su cuñado que uno de sus globos oculares estalla.

Una gelatina transparente y sanguinolenta empieza a deslizarse por su mejilla.

Es la primera vez que oye a Camilo dar un grito de dolor.

La inspectora sigue golpeando.

Su hermana solloza de rodillas ajena a la pelea.

Camilo parece un muñeco inerte.

Edén está cegada.

Sigue golpeando.

Hay restos de baba gelatinosa en su puño.

No es capaz de parar.

La cara de Camilo se inflama cada vez más.

Casi no se distinguen sus facciones.

No oye nada más que su respiración mientras lo golpea.

Sale del apartamento con su hermana.

Las dos van manchadas de sangre.

Su hermana no para de llorar.

Luego vino la investigación.

Camilo quedó incapacitado al perder el ojo.

No podía seguir siendo policía.

Su caso fue juzgado como si estuviesen ambos en acto de servicio.

La hermana se negó a testificar.

No quería dañar a su marido.

Camilo se convirtió, a los ojos de muchos compañeros, en un héroe caído.

Ella, en una delincuente.

La expulsaron del cuerpo.

La noticia provocó una oleada de apoyo sin precedentes en las redes sociales.

Tanto que las autoridades recularon.

Al final, la inhabilitación fue un mal menor para Edén.

Acabaron indultándola.

Todo aquel ruido no ha parado todavía.

48

Javier

Javier pide la última ronda.

—Menuda historia —dice, todavía sin poder cerrar la boca.

—Así es.

—¿No recuperó el ojo?

Edén no responde. «¿Eso es lo que te importa? Mi hermana y yo a punto de morir... ¿y eso es lo que me preguntas? ¿Por su ojo?». En ese momento sabe que no es el hombre para compartir su vida. Como mucho, será el rollo de esa noche.

—Hiciste lo correcto —añade Javier, que ha notado la decepción en su cara.

—Quería matarlo.

—Te atacó. Pegaba a tu hermana. Reaccionaste como todos habríamos querido reaccionar.

—Yo sé lo que pasaba por mi cabeza en aquel momento. Y lo que tuve que luchar para que mi sombra no venciese. Y sé que eso no es compatible con ser una defensora de la ley.

49

Edén

El comandante había propuesto el parque Central como lugar para vernos. Supuse que sería por discreción, no porque quisiese dar un paseo romántico conmigo. He de confesar que, en su momento, llegué a tener hacia él algo más que sentimientos de compañerismo. Era un hombre maduro, atractivo y soltero... Teníamos química. La cosa no fue a más porque supo mantener la distancia.

Germán había sido la persona que más me apoyó desde que entré en la academia. Mi mentor. Siempre tuvo cara de personaje importante en la vida de las personas. Hablaba con voz grave y serena; parecía creada para decir: «Tranquila, confía en ti misma». Sin embargo, cuando pasó aquello con Camilo se puso de perfil. «No sabes todo lo que tengo que hacer para ayudarte», me dijo en tantas ocasiones que acabé por no creerle.

—Tenemos un topo —le dije sin ocultar mi enfado—. La prensa conoce los datos antes que mi brigada.

Caminaba sosegado, sin que le importase mi volumen de voz. La gran masa arbolada lo amortiguaba. Nadie nos oía. Sin testigos, no sería visto como alguien débil que consentía mis excesos ni avivaría los rumores de que él era mi principal apoyo en el cuerpo.

Me detuve. Germán hizo lo mismo. Me quedé mirándolo. Ya no era tan fuerte como antaño.

—Tienes que ayudarme a encontrarlo —exigí—. Yo sola no conseguiré detectarlo, pero tú puedes moverte por donde quieras dentro de la comisaría.

—Los de la Unidad Central Operativa reclaman más información del caso por vuestra parte —me reprochó cambiando de tema, sin dar una respuesta a lo que le estaba planteando sobre el topo.

Lo que dijo me irritó tanto que no pude dejar de contestarle:

—También nosotros reclamamos más transparencia por parte de ellos. Van de listos y tratan de hacernos quedar como unos provincianos...

—Debéis trabajar con coordinación. Lo sabes.

No dije nada. Tenía claro que él sería el primero en no dejar que nos tratasen como si fuésemos guardias de seguridad de un centro comercial. Pero esa equidistancia me estaba jodiendo...

—¿Qué es eso del mensaje en el teléfono de Manu? —me preguntó.

—Estamos investigando una llamada que encontramos en su móvil.

—¿Con autorización judicial?

—La pediremos, por supuesto...

Por el motivo que fuese, Manu tenía, para todas sus cosas, la misma clave desde que era niño: manu4321; si la necesitaba más larga: manu54321. Y así sucesivamente. Su madre nos la había facilitado. La usamos y logramos acceder a su móvil... sin haber solicitado autorización judicial. Más tarde me enfadaría conmigo misma por habernos precipitado. Pero tener la clave del móvil de la víctima fue demasiado goloso.

—Hemos descubierto una llamada de un número larguísimo —dije—. Tenía un mensaje de voz. Un intento de extorsión. La voz estaba distorsionada, pero conseguimos revertir el efecto. Se trata de un hombre joven.

La mirada de Germán era una orden.

—Sí, claro, solicitaremos autorización judicial para regularizarlo todo —dije—. Quizá sea nuestro hombre.

—O quizá fuese eso lo que provocó el suicidio —respondió Germán en un claro intento de evitar mi precipitación—. Ve con pies de plomo. Con respecto a ese topo... ¿No te has preguntado si será algún miembro de tu equipo?

La mera insinuación de algo así me sacó de mis casillas. No, por supuesto que no me lo había planteado. ¿Cómo iba a hacerlo? ¡Aquel era mi equipo! El grupo que me propuse liderar siendo receptiva y permeable a sus sugerencias... ¿Cómo iba a traicionarme alguien de mi grupo? Mi cara se enrojeció lo suficiente para que a Germán no le pasase desapercibido. Me cogió por los hombros y me miró con aire paternal, pero me soltó enseguida. Creo que vio en mi mirada a alguien dispuesto a darle una patada en los huevos y decirle: «¡Métete esa sonrisa comprensiva por el culo!».

—¿Es por mí? —grité—. ¿Me están boicoteando?

—Eres consciente de que el asunto con Camilo genera división...

—¿División? ¡Era un maltratador, joder! ¡Un maldito maltratador! Sabe Dios a cuántas mujeres habría pegado antes que a mi hermana.

—No todo el mundo opina de la misma forma, Edén, te consta.

—¿Porque perdió el ojo? Debía de tener algún problema, ¡joder! Fue una puta pelea. Hice lo mismo que él hizo conmigo. No es normal que un ojo estalle así como así.

Su gesto era de una neutralidad exasperante.

—¿Eso ya lo convierte en una víctima? —grité.

—En el juicio dijeron que tú eras una hermana celosa y que él medió en una discusión entre vosotras...

—¿Mediar? ¡Me puso la pistola en la cabeza, joder! Me agredió a mí también... El forense certificó que yo tenía dos costillas rotas... ¿Qué más quieren? ¿Que mi hermana hubiese muerto? ¿Que yo hubiese muerto? ¿Entonces sí...? ¿Entonces sí, entonces sería algo censurable?

—Tu hermana no testificó contra él.

—¡Estaba acojonada! ¡Y la muy tonta sigue enamorada de él!

—No es fácil —me contestó Germán con esa voz parsimoniosa suya que cada vez me irritaba más—. Camilo era un buen compañero, educado, detallista... Seguramente no conocíamos esa otra parte suya... Es posible. Pero muchos lo seguirán viendo como una víctima.

«¿Y yo qué? Tuve miedo, ¡joder!».

—Por otro lado, tú... eres más fuerte que la mayoría de los hombres del cuerpo... No te ven como una mujer débil en manos de un maltratador.

—¿Tengo que ser débil para que me crean?

—El resultado... Perdió un ojo. Él ha sido incapacitado. Tú continúas tu carrera...

—¿Qué piensas tú?

—Edén, ¿sabes cómo he llegado hasta aquí? Intentando no meterme en líos.

No hablamos nada más. El último tramo del parque lo caminamos en silencio, paseando entre los árboles, intentando relajarnos un poco. Pero yo me relajé con los puños bien apretados.

El viejo ring del gimnasio Pantera de Arosa nos recibió con el mismo frío de siempre. Rompían el silencio la respiración de una joven promesa que lanzaba golpes a las manoplas de su entrenador y los gritos de este mientras entrenaban:

—El boxeo puede existir sin ti, sin guantes, incluso sin ring, ¿me oyes? ¡Pero nunca sin reglas!

Parecía una reprimenda de las buenas.

Contra lo que suele pensarse, el boxeo es algo que solo se explica desde la civilización. No es zurrarse y atacar. Es hacerlo dentro de los límites que marcan las normas. Por eso es algo tan especial. Porque dentro de su brutalidad tiene la palabra «respeto» grabada a fuego en los corazones de quienes lo practicamos.

—Voy a tenderle una trampa —le dije a Fernanda. No lo entendió. Estaba más atenta a la bronca que le echaban a aquel chaval que a mis palabras—. Germán sospecha que pueda ser alguien del equipo.

—¿De qué me hablas?

—Del topo.

—¿Un miembro del equipo? —preguntó incrédula—. Sabes que tengo mis más y mis menos con alguno de ellos. Pero me parece que se están dejando la piel.

—¿Y si pongo un señuelo? Daría un dato falso y solo tú lo sabrías.

Los guantes impactaban una y otra vez contra nuestros cascos de protección. Ninguna de las dos estábamos concentradas. Nuestras defensas eran un coladero.

—Déjalo. Además, ¿cómo sabes que el topo no soy yo?

—Lo sabría con solo mirarte a los ojos —le dije antes de abrazarla y dar por terminado el entrenamiento.

50

Secuestrado

Ese pozo de oscuridad sigue siendo su hogar.

«Nadie me va a rescatar».

Sabe que su vida depende solo de él.

«Siempre he estado solo».

Intenta recordar a su madre. Una gran mujer. Le habría gustado tener su rostro presente antes de morir. A penas le quedan recuerdos suyos. Ella dejó de existir antes de que él tuviese uso de razón.

Oye como los latidos de su corazón toman protagonismo entre ese silencio.

«Toda mi vida ha sido una mierda. ¿Y ahora voy a acabar así..., solo y perdido en este agujero?».

51

Edén

Caras largas. Era todo lo que se veía al salir de la sala de los pupitres. Les había dicho que había un topo en comisaría y que todos, y recalqué «todos», éramos sospechosos. No les gustó. Por primera vez desde mi regreso se habían encontrado con mi acritud y mi mal rollo. Intenté evitarlo al máximo, pero las cosas eran como eran.

Mi teléfono empezó a vibrar. Al ver que era Kansas cogí a toda prisa.

—Manu se conectó a internet desde Singapur —me soltó nada más descolgar.

—¿Singapur?

—Desde una VPN que usa direcciones IP de diferentes países. Hemos localizado la empresa con ayuda de Wenceslao Aldares, así que, si has pedido algún favor, tendrás que agradecerlo. Funcionó.

—Lo haré —dije, aunque lo cierto es que no había hecho nada. Ese Wenceslao debía de ser un buen tipo que se solidarizó con el caso.

—La mala noticia es que no puedo avanzar más.

—¿Cómo?

—Sus bots eligen desde dónde se conecta el usuario de forma aleatoria. No dejan rastro. El que contrató ese servicio es un experto. Sabe lo que hace. Me temo que conoce bien la *deep web*.

—Me pierdo.

—Es la red por la que corre todo lo que no es visible para los buscadores. No me extrañaría que usase El Enrutador Cebolla...

Kansas sufría eso que llaman la «maldición del conocimiento»: le resultaba inconcebible que otras personas no supiésemos lo que él sí sabía.

—Explícate —le exigí.

—The Onion Router —añadió en un tono solemne—. Conocida por las siglas TOR. Es una red superpuesta sobre internet para que los mensajes intercambiados no revelen su identidad.

—Me pierdo.

—La red TOR se creó en el Laboratorio de Investigación Naval de Estados Unidos como red segura para sus comunicaciones... Luego pasó a manos de una organización para la defensa de las libertades civiles. Ahora no sé bien quién la maneja. Pertenece a la *dark net*... Es una buena herramienta que puede resultar muy útil... para hacer cosas muy malas.

—O sea, que nos resultará imposible localizarlo, ¿no es así?

—Sí. Ese sería un buen resumen.

«¿Y para eso tanto rollo...? Ya cansas», pensé.

—En cuanto al teléfono de la extorsión a Manu Dans —continuó—, esa es la buena noticia. He localizado fácilmente al usuario. Un aficionado. Se trata de Federico Soler Angulo. Se hace llamar Adolf. Pertenece al único grupo neonazi que hay en Estela. Es un delincuente habitual que alardea de haber estado en la Legión, pero no he encontrado ningún registro de que eso sea cierto.

—Por desgracia, existen esa clase de tipos...

—Hay algo más. Lo denunciaron por intento de extorsión a otro chico gay hace poco más de un año.

«Por fin dices algo útil».

—Gracias, Kansas. Te debo una.

—Me debes dos —reclamó.

Fernanda, que había permanecido callada a mi lado, intervino impaciente.

—¿Lo tenemos?

—Kansas ha detectado al extorsionador. Se trata de un tal Adolf. Detengámoslo. Veamos si es solo un chantajista o si también está relacionado con los tatuajes.

—¿Por qué dudas?

—Ha resultado demasiado fácil dar con él para ser el hombre que nos está volviendo locos. No parece que sea el experto informático que buscamos.

—¿Es experto en informática? Entonces seguro que el asesino es Kansas...

Por fin pude reírme.

—Si encuentra a sus víctimas por internet —añadí pensativa—, también podremos encontrarlo a él.

52

Secuestrado

Su estómago ha dejado de saltar en su barriga. Es la primera vez en mucho tiempo que tiene un momento de lucidez. Un instante en el que no piensa en él ni en su dolor. Piensa en el mundo. En la sociedad que vamos a dejar a nuestros... Le gustaría poder decir «hijos», pero ya sabe que él nunca llegará a ser padre.

«¿Cómo será el mundo del mañana? ¿Un lugar lleno de viejos? Los niños... ¿Seguirá habiendo parques con niños en el futuro? ¿O solo el eco de lo que fueron? Y las parejas... ¿Seguirá habiendo parejas? Cada vez se casa menos gente. Y la mayoría se separa. ¿Para eso usamos la libertad? ¿Para follar con el primero que encontramos? ¿Para buscar una tía buena o un tío bueno y olvidarnos del compromiso?».

Eleva la mano y acaricia un rostro entrañable que lo mira entre las tinieblas del recuerdo. Cada vez está más borroso en su memoria. ¡Hace tantos años que no lo ve...! Su abuelo. El hombre que le contaba historias del pasado. De cuando el respeto de un hombre o su posición eran suficientes para ofrecer un futuro a una mujer. Cuando el matrimonio era un proyecto de vida.

«Ahora parece que solo se buscan músculos y caras guapas en vez de amor y respeto. Nadie llega virgen al matrimonio... Antes solo podías hacer el amor siendo marido y mujer... ¡Qué tiempos! Ahora a las mujeres solo las disfrutan los del grupo de los elegidos. Los privilegiados que tienen derecho a gozar de las cosas por orden divina. Los sucesorios de Odín. Como si el resto no existiese. Antes las parejas tenían cinco, seis, siete hijos..., a veces más. Ahora no. No hace falta ser muy bueno en matemáticas para saber que nos extinguiremos. Que pronto solo habrá viejos. El mundo se pudre. Y yo ya no podré hacer nada por salvarlo».

53

Edén

Desde las cinco de la mañana mi mundo se había limitado a la pantalla del ordenador de la comisaría. Había logrado abstraerme de los sonidos desagradables del silencio nocturno confiando a Nirvana la misión de luchar contra el zumbido de las luminarias de mi despacho.

Buscaba datos.

Confiaba en encontrar algo que nos hiciese pensar que ese Adolf era nuestro hombre. Me topé con un amplio historial de detenciones por delitos menores: tráfico de drogas a pequeña escala, desórdenes públicos, hurto. Entraba y salía de la cárcel con la misma naturalidad con la que algunos lo hacemos de unos grandes almacenes.

Pasaban las horas, y cuantos más datos suyos veía menos claro tenía que ese Federico Soler Angulo fuese el perfil que andábamos buscando. «¿Qué se puede pensar sobre un tipo que presume de haber estado en la Legión y ni siquiera hizo el servicio militar?».

Su grupo neonazi eran cuatro pringaos que mal pintaban alguna bandera con la esvástica para darse importancia e ir al fútbol a liarla. «Neomierda», pensé. También lo habían detenido anteriormente por extorsión, pero se libró de ir a la cárcel porque su señoría consideró que no había suficientes pruebas. Era un delincuente. De eso no había duda. Aun así, la torpe treta con la que hizo la llamada del chantaje lo definía: la llevó a cabo desde un portal de llamadas gratuitas en el que ¡había que registrarse! Dejó más rastro que un caracol subiendo por una copa de cristal. «¿Este es el hombre indetectable que nos está volviendo locos?».

Fernanda se me acercó por detrás, me quitó los cascos, me cogió por el brazo y me llevó a una pequeña habitación que había cubierto de corchos y chinchetas.

—Me lo estuve currando —dijo—. Creo que nos vendrá bien algo de organización.

Había colocado por orden las fotos de los cadáveres. Algunas eran de la primera víctima. Otras de Vanesa. Otras de Manu. Planos generales, primeros planos, fotos del lugar donde fueron encontrados...

Reparé en los detalles de la cabeza de la chica negra. Invitaban a pensar que se trataba de una mujer guapa. Sé que es difícil afirmar eso de unos restos semicalcinados, pero lo cierto es que tenía la apariencia de una escultura de barro de alguna belleza egipcia.

—Hijo de puta —masculle.

—¿Sigues apostando a que ha sido la misma persona?

No pude responder. En realidad, mi cabeza era un caos que cada vez pensaba con menos claridad. Me sobraba motivación y me faltaba la calma que llegaría a tener con el paso de los días. Me culpo por ello. Quizá si me hubiese sosegado antes habría evitado mucho dolor y desconcierto. Me fijé en el primer plano de la lengua de la chica ahorcada. Era enorme y de un azul extraño, como un ultracuerpo colándose dentro del bello rostro de aquella pobre infeliz.

—¿Y si son imitadores? —sugirió Fernanda.

—Posible, pero demasiado cercano en el tiempo —dije mientras apretaba mis labios, pensativa—. ¿Para qué lo hace? Esa es la pregunta.

—Llamar la atención es un clásico en los asesinos en serie...

—Entonces ¿por qué ocultó el primer cadáver y quiso destruirlo?

—Pero luego montó el espectáculo ahorcando a una chica en el puente —insistió mi compañera.

—Sí. Son conductas incoherentes que seguro que quieren decirnos algo...

Martín entró con una silla y se sentó con las manos apoyadas en sus piernas abiertas.

—Recordáis que Vanesa dejó una nota de despedida, ¿no? —dijo.

—No creo que resulte muy difícil obligar a alguien aterrorizado a escribir una nota tan escueta —respondió Fernanda.

Manuel se sumó a la reunión informal.

—La madre quiere enterrar ya a su hija. Intentan convencer a la jueza para que les permita incinerarla.

—Lo que faltaba —respondí perpleja—. Normalmente son los padres los primeros en facilitar las cosas para resolver el crimen de un hijo...

—Por lo que contasteis, eran una familia un poco *creepy* —dijo Manuel.

—Siniestra —me tradujo Fernanda antes de que lo solicitase—. ¿Sabéis que me he enterado de que a la clínica de Fany del Río van actores y actrices de todo el mundo? —continuó, sin dejar de escribir en su cuaderno—. Dicen que es la mejor en aspectos faciales. Ojeras, arrugas en la cara y esas cosas. No, no pone tetas. Ya lo he mirado.

—La dejaremos por imposible —zanjé mientras Manuel reía y Martín abandonaba por un momento esa pose de detective interesante con la que llevaba desde antes de entrar en la academia.

Margarita se asomó a la sala de los corchos (desde ese día la llamamos así) con unos folios en la mano.

—Quiero que veáis esto —dijo—. Es el informe pericial sobre los tatuajes en los cuerpos de las víctimas. Al parecer, todas tenían motivos que pueden considerarse *tā moko*, motivos sagrados maoríes.

—Lo que coloca a tu amigo el grandullón de número uno en la lista —dijo Martín mirando a Fernanda.

Siempre creí que no había sido un tatuador. Pero los datos me ponían difícil luchar contra la evidencia.

—Analicemos al tatuador maorí —concedí—. Tiene un motivo... Su coartada es débil: Fredo dijo que salía por las noches. Y Álvaro habló de un pescador gordo...

—Tangata es más que gordo —repuso Fernanda—. Con ese físico, cuesta creer que pase desapercibido en ningún sitio..., ¡hasta que quepa en un coche! Además, no se separa nunca de su móvil. Sería el sospechoso más fácil de detectar del mundo —añadió para acabar de exculparlo.

—Cuesta incluso imaginarlo, lo sé. Pero no lo descartemos.

—Vayamos con Álvaro. —Escribí su nombre lentamente en la pizarra intentando concentrarme—. Según su propio testimonio, tenía motivo puesto que Vanesa le ponía los cuernos constantemente. Es el único que pudo tener los medios para tatuar a Vanesa: él mismo duda de la existencia de ese pescador misterioso, por lo que solo estarían él y su novia junto al molino... Sin embargo, tendría coartada para la primera de las víctimas: meses de estancia en Santa Bárbara, California, con decenas de testigos viéndolo a diario...

—El día de la desaparición de Manu y el día de su muerte se encontraba en casa de sus padres con más familiares —observó Martín—. Todos han declarado lo mismo. Es difícil esa sincronización en un grupo de allegados a no ser que digan la verdad.

—Solo nos quedan Adolf y ese pescador misterioso —dije con escepticismo.

—¿No crees que haya sido Adolf? —preguntó Manuel.

—No podemos descartarlo, pero creo que es un *pringao* —contesté—. Me he tragado toda la documentación sobre él. Va por ahí con banderas cutres con la esvástica pintada a mano. No sé... Me parece un oportunista que se apuntó al carro de sacar pasta a Manu.

—Según la información que me ha llegado hoy —dijo Martín—, el día de la muerte de Manu estaba trabajando en una panadería. Había empezado esa misma noche.

«¡Ah! Eso no nos lo habías contado, ¡cabroncete! Te lo estabas guardando para quedar de campeón», me dije, a punto de estallar.

—¿En una panadería? Por fin tu trabajo tiene algo de miga... —le espetó Fernanda.

—Lo que nos dejaría en cabeza al pescador misterioso —zanjó Martín, sin entrar al trapo de las bromas de su compañera.

—Cambiemos de tercio —propuse.

Escribí en letras bien grandes: LUGARES.

—Hicimos una batida por el polígono industrial por el que supusimos que pasó Manu la noche que fue encontrado desnudo —informó Manuel.

Solté la tiza y traté de concentrarme mirándolo fijamente.

—La disposición de todas las empresas a colaborar fue máxima —continuó—, almacenes de alimentación, empresas de transportes, una empresa de tratamiento de datos informáticos...

—... un enorme gimnasio —añadió Martín— y unos pequeños platós de televisión.

—Ni una huella ni un rastro, nada que pudiese llevarnos a que allí hubiera habido el zulo de un secuestrado —dijo Manuel—. Tan solo una imagen borrosa de una de las cámaras de la salida del polígono. Podría ser la silueta de un hombre desnudo, pero hay que ampliar tanto la imagen que pierde calidad.

—Vamos, que podría ser el yeti —añadió Martín.

—¿Y si lo tuvieron en algo móvil? —propuse—. Como una furgoneta o un coche...

Todos se quedaron pensativos valorando por unos instantes esa posibilidad.

—¿Y la mierda? —interrumpió Fernanda—. Manu tenía mucha por todo su cuerpo. ¿Qué hacían, la echaban a la furgoneta? ¿Y los productos de limpieza? No sé, pero siempre he pensado que debió de estar encerrado en una perrera.

Antes de que nos viniésemos abajo escribí el nombre de Vanesa en la pizarra.

—En cuanto a Vanesa... —dije.

Fernanda tomó la palabra señalando unas hojas pinchadas en uno de los corchos.

—Los informes grafológicos confirman que ella escribió la nota. El papel es de una libreta normal; el bolígrafo, un simple Bic. Dicen que los trazos denotan un estado agudo de nerviosismo que «puede ser compatible con el estado de alguien que se va a quitar la vida». ¡Qué forma más elegante de no decir nada! —protestó.

—Tenemos el lugar donde pudo haberse sustraído el cabo con el que la ahorcaron —añadí.

Martín intervino.

—Siempre sospechamos que se trataba de un cabo marinero. Investigamos en las cofradías de pescadores de la zona, y en la de Santa Marta había desaparecido una bobina. Coinciden el diseño y el calibre.

—¿Tenían cámaras de seguridad? —pregunté.

—¿Cámaras de seguridad? Por no tener, casi no tenían ni luz. Aquello eran cuatro paredes de hormigón y un techo. Nadie vio nada.

—¿El informe de móviles en la zona? ¿Matrículas? —insistí.

—La jueza autorizó la solicitud a la compañía telefónica. A esas horas tan solo se detectaron doce números en la zona. Nueve eran de marineros y los otros tres pertenecían a un camarero y a un par de prostitutas. Todos tienen coartadas graníticas. Los marineros permanecieron juntos en todo momento cargando el acastillaje de su barco en un camión. Y las chicas estaban en el bar acabando el día. Además, ninguno de los números coincide con los que se detectaron alrededor de Costa Solpor ni por los de los alrededores de la zona por donde Manu corrió aquella mañana.

—Un momento —dijo Fernanda mostrando el resultado de las anotaciones que había estado haciendo durante toda la reunión en una libreta.

Parecía un anuncio de selección de personal:

SE BUSCA
Hombre con grandes conocimientos de informática
Que sepa cocinar GHB (o dónde conseguirlo)
Que le gusten la pesca y los perros grandes
Con coche propio (a ser posible, negro y enorme)
Con una moral puritana y odio hacia las mujeres y los gays
Que le guste dar el espectáculo (de vez en cuando)

VALORAMOS
Que sea sigiloso
Disposición para humillar y matar

SE OFRECE
Puesto de sospechoso de asesinato

Su humor consiguió sacar de nuestras bocas el sabor azufrado de la frustración.

—Está bien. Buscad aficionados a los perros grandes. Y repasemos las licencias de pesca expedidas en los últimos años —ordené—. Fernanda y yo visitaremos el molino del pescador misterioso.

54

Nacho

Come un bocadillo sentado en un banco del parque.

Está solo. Rodeado de naturaleza.

Se sobresalta al ver un enorme pájaro negro a pocos metros de él. Da un respingo hacia atrás y casi pierde su sándwich.

«Tú y tus remilgos», oye en su mente.

Después del episodio del otro día en el que vio cuervos en lugar de estorninos, ahora acababa de confundir una paloma con un buitre ensañándose con unos restos putrefactos.

«Tú y tus remilgos», vuelve a oír. Es la voz de su ex. La señora de don *Visionadordeporno* bielorruso. Sus dudas... ¿Está siendo así de audaz porque quiere demostrarle algo a ella o porque quiere demostrárselo a sí mismo?

«Si tuvieses huevos le pedirías un nuevo contrato a ese jefecillo tuyo», le dice de nuevo su exnovia.

«Esa chica era una trepa», piensa. Pero lo del contrato no es mala idea. Tendría que hacerlo pronto, antes de que acabara la buena racha.

¿Y si fuese él? ¿Y si fuese él mismo una de las víctimas? ¿Le gustaría que todo se aireara de esa forma?

Termina su bocadillo.

Se levanta y, antes de irse, mira hacia la plazoleta. Un jubilado da de comer maíz a una bandada de buitres.

55

Edén

No solía contestar llamadas sin identificar y menos en mi número personal, pero aquella mañana mil conejos que habían tomado café correteaban por mi cerebro impidiéndome pensar.

—Hola, soy Fede —me dijo una voz que no supe reconocer—. Federico Soler Angulo —aclaró.

«¿Cómo habrá localizado mi teléfono personal?».

—¿Ya no te haces llamar Adolf? —respondí con sequedad.

—Así me llaman mis colegas. Y usted no lo es.

Lamenté que después de tanto avance tecnológico y tanto 5G todavía no se hubiese inventado la forma de dar una buena hostia por teléfono.

—Sé que me están buscando. Por eso quiero hablar a solas con usted —me dijo con naturalidad.

No le contesté. Sin que le temblase la voz, puso fecha, hora y lugar:

—Quedamos en La Cabeza del Águila. Mañana. A las siete.

Conocía ese lugar. Era donde se concentraba parte de la chusma radical de Estela. Una especie de zona neutral en la que, para beber cervezas baratas, aceptabas no agredir a tus rivales (a pesar de ser tipos a los que les gustaba estar siempre de bronca). «A los extremos les gustan los extremos —pensé, y durante un instante me quedé dando vueltas a lo insólito que resultaba que existiese un sitio así—. Se necesitan», concluí. Se sentaban en bandos distintos, sí. Se despreciaban, sí. Pero odiaban más aún a quienes tratábamos de ser libres y tener una opinión propia.

—No creo que estés en condiciones de... —dije, y antes de que pudiese acabar la frase me interrumpió.

—Venga sola.

Llegué a las siete en punto de la tarde.

El bar estaba vacío.

En mi mente dos palabras empezaron a competir por definir el local: «patético» y «lamentable». No era más que un garaje reconvertido donde se podían ver, mezclados con banderas de equipos de fútbol, fotos de casi todos los personajes detestables que había dado la historia: Hitler, Stalin, Mussolini, Pol Pot... Tenía un extraño cartel a la entrada que decía: PROHIBIDO EL PASO A EQUIDISTANTES Y MODERADOS, dejando claro que solo eras bienvenido si eras un extremista con solera.

El verdadero nombre de aquel antro era un indescifrable Ribbentrop-Mólotov que (lo busqué antes de acudir a la cita) homenajeaba el pacto de no agresión entre los rusos y los nazis antes de la Segunda Guerra Mundial. ¿Una concesión cultural? ¿Un sitio de gente preocupada por la historia? Nada más lejos de la realidad. Olía a machirulo que te cagas. Al tosco rótulo de la entrada le habían añadido la imagen de una cabeza de águila (¡qué obsesión tienen con ese símbolo los autócratas y los dictadores!), lo que acabó convirtiéndose en el nombre oficioso del lugar.

RECUERDA TU PACTO DE CABALLEROS, ponía en otro letrero enorme que reinaba en toda la estancia y que, por lo visto, lograba mantener la paz entre sus clientes.

En la barra esperaba un camarero que parecía sacado de un casting de imitadores de Clark Gable. Lucía un minúsculo bigote (poco más que una hilera de pelillos sobre su labio superior) y una abundante mata de pelo pegada con gomina. Iba vestido de color caqui y llevaba un mandil de cuero gastado que hacía juego con el palillo con el que jugueteaba en la boca. Dos chapas clavadas en la pechera del mandil parecían pezones de colores: una negra con la esvástica nazi y otra roja con la hoz y el martillo comunista.

Al descubrirme mirando hacia su pecho me dijo:

—Molan, ¿verdad? Así juntas... —Sonrió con aire distraído, como si estuviese drogado o tuviera algún tipo de patología mental—. Adolf llegará ahora —añadió, y continuó colocando bebidas en una nevera oxidada—. ¿Quiere tomar algo?

No pedí nada. Era mi forma de decirle: «No te acerques». Mientras esperaba me entretuve mirando las imágenes de las paredes. Antes de que pudiese levantarme para ir al aseo a vomitar apareció Federico.

—Buenas tardes —saludo, y me ofreció la mano para que se la apretase.

No lo hice. Me limité a decirle:

—Voy a detenerte.

—No lo creo. Al menos no hasta que oiga lo que tengo que contarle.

Crucé mis piernas y le di unos minutos.

—Yo no he matado a Manu Dans. Me habría gustado, por mariconazo. Pero no lo hice. No quiero que me endilguen el muerto.

—Intentaste extorsionarlo.

—¡Era una broma!

—¿Eso es lo que vas a decir?

—Así es —respondió asintiendo con un gesto impertinente.

—¿Y lo del dinero en Andorra?

—Es que sin eso la broma no sería broma.

—¿Es todo lo que quieres decirme?

Estaba a punto de sacar las esposas cuando Adolf cambió de gesto y empezó a largar en serio.

—Los bajos fondos hablan de La Sombra. El camello que pasa éxtasis líquido. Está fallando entregas y nunca lo había hecho. Piensan que está relacionado con toda esta movida de los tatuajes.

«Se lo está inventando», afirmé para mí.

—¿Una sombra? ¿Eso es todo lo que me ofreces?

—Lo llaman así. Nadie lo ha visto nunca.

—Entonces ¿cómo le compran la mierda?

—Tiene lugares de entrega. Le dejas la pasta en un sitio y él deja la entrega en otro. Lugares de la calle. Nadie lo ha visto, pero es un tío legal. Tiene a todo el mundo contento. De todos modos, yo creo que es el tipo que buscan.

—¿No pensarás que con eso te voy a dejar libre?

—Solo le pido que lo investiguen. Y que me deje marchar ahora. Ya me detendrán más adelante. Es justo, ¿no?

—¿Te puedo preguntar una cosa?

—Es policía. Puede hacerlo todo, ¿no?

—¿Por qué te tiras el rollo con lo de la Legión? ¡Ni siquiera has hecho la mili!

Sus mejillas se llenaron de color.

—Se corrió la voz de que había estado en Ceuta sirviendo —dijo en un tono de disculpa casi infantil.

—¿Y no lo desmentiste?

—No. Es un honor para mí.

—¿Cómo sé que no vas a escapar?

Su respuesta fue señalar el rótulo en el que se leía: RECUERDA TU PACTO DE CABALLEROS y decir:

—Soy una persona de honor.

«El honor es como el culo; todo el mundo tiene uno... y a veces huele».

—Te estaremos vigilando —repliqué antes de levantarme y largarme de aquel antro.

Eché de menos un felpudo a la salida. Me habría venido bien.

No quería llevarme nada de aquel sitio.

Ni siquiera la extravagante teoría de Adolf sobre La Sombra que traficaba con GHB.

Me equivoqué.

Acudíamos al lugar donde Vanesa y Álvaro pasaron su última noche juntos. Durante todo el trayecto estuve tentada de contar a Fernanda mi cita con Adolf, pero hacerlo suponía darle explicaciones de por qué no se lo había contado antes, así que decidí mantenerla oculta. Aunque estaba convencida de que no era nuestro hombre, me jodía que se saliese con la suya. Sabía que aquello de la broma iba a plantear en un juzgado una duda suficiente como para ablandar a su señoría y que la condena no obligase a aquel tipejo a ingresar en prisión. Cosas del sistema de garantías jurídicas. ¡Siempre favorecen a los más cabrones!

Avanzábamos por un embudo verde sin apenas visibilidad. Nos habían advertido que el camino de tierra que conducía hasta la casa rural se estrechaba cada vez más. Aun así, a Fernanda le pareció buena idea ir en su coche... hasta que empezó a oír que le crujía la chapa. Las ramas estaban haciendo un buen trabajo. Poco a poco iban llenando el vehículo de diminutas raspaduras blancas que destacaban sobre la pintura gris. Estaba sufriendo. Aunque era un coche del departamento, a Fernanda le gustaba tenerlo siempre impecable.

Un hombre pequeño, grueso, con abundante pelo rojizo y la cara blanca y congestionada nos esperaba delante de la puerta. Era el dueño de la casa. Llevaba puestos unos pantalones flojos que parecían haber sido parte de un buen traje antes de haberlos dedicado a ropa de trabajo. Bajamos del coche e intentamos saludarnos, pero apenas pudimos oírnos. El ruido del río era ensordecedor.

—¡Toda esta publicidad no nos viene nada bien! —gritó el propietario, visiblemente incómodo—. Acabemos de una vez.

Me puse en su lugar. En esos momentos alquilar esa casa rural sería tan difícil como vender el apartamento de Charles Manson.

—Esto solo se llena de curiosos —siguió refunfuñando el propietario—. Gente que viene a cotillear. ¿Clientes? Ninguno. ¿Qué es lo que quieren ver?

—Nos gustaría ver la vivienda por dentro —dijo Fernanda.

—Y también el resto del entorno —añadí.

—Yo les enseño la casa. Al molino no entro. —Señaló una construcción al borde del río—. Pero pueden verlo cuando quieran. Está abierto. No tiene puertas. Eso sí, tengan cuidado porque está todo en ruinas.

—De acuerdo, empecemos por la casa —propuso Fernanda.

Durante el recorrido, el propietario iba cinco o seis pasos por delante de nosotras. Era su forma de meternos prisa para acabar pronto. Pero su treta no funcionó. Nos tomamos nuestro tiempo para observar la vivienda palmo a palmo: su decoración rústica, los pasamanos de madera antigua, la chimenea... Al entrar en la habitación de la primera planta intenté recrear en mi mente la escena entre Álvaro y Vanesa.

—¿Se puede abrir por fuera? —pregunté señalando la ventana.

—Si llegan, sí... Y si no tiene puesto el seguro...

Era antigua y estaba restaurada. En el marco había un pestillo que, en caso de cerrarlo, bloquearía su paso por los raíles. Probé el mecanismo. Funcionaba a la perfección.

—¿Tienen escalera en la casa?

—Si no, ¿por dónde cree que subimos? —respondió el dueño con la retranca propia de nuestra tierra.

Las dos lo miramos dispuestas a dispararle si fuese necesario.

—Acabaremos antes si contesta directamente nuestras preguntas —le recriminó Fernanda—. Mi compañera se refiere a una escalera auxiliar, de esas de bricolaje.

—Alguna hay. En el galpón trasero.

Apuntó con la mano hacia una pequeña construcción de madera que estaba pegada a la casa por la parte trasera y que hacía las veces de desván y caseta de aperos.

—Después la visitaremos —le dije.

Continuamos recorriendo la planta de arriba. Al asomarme al cuarto de baño me vino a la mente el dolor de aquella chica..., su cara al descubrir el tatuaje en su frente, sus gritos... Reconstruí paso a paso la historia de Álvaro. Tras hacerlo nos dirigimos al galpón. Allí descubrimos una escalera de aluminio plegable.

—¿Llega a la primera planta?

—Para eso la tenemos. Limpiamos los cristales con ella.

Nuestro criminal pudo haberla usado y plantarse en la habitación con el suficiente sigilo para abusar de una pareja a la que se le había ido la mano con el vodka.

—Muchas gracias. Creo que aquí hemos acabado —dije.

—¿Van a querer ver el molino?

Asentí. Me llamó la atención lo rápido que la prisa del propietario cedió ante su curiosidad.

—¿Por qué quieren ver esa ruina? —nos preguntó mostrando interés por primera vez desde que llegamos.

—Descubrieron a alguien junto al molino. Un pescador.

—¿Un pescador? —Rio—. Pues no debería ser de por aquí.

—¿Por qué lo dice?

—Porque en este río no hay nada que pescar. Al menos esta temporada. Un par de kilómetros más arriba hay una granja. Tuvo una fuga de purines... o algo así. El caso es que mató todo. Los ejemplares grandes, los alevines...

—Pero alguien nos dijo que vieron restos de truchas al borde del río.

—Serían del supermercado. Para hacer un pícnic...

El propietario se despidió riéndose de su malicia. Fernanda lo detuvo para preguntarle:

—¿Y por qué no quiere entrar en el molino?

—Cosas mías —respondió mostrando una renuencia infantil. Estaba claro que deseaba contarlo.

—Algún motivo habrá —insistí.

—¿Si se lo digo no saldré en la prensa?

—Por supuesto que no —aseguré.

—Hace unos treinta años... el molinero... apareció muerto. Ahorcado en medio del molino. Tardaron días en encontrarlo. Se había liado con una chica joven. Una portuguesa. La mujer lo dejó. Se marchó del pueblo. Y luego también se fue la portuguesa. El hombre no levantó cabeza. Dicen que no pudo con los remordimientos.

Fernanda y yo nos miramos sin pestañear. La coincidencia de los dos ahorcamientos era demasiado grande. Y ese agujero en el informe policial, una negligencia como la copa de un pino. Antes de que se alejase, Fernanda le gritó la última pregunta:

—¿Es fácil salir de aquí caminando?

—Sí. Si se conocen los caminos...

Lo perdimos de vista.

Arrancamos hacia el molino. Nos asomamos metiendo la cabeza entre unas piedras llenas de hierba, lo que daba a la edificación el aspecto de una ruina perdida en medio de la selva.

—Menudo sitio siniestro —dijo Fernanda, impresionada.

Y no era para menos. Parte del suelo había desaparecido y se podía ver el agua pasando por debajo de la construcción. Las paredes hacían que el bramido del agua retumbase contra las piedras. Parecía el gruñido de un gigante enfadado.

—No, no es un sitio para refugiarse... ¡Menuda humedad!

No pude contestar. Imaginaba al molinero colgado de la cúpula, con esa mansa resignación que tienen siempre los ahorcados. Al regresar al exterior llevábamos el pelo como si hubiésemos salido de una sauna.

—¿Piensas en Álvaro? —preguntó Fernanda, aun sabiendo la respuesta.

—Afirmativo. Él eligió un lugar donde había muerto un ahorcado... ¿y un par de meses más tarde su novia aparece muerta de la misma forma? Dijo lo de las truchas en un río que no tiene truchas... Todo lo señala.

—Es lo suficientemente inteligente para haber estado jugando con nosotros —sugirió Fernanda.

—Y es indetectable. No usa móvil... No deja datos con los que rastrearlo.

—Y un coquito informático con suficientes conocimientos de química para fabricar GHB a toneladas.

—Tiene motivo, tiene medios, tuvo oportunidad...

—¿Lo tenemos?

Asentí con un gesto silencioso.

Me costaba creerlo, pero a veces es imposible luchar contra las evidencias. Todo apuntaba a aquel flacucho gafotas con cara de buena persona y mirada positiva.

56

Comisaría central de Estela

El jefe lee en voz alta el informe que le acaba de entregar Germán:

—«... El detenido ha mentido e incurrido en contradicciones e imprecisiones graves en sus declaraciones. Por todo ello, este equipo de investigación tiene la convicción de que Álvaro Ponte Freire está implicado tanto en la desaparición como en la muerte de Vanesa Álvarez del Río...». ¡Joder! Por fin una buena noticia. —Cruza una mirada con el comandante.

—Ya te dije que Edén resolvería este caso.

—Déjame, tengo que hacer una llamada.

Germán sale del despacho.

—Señor ministro, tenemos pruebas de que Álvaro Ponte es el responsable de la muerte de Vanesa Álvarez del Río... Sí, y de la chica sin identificar también —se vio obligado a añadir ante la insistencia del político—. Todavía no tenemos pruebas de cargo, pero todo se andará... Gracias..., muchas gracias, ministro.

57

Nacho

Una niña de diez años levanta la mano en medio de la clase. La profesora le da la palabra.

—¿Qué significa «puta»?

La maestra se sonroja y tarda en reaccionar.

—Esa es una palabra fea. No se debe pronunciar en clase.

—Lo leí en internet. Decía que detuvieron a un chico por grabar «puta» en la frente a su novia.

—Pero ¿cómo pudiste leer eso?

—Mis padres me dejaron la tablet. Jugué un rato y luego leí las noticias.

—Quizá no deberías leer esas cosas sola —censura la profesora.

Termina la clase. Coge su bolso y sale a toda prisa. Tiene una cita con su hermano. Le cuesta avanzar con fluidez. Las aceras están atiborradas de gente que ha salido a la calle a ver el séquito de invitados de los Premios Condado. Hay medios de comunicación de todo el mundo. Los invitados van elegantes, pero sin la alegría de otros años. Las pocas sonrisas que se ven parecen forzadas.

Nacho espera en la cafetería Caramelo. Sus ojos no se despegan de la pantalla de su tablet. Relee el borrador del contrato que, si llegara a atreverse algún día, querría proponer a su jefe. Lo deja. Los asuntos económicos lo desbordan. No son para él.

Observa las fotos de Álvaro en su móvil. Las mira con una mezcla de incredulidad y melancolía. «Se da un aire a Stephen Hawking de joven», se dice. Su amplia sonrisa, los labios gruesos, el pelo despeinado sobre sus gafas de pasta negra. Su gesto le resulta tan inocente que le parece imposible que fuese capaz de cometer aquellos crímenes.

La profesora entra en la cafetería.

—¡Hermanito!

Nacho se levanta y ella le da un par de besos.

—Qué raro que no estés entre los invitados.

—Me han dejado de lado. Creo que por dar las noticias sobre los crímenes del tatuaje.

—¡Capullos! Has hecho un trabajo magnifico. Toda la ciudad habla de eso y todos saben que tú eres el que más información ha dado sobre el caso.

—Te quería pedir un favor... Haz fotos del acto. Sé que está prohibido. Pero como no puedo entrar, tú serás mis ojos. Para preparar la crónica de mañana.

La hermana acepta. Termina su café y se dirige apresurada hacia la cola de entrada al acto lanzándole un beso de despedida.

Nacho se queda sentado con las palmas de las manos apoyadas en la mesa. Empieza a sentir algo parecido al abatimiento. La detención de Álvaro supone poner punto final al tímido intento de remontada que había protagonizado su carrera. Ver que las puertas del paraíso periodístico volvían a echar el cerrojo en su cara. «Y ahora ni me invitan a los Premios Condado...». No puede aceptar que acabe. Sus manos se cierran atrapando bruscamente el mantel, derribando el vaso de agua y la taza de café. El gesto sorprende a los de la mesa de al lado, que miran sin comprender nada. Él sí. Él sabe que está intentando asirse a un futuro que se le escapa. Tenía que asumirlo. «Se acabó. Vuelves a la industria del entretenimiento».

Se cala la visera y se pone las gafas de sol antes de salir a la calle. Las aceras siguen estando atestadas de gente. Se dirige al estudio. Va a grabar una entrevista con la mujer del momento, Edén González. Al menos ha conseguido ser el primero en entrevistarla. Será un buen punto final para ese tiempo en el que soñó que era periodista con mayúsculas.

Al llegar a la emisora se encuentra con Edén sentada en uno de los sillones de la sala de espera.

—Gracias por venir un día festivo —dice extendiendo su mano para saludarla.

—No podría hacerlo otro día, así que...

Entran en el estudio.

El técnico de sonido había dejado los *presets* para que la becaria a la que le tocaba pringar en festivo no tuviese que hacer nada más que encender el equipo. Se colocan los auriculares. Se miran a la cara. Antes de empezar la entrevista, Edén le hace una confesión.

—¿Sabes por qué estoy aquí?

Nacho niega expectante.

—En el fondo, se podría decir que acepté el caso por tu culpa. Tu amarillismo. Tus dudas sobre nuestro trabajo. Cuando empezaste a decir: «... Porque yo tengo miedo. Por mí, por mi familia, mis amigas...». ¡Por favor! Te estabas luciendo a costa de hacer una gran putada a la policía.

Nacho espera, sin moverse, a que la tormenta escampe.

—Digamos que me pareciste un trepa capaz de todo. Pero lo cierto es que sin tus palabras posiblemente yo no habría llevado el caso.

—O sea, que, en el fondo, ha sido gracias a mí. —Nacho no deja escapar la oportunidad de apuntarse el tanto—. A veces nuestro trabajo nos granjea alguna que otra enemistad. ¡Pero tenemos que hacerlo!

—¿No te referirás a la sección de humor? —le pregunta Edén con sorna.

—¿Le importa si empezamos la entrevista?

—No, claro que no. A eso he venido.

Nacho hace una introducción que Edén no esperaba.

—Pocas veces uno puede estar ante una profesional que destila tanto talento y capacidad como Edén González, la policía que logró descubrir al asesino de los tatuajes.

—Bueno — interrumpe—, ha sido un trabajo en equipo. Fernanda, Martín, Lara, Manuel, Margarita...

Ahora es Nacho el que interrumpe.

—Usted tiene un historial con algunos conflictos...

«¿Vas a ir por ahí? ¿Primero me halagas y luego intentas sacar mi mierda?», le dice con la mirada al periodista.

—... pero es probable que esto sea lo más destacado de su carrera.

—Sin duda lo es. Un éxito del equipo, insisto, que tengo el honor de coordinar. Hemos trabajado bien y rápido para cerrar este capítulo de la historia negra de Estela.

—Y de España —añade Nacho—. ¿La paran por la calle?

—No.

—Pues prepárese. Lo harán. Esta ciudad no está acostumbrada a tener héroes tan llamativos como usted.

—No exageremos. Solo hacemos nuestro trabajo.

—¿No ha dudado ni un momento?

—¿A qué se refiere?

—A si no ha dudado que fuese inocente.

—Eso lo decidirá un juez. Nosotros hemos hecho nuestra labor, que es encontrar pruebas para demostrar su culpabilidad.

La entrevista se prolonga durante unos minutos más. Edén va sintiéndose más y más incómoda. Ese intento de presentarla como una heroína... No está acostumbrada al éxito ni a los halagos, y mucho menos a ser protagonista.

Y ese Nacho cada vez le gusta menos.

58

Uxía

Ha pasado media hora desde que cruzó la puerta de la comisaría. La recibieron con el mismo entusiasmo con el que se suelen recibir a todas las personas que acuden a realizar una denuncia: ninguno. Va vestida con una blusa beis y unos pantalones pitillo de idéntico tono con un jersey color tabaco de tres o cuatro tallas más grandes que la suya. Es una conocida influencer del mundo de la moda. Se muestra inquieta y preocupada.

La cara del funcionario solo cambió cuando la chica dijo que podría ser algo relacionado con el caso de los tatuajes. Entonces sí. Entonces se le abren las puertas del cielo, y en tres minutos dos miembros de la Policía Judicial están de pie frente a ella. Se trata de Lara y Manuel, dos guardias jóvenes que se mantenían en bandos opuestos. Lara está con Camilo; Manuel, con Edén.

Nada más entrar en la sala de reuniones se les une Martín, que hace valer su rango de cabo primera y toma el mando de la conversación. A Uxía le cuesta concentrarse. No para de mirar a través de los cristales de la sala. Acaban de entrar dos guardias con una mujer semidesnuda y esposada. Sangra por la nariz y grita cagándose en todo el santoral. No puede dejar de mirar su hemorragia. La impresiona.

—Yo... Bueno..., en realidad vengo porque mi abuela me lo recomendó. Es Dona Albeite, ¿saben quién es?

—*A Bruxa?* —pregunta Lara.

Se refiere a una anciana que se gana la vida como curandera y que en la ciudad es toda una institución. Tiene una estampa que podría ser la de cualquier abuela de Galicia, siempre ataviada con un mandil que hace irrelevante la ropa que lleve debajo. Lo único que la distingue de las demás viejas del lugar es su larga melena blanca y sus manos, que parecen tener cincuenta años menos que el resto de su anatomía. Por ellas han pasado cientos de deportistas y ciudadanos de Estela que siguen sus consejos y propagan sus éxitos con la misma devoción que los curados por los milagros de la Virgen de Lourdes. Nunca ha puesto precio a su trabajo. Al acabar se limita a decir: «La voluntad».

—Sí..., bueno..., me insistió en que debía contarles lo que me pasó.

—¿Y qué te pasó? —preguntó Martín.

—Habíamos estado tomando copas en uno de los bares de la playa. —Uxía se tira del jersey compulsivamente mientras habla—. Al cerrar los bares nos fuimos para casa. Decidí irme andando. Por el paseo Marítimo. Al pasar por la zona más deshabitada oí un ruido. Me di la vuelta y aquellos ojos se abalanzaron sobre mí.

—¿Qué pasa con aquellos ojos? —pregunta Martín.

—Eran muy extraños. No tenían vida... Le dije a mi abuela... que me parecía... —Se detiene.

Lara la anima a seguir hablando.

—¿Qué te parecía?

—La cara del demonio.

Manuel repara en el labio inferior de la chica, que tiembla atemorizado.

—¿Por qué te parecía el demonio?

—Empecé a ver todo borroso. Pero pude distinguir su piel. Era roja y brillante. No recuerdo nada más. Tan solo que desperté tiritando. Estaba tirada en la calle y dos chicas con ropa de deporte intentaban reanimarme.

—¿Era alguien con la cara roja y brillante? —pregunta Martín.

—Alguien o algo —matiza Uxía—. No recuerdo nada más. Solo aquella imagen del rostro rojo en la oscuridad y luego aquellas dos chicas que me daban palmadas en la cara.

—¿Y por qué lo relacionas con el caso de los tatuajes?

—Mi abuela. Ella lo piensa.

Martín hace una pausa. Es suficientemente atractivo para que parezca que siempre que hace algo lo hace para presumir.

—¿Por qué has tardado tanto en denunciarlo? —pregunta Lara.

—Yo... Es que... no sé si decirlo... Imaginé que pensarían que estoy chiflada.

—Tranquila. Puedes confiar en nosotros. No te juzgaremos.

Martín coge del brazo a Lara y la lleva afuera de la sala. Echa una mirada a Manuel para que siga él con el resto del procedimiento.

—Que le hagan las pruebas para ver si está drogada —ordena Martín.

—A mí no me lo parece —intercede Lara.

—Pirada o drogada. Nadie va por ahí hablando del demonio sin que le dé un ataque de risa.

Uxía sigue dando datos a Manuel, que no puede dejar de mirar su rostro. «Es guapísima incluso estando nerviosa», piensa. Más que tomarle los datos de una denuncia, parece un fan que escribe el primer capítulo de las memorias de la chica.

59

Nacho

Gesticula con teatralidad. Habla de pie, a través de un micrófono inalámbrico que se ha hecho instalar en la solapa de la americana. Parece decidido a superarse, a sacar el máximo partido a su nuevo golpe de suerte que ha hecho que el caso de los tatuajes reviva.

Ricardo «Pelaso» Delgado lo había llamado. Más lacónico que nunca, le anunció en voz baja: «Nueva denuncia. Se llama Uxía. Es la nieta de Dona Albeite, *a Bruxa*». Y cuando Nacho creyó tener una gran noticia entre sus manos, Pelaso le dio un dato que la hizo aún mejor: «La chica está convencida de que era el demonio».

—Tengo que compartir con vosotros una noticia que, francamente, no sé cómo interpretar. La policía ha recibido una denuncia de Uxía Albeite, la nieta de *a Bruxa*, la popular Dona Albeite. La chica es una celebridad en la ciudad, famosa por su belleza y por ser una verdadera influencer del mundo de la moda, con más de medio millón de seguidores en las redes sociales...

«Otra influencer —piensa mientras habla—. Los chicos guapos de Estela no parecen estar pasando una buena racha».

—... La joven afirma que fue el propio demonio quien la intentó raptar el otro día. Que pudo ver su cara y su rostro. Difícil de aceptar, lo sé... Yo tan solo comparto con la audiencia la información que recibimos. Uxía asegura que su abuela, Dona Albeite, cree que ese... llamémosle «ser» es también el responsable de los tatuajes y las muertes de las otras dos chicas.

60

Edén

Habíamos salido de la comisaría sin rumbo fijo. Decidimos adentrarnos por la zona de copas de Estela y mezclarnos con los grupos de jóvenes valientes que se divertían, desafiando el miedo oficial. Ese murmullo lleno de vitalidad nos trajo recuerdos.

—Hace poco éramos nosotras las estudiantes que estábamos de *juernes* —dijo Fernanda—. ¿Tomamos una copa?

—Todavía estamos de servicio.

—Hasta dentro de media hora.

—Paseemos hasta las doce. Luego tomaremos esa copa. Pero en ningún sitio donde la edad media sea inferior a treinta años.

Mientras caminábamos notamos que no nos mezclábamos con aquellos chicos. Era como si estuviésemos en capas distintas, como si cada uno tuviese su propia dimensión.

A las doce en punto entramos en un clásico: el Cherokee.

—Dos tequilas —solicitó Fernanda.

—¿Ni siquiera preguntas?

—No, porque eres capaz de pedirte una tónica.

El camarero se acercó con una botella, dos vasos bajos, un plato lleno de rodajas de limón y un bote de sal.

—Vaya, ¡cuánto limón! —se sorprendió Fernanda—. Mejor deja la botella. Para no desperdiciarlo.

El camarero sonrió y dejó todo menos la bandeja.

—Te veo las intenciones.

—Hace tiempo que no nos damos un homenaje. ¿Sigues saliendo con tíos?

—¿Y tú con tías?

—Yo sí, ¿algún problema?

—¡Por supuesto que no! Yo... Bueno, desde que lo dejé con mi ex... no se puede decir que haya salido con nadie en serio... Solo una noche con un chico que conocí en la residencia de ancianos.

Ojos abiertos. Boca abierta. El gesto de Fernanda merecía una aclaración.

—Era el hijo de una residente. Hablamos. Tomamos unas copas.

—¿Y...? ¿Sexo?

—No estuvo mal. Pero no da para más.

—¿«No estuvo mal»? ¿Eso es todo lo que me cuentas de tu primera cita después de la catástrofe? Irías depilada...

—¿No puedes hablar nunca en serio?

Cuando terminamos de morder el cuarto gajo de limón, Fernanda me preguntó:

—¿Era guapo?

No contesté, aunque pensaba que sí lo era. Ella apuró un nuevo trago y sus ojos empezaron a mirar al pasado.

—Aquella noche...

—Aquella noche pasó —contesté dando por cerrado el asunto.

—Es una pena que te gusten los tíos.

—Créeme, la mayor parte de las veces, ni los tíos. A ti te quiero. Pero como una hermana.

—Brindemos por los tíos guapos y las tías guapas —propuso Fernanda—. ¡Y que se mueran los feos!

No pude levantar mi copa. En ese momento lo vi todo claro.

—¿Qué te pasa? ¿Por qué no brindas?

—Tíos guapos y tías guapas —dije mientras Fernanda me esperaba con su chupito en lo alto—. Hay un patrón. Nuestro asesino elige jóvenes guapos no porque los desea...

Fernanda fue bajando el brazo a medida que su interés crecía.

—... sino porque los odia. Tiene algún complejo que hace que odie a los jóvenes guapos.

61

Fernanda

«Demasiados tatuajes en mi vida», pensó mientras analizaba los *tā moko* maoríes que habían descubierto en los cuerpos de las víctimas. Quería cerciorarse por sí misma de que en realidad aquellos símbolos que apuntaban a su amigo Tangata fuesen de origen maorí.

Usó las fotos del informe y activó la búsqueda por imágenes de Google Lens. La realidad se iba haciendo cada vez más grande hasta que tuvo aspecto de un oso grandullón de origen polinesio lleno de tatuajes.

Vanesa tenía en su piel todo un muestrario *tā moko*: varios tipos de tortugas, puntas de flecha, dientes de tiburón...

Manu Dans un *pakati*, el símbolo guerrero.

Uxía tenía una mantarraya en el cuello, que representaba la libertad maorí.

Recordaba las palabras de Edén: «Complejos, algún problema físico...». Aquella obesidad extrema de Tangata... Tendría que pasarse por Ootatoo. Debía comprobar hasta qué punto irritaba a su amigo Tangata lo de la apropiación cultural de los símbolos de su pueblo. Y de paso conocer más sobre sus relaciones sentimentales.

—Fredo está en el Paraíso, con Arturas —le informa Laura mascando chicle con la boca abierta y sin dejar de ensortijarse su melena pelirroja—, hoy no había citas. La gente no quiere tatuajes. Nos vamos a arruinar —dice con una sonrisa, sin perder ese aire naíf que convierte todo en divertido y bueno.

Fernanda se asoma al estudio. No ve a nadie.

—Iré hasta el bar —comunica a Laura al salir.

Arturas está atendiendo a dos clientes. Al ver a Fernanda, le hace señas con la mirada confirmando que Fredo estaba donde siempre. Nota que entra en el bar de una forma distinta a la de otras veces.

—Hola, Fredo.

—Cariño, ¿qué haces por aquí?

—Quería hablar contigo.

—Arturas, pon tu mejor vino a mi clienta más especial.

—No, gracias. No tomaré nada.

Fredo percibe tensión en su gesto.

—¿Qué tal va esa investigación? —pregunta—. Se dice por ahí que estáis estancados.

Fernanda se pica. No le gusta que desprecien su trabajo.

—Avanzamos.

—Eso es bueno. ¡Siempre *palante*!

Los ánimos del tatuador la molestan aún más.

—Sabemos que va a por un tipo de gente.

—¿Un tipo de gente?

—Jóvenes guapos.

—¡Caramba! Como en los sacrificios de las misas negras...

Hoy las palabras de Fredo no le hacen gracia.

—Quería hablar de Tangata.

—¿De Tangata? ¿Y me lo dices con esa cara? ¿Qué pasa? ¿Qué te preocupa?

—Tú nos hablaste de su incomodidad con la apropiación cultural de los símbolos maoríes.

—¿No estarás pensando en él como...?

—Todos somos sospechosos excepto las víctimas.

—Pero ¡si es un pedazo de pan!

—Todos los cadáveres tenían algún símbolo *tā moko*.

—¿Y quién no los lleva? Yo mismo debo de llevar media docena. A lo mejor hay algo en tu culo con esa inspiración.

Fernanda se saca una pequeña agenda de la mochila y pregunta por la coartada de Tangata los días en los que el asesino había actuado.

—Ya os dije que últimamente salía a conocer la ciudad de noche. Yo no lo controlo. Pero eso no significa...

—Vamos a interrogarlo.

—Por favor, no lo detengáis. Le haríais daño. Hablad con él en Ootatoo. Hazlo por mí.

—Una última pregunta... ¿Desde que vive en Ootatoo ha tenido pareja alguna vez?

El silencio de Fredo es suficiente respuesta.

62

Edén

Había un after cerca del que llamábamos barrio de los Pescadores al que acudía cuando me sentía sola y desconcertada. Cuando mi yin no entendía a mi yang. O al revés. Nunca supe muy bien a qué aludía cada una de las dos partes. Mi loquera los llamaba «los conflictos con mi sombra». «Todos tenemos un lado oscuro —me decía intentando consolarme—, y asumirlo es el primer paso para encontrar la paz».

Yo no lo había conseguido. Ni asumirlo ni encontrar la dichosa paz. Por eso acudía a mi sitio secreto. A un bar cuyo nombre era, en sí mismo, una invitación a sentarte en uno de sus taburetes sucios y lamerte tus heridas: La Santa Pena.

El local no medía más de cien metros cuadrados con una barra al fondo y diez mesitas bajas con pequeños taburetes. Era un sitio oscuro, sucio, apestaba a humo (todavía dejaban fumar en él), y el camarero era desagradable e ineficiente. ¿Por qué íbamos allí? Nadie lo sabrá jamás.

Yo no era la única alma solitaria que se congregaba en ese bar esa noche. Compartía noche con un par de tíos sentados, cada cual por su lado, en sendos taburetes junto a la barra que no pararon ni un momento de empinar el codo.

«No hay nada más triste que beber solo —pensé—. Ni nada más honesto», me vi obligada a añadir de inmediato.

Aparte de nosotros tres, todavía no había demasiada gente. Dos grupos de media docena de personas ocupaban las dos esquinas del bar. Uno parecía un congreso de punkies del siglo pasado en los que predominaban las voces rasgadas, las tripitas y la falta de alguna pieza dental. Los del otro grupo tenían un aire intelectual, con ese aspecto de estar siempre en un funeral, con sus caras pesimistas, apesadumbradas por el destino del mundo.

Pedí una botella de tequila. No es que pensase bebérmela toda. Era por comodidad. El sitio solía llenarse y era imposible acercarse a la barra. Además, si lo intentabas perdías tu preciada mesa, con lo que parte de la gracia se evaporaba. Me gustaba sentarme en ese rincón, el mío, el que buscaba como si fuese una niña eligiendo caballito en el tiovivo. Desde él podía contemplar todas las escenas y especular con la vida de cada una de las personas que poblaban el local. Mientras bebía. La Santa Pena...

Recordé por qué estaba allí. Alguien humillaba y mataba a sus víctimas porque eran guapos. Y lejos de verlo como algo incompresible, mi mente había generado una especie de vaga justificación, cierto pH favorable a ese tipo comportamiento.

Odiaba a los guapos. «Sí, pero ¿quién no los odia?».

En el fondo, todos los que no lo somos sentimos que hemos sido engañados, traicionados, olvidados por alguien o algo que decidió dejarnos de lado en el reparto de virtudes estéticas. «No, no tiene importancia», te suelen decir. Pero nadie se lo cree. ¿Cómo no va a tener importancia ser deseado o no serlo? ¿Cómo no va a tener importancia que se te abran las puertas o que se te cierren? Había algo mal diseñado en la propia naturaleza que premiaba a los ejemplares mejor dotados en detrimento de los demás. Era cruel. Pero eso no justificaba matar...

Ojeé las cuentas de Instagram de las víctimas. Me sobrecogió que nadie hubiese borrado las de Manu. Se lo veía lleno de vida, sonriente, apretando su puño para marcar bíceps. No pude dejar de recordar su cabeza aplastada contra la acera vaciando toda su sangre.

Uxía seguía subiendo posts como si nada hubiese pasado. Sus modelitos, sus risas, su vida súper... ¿Olvidaba que aquello era la selva? ¿Que las gacelas no presumían de pelaje y buenas grupas porque sabían que, en algún lugar, había un león observando dispuesto a llevárselas por delante?

«¿Qué clase de idiotez ha germinado en la sociedad para exhibirse sin ningún tipo de temor?».

Mi padre me lo había enseñado bien: si das a otros la oportunidad de hacerte daño, te lo harán.

La casa Valeira era un lugar mítico en Estela. Solemne, erguida con aspecto de poder seguir en pie eternamente, aquella vivienda aislada se había ganado, por mérito propio, ser «el lugar donde empezó todo».

Por regla general, resulta casi imposible saber cuál fue el primer lugar habitado de una ciudad, cuál fue la primera vivienda que dio pie a que el resto la acompañasen. Pero en Estela todos creíamos que se trataba de la casa Valeira, una pequeña construcción que asomaba, amenazando las leyes de la gravedad, desde el punto más alto de nuestra costa. Era un lugar donde nadie en su sano juicio habría edificado jamás, al menos nadie que tuviese en cuenta leyes impuestas por la naturaleza. Decían que se había levantado sobre otra más antigua, y esta a su vez sobre otra, hasta remontarse a los albores del inicio de la población. ¿Era cierto? En las ciudades nadie aspira a la verdad. Basta con la verosimilitud. Y por si el origen de la casa fuese poco, la persona que habitaba en ella completaba la leyenda.

Allí estábamos, llamando al timbre de aquella puerta mítica, esperando ser recibidos por a Bruxa. La puerta comenzó a moverse con tal lentitud que parecía estar abriéndose sola.

—Venimos a hablar de la denuncia de su nieta —dijimos a la anciana, que nos invitó a pasar.

La casa tenía dos plantas de pequeña dimensión. En la de abajo tan solo había una cocina y un salón con las paredes llenas de viejas fotografías.

—¿Qué quieren? —preguntó con parquedad *a Bruxa* mientras regresaba a su silla.

—Que nos cuente algunas cosas.

Le hablé como lo hacía con los ancianos de la residencia de mi padre, en voz muy alta y con un ligero tono condescendiente e infantil. No le gustó. Me lanzó una mirada serena con sus ojos gris claro invitándome a cambiar de inmediato la forma de dirigirme a ella. Así lo hice y fui al grano:

—¿Por qué relaciona el intento de secuestro de su nieta con los crímenes de los tatuajes?

Dona se levantó y se dirigió hacia una fotografía desgastada en la que el blanco y el negro ya no eran más que una sucesión de tonos violáceos. Mostraban un rostro inexpresivo que parecía ser el de la propia *a Bruxa* cuando tenía veinte años. Al rededor del marco había enganchado naipes del tarot. Cogió una bandeja y puso en ella una botella de licor café con tres vasos de chupito.

—Me lo ha dicho la conexión lejana.

—¿Podría explicarse un poco más? —solicité.

—En ocasiones, cuando hay luna llena siento lo que llamo «la conexión lejana». En ese momento atiendo casos ocasionados por los malos espíritus: aojamientos, hechizos de infortunio, mal de la envidia... El día que vino mi nieta era uno de esos días. Y vi en su rostro el tatuaje que pretendían hacerle.

—¿Qué ponía? —pregunté.

—Perra.

Fernanda, impresionada, no paraba de mirar las cartas del tarot que la anciana había fijado en el marco de la foto. Dona se percató y decidió levantarse, acercándose a los naipes dispuesta a explicar el motivo por el que estaban allí:

—Este es el Sol. Una cara en el fuego. Lo puse cuando supe de la aparición de la chica quemada y tatuada, una cara entre el fuego...

La analogía parecía evidente.

—Este es el Arcano XVI..., la Torre. La puse cuando apareció el chico muerto frente a su edificio.

No había duda de que existía una similitud entre las dos situaciones. La carta representaba a una persona cayendo desde una torre.

—Este es el Colgado. Lo añadí cuando apareció la joven ahorcada...

Fernanda cada vez estaba más sugestionada.

—¿Y esa otra? —pregunté al tiempo que miraba hacia un naipe apoyado fuera del marco.

—¿El Ermitaño? Soy yo, buscando el significado de todo esto. Sentí la necesidad de leer las cartas al destino.

—¿Y ese esqueleto? —preguntó Fernanda señalando una carta que todavía estaba apoyada en la mesa—. ¿Va a pasar algo malo?

—¿Lo dices por la carta de la Muerte? Que no te impresione. La muerte no debe ser temida. Representa el cambio, el fin de un ciclo y el surgimiento de otro.

—Y según usted, ¿qué significa? —dije para seguir participando de aquella charada.

La vieja se sentó junto a Fernanda y la cogió de la mano.

—Cambio, cambio, cambio... Una vida siendo paciente ante las adversidades se marchará..., y en la oscuridad hay alguien que se iba y no se ha podido marchar.

—No he entendido nada —masculló con sequedad.

—Que hay alguien sufriendo que pronto morirá —dijo *a Bruxa* haciendo un esfuerzo por explicarse mejor—. Y se le unirá otra persona que viene de entre los muertos desencadenando el caos en la cuidad.

Hablaba con tal sosiego y seguridad que era difícil sustraerse de aquella atmósfera sobrenatural.

—¿Realmente ve todo eso? —pregunté incrédula.

—De momento sí.

—¿De momento?

—*Filliñas*, los tatuajes no han acabado.

63

Secuestrado

A veces siente arrebatos de furia y lanza puñetazos al suelo con toda su fuerza.

«¿Resignación? La resignación es de débiles».

Golpea con ira hasta que siente que sus manos se inflaman y el dolor se hace insoportable.

Se resigna.

Se vuelve a tumbar entre la mierda. Inspira profundamente, soportando el olor repugnante. Se ríe. Acumulada a su alrededor le parece una metáfora de la vida. Se vuelve a reír. Ahora a carcajadas. No le importa que lo oigan. Está harto.

64

Edén

Al entrar en el barrio Chino los habitantes de la noche se iban apartando de nosotras como el agua de la proa de un barco. Desaparecían creando una cortina de burbujas blindadas a nuestro alrededor.

—Tienes pinta de policía —dijo Fernanda—. Cuando vengo sola esto no me pasa.

Caminábamos en silencio. Todavía llevábamos el regusto alucinante que nos había dejado la conversación con Dona Albeite.

—¿De verdad crees en esas cosas de la brujería y el tarot? —le pregunté.

—Creer no creo. Pero *habelas hainas...* —me contestó recordándome un conocido dicho de nuestra tierra.

Llegamos al estudio de tatuaje. Fernanda no dejaba de observarme en todo momento. Parecía dudar de mi capacidad para desenvolverme con naturalidad en un entorno tan extravagante como el de Ootatoo, como si esperase que sacase mi arma y mi placa y me pusiera a detener a diestro y siniestro. Al entrar en el local su pregunta no se hizo esperar:

—¿Qué te parece?

—Singular —respondí, escueta, aunque he de reconocer que me sorprendió la acumulación de calaveras.

—Vaya, no se ve a Laura. Parece que lo suyo con ese chico va en serio —dijo Fernanda al comprobar que la recepcionista no estaba.

No entendí a qué se refería, pero no perdí tiempo en averiguarlo.

Me fijé en Tangata. Era enorme. Parecía sacado de una película de aventuras. Todo su cuerpo, incluida su cara, estaba tatuado. Permanecía sentado en un taburete junto a una camilla, con los dedos entrelazados y el gesto aburrido.

Fredo acudió a recibirnos.

—Bienvenidas a Ootatoo —dijo.

—Bonito nombre —aplaudí.

—Tiene un poco de todo lo que me gusta. Es un palíndromo, por lo que se lee igual al derecho que al revés, y por lo tanto, ¡me da suerte!

—¿En serio? —pregunté sorprendida.

Asintió satisfecho.

—Además, está en *galego* para homenajear a mi tierra —continuó— y dice *tattoo*, mi modo de vida.

—A eso lo llamo yo pensar bien una marca —añadió Fernanda, que todavía no había sido capaz de despojarse de su nerviosismo.

—¿Cómo va la investigación?

—Bien —mentí con contundencia.

—Como veis, no hay clientes. Con todo esto de los crímenes la gente se corta mucho de moverse por la noche. Y no quiere tatuajes. Nos está haciendo polvo. Pero es lo que hay. Sé que venís a hablar con Tangata, así que os dejo a solas con él. Me voy a El Paraíso, a tomar un vino con Arturas. Si necesitáis algo me llamáis.

Fue salir Fredo y acercarse Tangata.

—Por favor, sentaos. ¿Queréis una infusión? —nos ofreció.

Ambas la rechazamos. Decidí comenzar con una pregunta amistosa.

—Me han dicho que trabajas por las noches y que duermes aquí mismo, en el estudio.

—Así es. Detrás de aquella puerta.

—¿Duermes muchas horas?

El gigante puso una sonrisa pilla.

—Sí. Todas las que no trabajo. Me gusta dormir.

—¿No sales nada? —le pregunté.

—No. Nada. Desde hace meses.

Al escuchar aquello no pude dejar de mirar fugazmente a Fernanda. Esa información no coincidía con la que nos había dado Fredo. Mi compañera continuó la conversación:

—Así conocerás poco la ciudad —le dijo.

—Conozco a su gente. Muchos vienen aquí y hablan de sus mundos... Eso es más importante que ver unas cuantas calles. El cemento y el asfalto son iguales en todos los lugares.

Hablaba con el sosiego que tienen los sabios. Se sentó en el sofá removiendo su infusión y nos comentó:

—Me ha dicho Fredo que queréis que os ayude en vuestra investigación.

A pesar de su voz grave y su gran tamaño, vi algo frágil e infantil en sus gestos.

—Nos gustaría saber más de tatuajes. Eres de la tierra que los inventó... —Fernanda seguía dorando la píldora a su amigo.

—No sé si los inventamos. Pero desde luego que los hicimos una parte muy importante de nuestra cultura.

Era mi turno.

—¿Cómo llegaste a Estela?

—En barco.

Su respuesta fue tan escueta que me obligó a preguntarlo de otra forma.

—¿Por qué Estela?

—Un barco me llevó a otro. Y otro a otro. Al final, decidí bajar aquí. Y acerté. Hasta ahora era un buen lugar para vivir.

—¿Hasta ahora?

—Ahora hay cosas en la ciudad que no me gustan. *Kua tae mai te rewera pouri...*

Fernanda le hizo un gesto con los dedos y Tangata tradujo:

—El demonio oscuro ha llegado a la ciudad.

—Un día me dijiste que veías en la oscuridad —le recordó Fernanda—. ¿Es eso lo que eres capaz de ver? ¿Un demonio oscuro?

Tangata decidió sentarse en el sofá de la entrada. Yo hice lo mismo en el otro extremo mientras Fernanda se apoyó en los hierros retorcidos del mostrador.

—Nací en una pequeña isla del archipiélago de las Chatham..., en Nueva Zelanda. Mi padre era guarda forestal. Vivíamos en Waitangi, un pueblo que no llega a los mil habitantes. Un día pude ver que uno de nuestros vecinos tenía a su alrededor un halo oscuro.

Fernanda no podía dejar de mirarlo. Le fascinaban las cosas sobrenaturales, así que no me sorprendió. Pero yo sabía que el verdadero mal es de carne y hueso y a veces lleva ropa de colegiala.

—Se lo conté a mis padres —continuó el maorí—. No me prestaron atención. Al día siguiente, la mujer de aquel hombre apareció muerta. Yo trataba de explicarles que había sido él quien la había matado. Mi padre no quiso hacerme caso. Discutió con mi madre y nos abandonó. Decía que yo estaba endemoniado. Que yo era *waimarie kino*.

Fernanda volvió a pedirle con el mismo gesto que nos tradujese.

—Que daba mala suerte. Todo el pueblo nos dio la espalda y tuvimos que marcharnos a Wellington. A un barrio muy pobre y muy conflictivo. Allí, la visión en la oscuridad me hizo sufrir mucho. Veía mucha maldad a nuestro alrededor. Un día mi madre no regresó. Nadie supo qué había pasado. Yo me quedé solo. Me daba miedo aquel lugar. Me metí de polizón en un barco. Y de ese pasé a otro. Luego me contrataron. Hasta que llegué a Estela y vi que buscaban un tatuador para un estudio. Yo había aprendido con un *tohunga* en Waitangi. Conocí a Fredo y aquí estoy.

—¿Y por qué has dicho que el demonio oscuro ha venido a la ciudad? —pregunté.

—Los insultos en la cara. Las marcas. Las muertes.

Reconozco que la voz profunda de Tangata añadía un dramatismo especial a lo que estaba contando.

—La sociedad tiene el alma sucia. Todos estamos conectados al halo oscuro que exige sacrificios. Todos hemos pronunciado palabras malditas para robar a alguien la aventura de mejorar, la posibilidad de olvidar o de redimirse, para juzgarlo, sin importarnos su sufrimiento ni su dolor...

Me sorprendieron sus palabras. Tanto por su locuacidad y las verdades que encerraban, como por el dominio del idioma. «Debe de ser un tío leído», pensé, deseando que no parase de hablar. Cada vez que callaba, el silencio se hacía insoportable.

—Así somos los humanos. Siempre encontraremos víctimas propiciatorias que nos permitan seguir avanzando, aunque sea subiendo sobre los demás, pisando cráneos que estallan mientras nos abrimos paso...

El gigante permanecía con la mirada perdida en el infinito como si estuviese yéndose a lugares lejanos en busca de inspiración. La escasa luz mostraba tan solo la piel sin tatuar de su rostro.

—Es importante que sepáis que hay algo ahí fuera destrozando vidas... y que puede hacerlo porque cuenta con nuestra ayuda..., que insulta porque damos valor al insulto...

Sus palabras calaban hondo en nuestro estado de ánimo. No íbamos preparadas para oír algo así.

—... que humilla porque queremos que humille..., que mata porque queremos que mate... Pero nunca nos lo agradecerá... porque quizá, tan solo quizá, la próxima víctima podamos ser cualquiera de nosotros.

Fernanda apenas era capaz de tragar saliva. Yo mantuve la mirada clavada en los gestos del maorí y traté de no sumergirme por completo en aquella atmósfera sobrenatural, pero, lo reconozco, sentí como si un aliento frío hubiese recorrido toda la estancia.

—El *tattoo* está siendo manejado por fuerzas oscuras —añadió Tangata— y no se creó para hacer el mal.

—Nos han contado que hay algunos diseños prohibidos

—dije intentado salir de aquel pozo—. Símbolos que significan cosas importantes en vuestra cultura y que los occidentales banalizamos...

—Sí. Ocurre. Esto es *tā moko* —explicó señalándose las formas geométricas que tenía tatuadas en la cara: tres bandas que le salían de cada uno de los nacimientos de las cejas y una especie de helecho en forma de anillo que le rodeaba la boca.

—¿Lo consideras un sacrilegio?

—Sí, lo es. Los no maoríes no deben usarlos. Los *tohunga* tenemos que saber lo que se puede y lo que no se puede tatuar a los europeos. Usar *tā moko*, así como así, es apropiación de nuestras raíces. No se debe comprar como si fuese un collar.

Su expresión no había cambiado. Seguía intentando ser amable y cálido, pero su tono de voz empezó a sonar seco y severo.

Fernanda le mostró unas fotos de Manu en su móvil.

—¿Es *tā moko*...? ¿Se dice así?

—No sé cómo fueron hechos. Ni si pidieron permiso a los dioses para trabajar en su sangre. La sangre es sagrada... Pero por el aspecto, sí, podrían ser motivos maoríes.

—Y a ti te parece mal... —insistió Fernanda.

—Sí.

—¿Cuánto de mal? —pregunté—. ¿Lo suficiente para hacer daño a quien lo lleva?

Mi pregunta sonó claramente a acusación.

—¿Yo? ¿Creen que yo...? No, no, no, no, no. Yo soy *moriori*. No violencia. Nunca violencia. Me fui de Nueva Zelanda para huir de la violencia. Lo dejé todo para huir de ella. Yo nunca haría daño a nadie.

Se puso de pie. Se golpeaba la frente con las palmas de las manos para después extender los brazos clamando al cielo.

—Tangata, son solo preguntas —le dijo Fernanda—. Tranquilo.

—Yo veo la oscuridad porque nunca haría nada violento. Nunca. La violencia es oscuridad y mal.

—El otro día te oí comentar que tenías miedo de ir al almacén. Que era algo así como *rewera pouri*.

—Fredo afirma que son supersticiones. Tiene razón. Son manías mías. No tienen importancia.

No sabía de lo que hablaban, pero por su gesto me di cuenta de que aquello era relevante.

—Entonces ¿subirías con nosotros ahora a ese almacén? —le propuse.

El maorí negó con su enorme cabeza.

—¿No te importa?

—No voy a subir. Tengo trabajo. Debo dejaros... ¿Me disculpáis?

Se dio la vuelta y apartó de una brazada la cortinilla metálica, que se bamboleó como si hubiese pasado por ella un tornado.

—¿Qué opinas? —me preguntó Fernanda nada más salir—. Porque yo no sé qué pensar. Este caso me supera.

—Es sospechoso, de eso no hay duda.

—Pero ¿no crees que en muchas cosas que dice tiene razón?

—Fernanda, si hubiésemos leído en un folio lo que ha dicho pensaríamos que es un fanático. Sin embargo, reconozco que hay algo en él que hace pensar que no es culpable.

—¿Y si realmente no fuese alguien y nos estamos enfrentado a algo?

—A ti te gusta creer en cosas sobrenaturales. A mí no.

65

Edén

Martín nos hacía gestos desde el principio del pasillo, señalándonos la sala de los corchos. Nos dimos por aludidas. Entramos y esperamos a que se sacase su portátil de la mochila y nos dijese a qué venía tanta prisa.

—Son las imágenes de la noche que trataron de raptar a Uxía. Las captó una cámara de seguridad de un banco.

Se podía identificar una furgoneta de un tono claro, quizá blanca. Llevaba un logotipo rotulado en el que se leía perfectamente PANADERÍA y con menos nitidez algo que podría ser la palabra SOMOS.

—¿Panadería Somos?

—Eso parece. Y, atención, no existe esa panadería en toda Galicia.

—¿Y si es un error producido al ampliar la imagen? —pregunté.

—Lo tuvimos en cuenta. Hemos consultado a todas las panaderías de Estela y alrededores. Ninguna de ellas reparte por esa zona y mucho menos a esas horas. Además, fijaos, lleva espray antirradar en la matrícula.

En efecto, la información de la placa del vehículo se veía difuminada.

—Un probable logotipo falso con una matrícula oculta cerca del lugar donde se perpetró la tentativa de secuestro...

Martín se estaba gustando.

—Estamos chequeado el parque de furgonetas blancas de la ciudad —continuó—. De momento no hemos encontrado nada sospechoso. Y esa noche ninguna empresa de alquiler de vehículos había alquilado una furgoneta de ese tamaño.

—El conductor parece joven. ¿Será nuestro hombre? —apuntó Fernanda.

—Es probable —dije sin poder apartar la mirada de la pantalla—. Y si lo es, Álvaro está encerrado pagando por algo que no ha hecho.

66

Edén

Burgas es un pequeño municipio cercano a Estela. Sus habitantes tienen fama de ser gente recia: no les molesta ir por la vida con cara de pocos amigos. Es una zona agrícola que aspira a vivir aislada de la ciudad. Tienen todo tipo de servicios, entre ellos, los funerarios: un tanatorio minúsculo, comparado con los de Estela, pero suficiente para ellos.

El tanatorio contaba con un almacén para los ataúdes que no superaba los doscientos metros cuadrados, una sala para acondicionar los cadáveres, un pequeño horno crematorio y unas modestas oficinas para reunirse con los familiares del fallecido.

Las dos salas de velatorio eran confortables, pero tenían un aire decadente y triste. La madera del suelo brillaba como la superficie de un lago profundo y oscuro. Los sillones y las sillas estaban dispuestos en dos hileras enfrentadas perpendiculares al féretro. La estancia estaba dividida por una luna de cristal, lo que permitía introducir el ataúd, las coronas y los ramos sin molestar a la familia del finado. Ofrecían todo tipo de servicios: crematorio, esquelas, flores... Solo tenía una limitación: a las doce de la noche cerraban y no volvían a abrir hasta las diez de la mañana. Para muchas familias, eso, en lugar de ser un problema, era algo positivo. En esos momentos tan delicados, si al dolor le sumas el agotamiento, el resultado puede llegar a ser insoportable.

Que parpadeasen luces azules contra su fachada no era habitual. Que por la puerta principal entrásemos cuatro policías, tampoco. Ni que la familia del muerto tuviese más miedo que dolor.

—La encontramos así, con eso en su cara —me dijo la hija de la difunta, y rompió a llorar.

Dos policías se acercaron al cristal. A duras penas podían ver unas manchas en el rostro de la anciana muerta. Solicitaron al encargado de la funeraria autorización para entrar en la zona del ataúd, y el hombre, ceremonioso, accedió y los acompañó al otro lado del cristal. Al entrar encendieron la luz y logramos ver por completo el rostro de la anciana. Era como una muñeca de cera dormida. Su piel era blanca. Su gesto, apacible. Parecía que unas letras de un rojo intenso se hubiesen posado en su frente formando la palabra INFIEL.

PALABRA CUARTA:
DISFRUTAR

Deja atrás tus límites. Abraza la aventura, corre hacia ella. Que nada te impida disfrutar de
la vida.

Un anuncio cualquiera
de un producto cualquiera

67

La ciudad

Las luces de las plazas brillan con menos intensidad, como si fueran conscientes de su inutilidad y hubiesen perdido su razón de ser. La ciudad entera parece una maqueta en una exposición de arquitectura. Sin nadie por la calle todo carece de sentido. ¿Quién querría hacer daño a una anciana muerta?

La empresa municipal de transporte había reducido la frecuencia de los autobuses debido al bajón de la demanda. Los negocios de cara al público empezaban a cerrar sus puertas al mediodía. Todos querían llegar a casa antes de que cayera la noche.

La imagen del cadáver de la anciana con su frente tatuada ha paralizado la ciudad. Al pánico se une la indignación. ¿Una gota que colma el vaso? La ira vence al miedo ante la futilidad de un crimen como aquel, en el que no había nada que ganar. Nada podía explicarlo. Era una anciana en su lecho de muerte que había tenido una vida inocente. Su piel también lo era. No tenía ninguna marca, ningún tatuaje, como los anteriores. ¿Por qué hacerle eso? Los que se resistían a pensar en algo sobrenatural solo acertaban a dar una respuesta a esa pregunta: depravación.

Una mujer empuja el carrito de su bebé hacia el interior de una cafetería. Va vestida con una blusa remangada que deja ver su antebrazo, completamente tatuado. El camarero apura el paso para interceptarla en la puerta.

—Lo siento, señora. No se admiten personas tatuadas.

—¿En serio?

—Son normas de la casa. Y, como puede ver —dice señalando un cartel adherido a la luna de la entrada—, está reservado el derecho de admisión.

La madre da media vuelta y el camarero regresa a sus dominios detrás de la barra. Pasa a la altura de una mesa donde tres clientes observaban con interés lo ocurrido. Lo detienen para hablar con él:

—Muy bien hecho.

En el tanatorio Deuteronomio, el más grande de Estela, dos electricistas colocan cámaras de seguridad en cada una de las salas. La gente hace turnos para no dejar solos a sus muertos en ningún momento. Un sacerdote camina por los pasillos acompañado de un monaguillo. Con un hisopo vierte agua bendita por todos los rincones.

Un operario de la empresa de limpieza Luz Azul habla en el pasillo con el director del centro. Lleva puesto un gorro de montaña que se le junta con las cejas haciendo que su mirada parezca siempre atenta, aunque se nota que está escuchando algo que ya ha oído varias veces en los últimos días.

—Hasta mañana no tendremos el producto —dice—. Es un decapante especial. Hay mucha demanda por la oleada de grafitis. Nosotros solemos utilizarlo, pero ahora mismo está agotado.

—Intenten, al menos, disimularlo —ruega el director de la funeraria.

En la entrada principal, junto a la puerta, un pentáculo invertido sorprende a los visitantes. Lo confunden con la estrella de David judía. Pocos saben que es un símbolo de satanismo y brujería antes de entrar. Pero enseguida los que ya están dentro les informan. El desconcierto se apodera de la sala. El dolor no es suficiente para mantener a raya la preocupación y el miedo.

Un profesor de Historia cruza la puerta de la comisaría de Landós. Se siente incómodo. Es la primera vez que tiene que hacer algo así. Él, que a sus sesenta años jamás ha tenido ni siguiera una multa de tráfico, se ve obligado acudir a la policía para presentar una denuncia.

Lleva unos minutos respondiendo a preguntas sobre sus datos y no parece que vayan a ayudarle. Empieza a desesperarse.

—Lo primero que tenemos que hacer es tramitar la denuncia —le comunica el funcionario.

El profesor abre su ordenador para explicar la situación. Muestra una foto de su cara que ocupa toda la pantalla. En su frente se puede leer una palabra tatuada: FASCISTA.

Al verla, el funcionario comprueba que en la frente del profesor no hay ni rastro del tatuaje.

—¿Se lo quitó?

—¡No! Es una foto trucada. Yo nunca he tenido ese tatuaje en la frente.

—Entonces ¿qué quiere denunciar?

—Mire los comentarios en Twitter. Son cientos.

El funcionario lee con atención: «Es un facha cabrón», «Se merece el tatuaje y más», «Ya decía yo», «Así deberían estar todos», «Ese ya no engaña a nadie».

—¿Milita usted en algún partido político?

—¿Eso es relevante?

—Para una futura investigación, sí.

—En este momento no. Y por supuesto que no soy un fascista. Soy un demócrata. El único partido en el que he militado en mi vida ha sido el Partido Comunista.

—Entonces ¿por qué cree que pudo ser?

—Tengo mis propias opiniones. A veces critico en clase el

comunismo. Quizá a algún alumno eso le parezca ser un facha, pero para mí es simplemente conocer bien la historia de lo que pasó...

El funcionario no es capaz de reprimir un bostezo.

—No pretenderá denunciarlos a todos —dice.

—Sí. A todos y cada uno de ellos. Por delito de odio. Al que trucó la foto. Y a todos los que lanzan sus improperios amparados por el anonimato.

—Es algo complejo. Son decenas...

—Como si son millones.

—Usted verá.

—¿Se da cuenta de lo que supone dejar impune algo tan grave? Que estamos legitimando los linchamientos. Y que quitamos importancia a lo que está pasando en esta ciudad. Marcar la frente en una foto no es tan grave como hacerlo en la realidad, de acuerdo, pero no es algo que deba quedar sin castigo.

La iglesia de los Jesuitas no alcanza a albergar a todos los feligreses que se han dado cita para la misa de doce. Junto a las dos puertas de la entrada se agolpan más de cien personas que no han podido entrar. El sacristán extiende un alargador de cable para alimentar los altavoces que acaba de instalar en el exterior. Ha sido una orden de última hora del sacerdote: quiere que nadie se quede sin su bendición.

—Son tiempos de tribulación. Nos persigue la adversidad de una forma que nunca habíamos conocido. Quien esté atentando contra nuestras vidas no respeta ni a jóvenes, ni ancianos, ni vivos ni muertos... Solo podemos encomendarnos a la fe y pedir por nosotros a nuestro Señor.

Mientras el sacerdote habla, la luz incide lateralmente en su cara, dejando parte de ella oculta, en la penumbra.

—¿Tiene la frente tatuada? —se pregunta uno de los asistentes al oficio.

—No sé, no veo bien. Pero parece que sí... Yo diría que tiene algo escrito en la cara —contesta su compañero.

Cuando llega la hora de la consagración el cura se mueve y la luz le ilumina por completo el rostro. Su piel está intacta.

En los muros del Ministerio de Defensa luce una cruz invertida grafiteada en negro. Tiene aspecto de estar recién hecha. El símbolo satánico contrasta con los centenares de crucifijos que asoman en las ventanas de los edificios de la ciudad. La gente los coloca junto a ajos y otros amuletos como escudos para alejar el mal. Ya no es algo que sucede solo en la calle. La amenaza de los tatuajes en la frente puede entrar en cualquier sitio. Atentar contra cualquiera.

68

La ciudad

Llega la noche a Estela.

La oscuridad tan solo muestra calles vacías y locales cerrados. Es un manto oscuro que se rompe al paso de un taxi solitario. Su conductor no es un héroe. O quizá sí. Quizá no haya nada más heroico que seguir trabajando en busca de una carrera que ayude a pagar las facturas, a pesar de sentir el mismo temor que los demás.

No hay nadie más.

La imagen del cadáver de la anciana sigue en la retina de todos. El silencio sepulcral de la noche suena a la desolación y la calma que precede a la tempestad.

El sonido de un motor acelerando lo invade todo. Pertenece a un coche blanco y viejo que circula a gran velocidad. Se salta el semáforo en rojo. Por lo que se ve, sus ocupantes no creen que deban respetarlo ya que no circulan vehículos. El grupo de jóvenes de su interior vocifera desde las ventanillas.

—¡Muerte a los tatuadores!

El coche acelera. Da una curva cerrada y las ruedas chirrían. Se mete por el barrio Chino en dirección prohibida. Tampoco hay policía. Cediendo al temor, la ciudad entera ha abierto sus puertas al delito.

Un brazo se extiende por la ventanilla trasera. Sostiene una botella llena de un líquido amarillento. De su gollete asoma un trozo de tela. Un mechero le prende fuego y, al instante, vuela por el aire. Se cuela por una pequeña ventana abierta. Pertenece al único local en el que parece haber gente. Estalla. El fuego no tarda en hacerse evidente. Las ruedas vuelven a chirriar. El coche desaparece. Las llamas dan luz y color a los resquicios de la puerta principal.

Dentro del local, un hombre enorme trata de luchar contra el fuego. Golpea las llamas con una toalla. Cada vez son más grandes. Las paredes empiezan a arder. El local es un infierno. El hombre se lleva las manos al cuello. Nota que algo le cierra la garganta. No puede respirar. El humo lo invade todo. El incendio es incontenible. El hombre cae al suelo y el fuego prende en su cabello. Los destellos de las llamas iluminan el cartel exterior en el que puede leerse: OOTATOO.

69

La ciudad

Nueve de la mañana. Un camión con las ruedas manchadas de barro se detiene en la céntrica plaza del Muelle, el lugar donde suelen estacionar los autobuses turísticos que visitan la ciudad.

El conductor baja con desgana.

Va vestido con un mono que fue totalmente azul hasta que las manchas empezaron a invadirlo para siempre. Se dirige hacia la parte trasera del vehículo.

Baja la puerta y al instante asoma la cabeza de un animal que olisquea. Es un cerdo. Cuando se anima a descender por la rampa lo siguen otros once ejemplares. Una vez que han desembarcado todos, el conductor vuelve a cerrar el portón y, antes de irse, da unas palmadas en la chapa para asustar a los marranos. Los animales salen por la plaza del Muelle y escapan corriendo por la avenida principal de la ciudad.

Es imposible dejar de mirarlos.

Los viandantes con los que se van cruzando los observan atónitos. No es frecuente ver una docena de cerdos moviéndose a toda prisa por el centro de la ciudad. Y menos con el cuerpo completamente tatuado. Su piel está plagada de mensajes como «No nos envíes al matadero», «El tatuaje es amor», «El tatuaje es cultura», «El tatuaje no es muerte». Figuras geométricas se alternan con las consignas, haciendo que el resultado estético sea muy llamativo.

Cejas fruncidas, ojos llenos de desconfianza, las miradas de la gente revelaban antipatía. Y no precisamente destinada a los cerdos.

Ese *happening* es el plan que los tatuadores de la ciudad han puesto en marcha para situar el foco en los últimos ataques que han recibido. En una reunión, en la que hubo más porros que sentido común, se optó por llamar la atención de aquella manera: «No nos envíes al matadero. El tatuaje es amor». Confiaban en conseguir visibilidad y solidaridad con su colectivo, y consiguieron todo lo contrario. La ciudad lo interpretó como una ofensa a las víctimas. Tampoco faltaron voces de colectivos animalistas intercediendo por los derechos de los cerdos.

Empieza a anochecer.

Los contenedores de basura están atiborrados. Gran parte de los restos que hay en ellos ha caído al suelo e invade la aceras. Las gaviotas se encargan de esparcirlos aún más mientras rebuscan entre ellos algo que comer. Los empleados de la empresa de recogida de residuos mantienen su huelga. Se niegan a trabajar por la noche.

En el campo que rodea el faro milenario de Estela, unas siluetas se recortan sobre la línea del horizonte. Son tres cabezas con las extremidades atadas a una estructura de madera. Parece una crucifixión. Un humo ligero enturbia la claridad del ocaso. Son tres cerdos que se cocinan al espeto. Ver sus cuerpos abiertos en canal y crucificados sobre las brasas parece más un ajusticiamiento que una inocente barbacoa. En su lomo todavía pueden verse los tatuajes con los que sorprendieron a la ciudad horas antes.

En la calle Hispanidad, en un octavo piso, la luz de la pantalla de una tablet ilumina la cara de María, una futura madre que disfruta junto a su marido de una película del detective Tyson Tabares. El grupo de WhatsApp de futuras madres del hospital Virgen María comienza a hervir.

Mientras su marido le acaricia el vientre con cariño, María abre los ojos como si el parto ya hubiese comenzado. El mensaje que acaba de recibir le ha cortado el aliento. No puede hablar. Piensa cómo estaría si le hubiese pasado a ella. Se aterroriza.

Mirad lo que me han enviado

María no parpadea. Amplía la foto para verla con más detalle. No lo puede creer.

Hoy se lo he contado a Nacho Fenoy

Al periodista?

Sí, claro.
Es el único que está dando importancia
a lo que pasa

En su pantalla se ve la foto de un hermoso bebé que acaba de nacer. No tiene más que unos segundos de vida. Todavía está sucio. Al parecer la hizo su padre, que esperaba su llegada al mundo con una cámara en la mano. Tan pronto salió del cuerpo materno pudo leer en su diminuta frente una palabra tatuada: BASTARDO.

PALABRA QUINTA:
VERDAD

La verdad es un espejo que al caer del cielo se hace pedazos. Cada uno de nosotros cogemos un trozo y cuando lo miramos pensamos que todo el espejo refleja lo que vemos.

YALAL UD-DIN RUMI

70

Mis recuerdos

A mi memoria siguen llegando aquellos días en los que nadie se preocupaba por nadie y cualquier acusación, por descabellada que fuese, podía tomarse en cuenta. Días en los que no solo se daba la espalda a los vecinos sino que se sospechaba de ellos deseándoles la muerte.

Recuerdo, una por una, las palabras de Tangata: «La sociedad tiene el alma sucia. Todos estamos conectados al halo oscuro que exige sacrificios. Todos hemos pronunciado palabras malditas para robar a alguien la aventura de mejorar, la posibilidad de olvidar o de redimirse, para juzgarlo, sin importarnos su sufrimiento ni su dolor... Así somos los humanos. Siempre encontraremos víctimas propiciatorias que nos permitan seguir avanzando, aunque sea subiendo sobre los demás, pisando cráneos que estallan mientras nos abrimos paso».

No hay nada más obsesivo que tratar de buscar una explicación..., ni nada menos explicable que una obsesión. Tenía la certeza de que aquel daño estaba conectado con la maldad que anidaba en nuestro inconsciente colectivo. Con nuestra crueldad. Con nuestros prejuicios. Que todos éramos, de alguna manera, culpables. Y hasta ese momento nada me había demostrado lo contrario.

71

Edén

La ciudad había estallado.

Mi reputación había estallado.

Mi cabeza todavía no.

Decidí quedarme en casa y aislarme para poder pensar.

Puse música. Una banda de rock cualquiera. A todo volumen.

Recordé una frase: «A veces, por muy alta que pongas la música solo puedes escucharte a ti mismo». Era de Kurt Cobain. Busqué la lista de reproducción de Nirvana, clavé mi smartphone en el altavoz y lo puse a toda pastilla.

«Cárgate de armas, trae a tus amigos...», empezaba diciendo la canción, así que me fui a por un cubo con agua, le eché un buen chorro de limpiasuelos y cogí una bayeta para adecentar los zócalos. «Estos van a ser hoy mis amigos».

Sonaba *Smells like teen spirit*, y reparé en la letra. «Es divertido perder —me decía Cobain—. Es divertido perder».

Me sumé a su «Hello, hello, hello, how low...». Al principio con timidez. Luego canté a toda voz: «With the lights out, it's less dangerous!!!».

Grité tanto que mi garganta se resintió.

«Con las luces apagadas es menos peligroso», sugería la canción. Tenía razón. Alguien estaba aprovechando nuestras noches y nuestros mantos de niebla para perpetuar su plan perverso.

«Me siento estúpido y contagioso», continuaba la letra. Nunca le había encontrado ni el más mínimo sentido. Hasta que aquel caso me pasó por encima y lo arrasó todo.

Me apetecía hablar con alguien.

Miré hacia el techo de mi habitación. ¿Sería grave pretender hablarle a una araña? «Por lo menos, no querrá darme ningún consejo ni animarme con una palmada en la espalda y un "¡venga, ánimo!"».

—¿Sabes que el mismo cabrón que me llamó heroína por la radio —empecé a contar a mi amiga de ocho patas— dijo que la investigación fue un desastre y que quien se encontraba al frente a lo mejor no estaba suficientemente capacitada?

La araña se quedó inmóvil, sin dar crédito a lo que estaba oyendo.

—¿Y sabes qué? Creo que tiene razón.

En ese momento sonaba *Come as you are* (Ven como eres).

Imaginaba el dolor de aquel pobre chico, Álvaro Ponte, que había perdido a su novia y lo habíamos metido en el trullo por error.

Miraba hacia mi amiga.

Escuchaba cosas como «La elección es tuya, no llegues tarde».

Me senté en el suelo.

«Hay vida más allá de la policía de Estela y de este puto piso», me repetía.

Apoyé la espalda en la pared y la cabeza en las manos.

Dejé pasar los minutos sintiendo el aroma a detergente que despedían mis dedos.

Estaba acabada.

72

Comisaría central de Estela

«Mala señal», piensa Edén González al acercarse al despacho del jefe y notar el olor a humo que le confirma sus peores sospechas. Sabe a lo que va, así que mejor acabar cuanto antes.

Abre la puerta sin llamar.

—General, a sus órdenes —saluda protocolariamente.

—Siéntese, Edén.

El olor a tabaco rancio ya formaba parte de la decoración. La caja metálica que suele almacenar unos sesenta cigarrillos —tres cajetillas completas— en este momento contiene solo doce.

Antes de sentarse, la inspectora agita la palma de la mano delante de su cara y hace gestos ostensibles de que ese olor le desagrada. El jefe permanece impasible, esperando a que concluya la operación.

—Ya ve cómo tenemos la ciudad.

—Seguimos investigando —responde Edén sin demasiada convicción. La angustia brota de sus manos, delatándola.

—Sargento, depositamos mucha confianza en su nombramiento. Este es un caso singular, de los que no pasan nunca... Quizá sea demasiado caso para una...

—¿Una? —interrumpe Edén, enojada.

—... una... una persona de sus características, digamos.

Edén se reprime.

—Respeto su esfuerzo y el de toda su brigada. Sé que han trabajado duro y que es usted buena chica... Pero una cosa es hacer un buen trabajo y otra hacer el mejor trabajo. Esto nos ha estallado en la cara a todos. ¿Por qué? Por la falta de resultados.

En la mente de Edén se abre un diccionario gigantesco que muestra una de sus entradas: «Bruxismo: Hábito inconsciente de apretar o rechinar los dientes que puede provocar molestias».

—Quizá le ha llegado demasiado pronto, sin la experiencia necesaria —continúa el jefe, optando ahora por un irritante tono paternal—. ¿Está contenta con su rendimiento en este caso?

Edén duda. Sabe que su futuro depende de esa respuesta.

—No —contesta.

—Yo tampoco. Lo que nos deja pocas opciones. Le ofrezco una salida: abandone. Renuncie usted misma. Seguro que encontrará algo que llene su vida. Busque un buen chico. Tenga hijos. Haga yoga. Estudie otra carrera. Busque la disculpa que quiera, pero dimita. Está claro que el puesto le queda grande. Solo así saldrá con la cabeza alta de este fracaso.

Antes de irse, su enorme diccionario imaginario muestra a Edén la definición de otra palabra: «Hostia: Golpe violento y fuerte».

El jefe lo esperaba de pie.

—¿Sabes que puedes recibir una sanción por fumar en zonas prohibidas? —le advierte Germán al entrar.

—Sí, soy un delincuente peligroso.

—Que acabará con su propia vida.

—Déjalo, Germán. Pareces mi mujer —responde mientras empieza a caminar alrededor de la mesa—. El abogado de Álvaro Ponte ha pedido que suspendan la prisión preventiva de su defendido. Alega que hay evidencias de que los crímenes han seguido perpetrándose sin su concurso.

—¿Lo soltarán?

—Seguro que sí. Como mucho le impondrán una fianza. Parece inocente. Quería hablarte de esa chica tuya...

German se remueve en la silla.

—Me ha llamado toda la plana mayor —continúa el jefe—. Toda. Nos quieren apartar. Dicen que toman el control. Que esto se nos ha ido de las manos. Los de la Unidad Central Operativa han presentado una queja formal por obstruccionismo. Al parecer, desaprueban cómo está llevando Edén González este caso.

A pesar de la incomodidad, German reacciona con frialdad.

—¿Vamos a dejar que nos carguen el muerto? ¿Que nos menosprecien así? —dice.

—Por supuesto que no. Estoy ejecutando un plan.

—¿Un plan?

—Sí. Calla y escucha.

El subordinado reprime sus ganas de despotricar contra la UCO y escucha al jefe.

—Nombramos a esa chica porque era una heroína en las redes sociales. Porque nos daba el apoyo feminista y el del ministro.

El comandante asiente, aunque intuye un nuevo ataque contra su pupila.

—Nos vendría bien que ella denunciase discriminación. Si amenazase con dimitir o con montar un follón..., si pensase que eso quizá transcendería..., que podría llegar a los oídos de la prensa, entonces la opinión pública se pondría de nuestro lado.

—Y eso haría que el ministro se pusiese de nuestra parte —completa Germán.

— Y con su apoyo..., no creo que se atrevan...

—¡Cojones! —dice Germán mirando a su superior con una mezcla de sorpresa y respeto. Nadie admira más la astucia que una persona astuta.

—He hablado con ella —continúa el jefe—. Intenté tocarle las pelotas sugiriéndole que dimita, pero no reaccionó. Creo que ha bajado los brazos. Por eso necesito tu ayuda. Quiero que le des el último empujón.

—Vamos a por ello —responde el comandante—. Después de todo, parece que haber involucrado a Edén no ha sido una mala idea, ¿eh? —añade reclamando para sí parte del mérito.

73

Edén

Después de haber leído los interrogatorios de más de cien personas, visionado mi parte correspondiente al más de medio millar de horas de vídeo que habíamos extraído de todas las cámaras de seguridad de Estela y comprobado todos los informes del chequeo a miles de números de teléfono, necesitaba un par de días libres. Eso era todo. Poner un poco de orden en mi vida y estar más tiempo con mi padre ya que, por primera vez, me había saltado la visita de los sábados.

Cogí mi jeep.

Hice el ademán de encender la radio, pero no me atreví. Conduje en silencio durante todo el viaje, oyendo tan solo mi propio corazón. Me crucé con dos ciclistas que pedaleaban ajenos a todo. Quizá sea siempre así. Me refiero a que los ciclistas siempre vayan ajenos al peligro. Si no, ¿cómo se explica que circulen entre camiones sin que les tiemblen las piernas? ¿O que bajen un puerto de montaña casi a cien kilómetros por hora en un trozo de hierro con un par de ruedas?

A las doce del mediodía llegué a la residencia de ancianos. Vi aparcado el coche de Javier. Me extrañó. Por la hora. Además, no me apetecía encontrarme con él. No estaba de humor.

Nada más entrar, una de las auxiliares me informó de que La Polilla había muerto.

Sentí lástima por ella.

Sentí lástima por todos ellos, acostumbrados a convivir con una placa junto al ascensor en la que se leía TANATORIO, garantizándoles que nadie saldría vivo de allí.

Sentí lástima por mí. Iba a acabar mi etapa en el cuerpo de la peor forma posible.

Pero sobre todo sentí lástima por mi padre. Sabía que se disgustaría cuando le informase de mi decisión.

A medida que cruzaba el salón rememoraba la imagen de aquella anciana golpeándose una y otra vez contra su cristal favorito.

—Hola, papá.

—Hola, hija —me dijo aunque sus ojos me decían: «¡Cómo me alegro de verte, Bía, no sabes lo solo que me siento!».

Saqué de mi mochila un túper lleno de fresas. Se lo puse delante y su sonrisa se iluminó. «Hoy parece que es él», pensé. Comenzó a comer. Yo lo miraba sin saber muy bien cómo empezar... ¿Quién sabe cómo se aborda este tipo de conversación?

Llevábamos unos minutos de silencio incómodo cuando decidí romperlo:

—Papá, quieren que dimita.

Dejó de merendar y se quedó mirándome en silencio.

—Creo que tienen razón. No he dado una. Todo se me ha ido de las manos. Mejor ser honesta conmigo misma y con todo el equipo. Voy a renunciar.

Frunció el ceño y, sorprendentemente, comenzó a hablarme con firmeza.

—¿Eso es lo que os enseñan en el Pantera de Arosa? ¿A tirar la toalla?

—Papá, estoy acabada.

Extendió su mano y, con ella, me acercó a él para darme un beso.

—¿Sabes por qué no puedo abrazarte? Porque perdí un brazo haciendo lo que creía que era mi deber. No deseo que tú pierdas uno, pero si pasase, que Dios no lo quiera, te darías cuenta de que, pierdas lo que pierdas, nunca lo echarás de menos tanto como a tus principios.

74

Nacho

Hace un día soleado y, con luz, la ciudad le resulta una verdadera estación de carga. Las miradas curiosas de los peatones le confirman que se está convirtiendo en una estrella. Lo paran a cada poco. Es el precio de la fama, y le gusta pagarlo.

Se dirige al Cafetero, en la esquina de la calle Del Riego con el callejón De los Condes. Quiere celebrar el éxito con un buen blue mountain. Aquel era de los pocos sitios que trabajaban ese café gourmet, y él, al menos eso pensaba, era de los pocos que sabía valorarlo. Al pasar por la calle Central se detiene un momento a mirar el intenso azul del cielo. «Imposible no sentir más energía», piensa. El aire fresco va entrando suavemente en sus pulmones hasta que una mano se apoya con brusquedad en su hombro.

—Hola, ¿no me conoces? —le dice un desconocido.

Nacho no oculta su sobresalto. Ve a su interlocutor esperando una respuesta con la mirada clavada en sus ojos. Incómodo, repasa en su memoria el grupo de gente con acento sudamericano que conoce.

—Estuve como colaborador en un programa especial que hiciste sobre la Operación Kilo Litro.

Nacho hace un nuevo esfuerzo por recordar. Solían hacer programas benéficos con frecuencia. Al menos tres al año. Y desde hacía doce años si no más. Hace un cálculo mental... «¡Podríamos estar hablando de casi quinientas personas!».

—Me tiene que perdonar. Mi memoria a veces es un desastre.

—Es igual. No tiene importancia. ¿Sabes? Te oigo todos los días. Me llamó la atención el cambio que diste a tu programa. Pasar de los Tipo y Colo a las noticias sobre esa pobre gente tatuada... ¡Qué boludo!

Nacho no tiene claro cómo interpretar lo que está oyendo. Ese hombre bajito y encorvado le hace sentir molesto. Tiene una barba salpicada de canas y muy cerrada, de pocos días, de esas que en las que los pelos salen casi perpendiculares a la piel. Mira siempre hacia arriba, con la cabeza emergiendo desde una americana azul marino llena de polvo y una camisa amarilla que parece sacada del uniforme de una tienda de electrodomésticos.

—Nacho, quizá deberías leer la Biblia. San Juan. *Apocalipsis*. Capítulos 12, 13 y 14.

Nacho sonríe. No sabe bien a qué atenerse ni cómo reaccionar.

La mirada fija de ese hombre sigue manteniéndolo en alerta.

—Lo haré, lo haré... —afirma para sacárselo de encima.

—Entenderás mejor lo que está pasando.

—Muchas gracias... ¿Cuál era su nombre?

—Padre Gesualdo.

Se despiden. Nacho sacude los hombros para acabar de desembarazarse de esa mirada. «¿Un oyente hablándome del *Apocalipsis*?».

La curiosidad puede más que sus ganas de blue mountain y cambia de destino. Ahora se dirige a la biblioteca pública de los jardines de San Ernesto. «*Apocalipsis*, capítulos 12, 13 y 14. *Apocalipsis*, capítulos 12, 13 y 14...», va repitiendo para sí.

Entra. Solicita un ejemplar de la Biblia. Pasa las páginas a toda prisa, con nerviosismo. Busca en su bandolera la pequeña libreta que siempre tiene a mano. «Mierda, no me la he traído». Pide al bibliotecario un par de hojas, y este es capaz de dárselas sin apenas mirarlo.

Lee. Empieza a comprender las palabras de aquel cura. «¿Cómo pude olvidarme de alguien que se llama Gesualdo? —se recrimina—. La audiencia tiene que conocer lo que estoy leyendo».

Decide regresar a la emisora. «¿Sería una locura llevar invitados al programa para que hablen de los crímenes del tatuaje? —se pregunta—. No quiero dar pasos en falso». Trata de ser prudente. Aquello tenía que encumbrar su carrera definitivamente, no hundirla. Fuera como fuese, era preciso que volviera a hablar con el padre Gesualdo.

Aviva el paso.

En su mente se va dibujando la escaleta de lo que podría ser un monográfico sobre los crímenes del tatuaje. Ya no tiene dudas. Todo está en marcha.

75

Edén

Había quedado un atardecer despejado. Eso me animó y me acerqué a Costa Solpor a encaramarme en el risco más pronunciado para ver cómo la línea del horizonte se apoyaba en el mar. Era una especie de sortilegio al que solía recurrir cuando buscaba hablar con alguna divinidad que se dignase responderme. Que me dijese qué debería hacer con ese caso. Con ese puto caso. El caso que empezó siendo el sueño de mi carrera profesional y se había convertido en mi peor pesadilla.

Recordé la cara del general. Sus palabras. Su profunda arrogancia. «Busque un buen chico. Tenga hijos. Haga yoga. Estudie otra carrera. Busque la disculpa que quiera, pero dimita...». El muy hijoputa parecía sentir un placer especial viendo cómo naufragaba. Me recordó etapas de mi vida en las que yo era la víctima, la débil. Pero eso ya no era así. Había visto el terror en la cara de las chicas y los chicos guapos de Estela. Y por primera vez eran ellos los vulnerables y yo la fuerte encargada de protegerlos, qué paradójico, ¿verdad? Ser la guardiana de los guapos y los populares después de todo lo que me habían hecho sufrir.

La ciudad entera se había convertido en un laberinto caótico que mezclaba el miedo con los prejuicios. Todos parecíamos divididos entre quienes veían en esto algo sobrenatural y quienes creían que era un tatuador loco que se reía de la policía haciendo lo que a muchos les gustaría hacer: llamar a las cosas por su nombre.

La brisa fue enfriando mi ánimo lentamente.

El jefe era un cabrón, pero tenía razón.

Yo había fracasado.

Una ligera sacudida me sacó de aquel trance haciendo que mis pensamientos volviesen a la tierra. Por un instante, no supe qué era lo que agitaba mi cuerpo hasta que la insistencia de la vibración del móvil en mi bolsillo resolvió el enigma.

—No renuncies —me dijo Germán antes de que pudiese hablar.

—Si no lo hago, me va a echar.

—Eso será si tú le dejas.

—No sé cómo...

—Las redes sociales te salvaron una vez. ¿Por qué no pueden hacerlo de nuevo?

—Pero yo nunca he sido activa en las redes. No tengo ni idea de cómo ocurrió todo aquello. ¿Quién sabe cómo reaccionarán ahora?

—Tampoco los de arriba.

—¿Qué quieres decir?

—Que ante la duda, se arrugarán.

—¿Y si fracaso?

—Eres la mejor policía que he tenido a mi cargo. Lo haces todo bien..., menos ganar. Aprende a jugar tus cartas. ¡Aprende a ganar!

76

Fernanda

Acude a ver los restos del local en el que ha muerto Tangata. Camina por el barrio Chino de día y tiene una sensación de extrañeza, como si estuviese haciéndolo por el decorado de una obra de teatro que todavía no ha empezado.

Al llegar a la puerta de Ootatoo ve que quedan poco más que astillas. Los bomberos han hecho un buen trabajo. Asoma la cabeza y se lleva una sorpresa: Fredo está hablando con un contratista entre los restos quemados.

—Ya ves, ahora abrimos también por la mañana —dice al verla.

—¿Cómo estás? —responde Fernanda, y entra esquivando escombros.

—Un poco mejor que mi local. ¿Vienes en misión oficial?

—No, no estoy de servicio. Tan solo pasaba por aquí. Sé lo unido que estabas a Tangata.

Al oír el nombre del maorí, Fredo agacha la cabeza, abatido, y su boca comienza a expulsar reproches.

—Ese grandullón era un cabezota para todo. ¿Por qué no huyó? ¿Por qué no se puso a salvo? ¡No! Tenía que intentar salvar esta mierda de estudio. Tenía que luchar contra el fuego mientras yo bebía con el cabronazo de Arturas...

No puede seguir hablando. Fernanda le apoya una mano en el hombro y trata de consolarlo.

—Lo mataron los gases tóxicos. Al parecer, no tuvo mucho tiempo para pensar. Ahora está en un enorme ataúd de zinc, embalsamado, esperando la repatriación a Nueva Zelanda. Y creo que antes de que pueda salir ¡lo van a enterrar en papeleo!

Fernanda busca donde sentarse, pero es inútil. Fredo continúa hablando clavado al poco espacio que le deja un montón de escombros.

—Tangata era lo más cercano a un hermano que he tenido en mi vida. Quería a ese maorí chiflado. Lo echo de menos. Reconstruiré Ootatoo para homenajearlo. Su alma estará para siempre en este local.

Coge un pañuelo y se seca por debajo de las gafas. Tanta emotividad empieza a hacerlo sentir incómodo.

—Daremos con quien lo haya hecho —se conjura Fernanda.

—¿Tenéis sospechosos?

—Ya te dije que, menos las víctimas, todos somos sospechosos hasta que encontremos al culpable —contesta Fernanda a modo de evasiva.

—Veo que cada vez hay más casos.

—La avalancha de denuncias nos ha desbordado. Algunos son *fakes*; otros, tatuajes virtuales sobre fotos que se viralizan.

—¿La del bebé?

—Todavía no hemos encontrado ninguna denuncia. Suponemos que es falsa. Pero tampoco lo sabemos con certeza.

—Son tiempos cobardes. Se insulta desde el anonimato. Nosotros al menos no nos escondíamos cuando hacíamos algo malo.

—Y lo peor es que si los descubres no puedes hacer nada. ¿De qué los acusas? ¿De hacer una broma? ¿Un meme?

—Nos estamos volviendo locos. No puedo dejar de pensar en mi hijo y en el mundo que le ha tocado vivir.

Fernanda mira los restos quemados del local, las obras de arte destruidas... Las colas de pavo real son ahora una sombra negruzca pegada a la pared. Tan solo el mostrador mantiene su aspecto original. Su boca parece más amenazante que nunca, llena de manchas negras provocadas por las llamas.

—¿Tardaréis mucho en arreglarlo?

Fredo niega cabizbajo.

—En quince días espero tener todo limpio y dejar el local renovado para volver a empezar. Pero si quieres hacerte otro tatuaje, atiendo a domicilio...

—Nooo. Muchas gracias, ¡no quiero más tinta en mi vida! Al menos de momento. A lo mejor cuando cerremos el caso...

—Tenéis que dar con el culpable —exige Fredo.

—Lo haremos. Espero que antes de que reabras el local.

—Suerte.

—La tendremos.

Al retirarse, ve los restos abrasados del enorme sillón de la entrada. Recuerda al hombre corpulento con cara de niño que se abrazaba a un cojín diciendo: *«rewera pouri, rewera pouri»*.

77

Edén

Hay días en los que parece que todas las puertas con las que te topas están abiertas. Que nada se interpone en tu camino para hacer lo que tienes que hacer. Y aquel era uno de ellos.

Atravesé las oficinas de la comisaría como un cuchillo caliente se introduce en un trozo de mantequilla. Nada me detuvo hasta que me planté frente a la sala de reuniones. Y cuando estuve allí... los pies comenzaron a pesarme una tonelada. No tenía muy claro si quería hacer lo que iba a hacer.

Al entrar noté el ambiente especialmente caldeado; hacía apenas unos segundos que había acabado la reunión anterior y el olor a humanidad era ostensible. Todo mi equipo estaba sentado. Me dirigí al atril y saqué un papel en el que llevaba escritas mis palabras, pues en un momento así no me atrevía a improvisar.

—Esta sala... me recuerda a la época del instituto —dije balbuceando—. Por el olor, no por vuestra juventud...

La brigada sonrió, lo que me animó a seguir.

—Seguro que sois conscientes del desgaste al que todos estamos sometidos. La falta de resultados es evidente. Yo misma... Yo...

Desde la tarima pude oír los cuchicheos que circulaban por la sala. «Va a dimitir», se decían unos a otros al oído.

—No he podido dormir pensando en cómo recibiríais lo que os quiero decir, cómo lo haría, qué me contestaríais... Confieso que he estado toda la noche dudando si debo seguir con mi carrera en el cuerpo... Pero este aroma a sala cerrada..., el recuerdo del instituto..., me ha hecho recapacitar y recordar por qué soy policía. No sé cómo ni cuándo lo decidisteis vosotros... —Tiré el papel que había escrito—. Pero yo recuerdo exactamente la fecha, la hora y el lugar en que me lo dije a mí misma.

Algunos miembros del grupo se recostaron en el respaldo de sus pupitres con cierto desdén. No me importó.

—Fue en un bar cercano al colegio. Al salir de clase, cuatro chicas mi invitaron a dar un paseo con ellas. Eran las matonas, las que llevaban años acosándome. Me insultaban. Me ponían la zancadilla. Tiraban mis lápices al váter. Me manchaban de tierra el uniforme. Se burlaban de mi aspecto, me llamaban marimacho... Sí, era así de alta y corpulenta con solo doce años. ¿Os lo imagináis? Era el doble que la mayoría de los chicos del colegio.

—Todavía sigues siéndolo —interrumpió Fernanda, provocando la risa de todo el grupo.

—Cuando me invitaron —continué—, creí que me ofrecían ser una de ellas. ¡Yo habría robado si me lo hubiesen pedido! Incluso me habría unido a ellas para molestar a otras chicas. No podía más.

Hice una pequeña pausa.

—A veces, cuando llegaba a casa, cerraba la puerta y miraba unos instantes por la mirilla que daba a la calle... Vivíamos en una planta baja. Quería cerciorarme de que ya no estaban allí. Que ya no me perseguían. Sentía su aliento en mi cuello. Soñaba con ellas. Es duro vivir con miedo... Yo era una niña enorme. ¡Las habría noqueado si les hubiese hecho frente!

Las sonrisas volvieron a decorar las caras de la brigada.

—Pero nunca lo hice... Solo temblaba ante su presencia como si viese a un dragón todopoderoso. —Empecé a caminar parsimoniosamente por la sala. Todos me siguieron con la mirada—. Aquel paseo resultó ser una encerrona. Cuando llegamos a la altura del bar Invierno, el local al que iban todos los malos alumnos del colegio cuando faltaban a clase, nos encontramos con cuatro chicos. Se besaron. Supuse que serían sus parejas. Entonces me empujaron. Me metieron en el bar. Debían de estar compinchados con el camarero, porque el muy cobarde hizo la vista gorda. En un rincón me manosearon. Me dieron besos con aquellas bocas asquerosas que olían a alcohol, a tabaco y a mierda. Me hice pis encima. El pánico me salvó. Cuando se apartaron para que mi ropa empapada de orina no los mojase, entró uno de los profesores del colegio. Santiago. Me vio tirada en uno de los sofás y me miró desconcertado, intentando interpretar la situación. Pronto se dio cuenta de que yo no estaba allí por mi voluntad. Vio el terror en mis ojos. «Vamos», me dijo tendiéndome la mano. «Eh, eh, eh», le contestó uno de mis atacantes poniéndose delante. «Creo que deberías apartarte», le dijo el profesor educadamente. «Por qué, ¿nos vas a pegar?», replicó otro de ellos hinchando su pecho como un gorila y poniendo su cara a un centímetro de la de Santiago.

Nadie en la sala perdía el tiempo en parpadear.

—«Si tú no quieres, no», respondió de nuevo el profesor. Hablaba con tanta calma que por un momento pensé que no estaba en sus cabales. Que no sabía el riesgo que corría. Tan pronto como uno de aquellos cuatro intentó golpearlo se desató la escena más maravillosa que había visto en mi vida. El profesor lanzó cuatro golpes y aquellos macarras de poca monta se fueron al suelo como si fuesen fruta madura. Había un reloj calendario colgando sobre su cabeza. Eran las doce menos cuarto del lunes veintiséis de octubre.

Tan solo Fernanda se daba cuenta de lo que suponía para mí hacer aquella confesión en público.

—Nunca podré olvidar aquella imagen. Él me socorrió. Me llevó al colegio. Me consiguió ropa seca. Me dijo: «Ve a clase. Al salir te llevaré a un sitio». Esa fue la primera vez que fui al gimnasio Pantera de Arosa. «Aquí aprenderás a defenderte», me aconsejó con su vozarrón grave. Durante años, ningún profesor había intervenido para parar algo así. Hoy lo llamamos *bullying*. Antes se llamaba simplemente abuso. Pero son lo mismo... Nadie hacía nada. Hasta que Santiago me enseñó que se puede ayudar a los más débiles. Así quise hacerme policía, para poder hacer algo. Soñaba con tener una placa y un arma que me sirviesen de escudo contra el dragón.

—¿Qué fue de aquellas cuatro? —preguntó Manuel.

—Cuando empecé a entrenar, descubrieron que tenía una habilidad especial para pegar. Y, curiosamente, que era más tranquila de lo que yo misma imaginaba. Supongo que sería la costumbre. Crecí entre peleas, aunque nunca me hubiese defendido...

—¿Les zurraste?

—Una tarde estuve a punto. Las miré. Y vi en sus ojos el mismo terror que yo les había mostrado tantas veces. Con eso me bastó. No, no les hice nada. Sentí tanto desprecio por ellas, que di media vuelta y las dejé allí. Eso sí, les hice una advertencia: «Como volváis a hacerlo con otra niña, os machacaré».

—¡Y esa fue la primera intervención de la brigada! —bromeó de nuevo Fernanda.

Todos se echaron a reír otra vez.

—Desde entonces, he vivido con esa sensación. Mirar por la mirilla. Ver que estoy a salvo. Sobreponerme y luchar contra los matones. Siempre son los mismos, pero con distintas caras. Cuando acepté este puesto lo hice porque no podía soportar la idea de que un criminal abusase de sus víctimas grabándoles insultos en la frente. Y volví a ver los rostros de aquellas cuatro chicas y de aquellos cuatro asquerosos riéndose de mí. Riéndose de todos. Cualquiera de nosotros podría haber sido una esas víctimas. Por eso estoy aquí. Para que los matones no se salgan con la suya. Para ayudar a vengar a esas pobres víctimas. Y por Santiago, el hombre que me ayudó cuando estaba asustada.

Fernanda, ¡la muy payasa!, empezó a aplaudir. Para mi asombro, algunos miembros del equipo la siguieron. Me puse colorada y quise meterme bajo el atril.

—Es un honor estar al frente de esta brigada. —Me repuse y continué—. Solo quiero añadir una cosa: por muchas presiones que tengamos, por muchos genios de la investigación que nos quieran enviar desde fuera, este es un caso de Estela y lo resolveremos desde la comisaría de Estela. Y como diría una compañera que conozco desde la academia —añadí mirando a Fernanda—: vamos a coger a ese cabrón y va a desear haber nacido sin polla.

Vi rostros ladeados que intercambiaban miradas de sorpresa. Aproveche el desconcierto para salir de la sala.

—Por lo que parece, hoy le has cargado la mano al café —me dijo Fernanda, que me había seguido—. Nunca te había oído hablar tanto... ¿Lo estabas leyendo?

Ladeé la cabeza y le dirigí una larga mirada de reproche.

78

Don Tomás

La tormenta amenaza con mover las rocas del dique que protege la ciudad. En ocasiones conseguía desplazar piedras de veinte o treinta toneladas como si fuesen una pequeña caja de cartón. Sin embargo, ambos caminan con lentitud, recortando sus figuras sobre el hormigón.

—¿Cómo se le ocurrió proponer este lugar para reunirnos? —pregunta Edén, incrédula.

El forense, elegantemente vestido, abre sus brazos y se dispone a hacer una apología de la vida al aire libre.

—¡Estamos en Estela! Aquí las tormentas son algo normal... ¿No estás harta de los sitios cerrados?

—¿Sinceramente? No —responde Edén, comprobando que esa sonrisa no encaja con el ronquido del mar a sus espaldas.

No puede evitar sentir dos fuertes estremecimientos. El provocado por la ventisca y el del recuerdo de su enfrentamiento con el jefe. «Tóqueme y le echaré encima las redes sociales», lo había amenazado. No sabía cuál iba a ser su reacción final, pero, de momento, ese caso seguía siendo suyo.

Don Tomás redobla la apuesta y sale del resguardo del muro, tarareando una de sus arias de ópera preferidas:

—*E non ho amato mai tanto la vita!!!*

«Es un buen tipo y un gran profesional —piensa Edén—, pero canta como un león marino en celo».

—Yo tengo que trabajar junto a una morgue —insiste don Tomás—. ¿Te lo imaginas?

Silencio.

—¿Te impresiona la muerte? —prosigue, tratando de indagar la respuesta en el rostro de ella—. Edén, estás acercándote a una edad en la que tendrás que elegir. O te preocupa todo porque la muerte se acerca, o no te preocupa nada porque la muerte se acerca.

«¿No hay una opción C?», piensa Edén antes de responder.

—Me tiene intrigada... ¿Qué es lo que quería decirme?

—Le he estado dando muchas vueltas a todo lo que estamos viviendo... Es una auténtica locura.

Edén resopla sumándose a la afirmación.

—Las etiquetas del demonio —continúa el científico.

—¿No creerá también usted que son cosas del demonio?

—Así las llama la gente. Además, no importa lo que yo crea. Lo relevante son las emociones de cientos de miles de personas. Y el miedo es la más poderosa de ellas.

«Sé que don Tomás tiene razón, pero no se la voy a dar».

—Seamos racionales —dice.

—Edén, es imposible separar la cognición de la emoción.

—Por regla general, llevan caminos distintos.

—¿Conoces el llamado síndrome de París? Lo sufren ciudadanos japoneses al viajar a la ciudad. La tienen tan idealizada que cuando comprueban que tiene defectos se empiezan a encontrar mal físicamente. Efectos psicosomáticos. Creo que algo parecido está ocurriendo con los tatuajes. Se han convertido en una pesadilla. Hay personas tatuadas con síntomas como mareos, vómitos, dolores de cabeza... Muchas están empezando a ver palabras escritas dentro de los diseños que tienen tatuados, como el que ve caras en las motas de una baldosa o figuras en las nubes. De seguir así, se contagiará como una plaga.

A juzgar por las denuncias que se recibían cada día, ya lo era.

Don Tomás abre su paraguas, aunque no llueve. Se están adentrando en una zona donde es habitual que haya salpicaduras provocadas por las olas al romper contra el muelle.

—Ahora entiendo a qué venía tanto equipamiento antilluvia.

Don Tomás sonríe, presumido. El gesto le dura apenas un instante, el tiempo que tarda en retomar la palabra.

—Entre todos los seres racionales, solo los hombres se desavienen entre sí, a pesar de la esperanza que debieran tener en la divina gracia.

«¿Está recitando?», piensa la sargento, sorprendida.

—Dios proclama la paz y, sin embargo, ellos viven dominados por el odio y la enemistad perpetua...

«¿Lo ha poseído un espíritu?». La mirada de Edén exige una aclaración que don Tomás se dispone a dar:

—Son palabras de John Milton —aclara—, de *El paraíso perdido*. Hace más de dos siglos narró cómo, en tan solo una hora, los ángeles caídos construyeron la capital del infierno. Pandemónium, todos los demonios...

«Qué alivio. Era una cita».

—Nuestros ángeles caídos han tardado días en hacer que esas «etiquetas del demonio» —las dice entre comillas con un gesto en el aire— produzcan el miedo colectivo más intenso que hayamos vivido jamás. Nosotros hemos construido un verdadero *tagdemónium*.

—¿*Tagdemónium*?

—Se me ocurrió esa palabra para referirme a en qué se ha convertido la ciudad de Estela. Un *tagdemónium*. Pero no le des demasiada importancia. Estoy hablando como un poeta... ¡y soy un científico! Te contaré por qué quería verte.

El mar intenta saltar sobre el dique, lo que no amilana al forense, que continúa con su parsimonioso tono doctoral.

—Después de ver muchos óbitos por muerte violenta, aprendes a distinguir si una puñalada es espontánea o premeditada, si un disparo se hizo al calor de una reyerta o fue una ejecución... Digamos que te haces un experto en saber cómo agredimos los humanos. ¡La agresión! Los modos de agredir han ocupado gran parte de mi tiempo y de mis estudios.

—Supongo que el boxeo no estará entre ellos.

—¿Te has preguntado alguna vez cuáles son los motivos por los que un grupo de niños inocentes se ensaña con un compañero débil?

«¿Qué si me lo he preguntado? Hasta los diecisiete años no me hice otra pregunta», piensa Edén para acabar preguntado a su vez:

—¿Ha encontrado la respuesta?

—La naturaleza humana. Aunque a veces lo olvidemos, somos un eslabón más de la escala zoológica, un mono listo que lucha por salirse con la suya. Luchamos por sobrevivir, por reproducirnos, por prevalecer, como cada una de las especies del planeta. Todo en la naturaleza tiene un sentido, una razón de ser. Cuando un pájaro canta, dice: «Aquí estoy yo. No te acerques. Y si te acercas, te atacaré». El hecho de que estemos ahora aquí, al amparo del dique, desafiando el temporal, tiene un significado. Le estamos diciendo al mar: «¡No vas a poder con nosotros!» —gritó.

—¿Le importa que lleve yo el paraguas? —solicita la sargento. Su acompañante no para de moverlo y eso la obliga a ir cambiando de posición a cada instante.

—Básicamente, en la naturaleza hay depredadores, que agreden para comer, y víctimas, que agreden para defenderse.

—Don Tomás, ¿adónde quiere llegar?

—Al final, todo tendrá un sentido, no te preocupes.

—Está bien —concede Edén cuando giran en el extremo del muelle—. Tenemos todo el viaje de vuelta... ¡Si es que el mar no se nos lleva antes por delante!

—Los depredadores pueden cazar en grupo, como una manada de lobos. O en solitario, como lo haría un tigre. Los cazadores solitarios solo pueden tener éxito si sorprenden a su víctima. ¿Te das cuenta? La sorpresa es su herramienta más valiosa.

Edén se detiene y fija los ojos en los del forense, que continúa la charla sosteniéndole la mirada.

—El asesino de los tatuajes empezó actuando como un cazador solitario. La discreción y la emboscada eran sus armas. Y de repente se pone a reclamar para sí los focos... ¿Por qué llamar tanto la atención? ¿Por qué hacer algo así a una muerta? ¿Qué consigue? ¿Para qué montar ese escándalo? Ningún cazador llamaría tanto la atención a no ser...

Sus ojos expresan firmeza, lo que anula las reticencias de Edén.

—... que quiera hacerlo. Y si a eso le sumamos el asunto de los tipos de tinta... Fíjate, Edén, al analizarlas encontré algo curioso. La de la chica africana, la de Vanesa y la de Manu contenían mercurio. Sin embargo, la del cadáver de la anciana es una tinta completamente distinta. Es de origen cien por cien vegetal. ¿No te parece extraño?

Don Tomás nota la impaciencia de su compañera. Sabe que le gustaría zarandearlo y pedirle que acabe de una vez.

—Suelen ser más caras —continúa— y dan un resultado más desvaído, pero se usan por temas de salud. ¿Para qué cuidar la salud de un muerto? No parece haber un motivo... A no ser que buscase ser diferente por completo a lo anterior. Las tintas son tan contradictorias como los intentos de pasar desapercibido y luego llamar la atención. Bandazos. Dos acciones tan perfectamente contrapuestas que...

Se detuvo.

—... creo que son dos personas —zanjó.

—¿Y por qué no más? ¿Por qué no una secta?

—Tienen comportamientos contradictorios, pero complementarios, Edén. Es como si uno escribiese y otro borrase. Como si uno tratase de exhibir y el otro tratase de ocultar. Y por lo general en una secta todos tratan de hacer lo mismo. Hay un patrón, no dos.

Su respuesta convence a la sargento.

—Son dos personas —insistió don Tomás—. Y están coordinadas.

79

Edén

Perseguíamos sombras. Lo sabíamos. Solo que ahora se abría la posibilidad de que, en lugar de una, estuviésemos persiguiendo a dos. Fuera como fuese, estaba claro que conocían nuestros métodos de investigación: ni una matrícula sospechosa, ni un testimonio esperanzador, ni un registro de móvil exitoso, ni una huella ni nada irregular en las cámaras de las gasolineras.

Nada salvo aquella misteriosa furgoneta de la que no obtuvimos ningún rastro fiable.

Decidí empezar de cero.

Repasaría uno a uno los lugares en los que había aparecido algo relacionado con el caso. Estaba harta de ver fotos e informes. Harta del trabajo en equipo. Mi individualismo reclamaba espacio. Quería inspeccionarlo todo por mí misma.

Acudí a Costa Solpor en mi jeep y, como terminaba de lavarlo y no quería ensuciarlo, lo dejé aparcado en la zona donde acababa el asfalto, lo que me obligó a avanzar a pie durante un buen rato por un camino de tierra. En mi anterior visita no había entrado en el refugio de caza puesto que la zona estaba acordonada y, al fin y al cabo, todavía no era mi caso. Pero ahora quería compartir la misma atmósfera que había respirado el asesino.

Las fotos del informe no le hacían justicia. La cabaña estaba mucho más hecha polvo de lo que parecía. La pintura blanca de la fachada estaba llena de desconchones, líquenes y musgo. Unas tablas unidas burdamente hacían las veces de puerta. Nada más abrirla, comprobé que eso de la caza era un concepto más amplio de lo que se podía pensar en un primer momento: en el suelo había tiradas unas latas de refrescos, clínex usados y un preservativo. «Es lo que tiene ser un sitio tranquilo», me dije.

La chimenea era desproporcionada para un lugar tan pequeño. Tenía un hogar de metro y medio de largo y al menos un metro de ancho. Junto a ella había una pequeña pala de metal, una escobilla y un gancho. Los utensilios se mantenían en un estado razonable.

Al salir encontré un barril metálico en el que desembocaba un tosco canalón que recogía el agua de la lluvia. Ocultaba el paso a la parte trasera. Lo sorteé y pude comprobar que la maleza se estaba tragando la cabaña; en el tejado de fibrocemento habían crecido todo tipo de hierbas y de helechos.

Recorrí los alrededores intentando revivir lo que ocurrió aquella noche. «Con niebla sería fácil perderse entre tanto cruce de caminos».

Quienquiera que lo hizo sabía por dónde se movía, de eso no había duda. Ni una casa cercana, casi nunca pasaba nadie por allí... El sitio perfecto para un asesino. «¿Cómo conocería este lugar?».

Me quedé escuchando la paz que se respiraba. A buen seguro ese tipo pudo quemar cómodamente a su víctima y esparcir los restos entre la maleza para que nadie los encontrase. Abono...

Observé de nuevo las raíces del enorme pino caído. Imaginé entre ellas la cabeza de Abeba. El hueco debía de tener poco más de un metro de profundidad. Reparé en la tierra: había una zona que parecía menos compacta. Quizá un agujero hecho para enterrar los restos. Recordé el informe del forense: no estaba totalmente calcinada. La incineración se había interrumpido. «Alguien pasaría por aquí y asustó al asesino. Y todavía no lo hemos encontrado. Es imposible que nadie...». Cogí mi iPhone y envié un mensaje a Fernanda:

> Deberíamos repasar de nuevo la lista
> de cazadores

Regresé a la cabaña. Volví a examinarla. La había analizado por todos los lados. Menos uno. Me dirigí al muro lateral que permanecía cubierto por las zarzas y las enredaderas. «¿Estas hierbas estarían así en el momento del crimen? Son plantas que crecen muy deprisa...». Empecé a apartarlas con la mano. Misión imposible. Eché mano de las herramientas de la chimenea, pero eran demasiado frágiles para la tarea. Había que tener la herramienta adecuada. Recordaba haber visto una ferretería de la cadena El Sabio al principio del camino. Diez minutos en coche. Decidí ir hasta allí.

A mi regreso, saqué del maletero de mi jeep una hoz con mango largo, una pala y unos guantes de trabajo. Me puse a la faena asestando duros golpes a la maleza apoyada en la cabaña. Cortaba de cuajo sus frágiles tallos, uno tras otro. No había nada más que roña. A pesar del desánimo, continué esforzándome por desnudar el muro. Un golpe con la hoz hizo bajar casi medio metro el matorral.

Vi algo.

Se apreciaban los trazos negros de lo que parecía ser un grafiti de gran tamaño. Golpeé las zarzas cada vez más rápido. Reconocí algunas letras. Usé la pala para aplastar las ramas que faltaban por cortar. Di dos pasos hacia atrás y pude ver la pintada. Dos líneas tachaban ligeramente la palabra HIPOCRESÍA.

80

Nacho

Lleva recorrido medio kilómetro por los doce metros del pasillo de la emisora. Falta Gesualdo. Las tres invitadas ya han llegado, pero el cura se retrasa. Él es el alma de todo ese montaje. Sin él, esa mesa redonda sobre la ola de crímenes y tatuajes que vivía la ciudad no tenía sentido.

Nacho se sienta en una de las sillas de administración y se tapa los oídos para dejar de oír a su Pepito Grillo preguntándole: «Nacho, ¿estás haciendo lo correcto?».

Se sirve un café.

«Quedan dos minutos para empezar y todavía no ha llegado».

Da un sorbo y se quema.

Minuto y medio.

Sopla la superficie del líquido oscuro con insistencia. Una de sus ayudantes se le acerca señalándose el reloj de pulsera. Nacho la apacigua pidiéndole calma con las manos.

Justo en el momento en el que va a dejar la taza en la mesa suena el timbre. Del sobresalto se derrama líquido hirviendo sobre la mano. Vuelve a quemarse. Sin embargo, esta vez siente alivio. El que le produce ver que asoma una americana azul sobre una camisa amarilla. Son las mismas prendas que el cura llevaba el día del encuentro. El polvo que cargan parece que también. El padre Gesualdo está a bordo.

Nacho entra deprisa en el estudio. Quiere que no lo vea nervioso, que no sepa que depende demasiado de él. Que no intuya que todo ese montaje lo hace tan solo para revivir en directo lo que les había ocurrido en persona, cuando se conocieron.

Se dirige al equipo técnico lleno de energía.

—Chicos, vamos a empezar.

Aunque la mesa del estudio es redonda, el lugar en el que se sienta Nacho podría considerarse la cabecera. A su izquierda ubican al padre Gesualdo, que entra disculpándose por el retraso.

—A veces las almas no esperan —dice con voz suave en tono sacerdotal.

Los grises de la pared se mimetizan con su pelo cano, que se funde con el acolchado geométrico de la insonorización. Solo es posible distinguir los voluminosos auriculares que le acaban de poner y su prominente nariz.

A su derecha está sentada Ana Landa, una destacada feminista que, a pesar de no haber cumplido aún treinta años, ya hace diez que es la líder del movimiento ecologista de la ciudad. Lleva la melena castaña recogida en una coleta con una discreta goma; la cara, sin un gramo de maquillaje. Viste un jersey de punto grueso negro lleno de parches de colores vivos. «Parece hecho a mano». Su rostro rezuma compromiso social. Nacho sabe que es de las imprescindibles: no contaminación, no recortes, más salario, pensiones garantizadas, reducción de la jornada laboral... «Es difícil no estar de acuerdo con ella, siempre que creas que todo eso se podría conseguir de golpe y para todo el planeta a la vez».

Junto a ella está sentada María Gutiérrez, jueza en excedencia y especialista en sectas y criminalidad religiosa. Roza los sesenta años y tiene la piel sospechosamente tersa, blanca y brillante, bajo un pelo rubio al que le falta vitalidad. Su mirada es penetrante y su gesto autosuficiente. Por último, una anciana «elegida al azar» representará la voz de la calle. Si la han buscado por el aspecto no podrían haber encontrado a nadie mejor: setenta años, rellenita, vestida con una chaqueta y una falda de punto azul, tiene la misma apariencia que cientos de mujeres estelanas de su edad. En el pelo luce un moldeado reciente cargado de laca, por si acaso le hacen alguna foto.

Nacho arranca.

Intenta hacerse pasar por un moderador ecuánime. Pone su voz seria, pero no puede evitar que su cara tenga una expresión sonriente.

—Queremos dedicar este programa a las víctimas y a sus seres queridos. Es nuestro pequeño homenaje informativo, que se centrará en saber qué es lo que está pasando y cómo debemos interpretarlo.

Al detenerse repasa los rostros de sus invitados. La mirada de Gesualdo por poco lo desconcierta.

—Porque todos estaremos de acuerdo en que lo importante es evitar que vuelva a suceder —continúa—. ¿Hacemos lo suficiente como sociedad? ¿Nos estamos olvidando de algo? ¿Podría decirse que en los últimos tiempos se han incrementado los crímenes con un componente moral? Tenemos muchas preguntas que espero que nos ayuden a profundizar y entender la pesadilla que estamos viviendo. Y para eso hoy nos acompañan...

Presenta a sus invitados con prisa.

—Para empezar, padre Gesualdo, me gustaría que compartiese con la audiencia lo que me recomendó leer en nuestro primer encuentro...

—Le cité el *Apocalipsis* de san Juan, capítulos 12, 13 y 14.

—¿Por qué esos capítulos en concreto?

—Satanás anda seduciendo a todo el mundo... —recita el religioso con el dedo índice extendido—. ¡Temblad, en cambio, tierra y mar, porque el diablo ha bajado a vosotros rebosando furor, al saber que queda poco tiempo!

—Todas estas frases que nuestro invitado cita de memoria —aclara Nacho— corresponden a la parte de la mujer y el dragón del *Apocalipsis* de san Juan, que pertenece al Nuevo Testamento de la Biblia.

Ana Landa resopla. Se recuesta en su silla con un gesto de desaprobación. El padre Gesualdo continúa con sus citas mientras agita su dedo que apunta hacia el techo.

—¡¡¡Ha llegado la hora de poner a prueba la paciencia y la fe de los creyentes...!!! ¡¡¡Se le dio poder para hacer morir a cuantos no adorasen la estatua de la bestia... e hizo que todos llevasen una marca en la frente...!!!

La anciana que representa a la ciudadanía se tapa la boca lentamente con la mano. Tiene la piel de gallina. La jueza especialista en sectas mueve su cabeza asintiendo. Parece encontrar lógico lo que oye.

—Se le dio poder para hacer morir a cuantos no adorasen la estatua de la bestia —repite Nacho lentamente— e hizo que todos llevasen una marca en la frente... Estremecedor.

—Está anunciado —sentencia el padre Gesualdo.

—¿Cuándo se dio cuenta de las coincidencias?

—Hace tiempo que me preocupa la moda de los tatuajes.

—Forma parte de la libertad de cada uno hacer con su cuerpo lo que quiera —interviene la líder ecologista, que está profusamente tatuada.

—La Biblia no opina lo mismo. Levítico, capítulo 19: «Deberes religiosos y morales». Versículo 28: «No os haréis incisiones en la carne... ni tatuajes en la piel». —Hace una pausa antes de acabar en tono litúrgico—: «Yo soy el Señor».

—Esas son sus creencias, no las mías —vuelve a replicar Ana Landa—. No puede venir aquí como un fanático a citar cosas escritas en dudosos libros que tienen miles de años.

—Por eso los cito. Algo habrá en ellos cuando han llegado a nosotros a pesar de tener miles de años.

La jueza se ve obligada a intervenir:

—El hecho religioso ha sido la principal causa de muertes en el mundo. Incluso el ateísmo es una forma de religión que provoca conflictos armados.

Eso sulfura a la líder feminista.

—Esto no es lo que yo esperaba —dice dirigiéndose a Nacho—. Yo venía a hablar de los derechos de las víctimas y no a esta especie de justificación religiosa...

La jueza continúa, añadiendo un tono pedagógico y conciliador a su intervención:

—¿Lo ve? Le cuesta mantener la calma, y ese es el problema con este tipo de asuntos. Los crímenes a favor o en contra de la religión han existido a lo largo de toda la historia y seguirán existiendo... Hoy en día, se sabe de más de doscientas sectas en activo: esotéricas, filantrópicas, religiosas... Todas tienen algo en común: son secretas. Y acaban siendo poderosas. No las subestimemos.

—¿Cree que puede haber una secta tras todo lo que está pasando? —pregunta Nacho.

—No sería descartable. Desconocemos la verdadera dimensión del crimen sectario. Recordemos que fue la secta de los nizaríes, denominados despectivamente *hashshashin*, las que dieron origen a la palabra «asesino».

Ana reclama volver a participar.

—A mí me parece una falta de respeto ponernos a hablar de temas religiosos cuando lo único cierto es que hay tres muertos. Dos mujeres, una de ellas negra, con toda probabilidad racializada y explotada sexualmente, y un homosexual. Eso es lo que nos tendría que preocupar.

El padre Gesualdo interviene, y lo hace en un tono cada vez más acusador.

—¡¡¡Si recibe su marca en la frente, tendrá que beber el vino de la ira de Dios...!!!

El periodista decide no meter baza. Todo fluye. Ya nadie puede oír nada. Gracias a la laca, el moldeado de la anciana rellenita es lo único que parece seguir en su sitio.

81

Edén

Mañana del 5 de marzo de 2019. Era el primer día de trabajo que no acudía directamente a la comisaría. Había quedado con Fernanda en un bar en el que solíamos desayunar: el Caracas. Cruasanes artesanos, café del bueno. Aunque reconozco que esos no eran los únicos motivos. Desde que amenacé al jefe prefería entrar acompañada en el edificio de la comisaría. Todavía me daba miedo. Temía la humillación de que me estuviesen esperando los de asuntos internos para echarme de una patada en el culo.

Cuando llegué al Caracas, Fernanda ya estaba sentada a la mesa de siempre, leyendo las noticias.

—¿Qué es lo que querías enseñarme? —me dijo—. No puedo esperar más. La intriga me da hambre.

Vi restos debajo de su cruasán. O se lo habían servido en un plato sucio o era el segundo que pedía.

—Esto —le dije mostrando la pantalla de mi iPhone con la foto de la palabra HIPOCRESÍA tachada que tomé en la cabaña de caza.

—Eso lo he visto yo antes.

—Imposible, estaba cubierto por la maleza.

—Lo he visto tatuado en el cuerpo de una clienta de Ootatoo. Joder, joder, joder, joder...

—¿Qué sucede?

—Joder, joder, joder, joder... ¿Cómo pude ser tan tonta?

Dio un trago largo a su café, cogió la mochila y no me dejó ni pedir mi desayuno.

—Vamos a la comisaría. Quiero buscar información sobre una persona.

—¿Quién es?

—Se hace llamar Líder. Y tiene la cara roja...

82

La ciudad

La ciudad se comporta como un gigante invulnerable capaz de soportar el dolor y la preocupación mostrando su mejor cara.

Las panaderías venden pan.

Los autobuses circulan hasta el anochecer.

Los comercios suben sus persianas.

Los funcionarios públicos acuden a su labor.

La gente se divierte a plena luz del día.

La costumbre hace que el pánico deje de ser pánico.

Durante el día.

Sin embargo, cada noche, al ponerse el sol, las calles recuperan sistemáticamente su aspecto solitario y siniestro. El silencio, la ausencia de tráfico susurra al oído de sus habitantes precavidas consignas que cumplen a rajatabla.

Saben que está a punto de pasar algo. Saben que sus vidas están amenazadas.

Todos esperan ver la cabeza del gran depredador clavada en una pica. Todos quieren ver sangrar el cuello del dragón. Pero nadie se atreve siquiera a salir de casa. Piensan que para eso está la policía. O el ejército. Como si su modesto salario fuese suficiente incentivo para luchar contra el monstruo y cercenarle el cuello. Para eso están. Para morir por menos de dos mil euros al mes.

83

Edén

Durante todo el trayecto tuve que oír que Fernanda se mortificaba una y otra vez con el asunto de la cara roja.

—¡¿Cómo no lo relacioné?! Es imperdonable. ¡Rubia tenía que ser!

—Son cosas que pasan. Olvídalo. Unos días de retraso no cambia mucho la situación...

—Ya... Pero es que cuando oí lo de Uxía inmediatamente pensé que se trataba de una máscara. No relacioné una cosa con la otra.

—Pues ahora ya estamos yendo a por ella. Se acabó. Concéntrate, Fernanda, por favor.

A las diez de la noche entrábamos en el callejón Musical, una calle cortada que acabó llamándose así por tener cuatro tiendas de discos en tan solo cincuenta metros. Nuestro destino era Trítono, Discos y Tragos. Se trataba de un local en el que podías elegir un álbum, pedir una copa en la barra, llevártela a una de las minúsculas mesas y bebértela mientras escuchabas el disco que habías elegido. Abría siempre de noche; desde las ocho de la tarde hasta las tres de la madrugada en invierno y de diez a cinco en verano. Para su clientela era el paraíso, un sitio sin igual.

Nada más entrar, nos encontramos con un enorme trítono en neón rojo. Se trata de la representación sonora del diablo, la disonancia musical que se consideró durante siglos como el mal. Vimos pentáculos invertidos de todos los tamaños: en el grafiti del techo, decorando camisetas, como motivo de pendientes y colgantes... También vimos machos cabríos e íncubos esculpidos en metal, dos ataúdes con crucifijos invertidos, tableros güija, serpientes disecadas, cráneos... ¿de cuervo?, un bajorrelieve que representaba a Lucifer y un extraño libro que se autodenominaba la *Biblia del diablo*. Eran cientos de objetos que invadían todo el espacio que no estaba ocupado por las cajas de vinilos o los giradiscos para probar la mercancía.

De una columna colgaban varios auriculares inalámbricos junto a la palabra HIPOCRESÍA tachada varias veces, similar a la que yo había encontrado en la cabaña.

—El volumen de la música es infernal —bromeó Fernanda.

No había ningún cliente.

Tras la barra se encontraba Líder, la dueña del negocio. Aunque sé que nos vio, se hizo la remolona y continuó tallando con una navaja un tosco trozo de madera.

—Buenas noches —le dije.

Líder levantó su mirada y pude ver sus ojos completamente rojos enmarcados por una cara de un rojo más intenso.

—¿Nos conocemos? —contestó con desgana.

—A mí sí, también soy cliente de Ootatoo —dijo Fernanda.

—Ah, sí, tú eras la que no paraba de mirarle las tetas a mi chica.

—Miraba sus tatuajes. Pero si no quieres que se las miren, regálale una de estas camisetas tan chulas que tienes en la tienda y procura que se la ponga.

—A ver qué tal te quedó.

Para mi sorpresa, el interés de Líder encontró una respuesta inmediata en mi compañera. Sin dudarlo, Fernanda se bajó los pantalones y se separó la braguita para enseñarle el tatuaje de su culo.

—Cómo mola —le dijo a Fernanda—. Fredo es el número uno.

Yo no dejaba de observarla. Me transmitía una calma que me resultaba extraña. Su mirada era firme, pero parecía perdida en lugares remotos y, más que estar buscándose a sí misma, daba la impresión de estar buscando un nuevo mundo. Le mostré mi acreditación.

—Yo te enseño algo menos interesante —afirmé.

—No hacía falta. Huelo a los maderos a kilómetros. ¿A qué se debe el honor?

Noté que mi compañera no quitaba ojo a las manos de la propietaria de la tienda. Había descubierto algo.

—Queremos hacerte unas preguntas.

—Investigamos las muertes de las chicas tatuadas —añadió Fernanda—. Una de ellas llevaba en su mano unas iniciales igual que esas —dijo señalando, junto a su pulgar, las iniciales QSJ, iguales a las que habían encontrado en la chica ahorcada.

Se aproximó a mí.

—Nunca había tenido cerca sus manos —me susurró justificándose.

Seguía intentando disculpar su torpeza. Quería dejarme claro que lo de las iniciales no era otra cagada como lo de la cara roja.

—Vanesa... —dijo Líder—. Siento su muerte. Mucho. Fue una QSJ durante un tiempo. Luego la muy zorra nos abandonó.

Se dio cuenta enseguida de que no ha sido buena idea usar ese calificativo delante de dos policías. Consciente de ello, se bajó de su pedestal, aparcó esa actitud agria y crispada y empezó a mostrarse colaboradora.

—Fuimos pareja —continuó—, pero acabamos peleándonos. Las dos teníamos mucho carácter. Cuando rompimos, ella dejó de venir a las reuniones.

—¿Qué reuniones?

—Las de las Que Se Jodan. Nuestras iniciales... —Se señala el tatuaje de la mano—. Somos un grupo activista contra los tíos que se pasan de listos.

—¿Dónde os reunís?

—Es un sitio secreto, pero supongo que estoy obligada a decíroslo.

Fernanda aprieta los labios y afirma moviendo ligeramente la cabeza sin dejar de observarla.

—En una nave abandonada. Una antigua fábrica de colchones. Allí nos vemos y hacemos nuestros aquelarres... No de brujería. No. Los nuestros son otra cosa.

—¿En qué consisten?

—Hacemos un fuego. Bebemos. Fumamos. Elegimos una víctima para realizar nuestro ritual. Se trata de proponer el nombre de algún tío que se esté pasando de la raya con alguna chica. ¿Que qué les hacemos? Básicamente ponerlos muy, pero que muy cachondos. Cuando están calientes, muchos tíos se creen todo, tengan la edad que tengan. Y cuando están como una moto... los frenamos en seco. Les cortamos el rollo de golpe. Y, si podemos, grabamos su reacción. Y luego lo subimos a nuestro Instagram. —Echó mano de su ordenador portátil y se puso a teclear a toda velocidad.

Atisbé dos fémures cruzados debajo del logotipo de la manzana de Apple. «¿Pirata informático?», me pregunté. Miré a Fernanda y ella a mí.

—Se pueden ver algunos, no todos. —Líder nos mostraba una cuenta de Instagram llamada @QSJoficial—. Aunque son bromas y nosotras somos influencers, las borramos pasado un mes para evitar juicios y esos rollos. Pero ahí podéis ver cómo ponemos en su sitio a varios gallitos.

Líder abrió la pestaña de los vídeos y clicó sobre uno de ellos. La cámara acompañaba a un veterano profesor que parecía ir a recoger su coche. Una QSJ estaba sentada en el suelo con las manos a la espalda. Chaleco vaquero, minifalda de cuero. El profesor se acercó a interesarse por ella. La chica abrió las piernas de forma ostensible. No llevaba braguitas. El profesor se quedó parado. La amiga que la estaba socorriendo le abrió dos botones del chaleco. Tampoco llevaba sujetador. Solo se veía una serpiente que nacía entre sus pechos y se retorcía hasta el cuello. El hombre estaba paralizado. La chica sacó la lengua para humedecerse el labio superior. Extendió la mano e invitó al profesor a ir con ella a la furgoneta. Se diría que él estaba dispuesto a aceptar. Cuando se abrió la furgoneta, varias QSJ salieron de golpe gritando «¡Qué te jodan!». La cámara mostraba la cara de terror del profesor y las risas de las chicas.

—¿Eso es lo que hacéis?

—Sí, es un buen ejemplo. Hay mucho machirulo que tiene que pensar más con la cabeza y menos con la polla.

—Veo mucha simbología satánica. ¿Sois adoradoras del demonio?

—No, no va de eso. Alguna puede haber, pero no todas. Yo, por ejemplo, creo en Dios.

Nuestros ojos se abrieron de par en par.

—Que mi imagen no os engañe. El mal siempre tiene apariencia de bien. El demonio es bello. No tiene este aspecto mío. Yo soy un ángel incomprendido.

La conversación se extendió más de lo previsto. Aquella mujer, con aquel extraño look, era una caja de sorpresas. Nos contó su vida. Había sido profesora de Literatura y lo dejó todo cuando se enamoró de una mujer. Por ella se sumergió en la subcultura heavy satánica. Cuando su chica la abandonó, cayó en una depresión y no pudo volver a dar clase. Sobrevivió trapicheando con droga.

—¿Cuándo empezaste con los tatuajes y las modificaciones?

—Cada cambio es una muerte. Y cada muerte un renacer. La primera vez que renací fue cuando quise dejar de ser la ingenua de la que se burlaba todo el mundo. Sí, no os sorprendáis, era una ingenua de cojones que no estaba contenta con su vida. No me gustaba mi cuerpo. Comienzas y luego... sigues. A veces me gustaría borrarlo todo y empezar de nuevo.

—¿Y por qué elegiste este look en concreto?

—Leía cómics. Red Skull era un personaje que me gustaba. Quería ser un supervillano como él, con aquella cara roja y sus abrigos de cuero... Y aquí estoy.

—Ha debido de costarte una fortuna. ¿Alguna vez te has tatuado tú misma? Por ahorrar dinero —aventuré.

—¿Estás de broma? No se trata de coger un rotulador y ponerte a hacer dibujitos.

—Si no eres satánica, ¿por qué tienes todos estos símbolos en tu tienda?

La pregunta de Fernanda hizo que Líder se abriese por completo, generando una corriente de simpatía entre las tres.

—Para vender discos.

—Tengo que preguntarte algunas cosas más. ¿Conocías a Manu Dans?

—Sabía quién era. Toda la ciudad lo sabía. Era el chico guay oficial. Para mí era un pedorro.

No parecía que Líder estuviese muy interesada en disimular.

—En la cabaña donde apareció el primer cadáver había una pintada igual que esa que tienes ahí.

—¿La de HIPOCRESÍA?

—Sí.

—La hicimos nosotras. Hace cinco años. Cuando éramos menos y nos reuníamos allí. Hasta que encontramos la nave.

—¿Y por qué la hicisteis?

—Es uno de nuestros lemas: «Fuera hipocresía».

—¿Dónde estabas en estas fechas y a estas horas?

Fernanda sacó su pequeña agenda y le mostró un calendario con las fechas de los crímenes rodeadas en rojo.

—Aquí. En mi tienda.

—¿Puede testificarlo alguien?

—Claro. Siempre entra alguien. Lo de hoy es un caso especial. Vuestro aspecto ya me ha espantado a dos clientes que curioseaban por el escaparate.

—Me temo que tendré que pedirte los nombres de esas personas. Si no tienes una coartada...

—Ahora mismo no los recuerdo, pero si me dais tiempo... ¿Soy sospechosa?

—¿Tendrías que serlo? —dijo Fernanda.

—Recopila los datos de esas coartadas y pásate por comisaría en un par de días. Tres como máximo. Es todo lo que puedo hacer por ti. Y no se te ocurra jugárnosla. Ni engañarnos ni tratar de escapar.

Líder pulsó un botón oculto bajo la barra. Un chorro de

humo blanco salió disparado por las cuatro esquinas del local. Fernanda y yo nos dimos la vuelta, alertadas. Líder exclamó sonriente:

—¿A que es alucinante?

Caminábamos en silencio. Era la primera vez que veía a Fernanda con la moral tan baja. Estaba extraña. Aprecié un gesto duro y triste en su cara. Una nube negra que flotaba sobre su cabeza. Parecía fuera de sí. Ella era siempre la energía positiva, la inasequible al desaliento, la auténtica Nike, diosa de la victoria.

—¿Qué opinas de Líder? —me preguntó rompiendo su incomunicación.

—Es un personaje difícil de clasificar.

—Pero tendrás una opinión.

Su mal humor me exigía una respuesta, pero no se la iba a dar tan fácilmente.

—Es tan extraña que no sabría qué decir.

—¿La descartas? —me preguntó.

—Claro que no. Muchas cosas apuntan hacia ella. La pintada de la cabaña, su cara roja, su aspecto satánico, su pasado... Tuvo una relación con Vanesa... Pueden ser motivos más que suficientes para perder la cabeza. Si se ha hecho eso en su cuerpo, ¿por qué no intervenir en los de los demás? Por otro lado, tiene un ordenador de primer nivel, por lo que presumo que sabe de informática. Llevaba en él el símbolo pirata, como hacen muchos hackers. ¿Te fijaste en que tallaba una cara en aquel trozo de madera? Tiene habilidad manual. Hacer un tatuaje no creo que esté fuera de su alcance. Conoce el mundo de la droga... Y esas chicas, las QSJ del vídeo, ¿me lo pareció a mí o todas eran guapas?

—Lo eran. —El rostro de Fernanda ya era menos cetrino—. ¿Y por qué no la hemos detenido?

Parecía decepcionada.

—Algo me dice que no es ella, Fernanda. Su trauma físico ya forma parte de su vida... Y conocía a Vanesa desde hacía años, por lo que me inclino a pensar que también a su madre cirujana desde hacía años. No sé... De todos modos, antes de que entráramos, yo ya le había puesto vigilancia las veinticuatro horas. En estos momentos Eloy y Margarita no le quitan ojo de encima.

—Vaya, por fin empiezo a entender por qué te pusieron al mando... —bromeó mi compañera, y con el humor la luz volvió a su rostro.

Justo entonces una de las diminutas ventanas de mi cerebro se abrió de golpe y dejó entrar la luz.

—¿Qué? —preguntó Fernanda, impaciente.

—Creo que tengo algo —dije.

—Pues dispara.

—Si metemos en el mismo saco a alguien que odia a los guapos y a una cirujana, ¿qué te sale?

—¿Cirujanitos?

Aunque me alegré de que hubiese salido de la *bajona*, no era el momento para sus gracias.

—Un problema estético —continué—. Complejos. Fuera Líder o fuera otra persona, puede que eso la llevara a fijar su atención en un genio de la cirugía estética.

—Fany del Río.

—Quizá no sea solo la madre de Vanesa...

—¿Crees que Vanesa murió por ser la hija de Fany?

—Me temo que sí. Creo que fue elegida por ser la hija del objetivo. El *target* era Fany del Río.

84

Secuestrado

Lleva sentado en el mismo sitio durante horas.

Quiere pensar.

Trata de hacerlo sin cambiar de posición, a pesar de los vaivenes propios de los frecuentes mareos que sufre.

Trata de hacerlo sobrevolando esa estancia miserable y el hedor que tapona su nariz.

Trata de hacerlo sin que brote una sola lágrima de sus ojos.

«Derecho a la salud».

«Derecho a la intimidad».

«Derecho a la integridad física».

«Derecho a la libertad».

«Derecho a tener relaciones sexuales».

«Derecho a tener una pareja y vivir con ella felizmente...».

«Si no tenemos esos derechos... ¿para qué queremos el derecho a la vida?».

PALABRA SEXTA:
FELICIDAD

Cuando oigo hablar de felicidad me da la impresión de que escucho mentiras. Yo no te quiero para ser feliz contigo. Nadie es feliz, y nosotros no lo seremos nunca, ni juntos ni separados. No se trata de eso...

...Pero ya que hay que sufrir, mejor es sufrir con alguien y consolarse en compañía. Tampoco se puede ser bueno a solas.

GONZALO TORRENTE BALLESTER,
Los gozos y las sombras

85

Edén

El regreso a la mansión de Fany del Río fue diferente a lo esperado. Ni rastro de aquella fascinación que nos produjo su jardín la primera vez que la visitamos. La ansiedad nos cegaba, no veíamos llegar el momento de encontrarnos de nuevo con la cirujana. Cuando la tuvimos cara a cara ya no parecía aquella mujer tensa que nos invitó a salir cuanto antes de su vida.

—Gracias por recibirnos tan pronto —dije al entrar.

—Gracias a ustedes. Esto se ha convertido en una pesadilla más grande de lo imaginable.

—¿Sigue creyendo que fue un suicidio? —le espetó Fernanda. Fany no respondió.

—Iremos al grano. Creemos que es posible que el objetivo del asesino no fuese su hija.

—Saben que estamos convencidos de que Vanesa se suicidó —contestó Fany, esa vez con menos seguridad—. Pero en el supuesto caso de que no fuese un suicidio..., entonces ¿quién era el objetivo?

—Usted.

Fany se sentó, visiblemente nerviosa.

—¿Tuvo en el pasado algún problema con alguno de sus clientes? —preguntó Fernanda—. ¿Algo que pudiera considerarse anómalo?

—Nuestros clientes están todos encantados. Son nuestra mejor publicidad. Tenemos más problemas con la gente que rechazamos. Por la propia naturaleza de nuestro trabajo, en ocasiones nos vemos obligados a decir que no. Cuando detecto unas expectativas excesivas en un posible cliente evito tratarlo.

—¿Lo ha hecho muchas veces? —añadí.

—Unas cuantas... Algún actor famoso ha amenazado con hundirme. Pero la sangre nunca ha llegado al río...

«Al río de Fany del Río», me susurró Fernanda al oído.

—Quizá la época más conflictiva —continuó la cirujana— fue cuando quisimos poner en marcha el servicio de eliminación de tatuajes.

—¿Qué sucedió?

—Recibimos llamadas de todo el mundo. Tras el primer tratamiento, nos dimos cuenta de que no podríamos estar a la altura de lo que pretendíamos y lo suspendimos. Por supuesto, devolvimos los anticipos y todo se cerró legalmente.

—Y ese primer tratamiento, ¿a quién se lo hizo?

—Era una chica. Quería quitarse el nombre de su exnovio de un pecho. No quedó bien y le ofrecimos un tatuaje para superponerlo junto con una elevada indemnización. Lo aprobó de buen grado. Aunque ahora me viene a la memoria...

Nuestras miradas eran auténticos fórceps tirando de aquel recuerdo.

—Un chico nos insistió hasta la saciedad para que lo interviniésemos. No aceptaba una negativa. Llamó durante semanas. Un día dejó de llamar.

—Recuerda su nombre.

—Se hacía llamar señor Menem.

—¿Se hacía llamar?

—Bueno, por la voz era claramente un chico muy joven. No me parecía que fuese su nombre real. Y lo del tratamiento de «señor»... No sé, nos pareció un pirado.

—¿Cuánto hace de eso?

—Un par de años. Quizá algo más.

—¿Podría darnos sus datos?

—Siempre destruimos las fichas de las solicitudes de presupuestos al finalizar el año. Son muchas y el espacio de almacenamiento es pequeño...

—¿No lo hacen por ordenador?

—Tengo una administrativa que solo usa máquina de escribir. Sigue utilizando fichas como las de antes. Es amiga de mi madre.

Fernanda hizo otro de sus apartes para hablarme al oído:

—Pidamos un mandato judicial para revisar los números que llamaron a la clínica.

—Su hija —continué— tenía una peculiar relación con un grupo de activistas que se hacían llamar las Que Se Jodan. ¿Lo sabía?

—Como les dije, de la vida de mi hija no sabía casi nada.

Estábamos dispuestas a marcharnos cuando Fany nos detuvo con una confesión.

—Hay una cosa que la otra vez no les conté.

Volvimos a sentarnos.

—Les dije que decidí ayudar a mi hija. Pero... no les hablé del incidente de la prueba. Supuse que no tenía importancia, aunque, ahora, tal como están las cosas...

—¿A qué prueba se refiere? —pregunté.

—Tomé una muestra de la zona de la piel donde estaba el tatuaje. Quería analizarla para conocer bien el tipo de tinta, estudiarla en profundidad antes de tomar una decisión. Pero sucedió algo extraño. Los resultados se retrasaban. Llamé y me dijeron que no habían llegado. Al final se solucionó todo. La muestra llegó unos días más tarde. Un error, nada más. Nada inquietante realmente si no llega a ser por aquel resultado.

—¿Qué ponía en el informe?

—Que en la muestra no había ni rastro de tinta. Solo piel.

Pude notar la electricidad del estremecimiento de Fernanda en mi propia espalda.

—¿Pudo equivocarse al tomar la muestra? —sugerí.

—Trabajamos a través de cristales que aumentan hasta diez

veces la zona. Es imposible equivocarse de tejido. Y lo empaquetamos inmediatamente. No. No es posible equivocarse.

—¿Por qué no nos lo había contado?

—Ya les he dicho que no le di importancia. Y me parecía un poco pintoresco hablarles de ello. Pero ahora, viendo cómo ha ido evolucionando todo, quizá... Soy una persona religiosa y oigo cosas que quizá puedan hacer pensar que esto...

—¿Cree que fue el demonio? —le pregunté con agresividad. No respondió.

—Esto no tiene nada que ver con algo sobrenatural —afirmé.

Fernanda no dejaba de mirarme como si cuestionase lo que acababa de decir.

Cuando salimos de la mansión y atravesábamos los jardines empezó a hablar:

—Cada vez me gusta menos todo esto. Empiezo a creer que hay algo extraño en este caso. Algo que va más allá de lo natural.

—¿Estás hablando en serio?

—Totalmente.

—Una policía brava como tú... ¿temblando con fantasías sobrenaturales?

—Son demasiadas cosas.

La cogí por los hombros y puse su cara frente a la mía.

—Fernanda, no te equivoques. Alguien manipuló ese resultado.

—Cada vez que damos un paso adelante, damos dos atrás. Este caso está maldito.

—Lo único que tiene que preocuparte ahora es: ¿por qué alguien quiso manipular ese resultado?

Mi compañera se mantuvo en silencio con un gesto extraño y esquivo. No sabía cómo animarla. Nunca la había visto así.

86

Gesualdo

Entra en Radio Laonda, el principal competidor de Radio Ciudad, y es recibido como una celebridad por una joven periodista. Lo invita a sentarse cogiendo con delicadeza una de las sillas de la sala de juntas principal. Todavía huele a nueva. Como la pintura y el resto de los muebles. Las oficinas no tienen más de un par de años. En su interior trabajan diez profesionales jóvenes que parecen tener una única misión: cerrar Radio Ciudad. Compiten con ferocidad por cada oyente. Saben que robarle el tertuliano más llamativo de su programa estrella será un golpe duro.

Alberta, la directora del programa de la mañana, se acerca sonriente.

—Padre Gesualdo, pronto entraremos en antena. ¿Quiere tomar algo?

El cura rechaza el ofrecimiento con cortesía. Prefiere resolver cuanto antes los asuntos pendientes.

—¿Cuándo me pagarán?

La sonrisa de la directora se desdibuja.

—Al acabar el programa pasaremos por administración.

—Prefiero cobrar antes.

—Pero normalmente...

—¿Y si me muero? ¿Y si algo acaba conmigo? Si no les importa, prefiero cobrar por anticipado. Insisto. Así lo hablé con su compañera. Y en efectivo.

La conductora del programa hace la introducción. El padre Gesualdo se muestra impaciente. Sus dedos tamborilean sobre el fajo de billetes que le abulta en uno de los bolsillos.

Llega su turno. Reprime su voz y, con suavidad, empieza a deslizar su mensaje amedrentador.

—El apocalipsis ha empezado. Los cuatro jinetes han llegado.

La directora tira de oficio y comienza a exprimir lentamente al religioso.

—Sabemos que usted es un estudioso de la Biblia, padre Gesualdo. ¿Cree que sus profecías son aplicables al mundo de hoy?

—La Biblia es un libro sagrado. «¡El cielo y la tierra pasarán, pero mi palabra no pasará!», dijo Jesús.

Todos los miembros del equipo de la cadena están atentos a la entrevista. Y todos empiezan a frotarse las manos. Contaban con material para plantar cara a *El programa de Nacho*. Pero esto empieza a sobrepasar sus mejores expectativas.

—El primer jinete es la extranjera que apareció con la cabeza cortada y que fue el heraldo de la guerra, la anunciadora de la gran tribulación que sufre nuestra ciudad.

Cada vez habla a más velocidad y en un tono más elevado. Los técnicos de sonido tratan de mitigar los efectos del discurso apocalíptico en la calidad de la emisión.

—Vanesa fue el segundo jinete. El caballo blanco. Una niña malvada que se enfrentaba a una madre que luchaba contra la voluntad de Dios, intentando parar el tiempo en los rostros de sus clientes. Eso convierte a la madre en una especie de anticristo...

A la directora se le escapa un gesto dubitativo. Son argumentos retorcidos, traídos por los pelos, pero para ganar audiencia suenan a gloria, por lo que hace un ademán y lo invita a seguir hablando.

—El tercer jinete fue el influencer. El hambre..., aunque un hambre de reconocimiento y de fama. El cuarto jinete fue la muerte... Una muerta tatuada termina por anunciarnos la definitiva llegada del apocalipsis.

Por fin la presentadora logra participar en su propio programa.

—Le confieso que es la primera vez que veo, en persona, a alguien anunciando el apocalipsis. Me sorprende que en Estela...

El padre Gesualdo la interrumpe.

—Fue una prostituta la que anunció la caída de Babilonia, igual que aquí. Escuchemos al profeta Jeremías: «¡El lugar quedará completamente deshabitado! ¡Será tierra por la que nadie pasará y en la que ningún ser humano vivirá!». ¡Estela es la nueva Babilonia! ¡¡¡Está siendo atacada por la ira de Dios!!! Demos paso a Jesús, demos paso al tiempo de la gracia... El que no crea que estas cosas vayan a pasar es que no cree en la Biblia. Y por lo tanto, no cree en Dios.

87

Edén

Me quedé parada ante un caballo negro de pura raza española que se retrotaba al salir de la pista de trabajo. Echaba humo por su piel. El propietario lo reprendía tirándole ligeramente del ronzal. Me aparté de él como pude y me fui abriendo camino evitando al resto de los animales.

Fernanda estaba al final del pasillo, agachada, poniendo un vendaje de trabajo a su caballo.

—Localizada.

Mi compañera no se volvió porque reconoció mi voz. Sé que sintió la incomodidad de que dos de sus mundos se conectasen de golpe. Su trabajo y esa especie de retiro monacal secreto que para ella era aquel modesto club ecuestre.

—¿Cómo has dado conmigo?

—Soy policía, ¿recuerdas? —respondí.

Aquel club hípico era una isla a la que Fernanda acudía cuando necesitaba un balón de oxígeno. Yo lo sabía desde hacía tiempo, pero nunca le había sacado el tema. Entendía lo que buscaba junto a aquel caballo. Allí no había crímenes, ni compañeros cabrones ni delincuentes. Todo giraba en torno al sosiego de un cuadrúpedo de más de quinientos kilos cuya máxima ambición en la vida era pacer plácidamente en un verde prado.

—Así que este es tu Shangri-La.

Su caballo lanzó un resoplido que a Fernanda le sirvió de excusa para no contestar.

—¿Qué es eso que no podía esperar? —me dijo poco después mirando hacia arriba con cara de pocos amigos.

—Quería hablar contigo.

—No hace falta que vengas a animarme. La cagué. Punto. Ya soy mayorcita. Tuve delante de mí la que puede ser una de las claves del caso y no hice bien mi trabajo.

—Creo que estás dramatizando demasiado un simple error.

—Edén, ¡era una chica con la cara roja! No hay que ser Antonia Scott o Sherlock Holmes para atar esos dos cabos.

—Sí, ha sido un fallo. Pero la vida sigue, y tenemos mucho trabajo por delante. Quiero compartir contigo algunas novedades. —Confiaba en que informándola de los avances de la investigación lograría sacarla de su particular agujero.

—Hay una cantina al final del pasillo, a la izquierda. Espérame allí. Tardo diez minutos.

—¿Zumo de tomate? —dijo Fernanda, escandalizada al verme beber uno—. ¡Eso solo se toma en el avión!

—Un antojo —me justifiqué. Saqué unos informes de mi mochila y continué—: Este es el posible número del señor Menem. Aunque debería decir «estos». Todos son llamadas desde IP internacionales. Kansas ha dicho...

—... que no podemos rastrearlas.

—Exacto.

—En cuanto al envío desde la clínica de Fany del Río, también hay novedades. La empresa de mensajería es MRW. El mensajero era el habitual. Recogen los paquetes dos veces al día, por lo que llevaron muestras al laboratorio en dos ocasiones. Como no hacen albarán al ser un cliente habitual, no pueden confirmar en cuál de ellos lo entregaron.

—¿La administrativa?

—Hablamos con ella. Tampoco recuerda cuándo lo llevaron.

—¿Y por eso vienes hasta aquí?

—Tercer asunto: hemos descubierto que el padre Gesualdo no es el padre Gesualdo.

Ninguna de las dos pudo evitar sonreír.

—No es sacerdote —continué—. Se trata de un seglar consagrado de la secta de los Miguelianos, de Pontevedra. Su verdadero nombre es Gustavo Guillermo Vitale Caprile. Al menos hasta los cuarenta años. Antecedentes penales por hurto, cumplió condena en el centro penitenciario de A Lama y de ahí le perdemos la pista hasta su actividad religiosa. Los últimos veinte años ya ha usado su nombre cambiado: Carlo Gesualdo, como el compositor musical.

Al oír la palabra «secta», Fernanda apretó intermitentemente su mandíbula provocando que sus orejas empezasen a moverse de manera casi imperceptible.

—¿Y qué hace en Estela? —preguntó.

—Trabaja en agrupaciones parroquiales. Colabora con quien le llame. No oculta su pertenencia a los Miguelianos. Va siempre vestido de azul y amarillo, a pesar de que su líder está pendiente de juicio por abusos sexuales. Parece estar disfrutando con todo esto...

—Tenemos un fanático, tenemos una secta, deberíamos detenerlo, ¿no? —dijo Fernanda.

—Todavía no. Lo cierto es que en este caso no tenemos nada contra él. Y sabes que yo no creo que los crímenes del tatuaje los haya ejecutado una secta. Me inclino por la teoría de don Tomás.

—¿La teoría de don Tomás?

—Sospecha que quizá sean dos personas —informé—. Don Tomás me abrió esa posibilidad basándose en los tipos de tinta y sus comportamientos como depredadores. Según él, uno acecha y otro llama la atención, por lo que han de ser dos cazadores distintos.

—¿Estamos buscando a dos personas?

—Muy probablemente, sí. Aunque son dos personas coordinadas, no son un grupo.

—¿Y si esos dos son miembros de la secta?

—Me mosquea que cambien de palabra.

—No entiendo por dónde vas, Edén.

—¿Por qué poner un calificativo distinto a cada víctima? Si son de una secta, supongo que tendrán sus símbolos. Sus palabras fetiche. El apocalipsis habla del 666. El número de la bestia. No improvisan una cifra nueva en cada caso. Nuestros asesinos no. Buscan humillar a cada víctima de una manera. Y eso es algo rastrero. Es un bajo instinto, no creo que sea una misión mística.

Fernanda se rascó la frente antes de hablar.

—Pues yo también he llegado a algunas conclusiones. No creas que he estado aquí tan solo lamiéndome las heridas...

—No esperaba menos —le dije.

—Llevo horas pensando en las palabras tatuadas. Intentando entender el idiolecto del asesino. PUTA es algo que diría cualquiera, joven o no. ZORRA parece propio de alguien de menos edad, lo que nos llevaría a un hombre joven. En cuanto a MARICA... ¿Ves a alguien joven usando esa palabra?

—Quizá no.

—Es algo que diría tu padre. O alguien que tenga muy presente la figura paterna.

Acepté el razonamiento. Parecía un término propio de un hombre maduro.

Por un momento me di cuenta de que el rostro de Fernanda se apagaba.

—Otra cosa más. —Bajó la mirada—. He visto a Martín...

—Lo ves todos los días...

—Con Camilo.

Una bola de cañón se aplastó contra mis costillas.

—Tomaban una cerveza por la noche en un bar del extrarradio. No me preguntes qué hacía yo allí a esas horas... Junto a ellos estaba Ricardo Delgado. Es probable que sea nuestro topo.

Encajé el golpe como si estuviese en el ring, tocándome ligeramente la nariz con el pulgar, y continué hablando sin inmutarme.

—Lo sospechaba. Por eso mantuve en secreto que íbamos a ver a Líder.

Fernanda sonrió. Le gustaba que fuese siempre un paso por delante.

—¡Vamos! Vuelve al trabajo —le dije—. Te necesitamos. Quiero que tires tú del hilo Gesualdo. Nos será útil. Tengo un plan.

88

Martín

Mira fijamente la pantalla del ordenador leyendo algo que parece enervarlo. Lara está de pie, observando lo que su compañero señala con el dedo. Solo cierra su boca cuando se mordisquea las uñas.

—Fueron a ver a la chica de la cara roja y no nos dijeron nada. —El enojo de Martín va creciendo a medida que su lectura avanza—. Nos lo están ocultando para llevarse todo el mérito.

—También nosotros estamos reteniendo información. No les hemos contado todavía lo del cazador mexicano —responde Lara.

—Ya te lo dije. Todo en su momento.

—Sí, pero creí que ibas a retener la información un día o dos, y veo que ya ha pasado más de una semana.

—Ella quiere todo el mérito para sí. De la otra vez, cuando detuvimos a Álvaro, ¿a quién entrevistó la prensa? A ella. —El policía no atiende a razones. Está cegado.

—Pero comentó varias veces que era un éxito del equipo —repone Lara—. Incluso nos nombró.

—También pudo llevarnos a la entrevista. No te engañes. Quiso la gloria. Lara, no le des más vueltas. —Martín encuentra el informe del interrogatorio e inmediatamente se dispone a leerlo—. «Cara roja..., aspecto demoniaco...». Es ella. Se trata de esa Líder. No hay duda de que es el demonio que vieron Manu Dans y Uxía. «Tuvo una relación amorosa con Vanesa, despreciaba profundamente a Manu...». ¡Pues se va a joder porque la detendremos nosotros!

Se levanta expulsando la silla de debajo de su culo, coge su impermeable y sale, decidido a no perder ni un minuto.

—¿Sin recibir órdenes de Edén? —Lara empieza a arrepentirse de formar parte de ese pulso. Aquello está yendo demasiado lejos.

—Esto funciona así. El mérito es siempre de los que hacen la detención. ¿Quieres que se lo lleven otros? Allá tú, Lara. ¿Crees que se acordarán de ti, eh? ¡Venga, vámonos!

Lara coge su abrigo a cámara lenta y echa a andar sin determinación alguna.

—¿Vienes o no?

Finalmente arranca, y salen del edificio en busca del coche oficial.

A las ocho en punto de la tarde los dos jóvenes policías entran en Trítono, Discos y Tragos. Dos chicas vestidas con minifalda de cuero y chaleco vaquero ladean el cuello y los siguen con la mirada. Son dos QSJ. Tienen puestos unos auriculares enormes en los que suena *Dragula*, de Rob Zombie. Para ellas era como oír a Verdi en La Scala de Milán.

Martín se acerca a la barra.

—¿Antonia Varela Cornide?

—Me llamo Líder.

—Queda detenida por el intento de secuestro de...

Antes de que pueda acabar, Líder reacciona con vehemencia.

—¿Están de broma? Yo no he hecho nada.

Las dos minifalderas interrumpen la audición para acudir a ayudar a su compañera.

—¡No tienen derecho a entrar aquí! —grita la más alta de las dos acosando a los policías.

Martín intenta no perder el control de la situación.

—Por favor, apártense.

—¿Tienen una orden judicial? Este es un lugar privado...

Líder activa una clavija y la música, que antes prácticamente solo oían las chicas, invade toda la sala. Lara y Martín se desabrochan la funda del arma. Temen que aquello se les vaya de las manos.

—¡Alto, alto, alto! —exige Líder, sonriente, mientras dirige el brazo hasta debajo de la barra.

—¡No se mueva! —grita Lara apuntándola.

Líder pulsa su botón preferido, y cuatro chorros de humo blanco atraviesan de golpe la tienda de discos. El ruido y la humareda sorprenden a los policías, que se vuelven mirando a todos lados. Martín saca precipitadamente su arma y dispara por instinto. La sonrisa de Líder se tiñe de rojo. Una bala acaba de atravesar uno de los dragones tatuados de su pecho, justo a la altura de su corazón.

Cae.

El rojo de su cara comienza a palidecer. Su cuerpo, lleno de sangre, reposa sobre una mancha roja, acurrucado en el suelo. Una de las chicas aprieta con fuerza la herida tratando de contener la hemorragia.

La otra intenta reanimarla golpeando su pecho y practicándole el boca a boca.

—¡¿Qué habéis hecho, hijos de puta?! ¡¿Qué habéis hecho?! —grita con las manos llenas de sangre.

Martín sigue empuñando su arma. Está inmóvil.

—Avisaré a la central —murmura Lara.

89

Edén

¿Cuántos despachos hay en un despacho? ¿Cuántas lecturas diferentes tiene la misma decoración? Incluso uno tan pequeño y escueto como el mío podría ser un palacio o una jaula, según cómo hubiese ido el día. En aquel momento me parecía un microondas que hacía que mi sangre hirviese. Lara estaba frente a mí, cabizbaja, esperando que comprendiese un comportamiento que no tenía justificación.

—¿Qué hacíais allí? —le pregunté con toda la hostilidad de la que fui capaz.

—Fuimos a detenerla...

—¿A detenerla? ¿Cómo no se me informó?

—Martín creyó que alguien podría estar en peligro...

—¿Martín? ¿Sabes que lo menos que puede pasarle es que lo suspendan durante meses por culpa de esto? ¿Qué pasó realmente?

—Nos estaban acosando y nos tendieron una trampa.

«Mentiras, mentiras y más mentiras».

—Echó unos chorros de humo y... empezó el tiroteo.

«¿Unos chorros de humo? ¿Esa broma le ha costado la vida?».

—Lo lamento, Edén. Siento que te hemos fallado...

No respondí. Decidí largarme de allí.

Cogí el arma y mi placa y salí de aquel barco hundido en que se había convertido mi pequeño habitáculo. Me estaba ahogando. Quería respirar aire puro y hacer mis ejercicios de autocontrol.

—¡Puto ego! —grité nada más pisar la calle.

Sabía lo que habían hecho y por qué lo habían hecho.

90

Nacho

En menos de siete días el aspecto de Radio Ciudad había cambiado. La pujanza de Radio Laonda los había convencido de que estaban obsoletos. Que todo necesitaba un lavado de cara. Empezando por las oficinas. En la última semana, el local se reformó con arreglo a las directrices de los nuevos tiempos: colores claros, mesas de cristal, estanterías metálicas. El minimalismo había tirado por la borda los antiguos despachos de castaño, las máquinas de escribir conservadas con esmero, los cuadros con fotos de las celebridades que visitaban la emisora. Lo único que se mantenía de aquella época era la necesidad de ingresar dinero suficiente para pagar las nóminas.

Nacho camina hacia el despacho del director. Va sonriente. Normalmente temblaría ante una situación así, pero los tiempos han cambiado. Ahora es él el que ha hecho cambiar a los de Radio Laonda. El que va por delante. *The closest & the fastest.* Solo piensa en reconocimientos y dinero.

—Hola, Nacho.

El director continúa hablando hasta que se sienta.

—Iré al grano. Algunos anunciantes han expresado su incomodidad con la línea que está siguiendo tu programa últimamente.

—Perdona, Carlos, pero no te entiendo.

—Amenazan con retirar la publicidad si sigue siendo sensacionalista.

—¿Sensacionalista?

—Sabes lo que opino. Me gusta tu nuevo estilo. Por lo que respecta a la audiencia, es un tiro... Sin embargo, cualitativamente parece que no está encajando. La ciudad vive una situación difícil y los anunciantes temen que se les vuelva en contra. Opinan que es momento de ser positivos. No de insistir en las desgracias ni en la negatividad. Lo importante, Nacho, no es lo que opinemos tú y yo, sino lo que piensen ellos. Los de la pasta. Y si nos cierran el grifo, yo también tendré que cerrarlo.

¿Estaba pasando aquello? Esperaba un aumento de sueldo, una felicitación, al menos una palmada en la espalda, ¿y recibía una reprimenda y el anuncio de censurarle el programa?

—No hacemos nada que no hagan en otros medios —protesta.

El director mueve la cabeza diciendo sí y no a la vez. Nacho insiste:

—¡Laonda nos ha copiado! Y en cualquier medio se pueden ver imágenes violentas. Ayer, sin ir más lejos, vi la paliza que ocasionó la muerte de una persona entre las noticias de deporte. ¡¡¡Entre los comentarios de los entrenadores y las novedades de los fichajes!!! Sin embargo, nosotros en la radio no, nosotros no podemos tocar esos temas... ¿El problema son las palabras? ¿Es eso, Carlos? ¿Lo que molesta es que se haga a través de la palabra?

—Sabes que no pienso eso. No obstante, tengo una responsabilidad.

Nacho se levanta y se va del despacho. Quiere dar un portazo, pero se arrepiente y amortigua la puerta con el pie.

Va hasta su mesa, coge su gabardina y decide marcharse. «Calle, calle, calle». La forma de evitar cometer un error irreparable.

Se ha ido dejándose el ordenador encendido. Su idilio con la audiencia puede irse al garete por culpa de un par de anunciantes remilgados. «Calle, calle y más calle». Camina a toda prisa por la avenida principal. Hoy tiene una reunión muy especial con la sargento Edén González. Han quedado en el Orinque, un bar de pescadores situado junto al puerto. Llegan prácticamente a la vez.

—Qué puntual —dice Nacho.

Entran. Piden dos cafés. Se observan. Edén no entiende por qué el periodista está casi jadeando.

—¿Algún problema?

—No. ¿Por qué?

—Tu respiración...

—No quise llegar tarde y he venido deprisa. Eso es todo.

El camarero se acerca y les sirve.

—Solo esto, gracias —dice Edén para despedirlo—. Nacho... ¿Te importa que te llame Nacho?

—Así me llama todo el mundo.

—Sé que han estado pasándote información. Y sé que ha sido Ricardo Delgado, que fuisteis compañeros de colegio y todas esas cosas.

Nacho se recuesta en la silla, entrecruza las manos y baja el mentón. «El día aún puede empeorar».

—Sin embargo..., tengo buenas noticias para ti. A partir de ahora ya no lo necesitarás más...

«Ya lo sé —piensa Nacho—. Los batidos de chocolate acaban de joderme bien jodido».

—... porque la información te la daré yo.

El periodista levanta de golpe la mirada.

—¿Por qué habrías de hacer eso?

—Me propongo controlar lo que se sabe del caso. Y como estoy convencida de que no seré capaz de evitar que se sigan filtrando cosas... prefiero darlas en el orden que más interese para la investigación.

«¿Es una trampa?». Nacho prefiere seguir en silencio.

—Te voy a dar la primera remesa de información. La mujer muerta de ayer era nuestra principal sospechosa en el caso de los tatuajes. Puedes decirlo así. Que volvemos a no tener nada. Quiero que el asesino se confíe. Ah, y tengo una noticia que te gustará conocer.

Durante unos minutos le cuenta la verdad sobre el padre Gesualdo.

—¿Estás segura?

—Por completo. Somos la policía, ¿recuerdas? Nosotros no podemos inventarnos nuestras fuentes de información, como hacen otros.

91

Edén

La noche del 11 de marzo la mansión Fany del Río se presentó ante mí en forma de una de mis visiones macabras, aunque en esa ocasión no había sangre. A pesar de ello, lo que veía me parecía tenso y desasosegante, como una tétrica animación 3D en la que me movía con soltura, pasando de una estancia a otra, subiendo y bajando el punto de vista como si fuese un ser dotado de la capacidad de volar. Un extraño desfile sucedía en el interior de la gran casa. Por sus impolutos pasillos de mármol paseaban todos los sospechosos que habíamos tenido en el caso: chulos de putas, tatuadores, Álvaro Ponte con sus particulares gafas, un pescador con sobrepeso, el patético Adolf junto a su pequeño clan de nazis imberbes, Tangata el maorí... Todos iban escamoteándose tras las puertas de la casona hasta que se quedaba vacía, invadida por un sonido ronco y lejano que la llenaba de inquietud. Solo podía ver sus puertas elegantes con sus pomos relucientes, sus impecables suelos... ¡cómo brillaban esos suelos! Mis ojos cerrados se admiraban de que no hubiese una mota de polvo en aquellos muebles ni en aquellos pasillos pulidos. Ni una manchita en aquellos cristales, los más transparentes que he visto nunca, tan perfectamente limpios que parecían inexistentes. La mansión estaba realmente como una patena. ¿Mi obsesión por la limpieza me jugaba una mala pasada?

Mi visión se apagó. Mi curiosidad no. «¿Cómo lo harán?», me pregunté. Sabía que allí trabajaban un mayordomo y una asistenta. «No creo que den abasto». Demasiado grande para que pudiesen hacerlo solo dos personas. Y menos si tenían otras tareas. «Seguro que contarán con ayuda externa —pensé—, una de esas empresas de limpieza que trabajan por la noche». Por eso nunca vimos a nadie ajetreándose por allí. Además, puesto que tenían clientes vips circulando por las instalaciones, dudo que fuese acertado que se cruzasen con alguien que pasaba el mocho...

Me invadió la irrefrenable necesidad de ponerme a limpiar el polvo de mis escasos muebles, lo que hizo que me sintiera incómoda nuevamente porque, como es sabido, no me gusta sentir pulsiones que se asocien al rol femenino. Si alguien me hubiera visto con una escoba habría sido una claudicación. Pero como no me veía nadie, me levanté, cogí una bayeta y me puse a frotar como si mis muebles fuesen una lámpara y quisiera que un genio saliese de ella. «Por fuerza han de tener el apoyo de una empresa de limpieza de las buenas», volví a especular. Había material valioso. Y Fany debía de confiar en ella para permitir que esas personas anduviesen tocando sus cosas por la noche. O puede que eso se lo reservara al mayordomo... La imagen de un operario caminando por los pasillos se apoderó de mi mente. Lo imaginé abriendo las puertas, entrando en los despachos... Tendría acceso a cualquier sitio de la mansión ¡sin que nadie lo viese!

Nada más dar las ocho de la mañana, una hora que supuse lo suficientemente razonable para no importunarla demasiado, me puse en contacto con Fany del Río.

—Disculpe que la moleste de nuevo.

—Edén, creo que ya va siendo hora de que nos tuteemos.

—De acuerdo, Fany... Solo quiero hacerte una pregunta. ¿La muestra del tatuaje de Vanesa a qué hora se hizo?

—No entiendo.

—Sí, me refiero a si tomaste la muestra y la enviasteis inmediatamente al laboratorio o se hizo al día siguiente.

—Era tarde. Seguro que tuvo que esperar a los envíos del día siguiente.

—Muchas gracias.

—¿Eso era todo?

—No. ¿Puedes decirme qué empresa de limpieza tienes contratada?

92

Dona Albeite

«El flacucho con gorro calado y guantes negros», así lo recordaba del día que le echó las cartas por primera vez. Su aspecto frágil hizo que sintiese un instinto de protección que la llevó a saltarse sus propias reglas.

Cuando le enseñó la primera carta, el Enamorado, ambos sonrieron. Ella le anunció boda y él se mostró satisfecho. Luego salió la Fuerza, que suele anunciar que el destino está a favor de las personas excepto... si sale al revés, como sucedió aquella tarde. «No se lo diré —decidió—. Parece un buen chico. La boda saldrá mal —pensó—, pero es joven y podrá rehacer su vida». Hay mucha psicología en el arte de predecir el futuro. Cuando salió la carta de la Muerte el joven se preocupó. Dona lo calmó de inmediato:

—Es una señal de cambio, de transformación. No significa que vayas a morir. Significa que una etapa vital se cierra. Y si, como dice la carta del Enamorado, la boda anda cerca...

Por último le salió el Sumo Sacerdote. Lo relacionó con la ceremonia de boda..., pero algo se encendió en el interior de Dona. Ese poder... parecía que no correspondía a la persona que tenía frente a ella.

—*Fillo*, ¿te está mangoneando alguien? —preguntó Dona.

El cliente la miró sorprendido.

—¿Qué quiere decir?

—Si hay alguien en tu vida que te dice lo que tienes que hacer.

Él tan solo sonrió.

A Bruxa recuerda la última vez que la visitó. Lo vio demacrado, con las ojeras moradas y la piel azulada. En el último año había ido al menos una vez al mes. Se había convertido en su mejor cliente. De lejos. Cada vez que iba dejaba un billete de cien euros. Era de los que mejor pagaban. Sin embargo, Dona estaba preocupada. Lo veía frágil y dependiente de sus consejos. Se sentía culpable. Le había mentido al aliviar la interpretación de las cartas y, quizá, eso lo había hecho un adicto. Sabía que suya era gran parte de la responsabilidad en aquella dependencia del tarot que tenía el joven.

Ahora está allí, de vuelta. Sentado frente a ella y con una agitación que la incomoda.

—Hace demasiado calor para llevar ese gorro de lana y esos guantes —le dice la anciana.

—Sí, es una temperatura poco habitual para la fecha —responde el cliente sin hacer ademán alguno de quitárselos.

—Además, no debes cortar las cartas con las manos cubiertas.

Le tiemblan ligeramente.

—Siempre lo he hecho así.

—Por eso estás de vuelta con esa cara. Vamos a intentar poner más de ti en los naipes. —La anciana está dispuesta a decirle, por primera vez, la verdad de lo que anuncian las cartas.

Contrariado, el joven empieza a quitárselos tirando de los dedos con desgana. Sus manos brillan con un color artificial. Parecen estar hervidas. No se ven arrugas. Son como mármol pulido a conciencia. El cliente repara en la sorpresa de *a Bruxa*.

—Una enfermedad —le dice.

Dona sabe que no es verdad.

Cuando era niña hizo muchas veces jabón. La sosa cáustica

licuaba la piel. Esas manos habían estado en contacto con ella. «¿Se habrá casado ya? ¿Le habrá hecho daño a su mujer?». La anciana empieza a sentir temor.

—Corta —le sugiere entregándole el mazo de cartas.

El chico lo divide en dos. Pero no mira los naipes. Solo observa la reacción de la anciana. La carta del Diablo luce boca arriba. Dona levanta sus ojos y se encuentra con los del chico.

—Te rebelarás contra las fuerzas creadoras.

—¿Es malo?

—Nada es malo ni bueno. Todo depende de lo que busques con ello. ¿Tú qué buscas?

Coge los guantes y vuelve a ponérselos, meticuloso.

—No quiero seguir. ¿Dejarlo a medias sería negativo?

—No tiene por qué.

El chico se levanta y se va.

La anciana respira aliviada.

93

Edén

Tenía que acudir a una cita antes de comprobar la información que nos había dado Fany del Río. Todavía no era la hora pactada, y esperábamos sentadas en el Mondeo de Fernanda acabándonos uno de los bocadillos más ricos que había tomado en mi vida: jamón asado con queso azul, una *delicatessen* por menos de tres euros.

Sonó el teléfono.

Era de la comisaría. Fernanda contestó poniendo el manos libres y la telefonista empezó a hablar acelerada. Parecía que tenía algo importante que contarnos, pero no lo conseguía:

—... Quiero decir que tengo una llamada que solicita información sobre una chica negra... Afirma que es su madre. Pensé que quizá sea el cadáver de Costa Solpor.

—Pásanosla —solicitó Fernanda.

Al instante oímos una voz frágil que hablaba bien el español aunque mantenía la sonoridad del acento africano.

—Soy Nyala, la madre de Abeba. Estoy muy preocupada. Hace tiempo que mi hija se marchó para Estela y no sé nada de ella.

Fernanda sacó su bloc y anotó: «Unos cincuenta años».

—Me enteré de lo que está pasando ahí, en Estela, de que había aparecido un cadáver... —continuó la africana hasta que su voz se quebró por el llanto.

Fernanda esperó unos segundos de cortesía antes de preguntarle:

—¿Por qué no lo denunció antes?

En su voz había cierto tono de reproche, así que le hice un gesto de calma con las manos solicitándole más suavidad en las preguntas.

—Estaba pendiente de tener los papeles. ¡Nos quedaba tan poco para obtenerlos...! Éramos residentes ilegales. Y ahora que ya no lo somos, que nadie puede amenazarnos con echarnos, mi pequeña Abeba no está...

—A veces aparecen —dijo Fernanda haciendo un esfuerzo para animarla—. ¿Por qué piensa que está en Estela?

—Sé que iba allí. En autostop. Tenía una oferta de trabajo.

—Disculpe, soy Edén González, de la Policía Judicial de Estela —dije, evitando mencionar mi cargo ni cualquier palabra relacionada con violencia—. ¿De qué era la oferta de trabajo que tenía su hija?

—No nos lo dijo. La última vez que hablé con ella discutimos. Abeba es buena, pero tiene mucho genio. Otras veces se había marchado pensando que encontraría una vida nueva. Pero nunca estuvo tanto tiempo sin llamarme.

Se calló. Oímos que se sonaba los mocos. Los sonidos de sus fuertes espiraciones eran amplificados por el manos libres del coche haciendo que adquiriesen un tono tragicómico.

—Estoy preocupada —continuó Nyala—. Yo... cuando llegué a España tuve que trabajar en cosas malas. Me trajeron engañada. En mi país era dependienta en una tienda... Creí que venía para otra cosa.

Volvió a usar su pañuelo y por los altavoces del Mondeo oímos de nuevo esa lastimera trompeta en la que se había convertido su nariz.

—Logré escapar del local de alterne gracias a mi marido. Ahmed era quien se encargaba de limpiarlo. Tampoco tenía papeles. Logramos salir adelante. Empezamos a trabajar en una empresa de limpieza. Nadie va por las noches a las oficinas a pedir los papeles.

—¿No sabe adónde pudo venir a trabajar Abeba?

—Ella no tiene estudios. A veces nos acompañaba. Supusimos que sería algo relacionado con la limpieza... ¡Ayúdenme a encontrarla! ¡Por favor...! ¡Es buena chica!

Si finalmente era ella, ¿cómo iba a decir a esa madre que tan solo teníamos la cabeza de su hija, totalmente calcinada, en un depósito de cadáveres?

—La mantendremos informada —prometí antes de que colgase.

Fernanda detectó mi urgencia.

—Acaba de confirmar mis sospechas. Nos lo ha dicho: nadie va por las noches a las oficinas a pedir los papeles. Las empresas de limpieza se mueven por la ciudad sin que nadie sepa nada de ellas. Nunca son sospechosas... Creo que tenemos que hacer una visita a Luz Azul.

El gesto de Fernanda me exigió más información.

—La empresa de limpieza que trabaja para Fany del Río —aclaré.

—¿De dónde has sacado ese dato?

—De la mejor fuente posible. Me lo dio ella misma.

—Pues ya estamos tardando.

—Iremos tan pronto acabe lo que tengo que hacer.

—Mientras espero, pediré una relación del resto de las empresas de limpieza que hay en Estela. Vamos a ver si tienen ropa sucia que lavar...

Me dispuse a bajar del coche. Estábamos a una manzana del lugar de la cita.

—¿Quieres que te acompañe?

—Por supuesto que no. Recógeme aquí mismo dentro de media hora.

Era algo que tenía que resolver yo sola. Y cuanto antes. Por eso mis piernas se movían con determinación y mis pasos se hacían cada vez más grandes.

Llegue al bar Marejada. Comprobé que no había nadie más que un camarero detrás de la barra y Martín al otro lado, jugueteando con lo que parecía ser una bolsita de té. Su incomodidad no le impidió aguantar el tipo y hablarme con firmeza.

—Sargento —dijo agachando ligeramente la cabeza.

Continuó subiendo y bajando la bolsita sin que le temblase el pulso. Esa parsimonia me resultó irritante, casi chulesca. Deseaba pegarle. Borrar el gesto de autosuficiencia de esa cara de cretino. Recordé a Beatriz Freeman, la loquera: «El control debe llegar a tu mente antes que tu colera». Control. Control. «Piensa en algo que no tenga que ver con la situación», me susurraba la psicóloga en mi memoria. No pude. Volví a tener una de mis visiones e imaginé a Martín con la mano amputada vertiendo su sangre sobre aquella mierda de infusión. Afortunadamente, vinieron a mi mente los largos días en la comisaría de Landós... No volver a ellos era el mejor motivo para mantener la calma. Cuando uno ha estado en un agujero sabe que lo mejor es dejar de cavar.

—Martín, evitemos los tratamientos. Esta no es una charla profesional. Además, estás suspendido, técnicamente no eres policía en este momento.

Su cara estaba bloqueada; su gesto, congelado. Sabía que su vida se había convertido en un marrón. Nadie conoce el vía crucis por el que pasa un policía cuando usa su arma de fuego. No solo hay que cumplir el protocolo (advertir, disparar al suelo o al aire y, en caso de tener que hacerlo, apuntar a zonas no vitales), sino que, aun haciéndolo, todas las sospechas y la fuerza de la ley recaen en ti y nunca en el delincuente. Aunque ese caso era distinto. Martín solo había disparado una vez y acertó de lleno en el corazón de Líder. Una desgracia que costó la vida a aquella extraña chica y a Martín ir olvidándose de su trabajo, porque su futuro dentro de la policía era más bien negro.

—Sé que eres amigo de Camilo —continué—, lo que entra en lo imaginable. Es un tío simpático, cuando quiere... Sé que también eres amigo de Ricardo Delgado, y eso sí que resulta más difícil de imaginar. Ese hombre es realmente huraño. Por cierto..., ¿no conoces la condena por filtrar información confidencial?

—¿Y tú la de imputar falsamente un delito?

Como era de esperar, Martín no se arrugó. Éramos dos osos que se cruzaban en el camino levantándose sobre las patas traseras y enseñando las garras.

—¿Y si hubiese sido tu hermana? —pregunté.

Martín no respondió. El silencio continuó varios segundos. Nos mirábamos fijamente. Casi sin parpadear. Algo provocó que su coraza empezase a desmoronarse.

—Fernanda se escondió pensando que no la habíamos visto, pero no fue así —confesó.

«Déjalo hablar —me dije—. Quiere la paz».

—Camilo se enfadó. Mucho. Muchísimo. Quiso ir a por ella. Nos costó detenerlo. No hizo nada, pero reconozco que esa ira no era normal. Nunca le habíamos visto una reacción así.

El arrepentimiento empezaba a asomar en su gesto. Los osos dejaron de gruñir, apoyaron las zarpas en el suelo y se dispusieron a consentir que cada uno siguiese su camino.

Sus palabras sonaban sinceras. Miraba de forma diferente. Hacía unos instantes era un traidor y un enemigo. Ahora parecía ser, de nuevo, un miembro de mi equipo.

—¿Sabes todo lo que he tenido que pasar por su culpa?

Volvió a bajar la mirada.

—Habla con Ricardo. Dile que se acabó. No haré nada si todo vuelve de inmediato a la normalidad.

—¿Hablarás bien de mí en la investigación?

Mi afirmación lo tranquilizó.

—Si al final no me expulsan... pediré el traslado.

—Como veas. Pero por mí no lo hagas. Mucha suerte, Martín —le deseé antes de irme.

Fernanda me esperaba apoyada en su coche, fumando ansiosa.

—¿Cómo ha ido?

—Mal y bien. Supongo que todos tenemos derecho a empezar de nuevo...

Arrancó, y durante unos minutos circulamos sin rumbo por

la ciudad. Fernanda sabía que después de pasar página no hay nada mejor que sentir que avanzas. La melodía del ruido del motor solo se interrumpió por el sonido de mis dedos tecleando en la pantalla del teléfono.

—Kansas, tengo trabajo para ti —le dije—. Necesito que investigues las redes sociales de Abeba Bekele.

—¿Tenemos una orden judicial?

—Dalo por hecho.

Colgué y, sin perder un segundo, marqué el número de la jueza. Pan comido. A continuación tocó llamar al forense.

—Don Tomás, tenemos la posible identidad de la víctima africana. Debemos confirmar que los restos pertenecen a Abeba Bekele.

—Magnífico. Habíamos sacado unas cuantas radiografías para que, llegado el momento, pudiésemos cotejarlas con alguna que le hubiera hecho su médico de cabecera...

—Por lo que sé, dudo que haya un médico de cabecera con el historial de esa chica. Hasta hace poco, los Bekele eran residentes sin papeles.

—Comprendo. Haremos una prueba de ADN a la madre. Con eso sabremos si era su hija.

—Por cierto..., su olfato sigue intacto.

—¿A qué te refieres?

—Los productos químicos en la piel de Manu Dans. Dijo que quizá fuesen de limpieza profesional. Si se confirma que la chica africana es la hija de Nyala Bekele, es muy probable que viniese a Estela por una oferta de trabajo y, según su madre, puede que se trate de una empresa de limpieza.

—La verdad es que mi olfato no es tan bueno como piensas... De hecho, nunca imaginé que podría ser una empresa... Imaginaba que el asesino usaba ese tipo de productos para eliminar rastros o algo así, pero una empresa... —Don Tomás mostraba su desconcierto—. Claro que si es así... cuando deis con esa empresa analizad bien su almacén. Seguramente habrá allí sosa cáustica, porque es muy frecuente. Pero si además hay gamma-butirolactona, podéis haber encontrado algo interesante. El GBL es una sustancia decapante que se usa para quitar pinturas, como los grafitis. Junto a la sosa cáustica, es uno de los ingredientes básicos para cocinar GHB, la droga que encontramos en la sangre de las víctimas.

Al día siguiente pedí a Fernanda que fuera a recogerme a casa. No quería conducir. Cada vez cometía más errores y estaba menos atenta a la carretera. Un niño que cruzaba una calle estuvo a punto de pagarlo, y decidí darme un respiro.

El Mondeo se detuvo con suavidad delante de mi edificio y nos llevó a comisaría como si tuviese memorizado el lugar y lo abordase rutinariamente.

—Te veo arriba —le dije saliendo del coche acelerada y olvidando toda norma de cortesía.

Sentía que nos estábamos acercando.

Nada más entrar en el edificio recibí la llamada de Kansas.

—No podemos rastrear los mensajes de la persona con la que conversó Abeba antes de venir a Estela. Volvemos a encontrarnos con una IP desconocida. Algo parecido a lo que nos topamos con el mensaje de Manu Dans.

—¿Puede ser la misma persona?

—Es posible. Por lo que leí en su móvil, emplazaron a hablarse por teléfono. Quizá podamos seguir el rastro del número. Pero si es la misma persona, dudo que encontremos nada. Sería un error de aficionado, y este no es el *pringao* de Adolf... Este sabe lo que se hace. Con toda seguridad, habrá usado algún número de prepago.

No llevaba ni diez minutos en mi despacho cuando vi que Fernanda se acercaba con una carpeta en la mano.

—Olvidémonos de Gesualdo. Tiene una legión de gente que corrobora sus coartadas y testifica a su favor. Dormía en una casa de beneficencia, y los encargados afirman que acudió cada noche a cenar y a dormir. Al parecer ronca como un aserradero, por lo que dicen que si no hubiese estado se habrían dado cuenta de inmediato. Según ellos, no faltó ni un solo día. ¡Ah! Y tienen vigilancia nocturna. Si Gesualdo hubiese salido, lo habrían visto.

A los cinco minutos fue Lara la que asomó por mi puerta. Se mostraba mohína y a disgusto.

—Supongo que tengo que darte las gracias.

Yo no había presentado ningún cargo en su contra. Tampoco contra Ricardo.

—Por supuesto que no. Es puro egoísmo. Necesito buenos policías a mi lado.

—Me habías pedido que investigase los proveedores de comida para perros —continuó la agente—. Reconozco que me parecía una auténtica chorrada. Pero creo que tenemos algo. Fui a todos los proveedores mayoristas —añadió, y me pregunté desde cuándo me lo estaría ocultando— y uno de los clientes... coincide con el nombre que os oí mencionar hace un rato. El criadero se llama Luz Azul.

Fernanda y yo nos miramos como si nos estuviéramos haciendo señas en una partida de cartas y llevásemos una buena mano.

—Por si fuera poco, puede que hayamos encontrado al cazador que ahuyentó a nuestro hombre el día que estaba quemando los restos.

«¿Y esto desde cuándo demonios lo sabías, Lara?», pensé, cada vez más encendida. Solo la disculparía meses más tarde, cuando supe que estaba loquita por Martín.

—Es mexicano —continuó—, oriundo de Malpica. Estuvo invitado por unos amigos a una cacería de conejos y una noche salió a dar un paseo solo con su perro. Solía hacer eso en su finca antes de cada batida. Olió a humo y se acercó a la caseta. Al notar que el perro se mostraba inquieto decidió dar la vuelta. Supuso que sería una pareja haciendo sus cosas...

—¿Cómo no dimos antes con él?

—No estaba en España. Vino invitado a conocer el TECOR de la zona.

—¿Qué es eso? —preguntó Fernanda.

—Es un terreno cinegéticamente ordenado —respondió

Lara—. En este caso, está promovido por la asociación de cazadores de Costa Solpor.

Esa chica era realmente una buena policía.

—Lo más relevante es que no solo conocía lo de la pintada en la caseta. Al parecer, fue él quien instó a su amigo a que buscasen a alguien para que la sacase. Buscó en internet y llamó a la primera empresa que apareció como especialista en eliminar grafitis: Luz Azul.

94

Edén

Eran las cinco y media de la tarde. Ya se veían brillar las luces del alumbrado público y la oscuridad empezaba a masticar el agua que todavía no había caído. Cuatro naves en estado ruinoso rodeaban una pequeña instalación que se señalaba a sí misma con un rótulo de neón: LUZ AZUL, LIMPIEZA PROFESIONAL. Dejamos el coche a más de cincuenta metros, intentado ser discretas. Solo pedía al buen Dios que no hubiésemos llegado tarde por los retrasos de la puta orden judicial. Los problemas personales de la jueza habían hecho que tardase una eternidad. «Todo el mundo tiene derecho a tener problemas», pensé, disculpándola, una vez que tuvimos la orden en el bolsillo.

—Posiblemente, la segunda cosa más siniestra que uno puede encontrarse sea un polígono industrial medio abandonado —comentó Fernanda.

—¿Cuál es la primera?

—Encontrárselo por la noche.

La nave parecía un cubo tosco con un único ventanal en el que se podía ver a una recepcionista tras un mostrador. Al entrar, nos topamos con una chica rellenita todo sonrisas.

—Buenas tardes. ¿En qué puedo ayudarles?

—Verá, estamos siguiendo el rastro de una factura de pienso para perros.

—Lo siento, creo que están equivocadas. Esto es una empresa de limpieza.

Fernanda extendió su brazo con la copia de la factura cubierta por su acreditación policial. La recepcionista comprobó los datos y vio que, en efecto, eran correctos.

—Pues sí. Debe de ser una compra hecha por administración. Yo no veo las facturas. En realidad no veo casi nada, excepto las entradas de pedidos de los productos de limpieza —dijo disculpándose.

Decidí seguir preguntando por las facturas. Por lo general, la gente cuando ve una placa suele ponerse nerviosa.

—¿Por qué no ve nada?

—Porque estoy sola.

La noche cayó de repente y la luz empezó a parecer insuficiente. La chica se levantó a encender la iluminación general.

—Trabajar aquí sola es lo tercero más siniestro —me dijo Fernanda al oído antes de que regresase.

—¿No tiene compañeros de trabajo? —pregunté.

—No.

—¿Y los de administración? ¿Y sus jefes?

—Llevan la empresa por internet. No los conozco personalmente. Sé que tengo un jefe, pero nunca lo he visto. Me contrataron a través de una empresa de trabajo temporal. Lo único que sé de él es que se llama Otto y que controla todo teletrabajando. Nos comunicamos por mail.

Abrió su correo y nos mostró una retahíla de e-mails de la misma cuenta: <otto@luzazul.com>.

—¿No le parece extraño?

—No. Es una empresa de limpieza. Lo normal es que los operarios trabajen por la noche. Suelen venir a partir de las nueve de la noche y devuelven el material a las siete de la mañana. Y yo trabajo desde las diez hasta las seis. Hago jornada continua. El sueldo es bueno, pero estoy ahorrando para un pisito...

—¿Cuánto tiempo lleva trabajando aquí?

—Aquí un año..., aunque antes trabajaba para otra empresa del grupo.

—¿De qué grupo?

—Del Grupo Aziza. Es el *holding* al que pertenece esta empresa. Posee otros negocios como el gimnasio La Ruta Natural. Es una pasada... ¿Lo conocen?

—Sí —mintió Fernanda.

—Entonces no he de explicarles nada. Tienen lo último en máquinas y un excelente equipo de monitores. Yo empecé allí. Y, bueno, ahora estoy aquí. Es una empresa estupenda. Poco trabajo. Y pagan puntualmente.

—¿Podemos echar un vistazo al almacén?

—No es algo habitual. Entiendan que no puedo autorizarlas. Todo se solucionó al sacar la orden judicial.

—¿Ha pasado algo? —preguntó.

—No se preocupe. Simplemente son comprobaciones aleatorias.

—De acuerdo. Pasen. ¿Necesitan que las acompañe?

—No es preciso —respondí.

Entramos a un almacén atestado de productos de limpieza. Fernanda sacó de su mochila una linterna que, a pesar de su pequeño tamaño, tenía una potencia deslumbrante.

—Vienes preparada —le dije sorprendida.

—Soy una profesional.

Recorrimos las instalaciones lentamente. Decenas y decenas de cajas con envases de veinticinco litros de hipoclorito de sodio (después supe que era la vulgar lejía), sosa cáustica líquida, limpiamanchas, friegasuelos, disolventes..., pero ni rastro de nada que contuviese gamma-butirolactona.

—Volvamos a intentarlo —propuse.

Ese era mi lema. Si a la primera no conseguías lo que buscabas, siempre había que volver a intentarlo.

Retrocedimos dando pasos laterales, sin dejar de mirar ni uno solo de los productos almacenados en las estanterías. «¿Dónde lo guardarías si fueses culpable? ¿Aquí, a la vista de todos? ¿O mejor lejos de la visión de los demás?». Seguimos escrutando el depósito de productos, leyendo etiqueta a etiqueta la composición de aquellas garrafas. No encontramos nada.

Al salir, Fernanda decidió preguntar a la chica de recepción:

—¿Limpian ustedes grafitis?

—Por supuesto. Es una de nuestras especialidades. Los clientes quedan muy contentos. Nos llaman para casi todos los problemas de pintadas que aparecen en la ciudad. En los últimos tiempos hemos tenido mucho trabajo, con todo eso de las pintadas satánicas y esas modas que trajeron los tatuajes.

—Entonces ¿cómo es que no tienen los decapantes para limpiarlos?

—Sí, sí los tenemos. Pero están en otro almacén. Otto dice que son peligrosos. Los guardamos aquí.

Se levantó y nos condujo hasta una pequeña puerta junto a los aseos. Al abrirla vimos varias cajas con garrafas de disolventes que incluían en sus etiquetas de composición la palabra mágica: gamma-butirolactona.

95

Nacho

Tratar con Ricardo Delgado era completamente diferente a hacerlo con la sargento. Pelaso llamaba a escondidas, su voz era siempre subversiva y le daba la información con disimulo, como si le estuviese entregando una papelina llena de heroína. Por el contrario, Edén González lo informaba como si estuviese dando órdenes a un miembro de su equipo.

—Quiero que difundas esto. —Y le dictó—: La policía piensa que el responsable de los crímenes del tatuaje pudo haber trabajado en servicios de limpieza.

—¿Servicios de limpieza?

—Sí, has oído bien. Limpiador nocturno.

—¿Sabes lo que eso puede provocar? Has visto lo que ha pasado con los tatuadores y el incendio del estudio de tatuaje. Se les echarán encima.

—Necesitamos que la ciudad extreme su seguridad y que abra bien los ojos. Y que el asesino piense que nos estamos acercando. Quiero que cometa algún error.

En menos de una hora, la información estaba en el aire.

96

Dona Albeite

Sonó el timbre. Supuso que sería su nieta con más galletas, porque hacía mucho tiempo que no recibía a ningún cliente. Desde el último encuentro con el joven de las manos brillantes no se sentía con fuerzas para buscar la «conexión lejana».

—Buenos días, señora Albeite. Nos han dicho que necesita una limpieza en profundidad de la casa.

Era un hombre delgado, vestido con un mono verde, una mochila plástica que parecía una sulfatadora y una mascarilla y un gorro del mismo color que le tapaban gran parte de la cara.

«Esos ojos los conozco...», pensó Dona antes de que le tapasen la boca con un trapo y notase aquel mareo. Solo alcanzó a ver un nombre bordado en el mono del operario: LUZ AZUL, LIMPIEZA PROFESIONAL.

97

Edén

Entramos en la zona de aparcamiento a más velocidad de la permitida. Las ganas de pasar desapercibidas se habían evaporado. Lo primero que nos llamó la atención fue ver un cartel luminoso que, con sus letras de color verde, gritaba a todo el polígono industrial: LA RUTA NATURAL. El local parecía seguir el patrón del anterior: negocios en sitios apartados donde su rótulo era lo único que destacaba. «¿Será una técnica de marketing?», me pregunté.

Se trataba de una nave de grandes dimensiones que enterraba su dorso en un bosque de robles y castaños. A pesar de ser una mole de hormigón y cristal, aquel telón verde de fondo le confería el aspecto de ser el comienzo de una auténtica «ruta natural».

—Igual es que regalan culos nuevos —dijo Fernanda al comprobar el alto nivel de ocupación del aparcamiento—. ¡Está la mitad de la población de Estela!

A medida que nos acercábamos al edificio parecía que las máquinas de correr se multiplicaban. Cruzamos la puerta y nos encontramos con más cintas, más elípticas, más aparatos de remo... Nos llamó la atención que entre máquina y máquina hubiese una mesita de madera wengué y en cada una de ellas una jarra llena de agua con hojitas de menta. La tarima era de madera de fresno. Todo estaba impecablemente limpio, como si allí nadie hubiese sudado nunca.

—Estas deben de costar una pasta —dijo Fernanda señalando las toallas que descansaban en las estanterías de bambú jalonadas entre las máquinas—. Algodón orgánico —insistió mientras leía la etiqueta de una de ellas.

—Este sitio debe de tener un precio prohibitivo.

—Y a pesar de eso..., ¡hay lista de espera! —añadió Fernanda—. ¿Sabes? Creo que es la primera vez en diez años que voy al gimnasio.

—El Pantera de Arosa es un gimnasio —le recordé.

—¿De verdad? Al lado de este yate, parece La Patera de Arosa...

Una encargada sonriente nos salió al paso. Era joven, atlética y atractiva. Llevaba la melena rubia pegada a la cara con una especie de diadema e iba vestida con un chándal que se diría diseñado por Louis Vuitton.

—¿Puedo ayudarles?

—¿Tienen un lugar donde podamos hablar con tranquilidad?

—Sí, claro, acompáñenme.

Entramos en una sala forrada por completo con una moqueta de sisal, lo que daba a la estancia un aspecto rústico y moderno a la vez.

—Supongo que será ecológico —exigió Fernanda señalando el revestimiento de la pared.

La encargada asintió sin perder la sonrisa y nos invitó a sentarnos.

—Aquí intentamos que todo lo sea, en la medida de lo posible, claro. ¿En qué puedo ayudarles? —insistió.

Ambas sacamos nuestra placa del bolsillo a la vez, como si lo tuviésemos ensayado.

—Estamos visitando algunos locales de la zona. Nos gustaría echar un vistazo a sus instalaciones.

La encargada no se inmutó. Continuó con su sonrisa inquebrantable.

—¿Tienen una autorización judicial?

—No, pensamos que no haría falta...

—Pues han pensado mal. Como ven, aquí la gente viene a entrenar tranquila. Tenemos todo tipo de clientes: profesionales, empresarios, políticos... Entenderán que no voy a dejar que un par de «matutes» me espanten a la clientela.

«¿"Matutes"? Esta remilgada tiene la boca demasiado grande».

—De acuerdo —concedí—. Solicitaremos una autorización al juez.

—Cuando la tengan, estaré encantada de ayudarles. Conocemos bien nuestros derechos y cómo actuar en una investigación. Muchos funcionarios de la policía de Estela son clientes nuestros.

—Pues no parece un sitio accesible.

—Tenemos condiciones especiales para empresas y colectivos. Si están interesadas, pueden facilitarles información...

A estas alturas, Fernanda ya se lo había tomado como algo personal.

—Estupendo. Procuraremos venir a las... ¿Cuándo hay más clientes? ¿A las ocho de la tarde? Pues a las ocho vendremos. Repasaremos máquina a máquina... Creo que se nos verá bastante bien.

La sonrisa de la encargada bajó diez grados de golpe mientras se debatía entre hacernos venir con todas las de la ley y levantar más polvareda entre sus clientes, o bien facilitarnos el acceso a una hora discreta.

—De acuerdo. Vengan hoy a partir de las once y media de la noche. Es la hora a la que cerramos. Yo misma las acompañaré.

—¿Puede hacerme un favor? —Fernanda sacó su iPhone—. Diga unas palabras de bienvenida para la posteridad... —Le acercó su móvil hasta ponérselo a la altura de la cara.

Desconcertada, la encargada buscó una aclaración dirigiéndome la mirada.

—Autorícenos explícitamente a entrar —le aclaré—, por si se le olvida su hospitalidad y luego intentan anular el registro...

La chica volvió a poner su sonrisa profesional y habló hacia la cámara expresando su total disposición a que visitásemos las instalaciones.

—Nos vemos a las once y media —dijo Fernanda nada más acabar la grabación.

Esperamos en el coche. A medida que se acercaba la medianoche, la zona industrial fue entrando en letargo. Tan solo las cristaleras de La Ruta Natural brillaban entre las calles desiertas del polígono. Al bajar del vehículo, Fernanda no resistió el impulso de mirar en todas direcciones. Ese silencio en un lugar que solía ser bullicioso enfriaba los huesos.

—Por la noche son terroríficos.

—Para ser policía eres un poco acojonada... —contesté con sequedad. Solo había una cosa en mi cabeza en ese momento: registrar aquel lugar.

La encargada último modelo se acercó y nos abrió la puerta, pero ya sin sonreír. Con gesto serio salían a relucir todos sus defectos: los ojos se le habían hundido, restándole parte de su atractivo; el rictus de su boca apuntaba hacia el suelo y revelaba un gesto de amargura; sin aquellas zapatillas que la levantaban al menos diez centímetros y sin su chándal fashion, se convertía en una ciudadana del montón.

—¿Quieren que las acompañe o las espero en la oficina? —nos ofreció.

—Si nos explica cómo movernos por aquí, no es necesario que venga con nosotras.

—Solo una cosa... —intervine—. En unos minutos vendrá un compañero.

—No se preocupen, estaré atenta y cuando llegue lo haré pasar.

Empezamos adentrándonos en la sala de cardio. Pasamos junto a las cintas de correr, las bicicletas indoor, los *steppers*, las máquinas de remo...

—¿Qué estamos buscando? —me preguntó Fernanda.

—Quiero echar un vistazo a todo. ¿Tienes algo mejor que hacer?

Reconozco que la ansiedad agriaba mi carácter haciéndome estar más arisca que nunca. Quería echarme a la cara al delincuente que estaba jugando con toda la ciudad. Quería que no se riesen de mí. Quería ganar.

Todo estaba limpio. Todo en orden. Todo nuevo. Decidimos pasar a los vestuarios. Nos encontramos con una hilera de taquillas blancas decoradas como si fuesen un enorme piano (las teclas de los sostenidos estaban pintadas en negro solapadas entre dos puertas a la vez). Fernanda alabó la decisión del decorador.

—Qué chulo.

En casi todas había una cerradura con un mecanismo de moneda, menos en las del fondo, que tenían un teclado para abrirlas introduciendo una contraseña.

—Supongo que será la zona vip.

—Estaría bien echar un vistazo ahí dentro. Vayamos a hablar con Julie —propuso Fernanda.

—¿Cómo sabes su nombre? —le pregunté—. No recuerdo que nos lo haya dicho.

—Todas las de su tipo se llaman Julie. Y de apellido: Quetefolleunpez.

Tenía que reconocerlo. La vida era mejor con Fernanda a mi lado.

—Querríamos ver las taquillas que están cerradas, por favor —solicité a la encargada.

—En eso sí que no puedo ayudarles. Están alquiladas todo el año. Supondría una infracción legal. Pero todas son de directivas y directivos conocidos en la ciudad. No encontrarán en ellas más que material de aseo.

—¿Cómo podemos ir a la sala de pesas?

—Es la puerta del fondo.

Los espacios eran enormes, más de dos mil metros cuadrados. Sin embargo, las puertas de acceso a las salas me parecieron ridículamente pequeñas. Supuse que la nave se había construido hacía tiempo, para un proyecto anterior.

Antes de abandonar la sala principal vimos acercarse, desde el aparcamiento, a Manuel. Decidimos esperarlo. Julie fue a su encuentro. Su gesto serio y contrariado se esfumó cuando se aproximó a él.

—¿Es cosa mía o su culo respingón se mueve más que antes? —observó Fernanda.

—Manuel es un tío guapo...

—... al que parece que se le ha encendido una bombilla en la cara.

—Siempre se pone colorado cuando está nervioso. Es un hombre joven, soltero... Y ella es atractiva.

Manuel se unió a nosotras y continuamos inspeccionando la zona de pesas.

—¡Qué pasada! Nunca había visto tanta cantidad de máquinas juntas —dijo.

Nos dividimos.

Recorrimos palmo a palmo todos los recovecos del gimnasio: el área de entrenamiento personal, el área de fitness, la de pilates, las zonas de estiramientos y movilidad. La única compañía que tuvimos durante la visita fue un zumbido constante procedente de las luminarias. Llevábamos casi una hora mirando por todos lados cuando Fernanda empezó a quejarse.

—Si no sabes lo que estás buscando ¿cómo vas a encontrarlo? —dijo.

—Creo que debemos volver a empezar —sugerí—. Me parece que hemos ido demasiado rápido.

Al volver sobre nuestros pasos vi algo en la sala de pesas en lo que no había reparado. De una de las máquinas colgaba un pequeño cartel: MÁQUINA AVERIADA. Se trataba de una estructura de tubos de aluminio que se integraba en un enorme contenedor de pesos en forma de pastillas. Estaba totalmente pegada a la pared. Un sillón tapizado en piel ofrecía un asiento paralelo a ella. «No deber de ser fácil estropear una máquina tan robusta», pensé. En el suelo había diminutos surcos curvos que delataban que habían movido la máquina rayando ligeramente el suelo. Algo no encajaba.

Fernanda no desaprovechó la oportunidad para bromear.

—Seguro que es el único rayoncito en el suelo que hay en todo el local. ¡Lo deben de abrillantar con limpiacristales!

—¿Para qué mover esta máquina? —me pregunté.

Manuel dio la respuesta más obvia.

—¿Para repararla?

—Fijaos... Tienen tonos distintos..., como si las rayaduras correspondiesen a momentos diferentes. Parece que llevan tiempo estropeando la tarima de madera... Es extraño. Al menos, podrían haberla protegido...

—Julie estará muy ocupada ensayando cómo menear el culo —sentenció Fernanda.

No pudimos evitar sonreír.

—Cuando ves algo que no encaja... —dije.

—... tira del hilo —respondió Fernanda completando una frase que usábamos desde la academia.

Les pedí ayuda para mover la máquina. En un primer intento, nos resultó imposible.

—Quizá deberíamos sacar las pesas antes —sugirió Manuel.

Comenzamos a deslizar los pesos por el eje metálico, pero no pudimos culminar la operación. Al quitar las cuatro primeras algo nos detuvo. Era una argolla ubicada dentro de la carcasa, fuera del alcance de la vista. Tiramos de ella. De pronto toda la máquina se elevó un centímetro del suelo..., excepto la esquina que rayaba el suelo. Aquel artefacto se desplazó girando noventa grados sobre una bisagra unida a la pared, dejando a la vista una puerta cerrada.

98

Secuestrado

Oye pasos a lo lejos.

Cree que pueden ser imaginaciones suyas.

Lleva esperando ese momento tanto tiempo que no puede creerlo.

Ha llegado la hora.

Por fin.

Solo quiere salir de ahí.

Solo quiere que todo eso acabe de una vez.

99

Edén

Abrimos la puerta.

Todos echamos mano de nuestra arma reglamentaria.

Sentíamos una mezcla de intriga y excitación.

Ante nosotros apareció un viejo pasadizo. Tenía la pintura desconchada y desembocaba en otra puerta cerrada. También era blanca, pero mucho más antigua.

—¡Puertas con molduras de pecho paloma! Esta lleva aquí desde que los Rolling Stones grababan maquetas... —dijo Fernanda.

—No tiene nada que ver con la decoración del local —observé—. Posiblemente sea de los anteriores propietarios.

—¿Y qué hace aquí? —se preguntó Manuel.

—Eso vamos a averiguarlo ahora mismo.

Nuestro compañero abrió la puerta al primer intento. Al separarla, vimos un largo pasillo que se hundía en la oscuridad. Fernanda echó mano de su pequeña linterna, que siempre llevaba encima, y dijo tratando de adelantarse a nuestras previsibles bromas:

—El futuro es de las mujeres.

Apoyó la mano que portaba la pistola sobre la que se encargaba de la luz, de forma que podía iluminar y apuntar a la vez.

Avanzamos por el pasillo. Olía a humedad. Era viejo, pero

estaba limpio. Encontramos un interruptor que encendió una bombilla desnuda.

—¡Esto baja cada vez más! —gritó Manuel.

Les indiqué con un gesto que siguiéramos adelante. Llegamos a otra puerta. Era un portón grueso, metálico, que parecía estar insonorizado. Lo abrimos sin dificultad y al hacerlo comenzó a sonar una música. Conocía aquella aria. Era «Ombra mai fu», una de la preferidas de mi padre.

—Nunca fui una sombra —les dije y me miraron desconcertados—. Es el título de esta pieza —aclaré.

Nuestros tres corazones iban a doscientas pulsaciones. Nos estábamos adentrando en un espacio tan grande que se tragaba el haz de luz de la linterna. Fernanda lo movió varias veces, intentando ver algo, hasta que logró descubrir unos barrotes que parecían pertenecer a una hilera de celdas. De pronto escuchamos un sonido. Era un gruñido profundo y hostil.

100

Secuestrado

«Esa canción. ¡Esa canción de nuevo!».

Suena opera. «Ombra mai fu». La misma aria que ha oído una y otra vez durante todo este tiempo.

«Por fin ha llegado la hora de dejar de oírla».

101

Edén

La linterna de Fernanda se había posado en unos enormes colmillos blancos. Estaban rodeados por una gran melena de pelo castaño claro. Fernanda alertó al resto del grupo.

—¡Un león! —gritó, e inmediatamente hizo un disparo.

El sonido rebotó, provocando que el eco nos devolviese el disparo tres veces. Era un lugar de techos altos, de eso no había duda. El gruñido había cesado. Con la ayuda de la luz descubrimos un animal enorme que yacía sobre un charco de sangre.

—Parece un oso.

—Pero es un perro. Es un mastín tibetano —dijo Manuel.

Fernanda lo miró, impresionada, y solo pudo decir:

—Es más grande que yo.

—Son perros gigantescos. Conozco la raza porque siempre quise tener uno —añadió Manuel.

Tomé la linterna de mi compañera mientras se tranquilizaba y apunté hacia las paredes. Buscaba un interruptor. Ese sitio por fuerza debía tener iluminación. Localicé un cuadro eléctrico. Uno de los diferenciales estaba bajado. Al subirlo, la luz hizo que quedasen al descubierto todos los secretos que guardaba la nave.

102

Nacho

El director le pasa el brazo por el hombro mientras lo acompaña hasta la salida. Nacho hace un ligero ademán para zafarse de aquel peso.

—Buen trabajo, Nacho.

El *boss* está contento con él, a pesar de haberle desobedecido. Un par de anunciantes se habían caído, sí, pero a cambio había destrozado la reputación de Gesualdo cuando se convirtió en un activo de Radio Laonda. «Eso les hará daño». El saldo de puntos era muy positivo.

Nacho nunca tuvo una gran química con su jefe, pero ahora, después de sus amenazas, lo detesta. Está deseando llegar a la puerta para desembarazarse de ese brazo caluroso que le ha puesto encima.

Necesita salir de la emisora.

Se siente un pelele. Una herramienta. Un muñeco a merced de todos. De-to-dos. De su director, de Gesualdo, de Edén, del asesino de los tatuajes, con el que ha colaborado siendo parte de su ejército mediático. Pero en especial se siente un rehén de sí mismo, de su ambición, de sus ganas de decirle a su ex: «Jódete, te has equivocado, soy un ganador y te has ido con un jugador de baloncesto de tercera».

Se ve reflejado en el espejo de la recepción y aparta la mirada. No quiere verse. Quiere aire fresco.

Al abrir la puerta siente la calma del descansillo de la escalera. Está vacío, en silencio y a oscuras. El interruptor de la luz es de esos que se conectan al detectar movimiento. Al avanzar enciende la iluminación y se encuentra con la figura de un hombre que emerge de golpe ante él.

—¡Joder, qué susto me ha dado! —Ve la misma camisa amarilla, la misma chaqueta azul, la misma nariz, la misma barba, la misma mirada siniestra—. Padre Gesualdo...

Al instante constata que no trae buenas intenciones.

—Vaya, me sigues llamando padre Gesualdo. Creía que tras haberme llamado farsante delante de toda la audiencia no lo volverías a hacer.

Nacho va dando pequeños pasos hacia atrás hasta toparse con la puerta.

—Creo que me debes una explicación. —La voz de Gesualdo es calmada y llana, sin inflexiones. Sus gestos, suaves. Tiene una mano constantemente metida en uno de los bolsillos de la americana. Guarda algo.

La mano de Nacho aprovecha el amparo de su espalda para trepar en busca del timbre de la emisora. Cuando lo encuentra, lo pulsa repetidas veces.

—¿Crees que te van a ayudar?

Gesualdo empieza a sacar la mano del bolsillo.

Nacho ve que un trozo de cuero negro asoma.

—¿Qué va a hacer?

—Nada que no haya hecho antes —dice el religioso en un tono de voz susurrante y amenazador.

Abren la puerta. Antes de que pueda entrar, Gesualdo termina de sacar la mano. Es una Biblia vieja encuadernada en piel.

—Vengo a leerte la Biblia, Nacho.

El periodista entra y se dirige a la recepcionista:

—¡Llama a la policía!

Cuando vuelve a mirar hacia el descansillo, el religioso ha desaparecido.

103

Secuestrado

«El perro debe de haber muerto».
«Ya nada me retiene aquí».
La palabra «libertad» va escribiéndose lentamente entre esos
barrotes.

104

Edén

Avanzábamos por la nave sin bajar nuestras armas. Llevábamos los músculos tensos, la respiración contenida, los ojos abiertos al máximo. La atmósfera era tan densa que cualquier cosa podría hacer que estallásemos.

Descubrimos una hilera de siete jaulas. A pesar de su estado de abandono, mostraban señales de haberse usado recientemente. Las heces de perro se agolpaban a centenares, mezclándose con huellas que parecían ser de personas encarceladas. Algunas de las cacas estaban completamente secas; otras eran frescas y en otras había brotes de moho, completando así un siniestro muestrario escatológico.

—El muy cabrón tenía las jaulas para encerrarlos —dije sin poder reprimir mi rabia— y, por lo que se ve, parece que volcaba aquí toda la mierda del perro. Debió de hacerlo durante años.

Recordaba la piel de Manu. Las manchas por todo su cuerpo. Lo imaginaba apartando los excrementos para intentar dormir en aquel infierno.

Descubrimos al fondo dos grandes paneles de herramientas. Cada una tenía su silueta grabada. Faltaban algunas. Aquel orden contrastaba con el caos que reinaba en la mesa de trabajo: dos máquinas de tatuar, una motosierra, un soldador de electrónica, alicates, martillos, destornilladores. Todo apoyado sin ningún criterio. Junto a ellos se encontraba una especie de camilla con cuatro fuertes patas de acero, coronada por un tornillo de banco de gran tamaño con las mordazas cubiertas de espuma y una corredera de al menos cincuenta centímetros. Imaginé a la chica africana tumbada en aquella tabla, con la cabeza sujeta por las muelas metálicas y a alguien empapado en su sangre mientras la tatuaba y luego la descuartizaba. Pero aquella no era otra más de mis visiones. Eso había sido real.

—La cueva de Batman —comentó Manuel.

Lo agradecí. Fernanda miraba de un lado a otro negando con la cabeza. Aquel almacén era un libro abierto en el que encontrábamos explicaciones para todo.

—Un Batman cabrón de cojones —respondió.

Al lado de las herramientas descansaba una máquina de hacer matrículas y un plóter de impresión digital junto a material para imprimir adhesivos. Había dos ya impresos de PANADERÍA SOMOS.

—Colocados sobre furgonetas de alquiler lo hacía indetectable.

—O sobre aquella. —Fernanda apuntó con su linterna hacia una furgoneta Transit blanca que debía de tener al menos veinte años, a cuyo costado se recargaba una moto eléctrica que compartía enchufe con una táser de cincuenta mil voltios.

—Eso te hace cosquillitas —comentó Manuel al verla.

Había una balda repleta de todo tipo de aparatos electrónicos como cámaras de visón nocturna, una de ellas incorporada en un casco negro. Al moverla, se encendió en cada ojo un piloto rojo que me recordó el testimonio de Manu. «Aquí tienes tu demonio», pensé.

Micrófonos espías, media docena de minicámaras, un sistema de barridos portátil para evitar ser vigilado, lentes de largo alcance, cámaras termográficas. Hasta una botella de agua mineral con una cámara oculta.

—Aunque no lo creáis, todo esto lo puede comprar cualquiera por internet —dijo Fernanda.

—Espiaba concienzudamente a sus víctimas —añadí.

Lo más llamativo era un hábito y una toca de monja que se correspondía con la de la Congregación de Nuestra Señora de la Misericordia.

—Debe de ser el de Vanesa —dije—. La raptaría vestida de novicia y cogería su ropa de calle para ahorcarla sin el hábito.

—¿Eso significa algo? —pregunta Fernanda.

—Nada que no estemos viendo —respondí, cada vez más sobrecogida por el nivel de maldad y premeditación que se respiraba en aquella nave.

Manuel tenía la mirada fija en un arnés con unos rellenos de silicona que reposaban junto a dos cañas de pescar.

—Es una barriga postiza —explicó—. Usé una parecida una Navidad que hice de Papá Noel en un centro comercial.

—Es un disfraz... de gordo. Y solo tenemos un gordo en nuestra historia —dije.

—El pescador de truchas —respondió Fernanda mientras miraba hacia el juego de cañas de pescar.

En un mueble apartado, perfectamente ordenadas, reposaban una docena de máscaras rojas. Solo tenían en común el pretendido aspecto demoniaco de sus rasgos.

—El demonio de la cara roja que intentó secuestrar a Uxía —sugirió Manuel.

Las manos empezaban a sudarme sobre la empuñadura de mi arma. Me acerqué de nuevo a las jaulas y vi que, junto a las puertas, había bridas cortadas, algunas de ellas mordisqueadas.

—Las usaría como candados y las cortaría cuando abría las puertas —reflexioné en voz alta.

—Y luego se convertían en el juguete del perro —añadió Fernanda—. Fíjate, están todas mordisqueadas.

—Quizá esa afición por morder las bridas fue la que aprovechó Manu Dans para cortar las de su celda. Untándolas con un poco de comida...

Traté de imaginar cómo pudo escapar Manu de aquel sitio. Me fijé en que el portalón para la salida de los vehículos era una puerta basculante.

—Quizá supo desbloquearla. Sacó el bulón de la junta y una

vez desbloqueada fue pan comido —dije, y ejecuté la acción que acababa de describir.

El portalón se abrió y dejó a la vista un sendero que se abría paso entre la maleza y los árboles del bosque.

—Tendremos que comprobar adónde conduce —sugirió Fernanda—, pero me temo que llegará a la carretera principal de Estela. Cerca de donde el camionero encontró a Manu desnudo.

—Acabemos de examinarlo todo —ordené.

Cerramos el portalón y el estruendo se mezcló con un quejido. Procedía de la última jaula. Nos acercamos con cautela y nos encontramos con un cuerpo acurrucado en una esquina.

—Otra víctima —alertó Manuel al ver que tenía la frente tatuada. Se acercó sin dejar de apuntarlo—. Respira.

Tumbado boca abajo, en el suelo, como si estuviese durmiendo, vimos a un hombre joven que parecía muy poca cosa. Las únicas prendas que llevaba puestas eran unos calzoncillos, tan sucios que resultaba imposible adivinar su color, y unos guantes de lana negros en las manos. Al oírnos, empezó a abrir los ojos lentamente, como si estuviese drogado, y se incorporó apoyando las palmas sin ser capaz de hablar. En su frente pudimos ver tres letras rojas.

—Está mareado. Llevémoslo al gimnasio. Fernanda, detén a esa Julie y ve llamando a una ambulancia —ordené—. Manuel y yo lo sacaremos de aquí.

Fernanda estaba inmóvil frente a otra celda situada en un recoveco por el que no habíamos pasado antes.

—¡Venid hasta aquí! —nos gritó.

Una anciana dormía tumbada en el suelo.

La reconocí de inmediato.

Era Dona Albeite.

Su frente estaba intacta.

105

Secuestrado

Aquellos policías acababan de liberarlo.

¡Después de tanto tiempo!

Edén, Manuel, Fernanda... Oía sus nombres con una mezcla de agradecimiento, alivio y preocupación.

Su cara sucia asoma ahora entre una manta térmica de emergencia. Parece un bombón envuelto en papel de plata. Uno de los enfermeros no puede evitar echar una mirada a lo que tiene tatuado en la frente. Al instante mira hacia otro lado. Tiene la delicadeza de no hacer ningún comentario y se centra en insuflarle ánimos.

—¿Cómo te llamas, amigo?

La víctima habla de forma confusa, sin pronunciar bien las palabras.

—No sé. No sé quién soy... ¿Dónde... dónde estoy? ¿Qué quieren hacerme? ¡No me hagan daño...! ¡Auxilio!

—Tranquilo. Tranquilo. Te vamos a ayudar. Os vais a poner bien, ya lo verás.

—Amigo, no gima.

El enfermero sonríe. Le sorprende que trate de darle ánimos a él.

—Descansa. Ya acabó todo.

Al llegar al hospital, un enjambre de médicos y enfermeras se divide revoloteando junto a su camilla y la de Dona Albeite, que ha llegado casi al mismo tiempo.

El secuestrado tiene tantos síntomas que lo analizan como si fuese un muestrario de patologías. No aguanta ni las primeras pruebas y se desmaya cuando ve la aguja clavándose en su antebrazo.

Han pasado dos horas. Despierta y oye decir a un médico:

—Está fuera de peligro.

Se alegra.

Disfruta del viaje en camilla mientras lo llevan a la habitación.

Dos auxiliares lo limpian con toallas jabonosas.

—¡Jesús, como huele este chico! —comentan entre ellas.

Lo frotan como si fuera un coche. Le quitan los guantes y los colocan en el armario con delicadeza.

—Cuidado con las quemaduras —dice la más veterana al ver el estado de sus manos.

Limpian su cara. Se detienen y se miran. No pueden evitar leer la palabra FEO escrita en su frente.

Lo dejan solo. La otra cama está vacía.

—Tranquilo. Pronto viene el desayuno.

No hay nadie más. De nuevo solo.

106

Edén

Me tiré sobre mi cama boca abajo, con los brazos abiertos y casi sin poder respirar. «¡Por fin avanzamos!», pensé. Teníamos el lugar del crimen. Teníamos decenas y decenas de pistas. Era la primera vez que obtenía algo positivo desde la acusación fallida al novio de Vanesa. «Aquella cagada...». Trataba de ser prudente. «Lanzamos las campanas al vuelo demasiado pronto y desde aquel momento todo fue mal».

Pero ya no había duda. Teníamos el rastro definitivo. Habíamos encontrado su guarida, sus herramientas, salvamos a otra víctima tatuada y a otra que a buen seguro pronto lo estaría.

Habíamos llegado a tiempo para liberarlos.

El jefe y el comandante me habían felicitado.

Nacho había dado la noticia en su programa.

Necesitaba descansar.

Me desnudé y recorrí el piso en pelotas para ir al cuarto de baño. Al pasar por el salón algo captó mi atención.

Había un objeto encima de la mesa y no lo había puesto yo.

Me llevé la mano a la pistola, pero solo me encontré con mi piel desnuda.

Retrocedí hasta mi habitación, me puse una camiseta y desenfundé mi arma. Me acerqué de nuevo al objeto que reposaba en la mesa del comedor.

Era una Biblia.

Miré por cada rincón de mi apartamento apuntando con mi arma. Nada sospechoso. Observé la cerradura. Intacta. Yo no solía pasar la llave. Salía de casa y cerraba la puerta, sin más. Total, ¡no había nada de valor! Además, ¿quién iba a robar a un policía?

No faltaba nada.

No había señales de violencia.

Con el cañón de mi arma abrí el grueso volumen que reposaba en la mesa de mi salón. No quería tocar nada con las manos para no contaminar el análisis dactiloscópico. Al abrirlo encontré una especie de dedicatoria: «Eres la elegida. Eres Edén, donde crece el árbol del conocimiento del bien y del mal. Yo debo protegerte. La palabra del Señor será tu escudo».

Fui a la cocina y cogí una bolsa plástica.

Metí la mano en ella, cogí el libro y di la vuelta a la bolsa.

«La palabra del Señor será tu escudo». *¿Me estaban acosando? ¿A mí? ¿A una policía con un crochet de derecha capaz de tumbar a tipos diez kilos más pesados que yo?*

«Yo debo protegerte».

Sin poder evitarlo, recordé la ladina cara de Gesualdo.

PALABRA SÉPTIMA:
AMOR

El amor es dar lo que no se tiene.

JACQUES LACAN,
psiquiatra y psicoanalista

107

Fernanda

Un perro cruza la calle mirando de un lado a otro con gesto amenazante. Su instinto lo lleva a olisquear todo, pero algo lo desconcierta. Aunque no puede detectar ningún rastro, huele el terror que los viandantes han dejado impregnado en la acera. De pronto su agresividad aflora al sentir que el temor empieza a invadirlo a él también. En su cara unos colmillos salen del cuarto de armas.

Desde hace tiempo lo único que se ve por la noche son perros. Sus dueños, temerosos, ya no los sacan a pasear. Los sueltan para que vayan solos a la calle a hacer sus necesidades, o a relacionarse con sus congéneres. Ver la ciudad así, oscura, vacía, con decenas de canes vagando le produce una sensación comparable a un soplo frío en su nuca.

El perro pastor se enzarza en una estruendosa pelea. Lucha con un dogo más grande que él. Fernanda frena su Mondeo. Están delante de ella. Los ve morderse con saña. Con una rabia impredecible, una furia guardada en los genes durante siglos.

¿Qué pinta ella allí? Por algún motivo, el destino quiso que una chica guapa con ganas de acción entrase en la policía hasta llegar a vivir una historia de asesinatos y dolor sin límite. «Lo que sucede conviene», se recuerda. Es su filosofía. Pero no se reconoce. Se encuentra demasiado cómoda nadando entre tanta sangre. Piensa en sus genes. En por qué es como es. Sus bromas, sus ganas de acción. ¿Por qué nunca quiso el papel de la niña mona que el destino le había ofrecido y siempre optó por complicarse la vida? Solo pensar en el hecho de desempeñar ese rol le repugnaba: la guapa oficial. Otro pez más en el acuario pavoneándose sin darse cuenta de que, en realidad, estaba presa por su belleza. Quizá por eso ella misma despreciaba a quienes lo habían aceptado. A las niñas monas. A los niños monos. ¿Se merecían lo que les estaba pasando? No puede responderse. El estruendo de la pelea de chuchos va en aumento junto a la deriva de sus pensamientos. Uno de los perros acaba cediendo mientras el más grande le aprieta las mandíbulas en el cuello. Una amiga viene a su memoria. Era de las que creían en la bondad innata de todo ser vivo. Incluyendo el ser humano. ¿Qué pensaría ahora si viese que ese dogo revienta la garganta al pastor simplemente por haberse cruzado en su camino cuando iba a mear?

Vuelve a los genes. El condicionamiento hereditario que te lleva a hacer las cosas de una manera que ni tú misma alcanzas a comprender.

Finalmente el dogo opta por liberar a su contrincante. Le lame la sangre con la cola inhiesta y el pelo del lomo erizado.

La niebla comienza a disiparse. Empieza a verse el portal de la casa de Judith Francisco, la madre del bebé que nació tatuado. Mira hacia la acera como si tuviese la esperanza de encontrar algo extraño que supusiese un indicio.

El timbre suena a grito de desesperación.

La aparición de esa madre joven abriendo la puerta la hace volver al mundo real, abandonando un purgatorio en el que flotaba desde que salió de aquella maldita cueva en la que vio objetos que la sacaron de su mundo de positividad lleno de bromas y de risas. Había algo dentro de ella, algo que la llevó a tocar aquellas máquinas de tortura y a imaginarse que quizá podría haber llegado a hacerlo. Que usar aquello no era algo tan lejano. Que solo hacía falta despreciar lo suficiente a alguien, oír un clic en la mente y ponerse manos a la obra.

—Buenas noches —dice. Y se identifica—: Soy Fernanda Seivane, la sargento que habló con usted antes.

La madre mantiene una sonrisa cortés en la cara.

—Sí, la he reconocido —afirma—. Internet está lleno de fotos suyas y de su compañera.

Salir de Estela y de su cucurucho de niebla es como para un trozo de chocolate dejar de estar con el resto del helado. Liberador, pero desconcertante.

—Supongo que quiere ver al bebé —ofrece la madre.

—Sí, por favor.

—¿Cómo pueden hacer algo así a un recién nacido? —protesta Judith—. ¿No saben que lo marcan de por vida?

—El que nace hijoputa muere hijoputa —sentencia Fernanda.

Antes de entrar en la habitación de la criatura, la policía pregunta a la madre por su pareja.

—¿El padre?

—Ya no vivimos juntos.

Un gesto es interrogante suficiente para que Judith siga hablando.

—Se enteró de mi aventura. A raíz de ver en la frente del bebé la palabra BASTARDO, empezó a oír rumores... ¡Pero el niño es suyo! —Los ojos se le vuelven vidriosos—. Sin embargo, se ha ido. No quiere reconocerlo hasta que le hagan la prueba del ADN.

—Pobre criatura —dice Fernanda al mirar al bebé.

—¿Usted también se lo ve?

—¿A qué se refiere?

—Al tatuaje. A veces lo veo y a veces no lo veo.

Regresa a Estela. Durante los más de cien kilómetros no es capaz ni de poner música. Pase lo que pase, no sacará el tema en la comisaría. No hace falta.

Si por ella fuera, no se volvería a hablar de ese asunto nunca más.

108

Edén

Los coches circulaban lentos y casi todos los conductores tenían el rostro muy cerca del parabrisas. La visión era casi nula. Un extraño polvo del desierto africano se había mezclado con la bruma, lo que provocaba que la ciudad hubiera despertado bajo una espesa nube de color rojizo.

Los guardias y los agentes que aquella mañana pululaban por la comisaría me resultaron especialmente ajenos. Como si no existiesen. No, más bien como si estuviesen fuera del mundo real. Pasaba entre ellos esquivándolos, y pensé que era lo habitual. Que lo normal era que casi no nos mirásemos. Que tuviésemos puestas unas anteojeras que no nos permitían mirar más allá del círculo que marcaba el foco del deber.

El deber. Ese era mi verdadero jefe. Y estaba a punto de darle una satisfacción. Me había sacado la espina del topo. Ya no me boicoteaba nadie desde dentro. Habíamos encontrado la cueva de nuestro asesino, sus herramientas, sus objetos. Sabíamos que se llamaba Otto, a qué se dedicaba y qué empresas tenía. Solo nos faltaba dar con él y conocer su aspecto de una vez por todas. Pero no iba a resultar fácil. Había rastros que nos llevaban fuera del país. Estábamos cerca, muy cerca, casi podíamos tocar la meta con la yema de los dedos. Sin embargo, yo no sentía ningún tipo de sensación positiva. Nada parecido a la alegría. Mi motivación tenía más que ver con las ganas de venganza que con la satisfacción del deber cumplido.

Fernanda ya estaba dentro de la sala de los corchos, clavando las últimas chinchetas sobre las fichas de información que habíamos ido añadiendo a la colección, mientras, poco a poco, iba llegando el resto de la brigada. Kansas se sumó a la reunión. Al fin y al cabo, a esas alturas era uno más del grupo. A medida que entraban y veían las fotos de la cueva del asesino sus gestos de sorpresa se transformaban en miradas agresivas.

—Esta es la camilla donde tatuaba a sus víctimas —dije mostrando la foto del artilugio que encontramos en su cueva—. Como veis, les sujetaba la cabeza con un tornillo de banco..., las inmovilizaba para llevar a cabo su criminal tatuaje. ¿Recordáis cuando estudiábamos Derecho penal en la academia? ¿Recordáis que se nos atragantaba a todos la definición de «alevosía»? —Puse voz de abogado hablando en la sala de juicios—: «Hay alevosía cuando el culpable comete cualquiera de los delitos contra las personas empleando medios, modos y formas que tiendan directa o especialmente a asegurarla, sin el riesgo que para su persona pudiera proceder de la defensa por parte del ofendido...». Siempre me pareció tan solo un montón de palabras, rollo leguleyo que había que aprenderse de memoria para superar una prueba escrita. Una forma complicada para definir algo muy sencillo, pues bastaría con hablar de un «acto premeditado».

Los rostros de los miembros de mi equipo me dieron la razón.

—Sin embargo, después de haber visto este objeto —dije señalando de nuevo la macabra camilla—, después de haber visto aquella cueva, aquellas jaulas, las condiciones en las que los tenía encerrados..., la palabra «alevosía» se hizo presente ante mí de la forma más repugnante que pudiese imaginar. Los «medios, modos... y formas» de un enfermo que, a buen seguro, pretendía seguir con sus crímenes todo el tiempo que pudiese. Y estamos a punto de cogerlo.

Los ojos de los reunidos hicieron el mismo clic que cuando armaban sus pistolas reglamentarias.

—Su nombre es Otto. —Señalé la ficha que Fernanda había clavado en los corchos. Había hecho un árbol a modo de organigrama ubicando en él toda la información que teníamos—. Hemos descubierto, por las escrituras de la empresa, que su apellido es Menem y que es ciudadano albanés. Se trata de un apellido de origen sirio, una contracción de Menhaem...

Decenas de ojos bien abiertos se resecaban ante mí.

—Su sociedad *holding* se llama grupo «Aziza» —dije mientras señalaba su ficha—. De ella cuelgan las demás empresas: el gimnasio La Ruta Natural, la empresa de limpieza Luz Azul y la empresa de recambios Ramar. En ninguna de ellas los empleados recuerdan haberlo visto nunca en persona. Se comunicaban con él a través de e-mails y de wasaps. Según nos han contado esos empleados, muchos veían moverse sospechosamente las cámaras de seguridad, lo que interpretaban como que Otto Menem los estaba vigilando desde algún sitio. Sin embargo, era generoso en los salarios y respetuoso con las condiciones laborales, por lo que lo calificaban de patrón modélico.

Hice una pequeña pausa antes de continuar.

—Creemos que desde las cámaras del gimnasio escuchaba conversaciones de compañeros policías que iban a su local a entrenarse. Seguro que llevaba tiempo familiarizándose con nuestros protocolos de investigación: el barrido de señales de teléfono móvil, las cámaras de las gasolineras... Bueno, ¡qué os voy a contar a vosotros! El caso es que, de forma inconsciente, le hemos dado entre todos un máster de cómo evitarnos.

Ahora la pausa fue mayor. Notaba la rabia de todo el grupo.

—Sabemos que la primera víctima mortal se llamaba Abeba —añadí señalando el cartón que incluía su nombre.

Y entonces se me heló la sangre.

Me eché las manos a la cabeza como si me estuviese volviendo loca y me quedé paralizada.

Solo podía leer y releer los nombres que acababa de citar.

—Aziza, Luz Azul, La Ruta Natural, Ramar, Otto, Menem, Abeba... son... ¡Joder! Son...

Fernanda supo que acababa de encontrar algo importante.

—¡Joder! ¡Joder! ¡Joder! —repetía, sin dejar de mirar las fichas clavadas en los corchos.

—¿Qué sucede? —me preguntó.

—¿Qué pasa? —insistió Manuel.

Los miré y dije:

—¡Son todo palíndromos!

109

Edén

Salimos en tromba de la sala de los corchos. La tensión era tal que tuve que poner orden y calmar los ánimos.

—Iremos solo tres —ordené.

Sin embargo, Fernanda pidió a Lara y a Manuel que nos acompañasen. No me opuse. Fuimos a por su coche, y nada más montar le pusimos las luces de emergencia para dirigimos al barrio Chino. Teníamos que llegar cuanto antes a Ootatoo. Allí estaba esperándonos el palíndromo de todos los palíndromos.

Durante el viaje, a pesar de la velocidad, pude observar la decepción en la cara de Fernanda. Conducía concentrada y entre su pelo rubio se colaban los destellos de las luces azules de la baliza de emergencia. Estaba seria. Más de lo habitual. En poco tiempo había establecido una peculiar complicidad con aquel estudio de tatuaje y sus moradores. Al principio me costaba comprenderlo. Pero acabé haciéndolo. Aquel sitio era guay. Era molón. Uno de esos lugares donde uno puede ser malote sin demasiadas consecuencias, más allá de salir de él con el culo lleno de tinta. Era la puerta a una estética que te daba la entrada a ser un morador de la noche, un *top*, alguien especial, y no la chusma aburrida y predecible que, según ellos, éramos los demás pobladores del mundo. La buena de Fernanda tardó en decidirse. Y cuando había dado el paso, cuando ya era una de ellos... ¡zas! La carroza se convirtió en calabaza. Y no una calabaza cualquiera: una llena de sangre que apestaba.

Nos plantamos ante la renovada puerta de Ootatoo y pulsamos el timbre con las armas desenfundadas. Un par de chorizos cambiaron de dirección al vernos. Lógico. No era normal ver cuatro pistolas policiales al aire en pleno barrio Chino.

Manuel pulsaba el timbre con insistencia y las campanas que tocaban a muerto se encadenaron.

—Es el sonido del timbre del local —le informé.

Disimuló su sorpresa. Esperamos un instante. No hubo respuesta. Insistimos. Al ver que no había resultados, Fernanda decidió pasar a la acción.

—Vamos a entrar de una forma o de otra —dijo.

Al instante se sacó de la mochila una ganzúa Magic Key. Yo conocía el modelo porque era la que usaban la mayor parte de los delincuentes. Lo que no sabía era que formaba parte de la dotación de la mochila de Fernanda...

Manuel tapó con su cuerpo la operación. No dejaba de ser algo ilegal. Si a alguien le daba por grabarnos, nos habríamos metido en un buen lío.

En menos de un minuto la puerta estaba abierta.

Entramos. Nos encontramos con un local renovado y semivacío. Parecía más limpio que nunca con las paredes recién pintadas de negro. De la decoración anterior tan solo se mantenía el mostrador de la entrada. Aunque se notaba que estaban limpiándolo con cariño, todavía se apreciaban cicatrices del incendio que costó la vida a Tangata.

—Prudencia —ordené.

No quería más disparos precipitados. Por su gesto, vi que Lara se había tomado mi comentario como algo personal, como si quisiese recordarle la actuación que costó la vida a Líder. Y tenía razón.

Nos distribuimos por los cuatro puntos cardinales del estudio. Fernanda se adentró por el pasillo donde estaban los almacenes. Desde que oyó la negativa de Tangata a acceder a aquella zona, siempre quiso hacerlo. Decidí seguirla. Pronto nos encontramos con que el pasillo acababa en una pared ciega.

—Debería continuar —dijo Fernanda antes de golpear la pared con los nudillos.

Sonaba a hueco.

—La han tapiado.

Hizo el intento de derribarla con el hombro. Como era de esperar, la pared resistió el envite sin ningún problema. Me sumé al esfuerzo y juntas golpeamos aquel muro en varias ocasiones, con el mismo resultado.

—Había una escalera metálica en el vestíbulo —recordé.

—Vamos a por ella.

Al conocer nuestras intenciones, Manuel y Lara se sumaron a la operación. Los cuatro en hilera cogimos la escalera metálica a modo de ariete y percutimos con fuerza contra la pared. En el primer intento, conseguimos hacer una pequeña hendidura. No era más que una muesca, pero nos motivó para insistir, cada vez con más ímpetu. En el segundo, la mella se hizo más profunda. Al poco rato el tablero de placas de yeso empezó a ceder y pudimos ver tras él una escalera llena de hollín. Seguimos golpeando el hueco hasta que fue lo suficientemente grande para que pudiésemos pasar.

—¿Por qué habrán hecho esta pared? —se preguntó Manuel.

—Obviamente, para ocultar algo —respondí.

—Era la zona a la que Tangata se negaba a venir —dijo Fernanda—. Le daba miedo. Por lo que escuché, al final de esta escalera debería haber un pequeño almacén.

En el fondo, Fernanda seguía resistiéndose a ver a Fredo como un criminal.

—Supongo que habrás traído tu linterna —le dijo Manuel.

Sin contestar, Fernanda la encendió y empezamos a subir por aquellos peldaños mugrientos. Llegamos a un descansillo. En él había una puerta solitaria, ennegrecida por las llamas.

—Esta resistió el incendio —observó Fernanda.

—Eso parece —concedí.

La abrimos.

La linterna iluminó un pasillo estrecho. No se veía su final.

—Por su longitud, parece que sale del local.

Antes de adentrarnos en él vimos una muesca en una de las maderas del suelo. Era un hueco lo bastante amplio y bien hecho para que nos resultase sospechoso. Introduje mi dedo índice y, sin mucho esfuerzo, pude mover una tabla oculta bajo la pared, descubriendo un cristal manchado de ceniza.

—Rompámoslo —propuso Fernanda—. Creo que sé lo que vamos a encontrar.

Una de las patas de la escalera nos ayudó a destrozar el cristal. Fernanda se agachó y miró por el agujero.

—Lo sabía... Sabía que me estaban mirando el culo —dijo señalando la sala de tatuaje que se veía a través de la trampilla—. ¡La usaba para mirar a los clientes mientras se tatuaban!

Seguimos avanzando. Otra puerta. Otra estancia similar a la que habíamos dejado atrás.

—Debe de ser la vivienda contigua —apunté.

La estructura de la casa era prácticamente igual a la de Ootatoo. Bajamos por una escalera gemela a la anterior, esta en buen estado, y nos encontramos con una sorpresa: una pintura con el retrato de Fredo sobre la chimenea.

—Parece la casa de Fredo.

Recorrimos su habitación. Nada anormal salvo que, conociendo su aspecto, no me esperaba un estilo tan clásico. Madera oscura, sábanas de algodón blanco. No sé, quizá me esperaba algo más gótico, y no la que podría ser la habitación de un adinerado hombre de negocios. Junto a ella había una especie de cuarto de invitados con la despersonalización típica de los muebles suecos para montar. Entramos en su cocina, aunque quizá debería decir su *cocinón*. Otra sorpresa.

—Parece que los tres osos decidieron dar un paseo mientras se enfriaba la sopa —dijo Fernanda para nuestro asombro—. Es de un cuento. De *Ricitos de Oro y los tres osos*... ¿No lo conocéis? Ricitos se perdió, llegó a una casa y se encontró tres platos de sopa caliente en el comedor... ¡Bah! Dejadlo. Solo era para decir que está todo como si acabasen de irse.

—Le gusta cocinar —observé.

—Mirad esto —dijo Manuel reclamando nuestra atención.

Acababa de descubrir una sala en la que había un aparato de radioaficionado y un estante con decenas de cintas de casete de las antiguas. Estaban perfectamente colocadas, respetando el orden de fechas rotuladas en su lomo. Mientras mis compañeros se afanaban por fotografiar el resto de la casa con su móvil me quedé repasando con la mirada la estancia de la emisora. Sabía que antes o después aquella escena volvería a mi mente, así que mejor cargarla con el máximo de información. Y antes de que llegasen los compañeros de la Legal, no pude evitar reprimir un acto nada, nada legal: tomar prestadas de la estantería las últimas cuatro cintas (las que me cupieron en la mano y en el bolsillo). Mi intención era doble: oírlas yo primero y seguir jodiendo un poco más a los de la UCO.

—Lo único sospechoso que hay aquí —comentó Fernanda— es que no está el sospechoso.

—Tu amigo Fredo ha huido —dije de una forma que parecía que se lo estaba echando en cara.

Salimos de la casa por la puerta principal y solicité por teléfono una orden de busca y captura para el tatuador. Mientras regresábamos no podía dejar de preguntarme qué sentido tenía hacer una mirilla para ver culos si eres tú quien los está tatuando.

110

Fredo

Un grupo de cinco caballos sube por un camino escarpado y estrecho del monte Xato. Al frente de ellos marcha un pastor que parece no haberse cambiado de ropa en los últimos diez años. Lleva atado con un ronzal al animal que marcha en cabeza. Los demás van libres, siguiéndolos mansamente. Pocas veces pasaban por ese camino. Acostumbra a cambiarlos de pasto una vez por semana, pero no suele abandonar la ladera este. Hoy las nubes bajas cubren toda la montaña y ha decidido buscar nuevas praderas.

El Xato es, en gran medida, el responsable de que la bruma quede retenida con tanta frecuencia en la ciudad. Funciona como un muro. Hace que se agolpe allí la niebla, llenando su ladera oeste de humedad y de vegetación grisácea y débil.

El pastor nota una quemazón en la palma de la mano. El animal que lleva atado acaba de pegar un tirón brusco del ramal, levantando la cabeza, asustado. Al verlo, los demás caballos hacen una pirueta precipitada y nerviosa y se colocan en el sentido opuesto a la marcha. Uno de ellos resbala, cayendo por la ladera. Mientras se desliza por la pendiente se golpea contra las piedras, hiriéndose y relinchando de dolor. El resto huye al galope. El pastor logra detener al animal que lleva atado tirando del ramal hasta que logra calmarlo. El ejemplar accidentado consigue ponerse en pie y remonta, a duras penas, la pendiente hasta alcanzarlos. «Ya volverán», se dice el pastor, decidido a continuar su camino.

Una ligera brisa mueve la bruma con la misma facilidad con la que se desvanece en el aire la bocanada de humo de un cigarro. Lentamente se va despejando la visión. El pastor se topa con la boca del Gran Burato, un hueco de grandes dimensiones que penetra en la montaña. Y esa es su única entrada. Las supersticiones dicen que no hay que acercarse a ese lugar. Y mucho menos meterse en sus entrañas. Pero él no es supersticioso. «Aunque parece que el caballo sí», piensa risueño al ver que el animal tira constantemente hacia arriba, elevándose y golpeando el aire con las patas delanteras.

Ha visto algo.

Algo que se mueve.

Algo parecido a un brazo que repta por el suelo de la cueva.

El pastor no tiene miedo. ¿Él? Lleva toda la vida solo en los montes. Tiene miedo de la ciudad. Y de las personas. Pero no de los trasgos ni de los demonios del bosque. Eso son tonterías para asustar a los cobardes. «Pero ahí hay alguien de verdad». Se acerca. Divisa la cara de un hombre que intenta salir a la escasa luz que ofrece la mañana. Esta en apuros.

—¡Caballo! —grita—. ¡Quieto, caballo!

Se aproxima cauteloso. Medio cuerpo de ese hombre ya ha rebasado el umbral del Gran Burato.

—Hola, amigo. ¿Necesita ayuda?

«Joder, Venancio, ¡cómo preguntas eso! Claro que la necesita, ¿no lo ves?». Se acerca a un árbol y ata el caballo. Bajo ningún concepto quiere que se le escape. Es el líder de la manada. Su esperanza de que los demás regresen. «A donde va él van todos».

Parece que el hombre está herido, pero el pastor no ve sangre. Tiene una barba blanca que le cubre medio cuerpo. Está llena de ramas y hojas secas de arrastrarse por el suelo. Lleva puestas unas gafas de sol que tan solo conservan uno de los cristales. Venancio se fija en su cuerpo. Está lleno de tatuajes. «Odio los tatuajes». Pero su cuerpo tatuado no es lo único que atrapa la atención del pastor. Ve en su frente una palabra escrita. Se acerca a él y disimuladamente le aparta el pelo. Ahora puede leerlo perfectamente.

La ambulancia se detiene. Ya no puede llegar más arriba. El resto del camino tendrán que hacerlo andando. El médico baja, junto con un enfermero y dos camilleros. La niebla hace imposible que pueda verse a más de cuatro o cinco metros de distancia. Se mueven deprisa.

—Cuidado —advierte el médico.

La montaña es traicionera.

A pesar de que están acostumbrados a rescatar montañeros en apuros, esos peñascos todavía les impresionan. Recorren cuatrocientos metros. Necesitan hacer una pausa. Están fatigados. Entre sortear ese camino de cabras y la falta de oxígeno debido a la altitud, su corazón bombea sangre como si hubiesen corrido un maratón.

Alguien les hace señas.

—Es allí —anuncia el enfermero.

El equipo de rescate aviva el paso hasta llegar a su altura. Hablan con una persona que dice ser el dueño de un caballo que permanece atado a un árbol seco.

—Lo encontré mientras buscaba pastos para mi manada —dice señalando un hombre postrado a la entrada de la cueva.

Los sanitarios se agachan y hacen una primera valoración del accidentado.

—Está aturdido. Pero no parece que tenga nada roto —observa el médico—. Subámoslo a la camilla.

El pastor mira la operación de rescate sin perder detalle. Es lo más cerca que ha estado de una película de acción en mucho tiempo.

—¿Cómo te llamas? ¿Recuerdas dónde vives?

—Mi cabeza. Me duele. Me duele mucho... Esta cabeza... Dejad... Esta cabeza es mía. ¡Es mía! —contesta el accidentado, visiblemente alterado.

El equipo logra subir al herido a la camilla. Se queja. Sigue diciendo que le duele la cabeza. Le toman el pulso. Está disparado. Su piel está azulada.

—Cianosis —dice el médico—. Es probable que se trate de hipoxia de las cavernas. Falta de oxígeno en el cerebro. Ahí dentro no creo que haya mucho aire fresco...

—¿Es grave? —pregunta el pastor.

—Puede serlo. Si no llegamos a tiempo, las lesiones quizá sean irreversibles.

Levantan la camilla y comienzan el viaje de vuelta a la ambulancia. El accidentado se lleva las manos a la cabeza y habla mientras se queja.

—Solo había palabras... Volaban... como murciélagos... Palabras malditas..., miles de palabras volando..., estaban allí... sobre mí...

—Está muy confuso.

Nada más entrar en la ambulancia le ponen una mascarilla de oxígeno en la boca. Al manipularlo, se hace muy evidente la inscripción que lleva en la frente. La palabra LOCO brilla en rojo sobre la piel azulada del hombre. Los miembros del equipo se miran. El respeto les impide comentar lo que están viendo.

—Parece que se serena —observa uno de los camilleros.

—Ojalá hayamos llegado a tiempo.

La ambulancia arranca.

El pastor espera hasta que las luces de emergencia se pierden de vista para desatar al animal, que vuelve a asustarse.

—¡Quieto, caballo!

Habría jurado que lo que lo sobresaltaba era el cuerpo del hombre de la barba blanca. Sin embargo, continúa alterado. Fuera lo que fuese lo que le daba miedo, parecía que todavía estaba allí.

111

Edén

Las dos cosas más valiosas que me dejaría mi padre en herencia serían una buena educación y la cadena estéreo Marantz que teníamos en casa, el único lujo que le vi darse en toda su vida. Adoraba la música. Cuidaba sus vinilos como si fuesen restos arqueológicos: los limpiaba antes y después de usarlos (lo que en él tenía un valor doble ya que debía hacerlo tan solo con una mano), para acabar colocándolos en las estanterías por orden alfabético... «Estoy segura de que estarán todavía como nuevos», me dije antes de poner rumbo al que había sido mi hogar para hacer lo que debería haber hecho el día que mi padre me la regaló: llevármela a mi casa. Pero mi hermana y yo habíamos decidido no vender el piso de papá. Quizá alimentábamos la ilusión de que, algún día, él volvería...

Cuando abrí aquella puerta atravesé un túnel del tiempo que me retrotrajo a mi antiguo barrio. Pude volver a oír las voces de los niños jugando, oler los aromas a pescado que salían de la tienda que teníamos a veinte metros del edificio. Sombras. Todo aquello ya no eran más que sombras habitando mi mente. Sombras que esperaban un último soplo para desvanecerse.

Al entrar, las sensaciones fueron haciéndose cada vez más intensas. Mi padre nos llamaba para leernos sus libros mientras sonaba ópera a todo volumen. La vieja torre musical todavía seguía allí, con sus dos potentes altavoces, su giradiscos, su receptor de radio AM/FM y lo que me había llevado allí: su pletina de casetes.

Acerqué el jeep a la puerta. Poco a poco y con todo el cuidado que don Julián me habría reclamado, fui subiendo, pieza a pieza, el preciado tesoro. «Si vuelves, papá, la traeré de nuevo», le prometí desde la lejanía. Pero al hacerlo solo pude ver la placa con la palabra TANATORIO clavada en el vestíbulo de su residencia.

Había decidido escuchar yo misma las cintas de Fredo.

Creí que debía hacerlo. Desde el principio, sentí una especie de atracción por aquel material perfectamente ordenado, con la fecha de la grabación en cada uno de los estuches meticulosamente rotulada. Todas estaban decoradas con dibujos geométricos que llenaban el cartón de la cinta. Eran una especie de mandalas que parecían hechos a rotulador con pulso firme y precisión profesional.

Instalé el equipo en mi salón y, al acabar, decidí darle una buena limpieza. (Podía hacerlo, no había nadie mirándome). Tras rematar la faena deposité las cintas en el aparador, respetando escrupulosamente el orden en el que las habíamos encontrado.

Empecé la audición.

En primer lugar, elegí la cinta con la fecha anterior a las de los crímenes. Pulsé el *play*. Todo funcionó a la perfección.

Me encontré con una voz atiplada, de alguien joven, pensé. Desde luego, no era la voz cascada de Fredo. De inmediato llegué a la conclusión de que era lógico que grabase la señal que recibía y no la que él mismo emitía, pero ¿por qué grabar a aquel tipo? No parecía decir nada interesante. Hablaba sobre los retos de la vida, la importancia de la amistad... Me sonó a la típica palabrería de autoayuda. Nada nuevo. Nada llamativo.

Me levanté para prepararme algo para cenar. Quise cortar un trozo de pan para hacerme un bocadillo, pero la *baguette* se resistía como un tablón. Me sentí como si estuviera haciendo un test de dureza del cuchillo sobre aquella barra. Por suerte, tenía pizzas en el congelador. Antes de meter una en el horno elevé el volumen para seguir escuchando la cinta mientras me preparaba la cena.

Al poco rato aquella voz empezó a resultarme cansina. Estaba agotada. Desde que habíamos descubierto a las víctimas en el gimnasio no había pegado ojo y en ese momento, tras varios días sin dormir, el café había dejado de hacerme efecto.

El aroma a salsa de tomate con orégano se anticipó al clic del horno y me anunció que la pizza estaba lista. Llevaba casi una hora escuchando el material mientras cenaba cuando me encontré con un cambio que captó mi atención. La voz de aquel hombre ya no titubeaba y su lenguaje era menos coloquial.

«Todo lo que yo quería era ser aceptado y vivir una vida feliz entre los humanos. Pero fui exiliado y rechazado, forzado a aguantar una existencia de soledad e insignificancia...», decía.

Me levanté a por un bloc. Anoté el número que marcaba el contador de vueltas de la cinta y un texto: «Existencia insignificante».

«Parecía el típico guarro por el que la mayoría de las chicas jóvenes se sienten sexualmente atraídas... Con el tiempo, llegué a odiarlo después de oírlo tener sexo con mi hermana...», continuaba la voz.

Odiaba a los jóvenes atractivos, ¡era justo lo que estábamos buscado! ¿Sería eso lo que Fredo había encontrado interesante?

«... Y todo porque las mujeres de la especie humana no fueron capaces de ver el valor en mí».

Anoté: «Las mujeres no lo valoraban».

«Me recordó lo patético que yo era, que a los veintidós años todavía era virgen...».

Anoté: «Virgen a los veintidós años aún».

Se acabó la cinta.

Puse la siguiente.

Eran trozos editados, fragmentos sin continuidad.

«No hay orgullo en vivir como un rechazado solitario e indeseado. Ni siquiera puedo llamar a esto vivir...».

Anoté: «Solitario desesperado».

La cinta iba discurriendo llena de frases repetitivas y en ocasiones inconexas. Me lo tomé con calma. Todavía me quedaban muchos minutos por oír. A esas alturas, la pizza caliente se había convertido en mi estómago en un potente somnífero, así que me cepillé los dientes y me tumbé en la cama... No fui capaz de desvestirme.

Desperté a las cinco de la mañana.

«No hay mayor placer que una ducha», me dije, aunque el sarcasmo salpicaba más que el propio grifo.

Envuelta en el albornoz, con el pelo todavía húmedo, me senté en el salón y pulsé el *play* de nuevo.

«Soy mejor que ellos. Soy un dios. Llevar a cabo mi acción es mi forma de demostrar mi verdadero valor al mundo», oí.

Eran palabras que estaban a la altura del mismísimo Gesualdo. Escribí en el bloc: «Llevar a cabo mi acción». Subrayé la palabra «acción» varias veces.

«Miro a la raza humana y solo veo degradación y depravación, todo por un acto conocido como "sexualidad"».

Anoté: «Desprecia la sexualidad».

«No existe criatura más malvada y depravada que la hembra humana...».

Una mezcla de indignación y rabia corría por mis venas mientras oía aquellas palabras. Pero la intriga fue más fuerte que ambas.

«Las mujeres son como una plaga y merecen tener... perdón... y no merecen tener ningún derecho».

«¡Está leyendo! —pensé—. Tiene el texto escrito y lo lee».

«Todas esas personas populares que viven vidas hedonistas de placer... Las destruiré, porque ellos nunca me aceptaron como uno de los suyos».

¿Era nuestro hombre? ¿Sería Otto el que hablaba? Pero ¿por qué Fredo grabaría a Otto?

«... Fui condenado a vivir una vida de miseria y rechazo mientras que otros hombres podían vivir los placeres del sexo y el amor con las mujeres. ¿Por qué las cosas tienen que ser así? Eso se lo pregunto a todos ustedes. Todo lo que siempre quise fue amar a las mujeres, y de regreso, ser amado por ellas».

Me llamó la atención aquella expresión, «de regreso». «¿Será extranjero?», anoté en mi bloc.

«Su comportamiento hacia mí solo se ha ganado mi odio, ¡y con total razón! Yo soy la verdadera víctima de todo esto. Yo soy el bueno de la historia... Los castigaré a todos y será hermoso. Al final, después de tanto tiempo, podré mostrar al mundo lo que valgo en realidad...».

A pesar de decir cosas terribles, no parecía emocionarse demasiado. Definitivamente, estaba leyendo. De manera instintiva cogí otra cinta y la reproduje.

«Vivir para ver que una muerta se irá a la tumba con la palabra INFIEL tatuada en su frente... ¿Quién habría pensado que mi historia resultaría así? Yo no me lo imaginé».

Al hablar de la muerta tatuada su voz sonaba distinta. Ahora sí se notaba emoción en esas frases.

Saqué la cinta del reproductor y antes de devolverla a su estuche comprobé la fecha. El día anotado en ella era anterior a que tatuasen a la anciana muerta, así que lo sabía.

No había duda. Era él.

Era la voz de Otto. Pero ¿por qué lo grababa Fredo?

112

Nacho

Ha vuelto al parque. Mantiene, intacto, su bocadillo en la mano. Su mirada se pierde entre los árboles. Piensa en Kapuściński, el gran maestro: «Cuando la información se convierte en un negocio la verdad deja de ser importante».

Intenta dar un bocado. Apenas puede apretar ligeramente la mandíbula.

«Y si entre las muchas verdades eliges una sola se acabará convirtiendo en falsedad y tú en un fanático», continúa recordándole el mítico periodista.

Sus frases son ecos en su mente, románticos recuerdos de la facultad de Periodismo. «Buscar la verdad es buscar las verdades», concluye para sí, recordando una frase del famoso productor de cine Robert Evans: «Toda historia tiene tres caras: la mía, la tuya y la verdad. Y nadie miente».

Desde que ayudaba a Edén González se había sacado un peso de encima y se sentía mejor. «Después de todo, yo no soy así». Toda aquella aventura de ser el reportero intrépido que se adelanta a todos y que es capaz de todo... «No soy así —se repite una y otra vez con gesto aliviado—. No soy un fracasado. Tengo mi programa y lo hago de puta madre». Su mente cierra una etapa. Ha aprendido la lección. Ha aprendido que sale demasiado caro vender tu alma al diablo.

Quiere ayudar a que se conozca el esfuerzo de aquella sargento llena de coraje. Lo hará. Cuando llegue el momento y respetando la verdad.

«Para ejercer el periodismo, ante todo hay que ser buenos seres humanos», concluye Kapuściński en su recuerdo.

113

Edén

Iba a ser una de esas noches en las que el tiempo amenaza con no pasar nunca y el sueño se vuelve una quimera. «Las frases de ese chico, las cintas...». Sabía que podía meterme en un buen lío por habérmelas llevado, de modo que decidí que las devolvería a su sitio tan pronto me levantase. Quizá así evitaría que me volviesen a sancionar. Quizá...

Miraba hacia mi mascota.

«¿De qué vivirá? —me pregunté—. No es una araña pequeña precisamente... Algo tendrá que cazar».

Como si fuese un ritual, me coloqué las dos almohadas sobre la cara esperado ver algo que no hubiese visto. «Si estaba leyendo es que lo tenía escrito —concluí—. Y si lo tenía escrito a lo mejor lo publicó en alguna red social».

Me levanté. Transcribí uno de aquellos párrafos en mi ordenador y lo pegué en el buscador: «Me recordó lo patético que yo era, que a los veintidós años todavía era virgen...».

Google me ofreció varias entradas sobre la virginidad. Me entretuve un instante leyendo algunas: que si los adolescentes se sentían obligados a perder la virginidad para ser aceptados, que si para muchos era un problema... Me hizo gracia el contraste de aquellas opiniones con las de un tiempo en que el problema era justo el contrario: ¡perderla sin estar casado!

Decidí hacer clic en las sugerencias del hipertexto. El buscador me ofreció un resultado que captó poderosamente mi atención. En él se citaba el término «incel», lo que provocó mi consulta a la Wikipedia para conocer su significado. «Incel» era el nombre que recibían los célibes involuntarios. Los que eran vírgenes a su pesar. «Ahora todo tiene un nombre», critiqué. Pronto me di cuenta de que ese neologismo estaba relacionado con la violencia. Eran grupos que exigían sexo basándose en algo así como una especie de derecho natural a disfrutar de una mujer. Odiaban la capacidad de elección femenina. Odiaban a los chicos sexualmente atractivos, capaces de ligar, a los que llamaban de manera despectiva Chad y Stacy.

«¡Alucinante!».

Me detuve en una noticia de la BBC:

> Célibes involuntarios: la oscura comunidad misógina a la que pertenecía Alek Minassian, el hombre acusado del atropello masivo en Toronto.

Continué leyendo:

> El lunes dejó un crítico mensaje en su página de Facebook. El texto de Alek Minassian, de veinticinco años, decía: «¡La rebelión incel ya ha comenzado! ¡Derrocaremos a todos los Chad y todas las Stacys! ¡Saluden todos al supremo caballero Elliot Rodger!

«¿La rebelión incel? ¿Elliot Rodger?», me pregunté.

Averigüé que Elliot Rodger había sido el responsable de la masacre de Isla Vista, en California, en el año 2014. Seis muertos, además del propio asesino, y trece heridos. Seguí buscando y encontré una entrada que decía: «Crítica de *Mi retorcido mundo: los diarios de Elliot Rodger*». Acabé en archive.org y hallé el manuscrito traducido del manifiesto titulado *My Twisted World*. Nada más comenzar a leerlo, cien escalofríos recorrieron mi espalda. ¡Eran las palabras que había estado escuchando! ¡Eran fragmentos de aquel libro! ¡Otto era un incel!

114

Secuestrado

«Me han encontrado».
«Han llamado a una ambulancia».
«Me han recogido».
«Me han tratado bien».
«Hacía tiempo que no sentía la cortesía de un ser humano».
Se cepilla los dientes y echa mano de su gorro y sus guantes.
«La tomo como tal», se dice mientras sale de su habitación caminando por los pasillos del hospital.
Llega a la puerta de salida.
La cruza con la intención de no volver a verla nunca más.

115

Edén

«Todo cuerpo humano atraído por un secreto es capaz de duplicar su velocidad», solía decir Fernanda, afirmando que la impaciencia es una energía que tiene sus propias leyes físicas.

Cuando me llamó y le anuncié que tenía novedades se presentó en mi casa en menos de media hora, tocando el timbre de forma impertinente.

—Has asustado a medio vecindario... y a mi compañera de habitación —le recriminé.

—¿«Compañera de habitación»? ¿Me has estado ocultando cosas?

La cogí de la mano y la conduje hasta mi cuarto. Le señalé con el dedo la esquina del techo donde había hecho su tela, como si le estuviese enseñando un cachorro de labrador durmiendo en un cojín a los pies de mi cama.

—¿Cómo puedes dormir con ese bicho ahí?

—Es simpática.

Fernanda miró hacia mi mesa auxiliar y vio una cartuchera con una Heckler & Koch USP Compact de 9 milímetros. Junto a ella, una placa que pertenecía a la policía más corpulenta y mejor boxeadora que se había visto en el cuerpo. ¿Y le estaba hablando de una simpática arañita?

—Ahora mismo voy por insecticida y me la cargo. Por

no usar la pistola y dejarte la habitación llena de escombros.

Me llevé a Fernanda hacia el salón no solo con la intención de salvar a mi compañera, sino también para que escuchase algunos fragmentos de las cintas. Su boca se abría más y más a medida que avanzaba la reproducción.

—¿Es él?

—Sí —afirmé—. El texto forma parte de un libro que escribió un chico americano llamado Elliot Rodger.

—¿Debería conocerlo?

—Es el que perpetró la matanza de Isla Vista, en California, el 23 de mayo de 2014. Acabó suicidándose. Para los incel, es el profeta. El que empezó todo. Desde entonces ha habido varios casos: Christopher Harper-Mercer, que asesinó a nueve personas en Oregón en octubre de 2015 y también se suicidó; Alek Minassian, que en 2018 acabó con la vida de diez personas en Ontario, Canadá, e igualmente se suicidó; también en 2018, Scott Paul Beierle mató a dos personas e hirió a varias y, como los otros, se suicidó... Existe un movimiento mundial que los jalea como héroes. Creen que tienen un derecho natural a tener sexo con las mujeres y, si ellas los rechazan, las odian hasta el punto de convertirse en criminales. Y odian aún más a los hombres sexualmente activos.

—¿Y Otto es uno de ellos?

—Así es. Era una cuestión de tiempo que los crímenes incel llegasen a Europa. La manosfera lleva operando años.

—¿Manosfera?

—Una especie de entorno supremacista machista. Usan sitios web, foros, blogs... Agrupa a varios movimientos: el incel, el antifeminismo, el movimiento por los derechos del hombre... Promueven una idea de la masculinidad incompatible con la equiparación de derechos entre el hombre y la mujer... Acusan a la liberación femenina de provocar su virginidad y de que no tengan derecho al disfrute sexual. Odian a los hombres atractivos y les fastidia que la mujer pueda tener sexo antes del matrimonio.

—¿Misóginos?

—Y misántropos. Odian a las mujeres, sí, pero también a la humanidad, hasta el punto de que algunos están dispuestos a matar por la causa.

—Y en Estela tenemos el triste honor de ser pioneros...

Asentí.

—Es extraño. Todos acaban suicidándose. Pero este no. Este quiere jugar con nosotros —observó Fernanda.

—Recuerda la conclusión de don Tomás. Cazan de distinta forma, por lo tanto son dos.

Llevaba más de diez minutos observando cómo respiraba cubierto con aquella mascarilla de oxígeno. No se puede decir que fuese un espectáculo entretenido y menos estando más cerca de él de lo que me habría gustado. La habitación que le habían adjudicado en el sanatorio psiquiátrico Santa Elena era realmente pequeña. Había ingresado de urgencia, aquejado de una fuerte crisis nerviosa, y era la única estancia libre en ese momento.

A pesar de estar dormido, se movía de forma convulsa. Estaba muy desmejorado. Me resultaba extraño verlo sin sus gafas de sol. Sin ellas, y en aquel estado, parecía un anciano al que ni siquiera los tatuajes lograban disimularle la edad. Ya no parecía un viejo roquero de los que nunca muere. Ni tenía ese aspecto gamberro ni esa risa perpetua del que se pone la vida por montera. Ahora era tan solo un hombre cercano a la setentena con una larga barba blanca que parecía estar a punto de morir. El hundimiento congénito de su frente se veía más profundo que nunca.

Empezó a despertarse haciendo una mueca de dolor.

—¿Qué tal estas? —le pregunté—. ¿Puedes oírme? ¿Puedes entender lo que digo?

Trató de quitarse la mascarilla y se lo impedí. Resignado, comenzó a hablar con ella puesta:

—Las palabras... Las palabras volaban... Me atacaron...

—¿Qué palabras?

Su mirada me traspasaba. Sus ojos bailaban como si no encontrase dónde mirar.

—Está ahí. Está ahí —repetía señalando un lateral.

Me volví. No había nadie. Y desde luego que no me miraba a mí.

—¿Dónde? —le pregunté.

—Ahí... Está ahí...

—¿Quién está ahí?

—Lo manda Tangata... Él estaba allí... Él estaba allí...

—Tangata está muerto.

—Estaba allí. Tangata estaba allí. Se reía de mí. Él les mandó atacarme

—¿A quiénes?

—A las palabras... Había miles de palabras malditas... en el Gran Burato..., dentro de la cueva..., que volaban... y me atacaban. Y ellos... ellos se reían de mí...

—¿Quiénes se reían de ti?

—Tangata y el que estaba a su lado...

—¿Quién estaba junto a Tangata?

—El demonio.

Llevaba dos horas tumbada en la cama con los ojos cerrados imaginando la historia que Fredo me había contado. «Había miles de palabras malditas en el Gran Burato, dentro de la cueva, que volaban y me atacaban...». Trataba de visualizar aquella fantasía. Palabras volando, como si fuesen murciélagos...

La vibración de mi teléfono me rescató de aquella locura.

—Haz café —me dijo Fernanda.

—¿Por qué? —pregunté con inocencia.

—Sus guantes. Eran nuevos. Y todo estaba lleno de excrementos..., pero sus guantes no olían mal.

—¿Qué quieres decir?

—Que el chico que encontramos en la cueva del gimnasio no era una víctima.

Llegamos al hospital. Lara y Manuel ya estaban allí.

—Se ha escapado —nos dijeron cabizbajos.

Ni me inmuté. Saqué mi teléfono y llamé a Kansas. Tenía que hacer un último servicio a la causa.

116

Edén

Mi intención de trasladar a Fredo a la comisaría se topó con la tajante oposición de su médico. Aquello era un importante contratiempo para nuestro recién ideado plan, que necesitaba, para llevarlo a cabo, la presencia del tatuador.

—Si Mahoma no va a la montaña, la montaña irá a Mahoma —dijo Fernanda antes de hacerme la más descabellada propuesta que había oído en toda mi carrera—. Citémoslos a todos en el psiquiátrico.

En un primer momento me escandalicé. Nunca fui partidaria de hacer mucho ruido y menos de montar un teatrillo así, a lo Hércules Poirot. Pero su insistente persuasión acabó con mis reticencias.

—¡Hagámoslo! —repitió—. Los juntas a todos y así evitamos el canal reglamentario.

«¿Por qué no?», pensé. Al fin y al cabo, estaba decidida a que aquel fuese uno de mis últimos actos como policía... ¿Qué más me daba? No tuve que pensarlo mucho más. Accedí.

Mi compañera consiguió que el médico autorizase nuestra reunión en una sala del sanatorio («Es una cuestión de vital importancia», le dijo) y, lo que era aún mejor, que nos diese su permiso, imagino que a regañadientes, para que Fredo estuviese entre nosotros.

Habíamos citado al equipo en el sanatorio psiquiátrico Santa Elena y puntualmente fueron llegando todos. Lara y Manuel acudieron en representación de la brigada. Don Tomás fue porque había trabajado durísimo en el caso y era una forma de decirle: «Sin usted no habría sido posible» (se presentó en la sala con el buen talante de siempre y el aspecto más elegante y seductor de todo el grupo). A Kansas lo invitamos no solo por su ayuda, sino porque todavía tenía un papel importante que desempeñar en aquella última representación. Y por último llegó Germán. Quise citarlo por muchos motivos: por su apoyo, por involucrarme en el caso... Pero también para joderlo un poco por haber dudado de mí. (De buena gana habría citado también a mi padre para que escuchase de qué manera su pequeña Bía había luchado contra los gigantes y guardado el fuego de los dioses...).

Al poco de que nos halláramos reunidos en la sala pedí que trajesen a Fredo y lo colocamos junto a la ventana en su silla de ruedas.

—Gracias a todos por venir —empecé diciendo mientras observaba las expresiones de aquellas caras, que todavía hoy puedo recordar: expectantes, escépticas, descolocadas, incómodas—. Voy a compartir con vosotros —anuncié— las conclusiones con las que daremos por cerrado este caso...

Toses; culos reacomodándose en sus sillas; de una manera u otra todos se movieron, excepto Fredo, que se mantenía estático y con el mismo gesto pasmado e inerte con el que había entrado en la sala.

—Todos los que estáis aquí habéis sido, de algún modo, determinantes en el esclarecimiento de los hechos, especialmente mi equipo. —Extendí las manos y señalé con gratitud a los miembros de la brigada—. Y sí, sé que falta Fernanda.

—¡Qué raro que llegue tarde! —soltó Manuel.

Todos rieron. Yo también me relajé por un momento y me sumé a las sonrisas de mis compañeros.

—Tranquilos, llegará. Tiene algo importante que hacer —la disculpé—. Cuando digo que todos habéis sido claves también te incluyo a ti, Fredo.

El grupo volvió la mirada hacia el tatuador, que ni siquiera parpadeó.

—A lo largo de toda la investigación hemos estado dando palos de ciego. O al menos eso me parecía. Pero lo cierto es que, con cada paso, dejamos un punto en el suelo que tan solo esperaba a ser unido con los otros. En eso consiste una investigación, ¿no? En unir puntos, como en esos juegos donde una figura que siempre ha estado ahí se descubre si conectas los puntos en el orden adecuado.

Señalé algunas de las chinchetas a modo de ejemplo en la pizarra de corcho que Fernanda había instalado horas antes.

—Eso es lo que hemos hecho. Recopilar puntos, a veces sin saberlo. Cosas que en un principio no tenían sentido, unidas unas con las otras, acabaron teniéndolo.

Me levanté de mi asiento y me apoyé en la silla de ruedas de Fredo. Durante unos segundos ambos miramos en la misma dirección a través de los cristales de la ventana. Creía que estaría tenso, pero no era así. Se mostraba tan relajado que sentí la tentación de tocarlo para comprobar que estaba vivo. Regresé a la mesa. Cogí un taco de fichas en las que había escrito un número y una frase en cada una de ellas. Tenía la intención de ir colocándolas ordenadamente a medida que fuese avanzando mi relato. Treinta y nueve fichas. Una por cada punto.

—Os expondré los treinta y nueve puntos que debemos unir para esclarecer los crímenes que asolaron nuestra ciudad. Sí, el azar ha querido que el número coincida con *Los treinta y nueve escalones* del relato de Buchan y la película de Hitchcock. Aunque en este caso no se trata de una escalera de verdad...

No era cierto. Ni era casualidad el número, ni nada de mi minuciosa puesta en escena. Aquella profusión de fichas y mi afán de unir punto por punto iba más allá de querer dar una exhaustiva explicación. Necesitaba ganar tiempo. Captar la atención de todos el rato suficiente para que llegase Fernanda con su misión cumplida. Y por lo que veía en sus rostros, empezaba a conseguir mi objetivo.

Me miraban expectantes cuando clavé en el corcho la primera ficha: 1/ NO QUERÍA SER DESCUBIERTO.

—Lo primero que nos encontramos fue una cabeza quemada y tatuada. Tuvimos algo de fortuna, puesto que fue un temporal lo que la descubrió arrancando un árbol de cuajo. Enseguida se dispararon las especulaciones: bandas de trata de blancas, delincuencia organizada, tatuadores criminales... De todo aquel caos tan solo sacamos una conclusión válida: fuera quien fuese, el responsable no quería ser descubierto. Esto puede parecer obvio tratándose de un crimen. Pero, creedme, en este caso no siempre ha sido así.

Clavé la segunda de las fichas: 2/ SICOÑOP.

—Un día, escuchando la radio, me encontré con un locutor que citó, en la misma noticia, el crimen de la cabeza tatuada y la aparición de un misterioso mensaje en la cuenta de un influencer famoso: Sicoñop. Fue la primera vez que oí que se los mencionaba juntos. Por lo que sé, el periodista lo hizo de manera involuntaria, pero a la larga resultaría premonitorio. Aunque todavía no era mi caso, estuve conectada con él obsesivamente. Logré descifrar la misteriosa palabra: Sicoñop. Era una petición de ayuda. Por desgracia, ni nosotros ni los compañeros llegamos a tiempo. El influencer apareció en la calle, desnudo y tatuado. A pesar de nuestro desconcierto y de que no encontrábamos pistas sólidas, aquello nos ayudó a avanzar. La mierda iba a empezar a sacarnos de la mierda.

Añadí una nueva ficha: 3/ HECES DE PERRO GRANDE.

Mi giro sorprendió a todos. En esos momentos era más una prestidigitadora que una sargento de la Policía Judicial.

—El hallazgo de caca abundante en el cuerpo de Manu Dans unido a que, todavía drogado, nos hablaba de osos y de demonios nos dio dos valiosas informaciones. La primera, que perros de gran tamaño podrían estar involucrados en todo este asunto. La segunda...

Clavé una nueva ficha en el panel: 4/ ABUNDANTE GHB.

—... que el criminal sabía producir GHB o, al menos, dónde conseguirlo. Pero había un hecho que a nadie se le escapaba. Las víctimas lo eran, primero, de una agresión en forma de tatuaje. El *tattoo* significaba algo en toda esta historia, aunque me resistía a pensar que fuese un tatuador profesional. No era propio de alguien que quería pasar desapercibido señalar de forma tan clara su propia profesión.

Clavé otra ficha: 5/ APROPIACIÓN CULTURAL.

—Localizamos una corriente de ofendidos que consideraba indebido usar símbolos de otras culturas. No, no solo en Estela, hay gente en todo el planeta planteándose este tipo de cosas. Mi padre les diría que sin ese mestizaje que censuraban sería inconcebible gran parte de la cultura que conocemos... Pero las cosas son como son, y supimos que los tatuajes podrían tener significados incómodos, que iban más allá de lo evidente.

Coloqué una ficha más: 6/ USUARIO INFORMÁTICO EXPERTO.

—Kansas me dio una información que iba a añadir un dato importante a nuestro retrato robot del asesino. Estábamos buscando a alguien que sabía muy bien lo que se hacía en internet. La *dark web*, la internet oscura, entró en escena.

La siguiente ficha apareció con una sola palabra: 7/ AHORCAMIENTO.

—Entonces empezó el espectáculo. La chica ahorcada en el puente había consolidado un giro que empezamos a detectar cuando ese individuo atentó contra Manu Dans: ya no quería pasar desapercibido. Algo había cambiado. En poco tiempo teníamos tres nombres de sospechosos encima de la mesa y un gigantón maorí comenzó a colocarse en la *pole position*.

Clavé una nueva ficha: 8/ TANGATA.

—Tangata era el principal sospechoso, a pesar de que apareció la figura de Adolf, el extorsionador de Manu, y nos sacó del buen camino durante un tiempo..., el que tardamos en darnos cuenta de que era un delincuente, en efecto, pero no «nuestro» delincuente.

Añadí dos nuevas fichas: 9/ NO FUE ADOLF y 10/ GORDO.

Una enfermera hizo una señal pidiendo permiso para entrar. Accedí, y se dirigió hacía Fredo con una pastilla y un vaso de agua. Tomó la medicación con la misma naturalidad que bebía el vino en El Paraíso con Arturas.

—Lo único que teníamos es que había un hombre gordo que pescaba truchas en un río... que resultó no tener truchas. Y mordimos el anzuelo. Dirigimos la mirada hacia donde querían que lo hiciésemos. Exactamente hacia él...

Añadí su tarjeta: 11/ ÁLVARO.

—El infeliz de Álvaro. Su extraña relación con Vanesa, unido a lo peculiar de su personalidad, lo hacían el candidato perfecto. Cometió el error de mentirnos en una declaración jurada y acabó con sus huesos en prisión preventiva. Pero los crímenes continuaron, de modo que, obviamente, no podía ser él. Aquello nos condenó, a mí y a toda la brigada, a sufrir un estrepitoso bochorno mediático por haberla cagado.

Me detuve un instante e intercambié una mirada con mis compañeros. Todavía olíamos a quemado.

—Todos los que nos aplaudieron excesivamente unos días antes nos abuchearon e insultaron unos días más tarde como si fuésemos escoria. ¿En eso consiste la fama? ¿En prestarte un éxito irreal para arrebatártelo con deshonor a las primeras de cambio?

Me volví a detener. Mi reflexión, teñida de queja, había pasado desapercibida por un público al que podía la impaciencia.

—Las víctimas continuaron apareciendo y llegamos a una importante conclusión.

Sumé otra ficha al panel: 12/ ODIA A LOS GUAPOS.

—Los chicos y las chicas atractivos habían cambiado de escalafón en la cadena trófica, pasando de depredadores a depredados. De victimarios a víctimas. Había un patrón y empezábamos a dilucidar un motivo cuando, de pronto, al grupo de víctimas se sumó una extraña incorporación: la anciana muerta.

Me detuve de nuevo. Recordé el rostro de aquella mujer menuda que parecía dormir plácidamente mientras varios agentes revoloteaban alrededor de su ataúd.

—La ciudad entera pareció enloquecer, y uno de nuestros sospechosos, el gigante Tangata, sucumbió en un incendio provocado del que todavía desconocemos a su autor. *Tagdemónium.* Así fue como lo llamó el científico que arrojó la única luz de aquellos días. Don Tomás nos abrió la puerta a la posibilidad de que no fuese ni un grupo ni una secta, sino dos depredadores diabólicamente coordinados.

Clavé una nueva ficha: 13/ SON DOS COORDINADOS.

—No, no hay nada sobrenatural en todo esto. De haber algún demonio, es el producido por una sociedad que añadió leña al fuego de la debilidad de dos personas. Pero ya llegaremos ahí.

Miraba por la ventana mientras hablaba, inquieta por no ver ninguna novedad. Me acercaba a la mitad de mis «escalones» y a esas alturas estaba previsto que Fernanda ya hubiese hecho acto de presencia.

—Aunque en principio nos opusimos a la excarcelación de Álvaro, era una cuestión de tiempo que la justicia hiciese su trabajo. Volvíamos a la casilla de salida, pero salpicados por toda la basura mediática. Mi desesperación hizo que me refugiase en mi lema: volvamos a empezar. Así que, acudí a la cabaña de los cazadores y me dejé la espalda y las manos, todavía tengo espinas clavadas, hasta que encontré un enigmático grafiti oculto entre la maleza.

Añadí otra ficha: 14/ ~~HIPOCRESÍA~~.

—Aquella palabra nos llevó directos a la cara roja con los ojos rojos de la que habían hablado dos de las víctimas.

Tuve un instante de recuerdo para aquella extraña mujer, un auténtico unicornio rojo, cuando clavé en el panel la siguiente ficha: 15/ LA CARA ROJA.

—Líder, una activista antimachista, así se definía ella, que vendía discos en un local nocturno de la ciudad. Su puesto en la lista de sospechosos fue más efímero aún que el del maorí. Murió en una disputa con la policía.

Tapar a un compañero. Eso era lo que estaba haciendo. Pero mi estómago no lo sabía, por lo que subió de golpe por mi esófago hasta trabarse en mi garganta.

—Sin embargo —continué—, aquella mujer nos ayudó a pensar en los problemas estéticos y en el impacto que pueden tener en la vida de la gente.

Incorporé a la organizada cuadrícula que iba configurando mientras hablaba otra ficha: 16/ CIRUJANA + ODIO A LOS GUAPOS = PROBLEMA ESTÉTICO.

—Teníamos un odio patológico a los guapos, teníamos una cirujana... Dedujimos que se trataba de alguien atormentado por un problema estético. La investigación daba un giro trascendental. No solo había una tatuada antes que la chica africana, si no que ella no era el objetivo principal.

Chincheta para otra ficha: 17/ FANY ERA EL OBJETIVO. VANESA, LA VÍCTIMA COLATERAL.

—La tatuaron por ser hija de la afamada cirujana Fany del Río. Cuando se lo comunicamos, la cirujana nos reveló el resultado de un misterioso análisis del tatuaje de su hija. No había tinta. Solo piel.

Fredo estaba cristalizado, mirando por la ventana sin prestarnos atención.

Puse otra ficha en el panel: 18/ SOLO PIEL. (NO ES CASUAL).

—En efecto, no me pareció casual. Aquel individuo se estaba tomando muchas molestias. Cambiar las muestras. ¿Para qué? ¿Para conseguir algo enigmático y aterrador?

Antes de llegar al ecuador de mi intervención, me vi obligada a hacer una nueva pausa. Ni rastro del Mondeo de Fernanda. Necesitaba ganar más tiempo. Bebí agua y me coloqué de forma que me permitiese ver el aparcamiento a través de la cristalera sin necesidad de ladear la cabeza.

—Fany del Río fue una obsesión para mí. No podía sacármela de la cabeza. Aquella mansión... Su opulencia. Por una cosa o por otra, digamos que reparé en lo profesional que era la limpieza en aquel sitio.

No, nunca. Jamás reconocería mi debilidad limpiadora en público.

—Recapacité sobre la impunidad con la que a veces trabajan los miembros del servicio de limpieza.

Añadí otra ficha: 19/ ¡EMPRESA DE LIMPIEZA!

—Mis sospechas con la empresa de limpieza que trabajaba en la mansión de Fany se vieron corroboradas con la llamada de la madre de Abeba, la chica africana decapitada. La mujer estaba convencida de que su hija venía a la ciudad a trabajar en algo relacionado con... la limpieza.

Usé otra chincheta: 20/ ABEBA LIMPIEZA.

—El nombre de la empresa de limpieza contratada por Fany del Río coincidía con el de un criadero de perros que consumía grandes cantidades de pienso. Empezábamos a tener luz en todo este asunto.

Clavé su ficha: 21/ LUZ AZUL.

—En concreto una luz azul... Porque Luz Azul era el nombre de la empresa que se convirtió en nuestro siguiente objetivo. Allí nos encontramos con un extraño jefe.

Añadí: 22/ OTTO.

—Dueño y director del Grupo Aziza, propietario de la empresa de limpieza Luz Azul y de un sensacional gimnasio...

Sumé dos nuevas fichas: 23/ AZIZA y 24/ LA RUTA NATURAL.

¡Por fin! El Mondeo de Fernanda asomaba el morro en el aparcamiento.

—En ese momento tuvimos el hallazgo más importante de todo el caso. Aziza, Luz Azul, La Ruta Natural, Otto, Abeba... Todos eran...

Clavé con otra chincheta: 25/ PALÍNDROMOS.

—Eran palíndromos, esas palabras o frases que se leen igual de derecha a izquierda que al revés. Aquel descubrimiento nos llevó de inmediato al palíndromo de todos los palíndromos.

Puse en el panel: 26/ OOTATOO.

—El estudio de tatuaje donde trabajaba Tangata junto a su dueño...

Añadí una ficha más: 27/ FREDO.

Me serví agua de nuevo de una jarra que tenía la inscripción del psiquiátrico reclamando su propiedad. Di un pequeño sorbo e imaginé lo que diría Fernanda sobre eso: «¿De verdad creen que alguien les va a robar esa jarra cutre?».

Miré al tatuador. Permanecía impasible. Me acerqué y giré su silla de ruedas enfrentándolo a toda la concurrencia y volví a mi sitio. Quería que me mirase todo el tiempo.

—Acudimos a Ootatoo y nos encontramos con dos cosas extraordinarias. La primera, una colección de cintas que inmediatamente nos pusimos a escuchar.

Puse otra ficha en el panel: 28/ CINTAS MAGNETOFÓNICAS.

Manuel se dio cuenta de que yo no estaba diciendo la verdad, pero no hizo ni el más mínimo ademán de desmentirme.

—Y la segunda fue un extraño mirador desde el que un voyeur fisgaba a los clientes del estudio. Y ese voyeur no podía ser Fredo. Él no necesita esconderse para deleitarse con las anatomías de su clientela. ¿Quién era entonces?

Añadí al panel: 29/ VOYEUR.

117

Fernanda

Abre la puerta. Nada más bajarse del coche hace una seña a Álvaro para que la acompañe.

—¿A un psiquiátrico? —pregunta extrañado el joven físico.

—En estos momentos se está llevando a cabo algo que te va a permitir descansar tranquilo.

Las gafas de Álvaro enmarcan una mirada inteligente, llena de curiosidad.

—Te ayudará —insiste Fernanda—. Mi compañera está a punto de descubrir quién hizo daño a tu chica y quiere que estés presente.

—¿Por qué?

—Supongo que será a modo de desagravio, por eso de que te metió en prisión.

—Bueno... Subiré. Al fin y al cabo, no tengo nada mejor que hacer.

118

Edén

—El día que encontramos la cueva del asesino en las catacumbas de aquel maldito gimnasio, hallamos también a dos de las víctimas. Dona Albeite, nuestra *bruxa*, y un joven tatuado con la palabra FEO en su frente. Los sacamos literalmente de la mierda, ayudándolos a salir de allí sin darnos cuenta de que lo teníamos, de que era Otto, que aquel chico secuestrado era el asesino...

Añadí otra ficha: 30/ SECUESTRADO = OTTO.

La puerta de la sala se abrió lentamente. Fernanda y Álvaro entraron casi sin hacer ruido, como si estuviesen pisando huevos, tratando de pasar desapercibidos. Sin embargo, todos volvieron la mirada hacia ellos.

—Conocéis a Álvaro Ponte, ¿verdad? —comenzó Fernanda. No dejaba de sonreír intentando sacudirse la presión—. Nuestro gran error en todo este caso.

El muchacho se mostró condescendiente.

—*Si fallor sum.* —Al ver que nadie le entendía se apresuró a traducir—: «Si me equivoco, existo», dijo san Agustín.

—Muy acertada la reflexión —concedí— porque fallamos... ¡Vaya que si fallamos!

Clavé una ficha más: 31/ ALBANIA - OCTAVIO SALAS.

—Gracias al trabajo de Kansas, pudimos conocer la identidad del tal Otto Menem. Su nacionalidad albanesa era tan falsa como su nombre. Comprada por internet como quien pide un maletín de herramientas. Su verdadero nombre era Octavio Salas..., hijo de Alfredo Salas. Fredo, para los amigos. Nuestro querido tatuador aquí presente.

Añadí en el panel: 32/ OTTO = HIJO DE FREDO.

—Fredo tenía algo más que ver en esto que ser el padre del principal sospechoso. ¿Eran los dos? ¿Eran esa dupla diabólica a la que se refería don Tomás? Cuando creíamos que el círculo estaba ya cerrado, sucedió algo desconcertante. Fredo apareció como lo podéis ver ahora, con la palabra LOCO tatuada en su frente y en estado catatónico. Estábamos ante una víctima más de nuestro criminal tatuador asesino.

Me acerqué al tablero y clavé otra ficha: 33/ FREDO VÍCTIMA.

Aproveché para acercarme al tatuador, apoyarme en su silla de ruedas y hablarle al oído, pero en voz alta, para que todos pudiesen oírlo:

—Lo de la muerta fue magistral.

Fredo comenzó a moverse cambiando súbitamente de gesto. Alzó la cabeza y me miró durante unos segundos antes de estallar en una sonora carcajada.

Todos los citados mostraban perplejidad en la cara. Pero no eran nada comparada con la de la enfermera, que vigilaba a Fredo desde el ventanal del pasillo. Corrió hacia su paciente, como si creyera que se había producido un auténtico milagro. Fredo la apartó con amabilidad, se puso de pie y empezó a hablar:

—¡Sí, sí que lo fue! —dijo antes de romper a toser.

—¿Por qué? —le pregunté.

—¿Que por qué lo ayudé? —Se acercó a la ventana dando una suave patada a su silla y se concentró mirando hacia el pasado—. Yo fui el que le tatuó la palabra FEO en su frente.

Aquel aspecto de anciano se vio multiplicado de pronto por la amargura de su rostro.

—Una noche volví a casa hasta arriba de meta —continuó—. Sí, durante un tiempo me colocaba con aquella mierda. ¡Todavía no había descubierto el vino! —Volvió a reír, esa vez con un aire nostálgico—. Octavio había salido con los amigos y llegó a casa medio borracho. Al verme, me llamó feo y se atrevió a reírse de la deformidad de mi frente. —Se la señaló con dos dedos que parecían más arrugados que nunca—. Me volví loco. Me indigné, me indigné tanto que lo até, cogí la máquina de tatuar y le grabé la palabra FEO en su frente. Para darle una lección. Sí. Creía que le daba una lección. Que le enseñaría lo que se puede llegar a sentir cuando vives con esto en la puta cara. La droga... ¡Qué locura! He tenido que aprender a vivir con ese terrible error.

Miraba hacia el suelo. Parecía realmente apesadumbrado.

—Aquello le destrozó la vida —siguió hablando con la voz rota—. Nunca más me volvió a dirigir la palabra. Todo padre debe cuidar de sus hijos, y yo, además, debía reparar mi daño. Octavio es un talento para los negocios, sabe mucho de muchas cosas... Ya ven el imperio económico que ha conseguido. Pero es un chico inocente... Pensé que la policía lo pillaría en cinco minutos.

La confesión de Fredo había cogido a todos por sorpresa.

—Primero intenté que pensaseis en Tangata. Sí, lo siento, era mi amigo —dijo mirando a Fernanda—, pero se trataba de mi hijo. Cuando supe que Líder era sospechosa me alegré. Ella cargaría con las muertes. Pero Octavio tuvo que seguir, el muy insensato. Empecé a improvisar guiándome, perdóname —volvió a dirigirse a Fernanda, esa vez juntando las manos como si estuviese orando—, por lo que me iba diciendo la... sargento Seivane.

Era la primera vez que se dirigía a ella de esa forma. Quizá quería cortar definitivamente los lazos de simpatía que había entre ambos.

—Ella me dijo que todos eran jóvenes, guapos y llenos de vida, así que decidí hacer una intervención totalmente contraria, algo que despistase a la policía y diese tiempo a mi hijo para escapar. Tatuar a una muerta y fea. Sí que fue algo genial. Lo que nunca les contaré es cómo entré en la funeraria.

—Sabemos que uno de los vigilantes estuvo en la misma cárcel que tú —dijo Fernanda, vengativa.

Fredo siguió hablándole únicamente a ella:

—Yo... yo solo intenté ayudarlo. Solo quise ayudar a mi hijo. Aunque no sabía por qué estaba haciendo todo lo que hacía, sí sabía que el responsable último de su locura era yo. Pero la cárcel... Tenía que librarme de ella. Cuando me enteré de que estabais muy cerca de mí la... sargento Seivane... me dio la clave de cómo zafarme de todo. «Todos somos sospechosos excepto las víctimas», me dijo.

El desconcierto parecía apoderarse de los presentes en la sala, incluyendo al joven Álvaro, que miraba, atónito, al tiempo que se tapaba la boca abierta con una mano.

—Yo me equivoqué una vez en este caso —intervine, dando por zanjada la confesión de Fredo—. Por eso decidí no volver a hacerlo. No quería precipitarme. Tenía que dedicarle la paciencia que la investigación merecía. Hoy creo que puedo contar una hipótesis de lo que pasó realmente, lo que convirtió nuestra querida ciudad de Estela en lo que don Tomás —lo señalé con mi dedo índice— llamó un *tagdemónium*...

Me fijé en que Germán era el único de toda la sala que permanecía impertérrito.

—El criminal tenía un tatuaje en la frente —continué—, eso era algo que condicionaría la vida de cualquiera. Esas tres letras lo convirtieron en un ser traumatizado sin relación alguna con las mujeres. Se aficionó a la informática. La red era todo su mundo y en ella encontró, después de un largo recorrido, un grupo con el que simpatizar: el movimiento de los célibes involuntarios, conocidos internacionalmente como incel. Y empezó a moverse en la *dark web* por la manosfera, un foso de reptiles que tiene a la mujer libre como su principal rival —dije mirando agradecida a Kansas—. En la actividad empresarial, había encontrado una zona de confort, y en la limpieza, un trabajo nocturno donde poder moverse desde el anonimato. Ni ver ni ser visto. Comienza por locales de hostelería, traficando con menudeo de droga, y se labra una reputación. Lo llamaban La Sombra porque nunca nadie logra verlo. Poco a poco expande sus negocios. Le va bien. Encuentra el éxito y aprende a moverse en la noche de forma anónima convertido en una especie de fantasma de la ópera que dirige su empresa con ayuda de la tecnología, a la que es adicto. Su grupo empresarial crece, y construye un pequeño imperio económico a pesar de su juventud. Pero ¿de qué le vale el dinero si no puede disfrutarlo? Decide quitarse el tatuaje en una de las mejores clínicas plásticas del mundo, pero Fany del Río lo rechaza. En ese momento la mente pensante planea un retorcido plan: hacerle lo mismo a su hija. De esa forma, a la cirujana no le quedaría otro remedio que encontrar una solución y así podría ayudarlo.

Manuel intentó intervenir, pero no le dejé. Sabía lo que iba a preguntar.

—Entre tanto conoce a una chica por internet. Abeba. Su nombre es un palíndromo, lo que le llama la atención. Una afición que heredó de su padre. Busca fotos y se encuentra con una africana joven y guapa. Intuye que es alguien vulnerable, por lo que le hace una oferta de trabajo, aunque en realidad lo que quiere es tener sexo con ella. La chica viene a Estela, pero imaginamos que algo pasa y se desencadena la tragedia. Posiblemente lo rechazó, o se rio de él al ver su tatuaje en la frente. Fuera lo que fuese, se condenó. La llevó a la galería secreta de su gimnasio La Ruta Natural, la tatuó todavía viva..., la mató, la congeló, la troceó y luego... la quemó. El resto de la historia ya la conocéis. Había matado por primera vez. La mente pensante decidió que Vanesa, la joven y guapa yonqui, debería morir después de llevar meses aquel tatuaje en la frente y tras estar recluida en un convento. ¿Qué le hizo cambiar? No estoy segura. Lo cierto es que en ese momento comenzó el show... y un espectacular ahorcamiento anunció con fuerza sus hechos al mundo. Todos conocían el caso de los crímenes de Estela. Ya era un activista incel más, reclamando para sí toda la atención del mundo. Sin embargo...

El silencio me confirmó que todos seguían en vilo, incluyendo a Fredo. Clavé en el panel dos nuevas cartulinas. Solo quedaban cuatro escalones...

34/ OTTO LEÍA, NO PENSABA.

35/ HAY UNA MENTE PENSANTE.

—En efecto, Fredo ha dicho algo muy cierto —proseguí—, que no es amor de padre. Su hijo es un crack de los negocios y acabó siendo un criminal..., pero no tiene cabeza para planearlo todo. Era algo más propio de un ladrón de bancos, un tipo taimado con la cabeza fría.

—¡Yo no he sido! —grito Fredo—. ¡Yo solo tatué a la vieja y cubrí las torpezas de mi hijo!

Añadí otra ficha al panel: 36/ ELLIOT RODGER.

—Llegamos a la pieza que lo explica todo. Elliot Rodger, el primer terrorista incel, el autor de los textos que Otto leía en las cintas que guardaba minuciosamente en casa. El autor de...

Me levanté y añadí una nueva ficha: 37/ LA MATANZA DE ISLA VISTA.

—*Iter criminis* —dije dándome algo de importancia—. Aunque es latín, todos sabemos lo que quiere decir: el camino del delito. De pronto apareció algo en él que lo iluminó todo. Don Tomás, usted me sugirió que había dos personas tras todo esto. Pero se equivocó.

Añadí una ficha más: 38/ ISLA VISTA / SANTA BÁRBARA, CALIFORNIA.

—Porque hay tres...

El viejo forense asentía fascinado.

—Todo empezó en Santa Bárbara, California, en el campus de una universidad..., la misma a la que acudía desde hacía años Álvaro Ponte, nuestra mente pensante...

Todos miramos hacia él. Ya no parecía tan poca cosa.

—No tienen pruebas —dijo con tranquilidad.

—Creo que Kansas no está de acuerdo con eso —objeté dándole paso.

—Hola, soy @remacho —se presentó Kansas ante la desconcertada mirada de Álvaro Ponte.

Durante los últimos días había entablado relación en la manosfera con él y había logrado hackear su cuenta, entrando en su ordenador. Teníamos a nuestra disposición todo el contenido de su disco duro. Yo me sentía especialmente orgullosa por haberle sugerido uno de los posibles nombres con los que Álvaro podía operar: @truchasymoscas. Sí. Aquel burdo señuelo que nos había puesto frente a nuestras narices para que no pudiésemos dejar de reparar en él y mirásemos hacia Álvaro, sabiendo que, al continuar los crímenes, quedaría exonerado. Me hacía gracia el protagonismo que había adquirido en toda esa historia aquella imagen: fue parte de su plan para quedar exculpado y acabó siendo parte del mío para atraparlo.

A medida que pasaban los segundos, la mirada de Álvaro se iba haciendo dura y esquiva. Sus ojos se movían furtivamente buscando una salida. Pero no iba a resultarle fácil escapar de una sala llena de policías.

—¡¡¡Tú jodiste a mi hijo!!! —gritó Fredo al tiempo que se levantaba de nuevo de su silla de ruedas y se abalanzaba hacia él.

—¡Solo quise ayudarlo! —gritó Álvaro zafándose del ataque.

Se quedó aturdido, mirando al suelo, como si en él estuviese escrita la solución al problema en el que estaba metido. Su cabeza basculaba de lado a lado cada vez más rápido, hasta que dejó de hacerlo. No había solución. Todo había acabado para él. Cogió una silla y se sentó parsimonioso.

—Por favor —dijo con voz fría—, no me hagan de nuevo el numerito de las esposas. —Se reclinó en el respaldo de la silla y, con aire de suficiencia, se dispuso a explicarse—. Yo conocí a Elliot Rodger. Era buen chico. Viví su ataque de ira aquel día en la universidad y me pareció que la gente era injusta con él. Nadie sabía lo que había sufrido. Vivimos en una sociedad que te promete sexo y relaciones divertidas, y luego solo menos del cinco por ciento del total es capaz de disfrutarlas... ¿Es eso justo? Empecé a hablar por la internet oscura con gente que tenía problemas parecidos a los míos. Es cierto que yo no soy célibe, pero el mío era un caso peculiar: solo tenía relaciones con Vanesa cuando ella quería, y teniendo que sufrir sus desprecios y sus humillaciones... El ataque de ira de Elliot Rodger había hecho temblar a medio mundo. Los grupos incel se movilizaban en todas las latitudes. Nunca pensé que yo me atrevería hasta que conocí a Otto en la manosfera... Congeniamos. Me contó su problema. Y que estaba intentando que mi suegra, yo la llamaba así cariñosamente, lo operase. Pero Fany lo rechazó. Entonces se me ocurrió lo que inteligentemente ha deducido usted, sargento González. Le dejé la ventana abierta para que entrase en la casa rural a tatuar a Vanesa. Aquello la haría más mía, porque a mí no me importaría y ella quedaría alejada de su anterior vida. Pero no salió como planeamos.

Era sorprendente ver que, tras el aspecto dulce y apacible de Álvaro, había una capa oculta con la piel dura y el corazón de hielo.

—Cuando Otto asumió la posibilidad de cometer un delito —continuó— cambió. Se hizo ambicioso. Conoció a aquella chica por internet. «Tiene un nombre palíndromo», me dijo emocionado. Quedó con esa negra y todo se estropeó.

—Esa chica se llamaba Abeba Bekele —le corté, exigiendo respeto.

—Luego ese puto árbol se cayó con la tormenta. A partir de ahí, todo fue una sucesión de improvisaciones. Atacar a Manu Dans, un Chad de libro, el hombre alfa de Estela, lo haría una celebridad entre los incel del mundo. Era muy listo. Para los negocios, para la tecnología... Pero no pensaba bien. Estaba obsesionado con el tarot y con la nieta de su echadora de cartas, Uxía. Por eso pensamos que dar un aire mágico a todo esto podía ser algo que acabase despistando a la opinión pública y a la policía. Era nuestra única oportunidad de escapar. Cambiamos las muestras de tinta de Vanesa por tejido limpio. Montamos el numerito de Uxía, un fallo premeditado para que el demonio fuese «el verdadero culpable».

Álvaro había entrecomillado su última frase con los dedos. Poco después continuó:

—Yo mismo fui a comprarle las máscaras rojas. Fuimos programando todo sobre la marcha... excepto la muerte de Manu. Eso no fue cosa nuestra. No sé si se suicidó, pero no tuvimos nada que ver. Todo iba bien hasta que alguien se sumó a la fiesta y tatuó la frente de una anciana muerta... y la cosa se desquició.

—Observaba a Fredo con desprecio—. Ahora veo que fue el padre bondadoso... ¡el que le había jodido la vida! ¡¡¡Pues se la volviste a joder, puto cabrón drogadicto!!!

—Álvaro Ponte, queda detenido por los asesinatos de...

Mientras Fernanda continuaba con la formalidad de leerle los derechos, me quedé mirándolo. Cuando se lo llevaron dediqué unos segundos a completar el trabajo y clavar la última de las cartulinas: 39/ ÁLVARO ES LA MENTE PENSANTE.

Me acerqué de nuevo a Fredo.

—Lo haría todo por mi hijo, incluido volver a prisión —me dijo, y se sentó de nuevo en su silla de ruedas.

Manuel se disponía ya a llevárselo detenido.

—Sabes que lo cogeremos, Fredo —le dije.

—Sí, si ha salido a la madre. Pero si ha salido al padre, creo que no.

119

Edén

El regreso a comisaría en el coche de Germán me proporcionó uno de esos momentos que todo pupilo anhela tener ante su mentor.

—Has hecho un gran trabajo —me dijo—, impresionante, de verdad.

Era la primera vez que sentía la satisfacción de haber resuelto el caso.

—Pero ahora hay que coger a ese cabrón —ordenó.

—Tengo una amiga que me ha enseñado un tipo de estrategia que podría funcionar. Tejeremos una tela de araña y caerá.

Un gesto del comandante bastó para que le diese más explicaciones.

—Otto ya está solo en esto. Sin Álvaro, sin amigos, sin nada a lo que agarrarse, ni siquiera la figura de su padre, ¿qué hará esa mente débil y enfermiza? Intentar hablar de nuevo con su guía, con la única que puede darle un atisbo de esperanza: Dona Albeite.

—¿Crees que será tan idiota? —me preguntó Germán.

—No tiene nada que perder. Ni siquiera sabe que conocemos su identidad. No creo que piense que Dona vaya a reconocerlo. Estuvo en la jaula contigua a ella durante el encierro y no lo hizo... Creyó que era otra de las víctimas.

—Pondremos vigilancia en la casa Valeira las veinticuatro horas.

120

Dona Albeite

Once de la noche del 17 de marzo de 2019. La casa Valeira se recorta, iluminada, en el manto de niebla que hace más oscura la noche. En su interior, Dona recoge una por una las cartas que dejó prendidas en los marcos de las fotos de su salón. Ya no tienen ningún sentido. Todo está a punto de acabar. Cuando llega al naipe de la Muerte lo tira sobre la mesa y se sienta relajada, asumiendo su papel de cebo en esa trampa.

Sabe que hay seis policías armados distribuidos por toda su casa. Espera.

Oye el mecanismo del reloj de pared, que se funde con los golpes de unos nudillos llamando a su puerta.

—Pase. ¡Está abierta! —grita sin levantarse.

Ve entrar a Otto con su mirada perdida bajo su eterno gorro de lana. Se fija en sus guantes. Son nuevos.

—*Bruxa*, quería que me echase las cartas. Estoy pasando por un mal momento...

—Ven, siéntate.

Esa buena disposición lo alerta.

Esperaba alguna duda o una reprimenda por las horas. La anciana siempre se hace de rogar. Sin embargo, hoy Otto llega a su casa casi a medianoche y ella le muestra una amabilidad como nunca le mostró.

Se detiene. Mira hacia todas las puertas de la casa. Dona hace lo mismo y delata la posición de uno de los agentes.

—¡Vieja zorra! —grita Otto sacando una navaja y abalanzándose sobre ella.

El estruendo de cuatro disparos se cuela en la estancia. Todos los tiros han alcanzado al sospechoso por la espalda.

Otto, con un resto de energía, logra abrir la puerta y salir corriendo, encontrándose con unas luces azules parpadeantes.

Es el coche de Manuel.

Se da vuelta e intenta rodear la casa para escapar.

Pierde mucha sangre, pero no nota ningún dolor. Es más, está alegre.

Camina bordeando la muralla del pequeño jardín, casi al borde del abismo.

El acantilado ruge a sus pies.

La sangre, cada vez más evidente, cubre toda su espalda.

Mira el mar. Sonríe. Siente, por fin, la levedad que desea desde hace tanto tiempo.

Anhela la paz y la ingravidez.

Deja caer su cuerpo, que se despeña por el acantilado.

El de la casa Valeira.

El lugar donde empezó todo en Estela.

Agradecimientos

Me gustaría que todos los agradecimientos cupiesen en el primer renglón. Me evitaría así el necesario escalonamiento de los nombres a los que quiero mencionar. Y aunque espero que el desorden haga, de alguna forma, justicia, no tengo duda de cuáles deben ser mis primeras menciones.

El agradecimiento a mis padres, unos seres únicos, encabezarán siempre cualquiera de mis expresiones de gratitud. A mi madre, que leerá la novela y se preguntará lo que se preguntan las madres de tantos escritores, ¿de dónde sacará mi hijo estas historias? Y, sobre todo, ¿desde cuándo disfruta matando gente en su imaginación?

A mi padre, que lo leerá desde *ahí arriba*, orgulloso y sintiéndose obligado a decir «¡revísalo bien!».

El agradecimiento infinito a mi mujer, a la que dedico este libro, por haber inundado de libros nuestra casa y convertirla en una especie de santuario donde ningún texto sobra. Supongo que algún día acabaremos montando un caseta en la Cuesta de Moyano...

Mi agradecimiento más profundo a mis hijas, por desafiarme con sus agudos comentarios y abrirme a sus posturas ante la vida. Son inteligentes pero, sobre todo, buenas personas. Sin ellas no se concebiría esta novela tal y como está escrita. Edén y

Fernanda no hubiesen sido posibles sin vosotras. Es una bendición ser vuestro padre.

Mi agradecimiento, una vez más, a Clara Rasero por ayudarme con su talento y su energía positiva, y a Carmen Romero, por abrirme las puertas de esa casa tan extraordinaria. Gracias a Nuria Alonso y a María Lacalle. Gracias a todo el equipo de la editorial (Anna Puig, Elena Recasens, Marién Rovalo y Marcel Garro) por su meticulosa profesionalidad y sus valiosas sugerencias.

Gracias a todo el equipo comercial de Penguin Random House por ser los mejores haciendo que la magia llegue al lector.

Gracias a todos mis compañeros de trabajo por su constante colaboración: a Sonia, Andrea, Loli, y especialmente a mis primeros y más sacrificados lectores, Cristina, Raquel y Rubén.

Gracias a Espido Freire por recomendarme unas lecturas que han sido determinantes a la hora de enfrentarme al reto de escribir mis primeras protagonistas femeninas. Espero haber salido de forma aceptable del reto que supone para un boomer meterse en la cabeza de una mujer.

Gracias a Gus, «el Guardia Civil de película» que compartió conmigo un poco de su sabiduría (de la que, seguramente, habré sabido aprovechar bien poco).

Mi agradecimiento a los libreros por curar almas con dosis concentradas de papel impreso. Sois auténticos druidas modernos.

Mi agradecimiento más especial para todos mis lectores. Gracias por leer mis historias, gracias por hablar de ellas —sin espoiler ;)—, gracias por hacerlas vuestras, gracias por recomendarlas. Sin vosotros nada de esto tendría sentido.

Y un agradecimiento muy particular. Cuando estaba feliz creyéndome escritor con la publicación de *Los lobos no piden perdón* (por suerte o por desgracia uno se siente escritor cuando tiene la fortuna de ser publicado), se acercó a mí un genio menudo y con mirada absorbente y me dijo «No tan deprisa... Uno solo puede considerarse escritor a partir de la tercera novela publicada». No voy a decir que empañó en absoluto ninguna de las cosas maravillosas que me ocurrieron los meses siguientes: miles y miles de lectores, comentarios, mensajes de cariño... Pero sí es cierto que aquella frase quedó grabada en mi mente. ¡Me faltaban dos! ¡Qué presión!

Pues bien, aquí está la tercera novela para que, amigo y admirado Juan Gómez-Jurado, cambies los datos de tu agenda y añadas a mi contacto la palabra mágica: «escritor». Te lo voy a agradecer tanto como el resto de tu inestimable apoyo.

Por último no quiero dejar pasar la oportunidad de hacer un agradecimiento a todas aquellas personas que luchan, de una u otra forma, por el **derecho al olvido** (que no deja de ser otra cosa que el derecho a ser respetado). Internet se va convirtiendo poco a poco en un terreno minado de improperios, comentarios falsos, insidias y crueldades que duermen en la bases de datos de algún servidor esperando el momento de inyectar su veneno.

Un agradecimiento preventivo a las personas que generosamente presentarán este libro y de las que informaré puntualmente en mis redes sociales.

La ciudad de Estela es un compendio de, al menos, diez ciudades españolas diferentes, aunque podrían ser decenas de ciudades del mundo. Todas merecen que se critiquen sus sociedades llenas de prejuicios y cotilleos; ninguna aparecer como un icono de ellos.